HAYMON verlag

Gabrielle ist Richterin. Täglich bestimmt sie über das Leben von AsylwerberInnen. Auf Gabrielles Geheiß hin dürfen Menschen im Land bleiben – oder müssen es verlassen. Doch worauf basieren ihre Urteile? Sind es sachliche und rational nachvollziehbare Gründe? Sind sie politisch motiviert? Wirken dabei unbewusst auch persönliche Sympathien mit? Und kann eine Entscheidung, die Gabrielle heute trifft, morgen schon wieder falsch sein?

Als das Gerücht umgeht, jemand wolle sich für ein Urteil an Gabrielle rächen, gerät ihr Leben aus den Fugen. Wird sie tatsächlich verfolgt? Oder ist alles nur Einbildung? Auch im scheinbar sicheren Rückzugsgebiet des Privaten tun sich Unsicherheiten auf, als sie ihren Mann in ihren Kleidern ertappt. Was wirklich *ist*, wird für Gabrielle immer ungewisser.

Lydia Mischkulnig ist eine sprachmächtige Beobachterin: Sie gibt Einblick in einen Berufsalltag, der uns sonst verschlossen bleibt, und spürt die Risse auf, die unser fragiles, vermeintlich klares Weltbild durchziehen.

Lydia Mischkulnig

Die Richterin

Roman

Für Theodor und Theresia

Stadt Wien Kultur

LAND KÄRNTEN Kultur

Gedruckt mit freundlicher Unterstützung durch die Stadt Wien, MA 7 – Kultur, Wissenschafts- und Forschungsförderung und durch die Abteilung Kunst und Kultur der Kärntner Landesregierung.

FSC www.fsc.org MIX Papier aus verantwortungsvollen Quellen FSC® C014138

Auflage:
4 3 2
2023 2022 2021 2020

HAYMON verlag
Innsbruck-Wien
www.haymonverlag.at

ISBN 978-3-7099-8110-8

Buchinnengestaltung nach Entwürfen von: himmel.
Studio für Design und Kommunikation, Innsbruck / Scheffau – www.himmel.co.at
Satz: Da-TeX Gerd Blumenstein, Leipzig
Umschlaggestaltung: hißmann, heilmann, hamburg
Umschlagabbildung: Getty Images / Westend61
Autorenfoto: Margit Marnul

Gedruckt auf umweltfreundlichem,
chlor- und säurefrei gebleichtem Papier.

Noch böser:
Es gibt keine gerechte Gesellschaftsordnung,
weil der Mensch, sucht er die Gerechtigkeit,
mit Recht jede Gesellschaftsordnung als ungerecht,
und sucht er die Freiheit,
mit Recht jede Gesellschaftsordnung
als unfrei empfinden muss.

Monstervortrag über Gerechtigkeit und Recht,
Friedrich Dürrenmatt

Trennung soll der Mensch auf Müll beschränken, das kann zumindest nicht schaden. Konserven zum Metall, Flaschen zum Glas, Knochen in den Kompost. Papiere zu Papieren. Sie nahm die Brille ab, rieb sich die Augen, kramte in der Handtasche nach dem Schminkbeutel, wo das Fläschchen mit den Tropfen steckte. Der natürliche Tränenfluss verdunstete zu schnell und deshalb brannten die Augen. Sie legte den Kopf in den Nacken, hielt das Fläschchen hoch und drehte es um. Die zähe Flüssigkeit trat aus der Öffnung, quoll und blähte sich auf zu einer Perle, bis das Gewicht abriss und der Tropfen im Augenwinkel zerplatzte. Das Gel legte sich kühl über die Hornhaut. Schlieren trübten den Blick. Ein paar Lidschläge folgten, dann sammelte die Linse wieder tadellos Licht und die Richterin mit klarer Sicht sortierte die Akten von Menschen.

Die meisten Fälle, mit denen sie in der zweiten Instanz zu tun hatte, behandelten Beschwerden, die eine andere Entscheidung in der Sache anstrebten, um Recht zu erlangen. Rechtsfrieden herzustellen ist eine juristische Angelegenheit und hat wenig mit dem natürlichen Sinn von Gerechtigkeit zu tun. In den Asylfällen zählten die nachgereichten Unterlagen viel. Sie halfen, das Bild von den negativ Beschiedenen zu verändern und Verfahrensfehler zu korrigieren. Falls die Richterin in der einen oder anderen Causa zum Entschluss käme, eine neue Hypothese der Zusammenhänge anzunehmen, würde sie dieser aufgrund der neuen Faktenlage folgen. Käme es nach ihrer Erkenntnis zu Widerspruch in den Aussagen des Antragstellers, denn in den meisten Fällen handelte es sich um einen Mann, dann könnte sie nachfragen und Aufklärung erhalten. Wer mit Gabrielles Erkenntnis nicht zufrieden war, der konnte sich an das Höchstgericht wenden und vielleicht sogar an den Europäischen Gerichtshof für Menschenrechte in Straßburg. Gabrielle verkündete ihre Urteile nur mündlich, wenn sie sich der Sache sicher war. Ansonsten erließ sie schriftlich ihre Entscheidungen.

Gabrielle schätzte die Abwechslung in ihrem richterlichen Alltag zwischen Asylfällen, großen Vertragsabschlüssen des Bundes und deren Anfechtungen und anderen Bereichen des Vergaberechts. Doch schon seit einiger Zeit mehrten sich die Asylfälle.

Sie blätterte, studierte die Unterlagen der Beschwerdeführer. Nach der Musterung legte sie die Fälle entweder links oder rechts von sich ab. Die Stapel wuchsen nur langsam. Immer wieder träufelte sie die Tropfen in ihre Augen, um den Lesefluss in Gang zu halten. Nach einer Stunde unterbrach sie die Arbeit und hatte Lust auf einen Kaffee. Sie holte Wasser, füllte es in den Container und schaltete die Maschine ein, um das Wasser aufzuheizen.

Der rechte Stapel war für die simplen schutzwürdigen, der linke für die komplizierteren Causen angelegt. Die Termine für die Verhandlungen setzte sie nach der Komplexität der Fälle fest. Noch war kein Bewerber dabei, den sie eindeutig der Abschiebung hätte zuführen müssen. Da geriet ihr das Attest einer posttraumatischen Belastungsstörung zwischen die Finger. Welche Beweise sie auch würdigte, fürs Bleiben entschied sie nach österreichischem Recht. Sie verglich die Aktenzahl mit dem Attest. Es war nachgereicht und bisher noch nicht berücksichtigt worden. Sie sah die Papiere zur betreffenden Person durch und strich im Bescheid der ersten Instanz das Zitat der Länderdokumentation an. Dann legte sie den Akt links ab.

Der Betroffene war männlich, weit unter 30, ohne Ausbildung, seit der Pubertät auf der Flucht. Gabrielle prüfte die Angaben der anwaltlichen Vertretung des nächsten Falles, zog wieder ein ärztliches Gutachten hervor und stellte fest, dass derselbe Arzt die Atteste geschrieben hatte. Sie legte das Blatt ein, schob den Akt von sich weg. Die Distanz des Gutachters, der die psychiatrische Untersuchung vorgenommen hatte, musste sie in Frage stellen. Wieso stammte das Attest in beiden Fällen vom selben Arzt, und wieso kam es erst jetzt daher? Korrektheit machte Gabrielle nicht unmenschlich, nur emotional unberührbar für das Amt.

Die Augen tränten. Die Richterin war froh, das Büro für sich allein zu haben. Ein Organ der Rechtspflege mit solch nassen Augen sähe aus, als würde es über den Akten weinen.

Sie nahm den Kalender, blätterte, blies die Wangen auf. Sie hatte den Termin beim Augenarzt nicht vergessen. Da klingelte das Telefon in ihrer Manteltasche. Sie ging zur Garderobe und fischte es hervor. Eine Schweizer Nummer stand auf dem Display. Ihr Herz klopfte schneller. Sie hatte keine Lust abzuheben. Mut oder Lust, was wusste sie schon über den Anrufer, jetzt jedenfalls war nicht der richtige Zeitpunkt dazu. Sie setzte sich wieder hin und überlegte, was geschähe, würde sie den Augenarzt anrufen und eine Verspätung ankündigen. Sie würde nicht rechtzeitig zur Besprechung ihres eigenen Befundes kommen. Die Sprechstundenhilfe würde sie natürlich mit dem Doktor verbinden.

Gabrielle schaute das Telefon überlegend an und wählte nicht die Nummer. Natürlich wäre der Arzt da, bereit, und würde sie konfrontieren. Aber womit? Mit guter oder schlechter Prognose. Die Richterin spürte den Widerwillen, doch sie war verantwortungsbewusst, besonders in ihren persönlichen Belangen. Egal. Sie würde das Gespräch ja nicht absagen, hatte nur zu viel zu tun im Augenblick und gleich eine Verhandlung zu führen. Sie würde später oder morgen wegen eines neuen Termins anrufen und dann vorbeikommen. Sie erledigte stets alles sofort, nur nicht, was ihr selbst zu Leibe rückte.

Sie ging mit sich selbst ins Gericht und gab einen mürrischen Grunzer von sich. Wäre es nicht besser, gleich den Befund zu erfahren und alles abzuklären, um gegebenenfalls noch am gleichen Nachmittag mit der Behandlung beginnen zu können? Ja klar, sagte sich Gabrielle, aber man müsste darauf gefasst sein, dass sich das Leben vollkommen ändern kann durch eine Diagnose. Und sie hatte noch eine wichtige Sache zu erledigen. Im Namen der Republik würde sie heute Asyl verkünden. Natürlich, sagte sie sich, ist nicht nur eine Diagnose usurpatorisch.

Gabrielle legte den Daumen in die dafür vorgesehene Mulde und drückte den Knopf, mit dem sie den nächsten hereinkommenden Anruf ablehnte. Die Funktionstaste war mit dem Symbol eines altmodischen roten Telefonhörers gekennzeichnet. Wer erinnerte sich noch an das Gefühl, den Hörer, schwer wie eine Hantel, abzuheben? Man sprach in den Hörer, genauer in seine Sprechkapsel, während die Hörkapsel an das Ohr gepresst wurde. Der Hörer war mit einem spiralisierten Kabel an den Standapparat von der Größe einer Handtasche gebunden. Mittlerweile war der Hörer längst losgelöst von seiner ursprünglichen Form und integriert in einen viereckigen Computer. Das Zeichen des Hörers hatte sich aber für das Telefonieren erhalten und durchgesetzt.

Auch Namen sind Zeichen. Man kann sie den Menschen geben und nehmen. Man kann einen Namen an viele vergeben und Gleichnamige schaffen.

Wie viele Ahmads hatte sie in ihren Stapeln? Jeder Mensch ist ein Namensträger, jeder Mensch ist einzigartig, sofern er einen Namensgeber hat. Der Name ist nicht einzigartig, beliebig teilbar und eine Zuschreibung, die Informationen zur Identifizierung enthält. Der Name überdauert die physische Materialität seines Trägers. Er bleibt als Spur vom Begriff einer Informationsmenge auf dem Grabstein stehen, sofern er in einen Grabstein gemeißelt worden ist, und wittert in romantischer Unsterblichkeit vergessen dahin. Namen kann man abziehen und hinschreiben, den Menschen dahinter erschreiben.

Die Richterin mied den Sog der Vorstellungskraft, sie war eine Verkünderin von Wirklichkeit. Unter diesem Damoklesschwert lebte sie. Fall und Zufall veränderten ihre Vorstellung von Gerechtigkeit. Die Beute dieser Jagd nach Gültigkeit ihrer Sprüche war sie selbst.

Die Sonne knallte durch die Fenster. Der ganze Stock war überhitzt. Sie fächelte sich mit der Broschüre einer NGO Luft zu. Das Blatt war gefaltet, auf beiden Seiten mit jungen afghanischen Männern bebildert. Das Innenleben listete Gründe auf, weshalb Afghanistan nicht als hinreichend sicheres Drittland eingestuft werden konnte. Kriegsähnliche Zustände überall. Verbrechen an Leib und Leben, soweit das Auge reichte.

Gabrielle schaute sich derartige Broschüren stets aufmerksam durch. Die Länderberichte waren als Argumentationshilfen verwendbar, sofern sie durch Zahlen und Daten abgesichert waren. Afghanistan erreichte demnach wieder neue Spitzenwerte an unschuldigen Toten. Arbeitsplätze fehlten und Ausbildungsplätze und die dazu notwendige Wirtschaft. Selbst der afghanische Minister für Flüchtlingsfragen bat die Republik Österreich, freiwillige Rückkehrer unter den Asylbewerbern nicht zurückzuschicken, da man zu Hause nicht wisse, wohin mit ihnen. Es wäre viel besser, sie in der europäischen Mitte auszubilden und ihnen danach mit einer kleinen finanziellen Unterstützung beim Aufbau wirtschaftlicher Rahmenbedingungen zu helfen.

Gabrielle kannte die unterschiedlichen Länderdokumentationen der verschiedenen Stellen. Sie haderte mit den widersprüchlichen Interpretationen und Empfehlungen. Die einen berichteten das Grauen und die anderen färbten Afghanistan schön und bekämpften kritische Einschätzungen als Hirngespinsterei einer Asyl-Lügen-Fabrik. Es gebe ihrer Meinung nach Straßenzüge in Kabul, in denen Schreiber sitzen und gegen Bezahlung Morddrohungen für die

Fluchtwilligen verfertigen, um deren Asylchancen zu erhöhen. Teure Belege eines Fluchtgrundes, aber schon inflationär, weil sich praktisch jeder Fluchtwillige damit eindeckte. Diese Schreiben waren der Richterin vertraut. Ebenso vertraut waren ihr die Verharmlosungen, dass Afghanistan als vielfältige Nation der Minderheiten über einen großen inneren Zusammenhalt mit regem Geschäftsleben verfüge. Es gab unter den konservativen, erzkonservativen Afghanistan-Experten Ignoranten, die die Triebkräfte des Eros zu beleben empfahlen, womit die Liebe zu den Frauen gemeint war. Gabrielle kannte Fabrikbesitzer, die den unqualifiziertesten Kräften Afghanistans, den Frauen, eine Chance gaben, als Packerinnen zu arbeiten und Gemüse und Obst für die US-Stützpunkte zu liefern.

Einen freiwilligen Rückkehrer hatte Gabrielle noch nie erlebt. Zynische Länderdokumentationen berichteten zwar, dass eine Geschäftstätigkeit allen Afghanen und besonders den Rückkehrern offenstehe, verschwiegen aber die Aussichtslosigkeit, sich selbstständig durchzuschlagen. Die Rückkehrer waren rudimentär alphabetisiert, durch die Fluchtjahre schon von zu Hause entwöhnt und mussten ihr Stigma als Versager tragen. Wem gelang es, die Fluchterfahrung in einen Bildungsschub umzumünzen? Lesen und Schreiben allein genügten nicht, um zu überleben.

Im nächsten Bericht eines Augenzeugen, der als Geschäftsmann nach Kabul gereist war, stand die Behauptung, dass die Taliban weniger schlimm seien als die kriminellen Banden, die mit ihnen packelten. Manche Sachverständige waren überzeugt, dass drei Viertel der Flüchtlinge Wirtschaftsflüchtlinge seien, wobei der Wunsch, dem Elend zu entkommen, eben keinen Asylgrund darstelle. Das Einzige, worin sich alle Länderdokumentaristen einig waren, war die Feststellung, dass das Bildungsniveau unter jeder Sau sei und sich das nicht so leicht ändern lassen würde.

Für wen sollte Gabrielle den Rechtsfrieden herstellen? Ja, wenn man die Flüchtlinge hierzulande ausbildete, wäre etwas in Gang gesetzt. Doch stattdessen waren Lehrlinge aus den Ausbildungsprogrammen herausgerissen und abgeschoben worden. Die Politik manipulierte das richterliche Denken und so wurde Gabrielle immer wankelmütiger, je beschönigender die afghanischen Bedingungen geschildert wurden. Die Befangenheit der Sachverständigen und die Fragwürdigkeit der Erkenntnisse, die das Gericht zur Legitimation seiner Urteile heranzog, konnte nur aufgedeckt werden, wenn Journalisten investigierten. Dann stürzten die angeblich objektiven Prämissen, die Basis der Länderberichte, als Lügengebäude in sich zusammen. Wenn ein Kläger in die Mühlen dieser manipulierten Justiz geriet, dann erlitt er außerordentliches Unrecht.

Gabrielle konnte aus allen Länderberichten zusammen eine Art Lebendigkeit erfahren, die einen grauenhaften Befund in den frischen Farben der Drastik und Verdrängung lieferte. Man musste immer darauf achten, aus welcher Quelle die Dokumentationen stammten. Es gab Gutachter, die eingestanden, auf die Barrikaden zu gehen, würde die eigene Tochter einen afghanischen Freund zu ehelichen beabsichtigen, ja sogar zur Gewalt zu greifen, würde sie mit ihm auch nur für einige Monate in den Süden des Landes gehen, um aus Liebe in einem Lehmbau ihre Entmündigung zu erfahren.

Da es sehr heiß war, stellte sich Gabrielle ohne Mühe vollkommene Dürre vor, darin die verstreuten Lehmhütten in der Einöde und die Frauen, die mit Kindern über diese brachen Felder zogen, über die von Trockenheit zerrissene Krume, über den Sand und die nahezu vegetationslose Ebene aus Salzton, bis hin zur Steppe, um den Dung der weiterziehenden Schafe aufzusammeln. Sie sah die kleinen Karawanen den Karren durch den heißen Sand schleppen. Die Zehen würden bei jedem Schritt versinken, die Fußsohlen weich und sauber sein vom Abrieb der Körnchen, des Salzes und des Sandes. Der Karren würde immer wieder steckenbleiben und so müssten auch die Kinder Hand anlegen und den Karren mit den Frauen aus den Dünen ziehen. Gemeinsam würden sie den Dung nach Hause schaffen und damit das neue Gebäude verputzen, die Mauerritzen gegen den Wind rüsten und zustopfen. Der errichtete Raum wäre mit einem Teppich und einer Feuerstelle möbliert. Vielleicht handelte es sich um das Gemach der dritten Ehefrau des dazugehörigen Familienvaters. Man hörte vielleicht das Knattern eines Gewehrs in der Dürre oder das Krachen einer Granate, die die Stille zerriss, und vielleicht fürchteten oder hofften die Frauen gar, dass es das neue Hochzeitspaar erwischt hätte.

Ein Windstoß fegte über den Tisch.

Mazuma schloss schnell die Tür. Der Durchzug hatte auf einen Schlag gegen die vorgefertigte Ordnung gewirkt, mit unsichtbarer Hand die Papiere vom Tisch gewischt. Gabrielle seufzte über das Chaos. Mazuma bückte sich sogleich, um zu helfen.

Sie hatte zu ihrem Sommerkleid dünne, mit Lochmuster versehene Stiefel an, die bis übers Knie reichten. Wie konnte sie bei dieser Hitze Stiefel anziehen? Dafür trug sie kein Kopftuch.

Mazuma entdeckte die Augentropfen auf dem Schreibtisch und warf Gabrielle einen besorgten Blick zu. Mazuma war von Beruf Ärztin, jung und erfolgreich, wie es hieß. Sie erkannte den Schriftzug der Arznei.

Sie war eine Integrationsmeisterin, erst seit ihrem achten Lebensjahr in Österreich, Tochter einer afghanischen Lehrerin und eines afghanischen Arztes.

Die helfen dir nichts, sagte Mazuma auf die Tropfen weisend. Sie leistete nicht nur medizinische, sondern auch humanitäre Hilfe für die alte Heimat, indem sie als zugelassene Übersetzerin für ihre Landsmänner und Landsfrauen dolmetschte.

Wer weiß?, antwortete die Richterin.

Mazuma hob das Attest des psychiatrischen Gutachters vom Boden auf. Sie überflog die Zeilen, reichte das Blatt an Gabrielle weiter und sagte nur: Ich kenne den Arzt.

Was willst du mir damit sagen?, fragte Gabrielle.

Er ist gut.

Die Richterin kontrollierte die Eingangszahlen und suchte den dazugehörigen Akt. Wenn sie in die Verhandlungen ging, benötigte sie eine geklärte Faktenlage. Dafür musste sie die Beschwerdeführer stichhaltig befragen.

Für Asyl wird es nicht reichen, sagte Gabrielle.

Sie verbot sich zwar jede Voreingenommenheit und ließ sich unschlüssige Aussagen und Widersprüche immer wieder aufs Neue erklären, aber trotzdem gab es eine juristische Definition der Umstände, die das Erkenntnis folgern ließ. Wieso war es erst jetzt zur Nachreichung einer psychiatrischen Untersuchung gekommen, wenn dieses Attest schon bei der Ersteinvernahme viel zum Bescheid beigetragen hätte? Das ist schon merkwürdig, meinte sie.

Im Prinzip war es ein Präjudikat, die Ordnung der Akten auf zwei Stapel zu reduzieren. Doch irgendwie musste sich Gabrielle organisieren. Subsidiärer Schutz oder Asyl, immerhin ein Weg, eine Abschiebung zu vermeiden, was Gabrielle versuchte, außer es ging nicht anders.

Es machte sie im Grunde befangen, dass sie seit Wochen keinen Fall zur Abschiebung bestimmen konnte. Es gab Kollegen, die der Abschiebung und den Rückkehrprogrammen freundlicher gegenüberstanden. Selbst wenn Gabrielle weniger Kaffee trinken würde, ginge das Bauchweh vor persönlicher Befangenheit nicht weg. Sie hielt die Konzentration streng auf die Fakten gerichtet, um alles richtig zu machen und Voreingenommenheiten hintanzuhalten. Sie hatte sich darauf trainiert, keine unzulässigen emotionalen Hierarchien zu entwickeln. Wenn einer log im Zeugenstand oder eine Geschichte erfand, dann bitte gut. Sonst behandelte sie ihn wie ein schlechtes Buch, schlug es zu und legte es zurück auf den Stapel, schaute es nicht mehr an, bis der Druck der Öffentlichkeit zunahm und verlangt wurde, dass sie es fertig lese und ihr Urteil verkünde.

Schlimm waren diese Tage gewesen, an denen Abschiebungskaskaden stattgefunden hatten. Niemand verstand das Recht des Richters auf seine persönlichen Gefühle. Das Gericht braucht keine Gesinnungsjustiz, das handelnde Organ verfügt jedoch über Organe und diese halten die Person lebendig, auf der der Staat sein Gericht errichtet wie auf einem Widerspruchsfels.

Sie rieb sich die Augen. Dauernd musste sie Wirklichkeit schaffen.

Mazuma war gekommen, um sich zu verabschieden.

Sie würde also wieder nach Kabul fahren. Alle paar Jahre besuchte sie dort ihre Verwandten.

Pass auf, dass nichts passiert, sagte Gabrielle.

Mazuma reichte ihr mit pathetischer Geste das Taschentuch, damit sie die Augen trockentupfen konnte. Heute war es besonders schlimm mit der Flüssigkeit. Käme doch einmal jemand herein und entrisse Gabrielle ihrer Wirklichkeit, sie könnte die ganze Welt anders sehen und die Rechtsordnung danach umordnen.

Ich könnte mir einen Urlaub weder in Kabul noch sonst wo vorstellen, sagte Gabrielle.

Sie dachte jedoch intensiv an eine Palme. Einen Strand. In der nächsten Bucht würde sie schon den Plastikmüll entdecken. Die Tropfen würden zur Verschönerung der Wirklichkeit nichts nützen.

Ich sehe nur, was ich wissen muss, sagte Gabrielle, meine Augen haben die Schnauze voll.

Ich habe einen Brief von meinem Bruder Karl erhalten, sagte sie. Die Richterin zog das Papier mit der E-Mail ihres Bruders aus der Ablage hervor. Wo ist das Rote Kreuz in Kabul stationiert?

Mazuma hob ratlos die Augenbrauen.

Karl arbeitet dort, erklärte Gabrielle. Er kommt demnächst in die Schweiz. Sie musste dazu ungläubig grinsen und den Blick auf die Zeilen richten, um nachzulesen.

Soll ich ihn treffen?, fragte Mazuma.

Gabrielle stierte auf das Papier und sagte, ohne zu antworten, im Ton der Gleichgültigkeit: Weiß der Teufel, wie er da hingeraten ist.

Lass nur, ich schaff das schon, sagte Mazuma und schickte sich an, Akt für Akt mit Gummibändern zu fixieren.

Gabrielles Schriftsätze verschwanden zwischen den Flügelmappen, und als sich eine Wolke vor die Sonne schob, gingen die Lamellen der Jalousien automatisch auseinander. Es nützte ja nichts, sie musste durch diesen Tag durch, dachte Gabrielle.

Ich wusste gar nicht, dass du einen Bruder hast, sagte Mazuma.

Ist auch egal, antwortete Gabrielle.

Vielleicht treffe ich ihn in Kabul, schlug Mazuma vor.

Ich weiß nicht, ob ich dir das wünschen soll, meinte Gabrielle. Sie winkte noch und rief ein „Inshallah“ für die Reise hinterher.

Ursächlichkeit gibt es nur im Nachhinein. Nichts kam, wie es kommen musste. Gabrielle legte die Akten bereit. Der Kaffee schmeckte gut. Der Zucker stand auf dem Tischchen. Sie brauchte ihn nicht.

Der Fauteuil stammte wie alle Möbel aus dem Mobiliendepot. Auf der Sitzfläche lag der Karton. Sie hatte ihn hergeschleppt, um die Fotos im Büro scannen und dann digital komprimieren zu lassen. Die Alben stammten aus der Stadtwohnung der Familie. Dokumente einer Zeit, die sie mit ihrem Bruder lieber nicht geteilt hätte. Sie schleppte die Beweise seit Tagen mit sich herum. Den Bruder zu tilgen war ein gut überlegter Entschluss. Sie wusste nicht, wohin mit den Originalen, vielleicht würde sie sie auf den Flohmarkt werfen, wo sie in die Hände findiger Geister geraten und neue Geschichten bewirken könnten.

Auf die eigene Kindheit hatte sie keine Lust. Die Wohnung war seit Jahren leergestanden, aber voll mit Erinnerungsstücken gewesen. Die Möbel hatte sie verschenkt, die Wände ausgemalt, sogar die alten Fenster neu verglasen lassen, um die Aussicht zu entzerren. Im Büro war eigentlich kein Platz für Privatsphäre. Genau deshalb war es der richtige Ort, eine Auswahl unter den Bildern ihrer Geschichte zu treffen.

Sie griff in die Kiste und zog ein Album heraus, blätterte. Ihr kleiner Bruder war damals noch kein Problem, als Kindergartenkind genauso blond wie sie gewesen. Über die Jahre waren die Haare nachgedunkelt. Mit zehn waren sie schwarz. Vielleicht ergraute er jetzt und half dem Erhalt seiner Schönheit nach?

Gabrielle hatte immer natürliche Locken gehabt und jetzt im Alter wirkten sie ungewöhnlich dunkel und voll. Sie wartete darauf, dass die Natur in ihrer unberechenbaren Unausweichlichkeit zuschlug. Sie hatte ein Rezept gegen diese Respektlosigkeit der Irreversibilität, sie setzte auf bleibende Werte, sie liebte die Kunst. Sie unterstützte auch Joes Leidenschaft Gitarren zu sammeln, was versteht man schon sonst unter Liebe. Sie muss sich in Verständnis kehren.

Der Bruder mit langem Haar, Zotteln nach der landläufigen Bewertung, spielte Gitarre, als er 13 war. Auf diesem Foto lächelte er noch. Das war vor dem ersten Entzug. Er hatte nicht einmal die Unterstufe geschafft. Gabrielle hingegen strahlte mit dem Maturazeugnis in der Hand, und später sah sie sich mit der gebundenen Doktorarbeit über Verwaltungsrecht und mit der Urkunde in einer Rolle auf dem Foto, das der Vater noch gemacht hatte.

Der unförmige Mann hatte sie auf eine Reise eingeladen. In die Schweiz. Der Bruder war damals auch in der Schweiz gewesen, allerdings stationär aufgenommen. Man war ihn besuchen gegangen.

Das nächste Album stammte aus den letzten Jahren vor Gabrielles großen Veränderungen. Joe küsste sie auf dem Foto. Der Wörthersee lag unter ihnen. Das Schlösschen war karg ausgestattet gewesen, von schlichtem Luxus. Die Ehe war auf der Terrasse geschlossen worden.

Bruder Karl war damals während der Trauung aufgestanden. Weil es ein hochsommerlicher Tag gewesen war, hatte er verlautbart, dass er Hochzeit mit den Undinen des Wörthersees feiern wollte, und war einfach schwimmen gegangen. Als er nicht mehr auftauchte, war die Hochzeit in ein Körperfest des Nervenzusammenbruchs gekippt. Joe hatte den Bruder Jahre später aus der Familie geworfen. Gabrielle konnte die Überzeugung nicht aufrechterhalten, dass sie Verantwortung für den Angehörigen trüge.

Vater fehlte auf diesen Fotos, er war schon lange tot gewesen. Wenn sie ihn gesucht hatte, dann war er an seinem Schreibtisch zu finden gewesen. Sie brauchte nur in den Spiegel zu blicken und konnte seine Augen sehen. Karl war sonst auch der Mutter wie aus dem Gesicht geschnitten gewesen.

Er war aus etlichen Anstalten hinausgeschmissen worden und zunächst in Paris auf einem Bahnhof und schließlich auf vielen anderen Bahnhöfen europäischer Städte aufgegriffen worden. Doch nach der Aktion am Wörthersee war er für Monate verschollen geblieben. Gestrandet war er dann in Griechenland. Wasserrettung und Polizei hatten eine Rechnung ausgestellt, die keine Versicherung übernehmen wollte. Die Polizze der Zusatzversicherung hatte daraufhin auch nicht mehr zu einem vernünftigen Preis verlängert werden können. Karl hatte ein zu hohes soziales Risiko dargestellt. Gabrielle hatte Urlaube für die Suche und Rückholung des Bruders geopfert, so lange, bis Joe die Symbiose unterbinden wollte.

Er war enttäuscht gewesen, als Gabrielle auf den Anruf von Interpol reagierte, nur weil sein süchtiger Schwager wieder ein Lebenszeichen aus Athen gegeben hatte. Gabrielle hatte die Wahl gehabt, ihn hängenzulassen. Aber sie hatte sich falsch entschieden, wie sie im Nachhinein wusste.

Sie hatte das erste Ultraschallbild ihres Kindes gesehen, eine Großwetterlage in Schwarzweiß mit schlagendem Herz. Die Richterin war voll des Guten gewesen und Joe hatte sich wahnsinnig über die Schwangerschaft gefreut. Das Herz seines eigenen Kindes war ein großes Ja, eine Totalaffirmation der Welt gewesen. Und in dieser Welt musste man alle verlorenen Menschen retten, auch den Bruder, hatte Gabrielle damals gesagt.

Das war die frohe Botschaft der Hormone und nicht der Vernunft gewesen. Anstatt für das werdende Leben hatte ihr Herz für Karl zu schlagen begonnen. Joe hatte schließlich nachgegeben. Die Freude über das kommende Kind hatte ihn weich gemacht und der unverbrüchliche Glaube an eine gerettete Zukunft dumm. Hätte die Vernunft obsiegt, wäre Gabrielle bei ihm geblieben und sie wären heute Eltern eines lebenden Kindes.

Gabrielle wunderte sich schon lange nicht mehr, dass die Augen nässten, obwohl sie an Augentrockenheit litt.

Medizinisch war das klar, die Tränendrüse versuchte den Mangel der zu schnell verdunstenden Flüssigkeit auf der Hornhaut zu kompensieren und produzierte die Tränen daher mit Überschuss.

40 Ehejahre hatte sie mit Joe hinter sich und sie zeigte sich noch immer Hand in Hand mit ihm in der Öffentlichkeit.

Bei Abendessen mit Freunden legte er den Arm um sie. Das Paar zollte einander Liebkosungen und wirkte unzertrennlich, obwohl es privat kaum Zeit zusammen verbrachte und auch der eine keine Sehnsucht für den anderen fühlte. Er tat verliebt in sie, und für Gabrielle war es zur Gewohnheit geworden, eine geliebte Inszenierung, auch verliebt zu tun. Nach innen war er kühler und weniger an wahrer Nähe interessiert als sie, wie immer wahre Nähe auch aussehen mochte. Das Begehren nach einem Liebesleben, wie zu Anfang ihrer Epoche als intimes Paar, konnte nicht der einzige Maßstab für Innigkeit sein, denn sie fühlte große Sympathien auch für Mazuma, ohne eine Spur erotischen Interesses zu entwickeln. Sie hätte ihr Verhältnis zur dolmetschenden Ärztin als durchaus nah beschrieben.

Joe und Gabrielle hatten ein Haus gebaut und einen Garten angelegt. Das aufblasbare Planschbecken hatten sie längst entsorgt, und der kleine gepflasterte Parkplatz unter den Schatten spendenden Bäumen für den Kinderwagen war längst mit Gras überwachsen. An heißen wie an kalten Tagen kraulten sie durch den Pool im Keller. Ein Swimmingpool im Garten ohne Dach über dem Kopf hätte Joe nicht ganzjährig befriedigt. Außerdem liebte er auch den Unterschied zu natürlichen Gewässern und zog es vor, im Sommer wild an Flüsse und Seen baden zu gehen. Gabrielle folgte ihm auch an die Alte Donau, wo das Wildbaden nur möglich war, wenn man sich vor nassen Hunden nicht grauste. Weil es richtig war, als Paar die Freizeit zusammen zu verbringen, tat sie es unhinterfragt bis heute, um sich soziale Kompetenz einzuhandeln und zu bestätigen. Nichts störte die Symbiose. Nicht einmal fremde Kinder und sie hatten ja keine eigenen. Der Bruder hatte Gabrielles Mütterlichkeit aufgefressen und den Abgang ihres Kindes verschuldet. Joe hatte in allem Recht behalten und Gabrielle die Gutmütigkeit verübelt.

Nun war wieder der kleine Karl auf einem der Fotos zu sichten. In der ersten Reihe einer Kindergartengruppe stand er mit Gabrielle, damals Gabi genannt, neben dem Jugendfreund Werner. Die selbstgebastelten Laternen hingen an ihren Händen, in Gabrielles brannte das Licht, bei ihm war die Kerze erloschen. Ein Wink des Schicksals?

Ein paar Fotos weiter streckten sie Schultüten hoch und dem Kameraauge entgegen. Das letzte Familienfoto, das sie noch alle zeigte, auch den Vater, der erschreckend erschöpft und viel kleiner als damals auf Gabrielle wirkte, war bei einem Grillfest entstanden. Ihr Bruder winkte mit der Fleischzange, in der anderen Hand hielt er eine Flasche Gin. Zum Flambieren des Fleisches, hatte damals der Vater gemeint. Die Flammen fauchten auf und man sah dieses Fauchen regelrecht in den züngelnden Spitzen. Und auch an den versengten Augenbrauen und Wimpern, sah man genauer hin.

Wie lange hatte Karl gegen die Sucht gekämpft? Auf dem folgenden Foto war er 16. Mit den aufgequollenen Augen und dem löchrigen Gebiss sollte er ihr in Erinnerung bleiben? Gabrielle löste das Bild des Zerstörten aus den Fotoecken. Das Konterfei des Bruders hätte sie vor einigen Wochen noch zerfetzt, verbrannt und hernach die Asche vergraben. Heute war sie gefasster. Der Bruder gehörte zu ihrem Leben. Wieso sollte sie auf Zeugnisse ihrer Biografie verzichten?

Sie hatte auf den Fotos immer ernst und eingeschüchtert gewirkt und jetzt konnte man sehen, weshalb. Der Terror war im elenden Portrait Karls festgehalten. Ein zerstörtes Gesicht mit unsäglich traurigen Augen. Gabrielle spürte die Abwehr und die Distanz zu diesem Verwandten wie ein lang gedehntes Gähnen in sich. Das Gähnen einer Menschenfresserin nach einem üppigen Mahl, so egal war ihr, was geschehen war, nur satt war sie davon. Was blieb von diesen Erinnerungen übrig? Was macht den Menschen aus? Der Kern, den der Menschenfresser ausspuckt? Sie musste an Odilo Marquardt denken, den sie für dieses Sprachbild verehrte. Zu Hause wollte sie das Zitat nachschlagen. Wenn schon nicht alles richtig erinnert war, dann zumindest korrekt zitiert. Karl hätte wegen Mordes, Totschlags und fahrlässiger Tötung angeklagt werden können, aber in allen Punkten wäre er wegen Unzurechnungsfähigkeit freigesprochen worden. Es stimmte, dass er nicht schuldig, aber nicht unschuldig war.

Niemand sollte den abgewrackten Karl so sehen, wie er einmal gewesen war. Sie ritzte mit dem Briefmesser die Fotoschicht ab, sodass ihr Bruder durch die Retusche zumindest weiße Flecken auf der Topographie seines Gesichtes erhielt. Dann schob sie das Foto zurück in die Ecken.

Gabrielle las Karls elektronischen Brief wieder und wieder durch und zweifelte an der Wahrhaftigkeit seiner Geschichte. Wozu benötigte er persönliche Erinnerungsstücke? Bastelte er an seiner Identität? Wie sollte sie Karl je wieder gegenübertreten?

Sie nahm ein Kuvert aus dem Schrank, füllte das Adressformular aus und klebte es auf den Umschlag. Karl hatte seine Adresse als pdf angehängt, c/o Internationales Rotes Kreuz. Gabrielle sollte die Fotos per Diplomatenpost schicken.

Kurz entschlossen legte sie aber das Kuvert wieder weg. Sie würde ihm lieber die Scans schicken. Einfach per E-Mail. Joe hätte dazu gesagt: Du willst ihn also digitalisieren? Er meinte damit, dass sie sein analoges Abbild behalten wollte, um ihn weiter zu studieren. Doch genau das Gegenteil war der Fall. Sie wollte Karl die Gelegenheit geben, auf Knopfdruck die Scans und die E-Mail zu löschen, ohne die Originale zu verlieren.

Sie stopfte die Alben zurück in die Schachtel. Reisen in die Berge, an die Seen und an die Meere zeigten ein gesundes Familienleben auf den letzten Fotos mit Joe und Karl.

Joe war damals auch drahtig gewesen und die Liebe war wild. Dann die Früchte im Garten und später die Rosen und Wunderblumen der Bougainvillea im Garten am Fluss und dann das Schlösslein und das Haus und der Aushub des Pools. Das Terrain zwischen ihnen begann sich zu ebnen. Gabrielle war in Freizeit gern im Hintergrund angesiedelt. Sie trug legere Kleidung und hatte das unfrisierte Haar zusammengebunden. Sie war unbeobachtet und unbeschwert wie die Öffentlichkeit selbst, die sonst ihren Blick skeptisch auf die Usurpatorin fremden Lebens legte, sobald sie Verhandlungen führte. Der Hang zur Lässigkeit im Privaten passte nicht zum Amt. Sie spielte ihre Rolle jeder Sphäre angemessen gut. So saß sie auf dem letzten Geburtstagsfoto in der Hollywoodschaukel und überhaupt mochte sie es in letzter Zeit, mit Freundinnen fotografiert zu werden, die oft zu Besuch waren und Haus und Garten belagerten.

Die Freundinnen hatten bereits Kindeskinder und Gabrielle sah dafür jünger aus, als manche über ihr Alter mutmaßten. Sie lebte gesund mit ihrem Lehrer. Eine junge Oma und ein junger Opa hätte das Paar sein können. Aber in Athen, von wo sie Karl zurückholen hätte sollen, war die Fruchtblase geplatzt. Gabrielle war sofort zu Boden gegangen.

Joe hatte schon richtig geurteilt, genug war genug. Aber da er sie dem Schicksal, Karl zu holen, überlassen hatte, trug er gleich viel Schuld. Ihre Verbindung zueinander erhielt deshalb keinen Knacks, im Gegenteil. Sein Gefühl der Mitgefangenschaft steigerte sich und Gabrielle konnte ihren Weg gehen und jede Art gemeinsamen Haushaltens an ihn abtreten, weil sie damit die Schicksalsgemeinschaft untermauerte. Der einzige Zwist in ihrem Umfeld war Gabrielles zweifelhafter Wunsch nach Selbstständigkeit, einem Leben als Single in der schmutzigen Stadt.

Die Stadtwohnung, wo die Alben verstaut waren, hatte ihren Eltern und danach Karl gehört. Unter seinen Fittichen war die Behausung verwahrlost. Gabrielle hatte die Spuren der Verzweiflung und Ohnmacht aus den letzten Jahren beseitigt. Nun nächtigte sie sogar selbst in der Wohnung. Wenn die Arbeit im Büro zu lange dauerte, brauchte sie vom Gericht nur ein paar Stationen mit der U-Bahn, um direkt dorthin zu gelangen.

Das Büro lag neben der Autobahn. Gabrielle war müde und legte den Kopf auf die Lehne des gepolsterten Fauteuils. Der Verkehr wummerte dahin. Ihr fiel auf, dass sie auf jedem Foto geraucht hatte, als alte und als junge Frau. Die alten und die neuen Freunde rauchten mit. Die guten und die schlechten Zeiten, sie versanken im Qualm. Gabrielle hatte bis heute das Laster beibehalten. Sie schlummerte mit dem süßlichen Geschmack von Tabak auf der Zunge und einem sanften Kratzen in der Kehle ein.

Als sie wieder erwachte, lag das Album noch aufgeschlagen auf dem Tisch und Fotos von Joe und Karl steckten in der Seitenlasche. Sie hatte die beiden auf Exkursionen begleitet.

Die gut aussehende Frau mit schwarz gerahmter Brille und dem Blick eines schlechten Gewissens war ihr zuvor nie aufgefallen. Zwischen den beiden Männern stand sie immer im Hintergrund. Eine Kollegin? Eine Frau für die Pause? Wieso drängte sie sich ins Bild? Hatte Joe sie Gabrielle je vorgestellt? Die Frau im Schatten war ziemlich jung. Gabrielle entdeckte das Muttermal über der Lippe und stutzte. War sie nicht eine der Frauen, die Karl in ihren Abgrund gezogen hatten? Sie löste auch dieses Foto aus den Ecken und steckte es in die Tasche. Es könnte helfen, einen Streit zu verhindern.

Sie hatte Joe ihr Versprechen gegeben, sich nie anmerken zu lassen, dass sie ihr Begehren an anderer Stelle auslebte. Sie wäre nicht einmal auf die Idee gekommen, Joe zu betrügen. Doch er war unnahbar, als strafte er sie für den Verdacht, sie könnte es tun. Letztens war sie aus Genf nach Hause gekommen und der Blick ihres Mannes war vorwurfsvoll und triumphierend gleichzeitig gewesen, weil sie den Ehering nicht angesteckt hatte. Sie hatte es gar nicht bemerkt. Sie hatte es nicht für wert befunden, in Genf den Ring zu tragen, weil er in der protestantischen Stadt zu protzig gewesen war.

Gabrielle war gerührt über die Eifersucht ihres Mannes und scherzte, sie hätte den Ring in ihrer letzten Liebesnacht abgestreift, um den Bund mit Joe nicht zu verraten.

Na wenigstens so viel Loyalität beweist du, hatte Joe geantwortet. Er hatte sein Vermögen für den Ring ausgegeben, nur um das Lohngefälle zwischen ihnen auszugleichen. Er verdiente als Lehrer weniger als sie, hatte aber seiner Meinung nach gleich viel Macht mit seinen Beurteilungen über das Leben der Schützlinge. Gabrielle stand mit ihren Urteilen wie er in der Öffentlichkeit, die gern enttäuscht von der Härte, aber Gerechtigkeit war. Ja, das sagte er, er hielt sich für minderwertiger als seine Frau und damit auch sie für minderwertig, indem sie den Maßstab für einen Komparativ abgab.

Wem gegenüber bist du so geladen?, hatte Gabrielle gefragt. Das kann doch nicht der Ring allein sein? Geld bedeutet dir nichts.

Dem Tode gegenüber, hatte er schamvoll zu Boden blickend geantwortet.

Gabrielle schwieg. Sie nahm den Ring auch im Gerichtssaal regelmäßig ab, um nicht im Talar den Streitparteien glitzernd gegenüberzusitzen. Nun blitzte der Stein auf ihrer Hand.

Unter den Alben auf dem Schachtelboden fand sie noch andere Fotos. Bäume. Sträucher. Landschaft. Wohin mit Schnappschüssen von Stimmungen, die nur Erinnerung an Gleichgültigkeit und Beliebigkeit auslösten?

Die Akten auf dem Schreibtisch drängten sich ins Gesichtsfeld, als der Wecker zirpte. Die nächste Verhandlung begann in Kürze. Die Papierstöße glotzten sie trotzdem geduldig an. Sie hob den Kopf und streckte die Hand nach der Tasse und süffelte den Espresso aus und stellte das Geschirr ab und überlegte, wo die Müllsäcke steckten. Sie hörte das Rauschen des Verkehrs draußen auf der Tangente. Es regnete. Im Geist suchte sie die Kehrichtschaufel und wischte währenddessen über das Display ihres Mobiltelefons. Sie rief noch in der Praxis des Augenarztes an. Er hatte seinen Dienst bereits beendet und sie bedauerte, dass sie nicht zum Termin erscheinen hatte können. Die Sprechstundenhilfe war kooperativ. Natürlich gab es einen Ersatztermin. Gabrielle löschte E-Mails. Sie musste dazu nur den Finger auf das Handydisplay legen, nach links wischen und dann auf das rote Feld drücken. Für die Augen war das anstrengend genug. Die Fotos auf dem Tisch verschwanden nicht so schnell aus dem Sinn, aber auch sie waren für den Orkus bestimmt. Der Wecker meldete sich wieder.

Der zufällige Haufen Menschen, der ihr von Berufs wegen Tag für Tag zugeteilt war, elektronisch erfasst, aber nach Kriterien der Menschlichkeit nicht algorithmisch zu bearbeiten, raubte ihr die Zeit für andere Causen, die das Verwaltungsgericht auch zu behandeln hatte. Die Menschenfälle hatten infolge des politischen Diskurses in den Medien den Vorrang. Schwebende Verfahren sollten endlich beendet werden. Womit Gabrielles Angst begann, ihre Entscheidungen eines Tages zu bereuen und ihre Tätigkeit zwar als rechtens, aber als moralisch verwerflich zu erkennen. Jeder einzelne Kläger unter ihren Asylsuchern berief gegen den Erstbescheid und verlangte sein persönliches Verfahren in zweiter Instanz. Sie hatte selbst mit den Kollegen Beschwerde gegen die Massen von Anträgen eingelegt, mehr Personal gefordert, um die Verfahrensdauer für die Parteien zu kürzen und die Strapazen für die Richter, die an der Eintönigkeit der Asylfälle krepierten, zu reduzieren. In den Augen der Öffentlichkeit war sie Expertin für Asyl, dabei hatte sie tausendmal mehr Interesse an vergaberechtlichen Causen. Zu Hause hatte sie ein Tuch über die Akten der Asylsucher geworfen, um sie nicht mehr sehen zu müssen. Im Büro aber lagerten die Daten von Männern und Frauen, die sie in den kommenden zwei Wochen bearbeiten musste, um die Erkenntnisse zu verschicken. Die tiefe Hoffnung und der daraus resultierende Lebensmut trotz der Aussichtslosigkeit auf das Asyl, das sich alle Bewerber wünschten, berührten sie. Gegen die Anteilnahme halfen die Formeln juristischer Textkörper, die sie mit Copy & Paste in die Schriftstücke einpasste, nicht.

Außergewöhnlich wenige Frauen waren ihr zugeteilt, aber die symbolische Last der Kopftücher schien im Schicksal festgehalten und festgeschrieben wie in den Mappen, die auf den Bundesmöbeln eines Staates mit gleichgestellten Geschlechtern lagen. Selbst eine Universitätsprofessorin musste für den Rechtsfrieden in den sauren Apfel des Unrechts beißen. Ihr Akt war übriggeblieben und auf keinem der Stapel gelandet. Sie würde kein Asyl und keinen subsidiären Schutz erhalten, weil sie eine Professur in Kabul bekleidete, nicht gefährdet war und ihre Fakultät den Aufbau der Zivilgesellschaft in Kabul beförderte. Sie war versorgt, bestens vernetzt und Professorin für Gender Studies. Gabrielle hatte zuerst ihren Augen nicht getraut. Kabul war der Professorin sogar zumutbar, da sie keine Drangsalierungen an der Universität glaubhaft schildern konnte. Im Internet waren auch keine weiteren Indizien ausfindig zu machen gewesen. Wenn ein Anschlag auf sie verübt worden wäre, dann bitte, aber so drohte keine Gefahr außer die allgemeine, die freilich auch eine persönliche, aber keine juristisch anwendbare war.

Die Funktion des Büros im Verwaltungsgericht lag darin, einen Raum für die Bewältigung von Unausweichlichkeit zu schaffen und ihn, das war psychologisch wichtig, jederzeit verlassen zu können. Gegebenenfalls konnte man auch die Tür zuschlagen. Die Aura eines ratlosen Pragmatismus ließ sich auf- und zusperren. Frauen und Männer, eingereicht auf Papier, die ihren Lebensraum beanspruchten, drängelten sich vor den Verhandlungssälen, die so gestaltet waren, dass sie Beruhigung und Sachlichkeit verkündeten. Viele der Frauen waren schwanger, und waren sie es nicht, würden sie es bald werden und die Kindeskörper auf die paar Quadratmeter der reichen Welt setzen, die ihnen den Platz gab. Waren Buben darunter, zeugten diese später wieder Kinder und man konnte sich vorstellen, was das ergab. Es handelte sich also nicht um Aktenleichen, die sie in den Händen trug. Wie viele Eizellen ließ man ins Land? Gabrielle stand auch diesen Überlegungen, die ihr unzulässig erschienen, ohnmächtig gegenüber. Doch das Leben musste man aushalten.

Gabrielle riss sich zusammen, um die Fragen an die Universitätsprofessorin neutral zu formulieren. Sie dachte an Joe. Wo trieb er sich um diese Zeit herum? In einer Pause rief sie ihn an. Weshalb hob er nicht ab? Seit er in Pension war, schrieb er an einem Buch. Er hatte ein neues Gesetz zwischen ihnen etabliert. Gabrielle durfte ihn nicht stören und sollte sich an seine Zeiten halten. Bis fünf schrieb und wirtschaftete er im Haus und es war ihr verboten, vor fünf unangemeldet daheim aufzutauchen. Er hatte sogar die Putzfrau abbestellt, weil er sich seiner Literatur widmen und sich um alles selbst kümmern wollte. Gabrielle hatte nichts dagegen und akzeptierte den Spleen. Pünktlichkeit war einem ehemaligen Lehrer eben wichtig. Sie schloss die Verhandlung.

Sie setzte die Sonnenbrille auf. Joe war noch immer nicht zu erreichen gewesen. Er würde wohl Staub wischen, und weil die Bücherregale bis unter die Decke reichten, würde er auch auf der Leiter stehen. Käme er mit dem Wischen zurecht? Der Staub bildete sich mit dem Pollenflug schnell nach und die Zeit raste dahin, so dass er es bis jetzt nicht geschafft hatte, die Erinnerungsstücke seiner Schüler zu entsorgen, die Schränke auszuräumen und die alten Seminararbeiten wegzuwerfen. Ihn zwang jedoch auch kein öffentlicher Druck zur Eile.

Gabrielle klaubte in der Tasche herum. Den Ehering hatte sie im Seitenfach bei den Papieren stecken. Um eine weitere Eskalation wegen des Schmuckes zu vermeiden, steckte sie ihn an den Finger. Aber die Schlüssel zum Haus lagen nicht an ihrem gewohnten Platz. Ach ja, die hatte ihr Joe abgenommen, um ein Set nachmachen zu lassen. Es war ausgemacht, dass sie erst um 17 Uhr zu Hause eintreffen durfte. Was machte es schon, eine Stunde früher da zu sein? Eigentlich hatte ihr Joe die Schlüssel schon vor einer Woche weggenommen, sie waren also noch immer nicht nachgemacht. Komisch, dass er sich damit so viel Zeit ließ.

Sie stakste auf den Stöckelschuhen in die Garage. Die Absätze knallten bei jedem Schritt ungleich laut auf. Sie versuchte den Takt zu halten, wankte. Es kam ihr vor, als hinkte sie. Eine Gangart, die für Nachlässigkeit sprach oder eine Krankheit. Es entsprach ihrer Gewohnheit, sich auch als Privatperson mit den Augen der Öffentlichkeit zu sehen, also richtete sie sich auf. Das war schon ein speziell bewusster Zustand.

Da bemerkte sie einen jungen Mann in der Garage. Als er sie sah, kam ihr vor, er versteckte sich vor ihr hinter der Säule, und dann hörte sie Schritte, die sich im Verborgenen entfernten. Sie dachte: Denk dir am besten nichts dabei, Gabrielle!

Sie ging zum Auto und öffnete die Tür mit einem Druck auf die Fernsteuerung.

Der Wagen rollte auf den Schranken zu. Sie hielt ihren Badge, den elektronischen Schlüssel, an das Lesegerät des Pfeilers, von dem sich Sekunden später der rotweißrote Balken hob. Sie fuhr unter dem Schranken durch und sah im Rückspiegel, dass er herabfiel und sein Tempo erst stoppte, als er wie das Beil einer Guillotine auf dem Hackstock seines Pfeilers aufschlug.

Da ihr Haus im Westen lag, musste sie auf die untergehende Sonne zufahren. Sie bog ab und besorgte noch Tinte und eine Feder. Joe würden die Utensilien vielleicht anregen, ein Gedicht für seine Frau zu schreiben. Vereinbarungsgemäß traf sie um fünf zu Hause ein. Joe erwartete sie bereits und freute sich über das Präsent. Das war ein guter Tag gewesen, trotz Abschiebung.

Anderntags leistete sie sich einen Umweg über das Flachland, um sich ein Bild vom Standort der Windräder zu machen. Die aktuelle Verhandlung führte ein Kollege, der schon länger die Beschwerdeführung gegen die Betreiber des Energieparkes abzuwägen und mit der Gesetzeslage in Einklang zu bringen hatte. Gabrielle hatte die Sache interessant gefunden, weil sie auch für den Zaungast des Rechts verdeutlichte, wie sehr das Gericht notwendig war, um den Kampf des Windradbetreibers gegen die Windradgegner zu erhellen und so zu der Erkenntnis zu gelangen, unter welchen Umständen alternative Energie erzeugt werden durfte. Ein jahrelanger und bislang ergebnisloser Kampf erbrachte Gutachten über Gutachten. Sie hatte sie aus Neugier durchforstet und viel über die Artenvielfalt in Flora und Fauna des betroffenen Gebietes gelernt. Ihr geschulter Blick sammelte nicht, er stanzte die relevanten Fakten heraus, denn siehe da, über dem Gebiet flog ein Schwarm Krähen. Sie gönnte sich hin und wieder kleine Ausflüge zu den geografisch brisanten Gebieten, den Schauplätzen der Causen, um sich ein Gefühl für die Wirklichkeit zu bewahren und zu bestätigen.

Die Gegend um die künstlich angelegte Stadt im Biedermeierstil, die in Reiseführern als schnuckelig beschrieben wurde, war noch wie ausgestorben. Sie hielt an der Tankstelle. Warum sollte hier ein Windradpark Anrainer stören, wenn es gar keine gab, bis auf die Tankstelle und die künstliche Einkaufsstadt mit Outletware bekannter Modemarken? Das Verfahren handelte die Einwände und Befürwortungen automatisch ab. Interviews, Bildmaterial und Gutachten prägten sich die Richter üblicherweise kurz vor den Verhandlungen ein, hatten alles im Gedächtnis, um die richtigen Hinweise abzurufen und die Anker der Verhandlungsführung setzen zu können.

Die Wochenendhäuser, Keuschen und Unterstände für das Vieh standen wie verwaist in der trostlosen Landschaft herum. Gerade in dieser Trostlosigkeit lag die Schönheit des Morgens, denn die Nacht zog mit dem sich lichtenden Nebel ihren letzten Schleier vom Tag ab. Ein

Jägerstand war drüben am Rand des Feldes auszunehmen. Und niedriges Buschwerk. Tatsächlich weideten Rehe dort. Gabrielle packte das Mobiltelefon aus. Stellte es auf Kamerafunktion. Die Bilder wirkten scharf. Als sie die Tiere heranzoomte und das Buschwerk vergrößerte, konnte sie eine am Boden hockende Männergruppe entdecken. Die Rehe, als spürten sie, dass sie ins Visier genommen waren, hoben ihre Köpfe und nahmen die Witterung der Richterin auf. Die Menschengruppe, die ihnen so nah war, sahen sie nicht als Fremdkörper an. Gabrielle drückte ab, das Handy klickte wie ein Fotoapparat. Das Geräusch genügte und die Tiere stoben davon und suchten Schutz in den Büschen. Auch die auf dem Boden hockenden Männer standen auf und sahen nun in ihre Richtung. Sie hatten die Hände in den Anoraks stecken. Einer der Männer trug eine Brille. Gabrielle würde sich der Schlepperei schuldig machen, brächte sie als Privatperson die Flüchtlinge zu einem Bahnhof. Vielleicht waren es Erntehelfer, die mit ihren Händen in den Anoraktaschen herumstanden. Verstieße sie gegen das Gesetz, verlöre sie ihren richterlichen Status, die für die Republik geltende Wirklichkeit zu verkünden.

Während die anwachsende Masse der Asyl suchenden Menschen hier über die Grenze gekommen war, waren parallel Verhandlungen zu einer Umweltverträglichkeitsprüfung für Grundwasser, zu Tierschutz und Archäologie geführt worden. Auf dem Boden dieser Realität zeigte sich die Dimension unserer disparaten Leben zu gegebenen Zeiten. Es ging darum, die Beeinträchtigungen der Vergangenheit für die Zukunft gering zu halten. Wie viel Blut war in diesem Boden versickert und im Aggregatzustand der Erde dieser Landschaft aufgegangen? Das Recht auf Aufklärung über ihre Rolle als Richterin, Judikative und Durchsetzung der Staatsgewalt in Anspruch zu nehmen, kam ihr erhebend und niederschmetternd zugleich vor. Welche Einschätzung erlaubte ihr welchen Überblick? Was verstand hier wer von Recht? Sie steckte das Handy ein und trat auf das Gaspedal, hatte von der Landschaft genug gesehen, um sich ein Bild vom Windradpark zu machen. Sie steuerte Richtung Autobahn.

Am Nordrand der Stadt sah sie die bronzezeitlichen Hügelgräber auftauchen. Hobbyarchäologen waren dort beschäftigt und verbrachten ihre Wochenenden mit den Ausgrabungen. Manche verbanden die Arbeit mit einem Wellness-Aufenthalt in der an Thermalquellen reichen Gegend. Niemand dürfte hier einfach so Windräder aufstellen. Die Brieftaubenzüchter verteidigten ihre Tiere mit sentimentalischen Argumenten, dass die Tiere im Kalten Krieg gute Dienste geleistet hätten und daher ein Recht auf ihre bewährten Flugräume und Routen auch innerhalb der grenzenlosen EU hätten. Verteidiger der Bienenfresser und der Trappen, plumper und dummer Vögel, meldeten, dass diese Vögel die Rotorblätter der Windräder nicht erkennen, aber seit Jahrhunderten unter Naturschutz stehen würden und ihr Recht durch Gewohnheit erworben hätten. Ein Windradpark könne nur erweitert werden, wenn auch die Rechte dieser Tiere berücksichtigt würden. Gabrielle erinnerte sich an das Gutachten, in dem vermerkt war, dass Grundbesitzer dieser Gegend nie je eine Trappe gesehen hätten. Doch der Umweltschutz hatte mit seiner Feststellung mehr Gewicht als jede authentische, aus dem Leben gegriffene Erfahrung. Auch Fledermäuse wurden ins Treffen geführt, denn sie standen ebenso unter Naturschutz, und wenn sie nur in ihrem Revier gestört wären, müsste man den Standort der Windräder überdenken. Die wahren Anrainer dieser umstrittenen Gebiete für sauberen Strom waren die Erntehelfer, die in Zelten unter den lärmenden Rädern im Magnetfeld der alternativen Energie hausten und nicht viel galten. Gabrielle zündete sich nach Tagen wieder eine erste Zigarette an.

Die Fenster gingen Richtung Norden und Osten. Die Sonne schien also nie direkt ins Büro. Zumindest hatte sie es nie erlebt, weil sie immer erst gegen zehn dort eingelangt war. Heute war sie früher dran, die Windrad-Causa war gerade im Laufen und die Sonne stand auf der Spitze des Handymasts. Gabrielle schickte eine SMS an den Kollegen, wünschte ihm keine weiteren Fakten. Das Zimmer war zwar kühler als der Gang davor, trotzdem war die hohe Temperatur eine Zumutung. Der Staat ließ eine Säule der Gewaltentrennung schwitzen, die Richterschaft durfte ihre Erkenntnisse ausbrüten und dabei dünsten. Gabrielle kippte die Fenster, damit die muffige Luft sich verzog. Mittag und Nachmittag verbrachte sie mit dem Kollegen. Das Verfahren war nicht zu Ende zu bringen gewesen.

Sie gönnten sich einen Drink und Gabrielle berichtete von den Menschen, die sie morgens gesichtet hatte. Anoraktränger, bei diesem Wetter, sie hätten nur gehabt, was sie am Leibe trugen. Es sei in der Rechtsordnung nicht vorgesehen, dass man sich um alles kümmere, dafür sei bitte die Zivilgesellschaft verantwortlich zu machen. Der Kollege wickelte das Zellophan von der Packung und klopfte sich eine Zigarette aus der neuen Schachtel. Gabrielle griff zu.

So standen sie noch eine Weile rauchend am Fenster. Hinter der Autobahn und dem Gaswerk rollten die Hügelketten immer weiter hinaus auf den Horizont der Landschaft zu, als herrschte Ebbe. Die Windräder waren nebeneinander aufgereiht wie in Golgatha die Kreuze, als Insignien der Macht. Sie nahmen mehr Platz zur Grenze nach Ungarn hin ein. Die Tierschützer verstanden sich als Naturschützer und Hüter des einstigen Niemandslandes. Singvögel und Insekten würden dort von den Windrädern zerhäckselt. So gesehen könnte nur Atomstrom die Welt retten. Die Kraftwerke an der Grenze existierten bereits. Als Studentin war Gabrielle stundenlang in der Kolonne gestanden, um durch jenes Gebiet nach Sopron zu fahren. Heute konnte man sich die Umstände wieder vorstellen, die eine Reise in den Osten damals bedeutet hatte. Europa würde nie wieder zerfallen, hatte sie gedacht, wäre einmal die Reisefreiheit durchgesetzt. Tja, sie war selig gewesen in der Vorstellung der Heilung von faschistischer und kommunistischer Krätze. Wer keinen Zweifel hatte, tat so, als gäbe es keinen Irrweg, und sie hatte keinen Zweifel an ihrer Weltsicht gehabt.

Der Menschenstrom bei Hegyeshalom war kilometerlang gewesen und die nicht abreißende Kette der Getriebenen, die über die Straße setzte, jagte den ersten Sprung in ihre Überzeugung vom humanitären Rechtsstaat. Sie war mit Joe nach Ungarn in die Therme gefahren und hatte die herbe Schönheit der traurigen Gemeinde gesehen mit den armselig wirkenden Geschäften an der Hauptstraße. Nur Palmanova in Italien war ihr so langweilig und trostlos erschienen, diese am Reißbrett entworfene Festungsstadt, deren Straßen sternförmig auf den Turm im Zentrum zuliefen. Ein ausgestorbenes Zentrum hatte ihr zugegähnt wie in Hegyeshalom. Aber genau an solchen Orten entstünde das normale Leben hinter den Mauern, hatte Gabrielle gedacht. Dabei kannte sie das normale Leben in den Straßendörfern nicht. Normal im Sinne von Alltag. Wessen Alltag? Wer keine Zukunft hatte, zog weit weg und irgendwann einmal kämen diese Zugvögel wieder zurück. Andere verschwänden ganz ins Innere, in das Hinterzimmer eines Gassenlokals. Tagsüber verkaufte man Hausrat, Nahrung und erledigte die Annahme- und Zustelldienste der Post. Der Zugewinn dieser Tätigkeit wäre hilfreich, um über die Runden zu kommen. Des Nachts verwandelten sich die Gassenlokale in Wohnstuben, man äße, liebte und schliefe miteinander hinter dem Vorhang, der den Raum vom Schlafzimmer trennte.

Hegyeshalom war einfach nur ein langgezogenes Dorf in wirtschaftsschwacher Grenzgegend. Der Menschenstrom aus Syrien hatte die Einwohner und Gabrielle selbst mit seiner plötzlichen Präsenz überrascht. Vom Straßengraben herauf und auf die andere Seite hin überschritten die Menschen Grenzen der Fahrbahn. Die Frauen trugen Kopftücher und lange Mäntel. Die Männer waren normaler gekleidet, Anoraks und Jeans, keine Mäntel, keine Tücher. Alle Menschen erschienen gleich groß und der etwa vier Meter breite Strom riss nicht ab, floss nicht, sondern schritt wogend voran, deshalb war die Wassermetapher schon richtig. Die Köpfe trieben auf den Wellen wie Bojen. Zwei Kilometer waren es bis zum österreichischen Parkplatz am Verladebahnhof und alle jener tausenden Menschen hatten diesen zum Ziel für ein Europa. Hinter dem Grenzposten, der für EU-Bürger belanglos geworden war, warteten die Taxis aus Wien. Die Fahrer waren bereit, die Flüchtenden dorthin zu bringen. Die Flüchtlinge wurden an der Grenze *durchgewunken*, weil Deutschland ihre Aufnahme angeboten hatte. Gabrielle hatte diese Geste für bedrohlich gehalten. Wer Grenzen nicht achtet, ramponiert das Vertrauen in den Staat. Die deutsche Kanzlerin hatte Humanität walten lassen, aber Hormone wie Testosteron verhalten sich undankbar. Der Staat beschützte seine Bürgerinnen nicht, die für die Öffnung des Landes als Opfer von Vergewaltigungen und einer hetzenden Öffentlichkeit herhielten. Grenzen waren sensible Zonen und man musste sie sensibel auf der Topographie der Gemüter ziehen, um deren Abgründe zu umzirkeln. Doch was wäre die Alternative?

Joe hatte sich damals ins Auto gesetzt und die Situation ungefährlich gefunden.

Nehmen wir die Flüchtlinge doch mit!, hatte er gesagt, als er die Elenden die Nebenstraße entlanglaufen sah, und wollte sie zum Westbahnhof bringen. Gabrielle glotzte blöd die Menschen an, an denen sie vorbeiglitten, und genierte sich für den Gedanken, dass es ihre künftigen Klienten waren. Keiner von ihnen machte irgendwelche Anstalten, sie anzuhalten, um einzusteigen und mitzufahren, als wüssten sie, dass sie keine hilfsbereiten Privatpersonen brauchten, sondern asylfreundliche Strukturen. Oder ignorierten sie die Gafferin?

Jesus, sagte Gabrielle. Sie war längst aus der katholischen Kirche ausgetreten und trotzdem sagte sie nun: Jesus. Die armen Teufel auf dem Weg in den Frieden, und stell dir vor, der Friede ist Deutschland. Deutschland sei nicht Hamburg, dachte sie. Oder Berlin. Oder München. Doch, dachte sie, München sei Deutschland. Berlin nicht. Hamburg auch nicht. Bonn schon. Aachen nicht. Bad Homburg, Deutschland. Frankfurt, Deutschland. Auschwitz, natürlich auch Deutschland. Leipzig auch. Königgrätz auch, sagte Joe. Und das ganze Land, in dem die Ossis mitgemacht hatten, dass kein Stein mehr auf dem anderen lag, nachdem der Westen die Supermärkte und Firmen umgebaut hatte, sei Deutschland. Und der neue Ober im Café und das Hotelpersonal im Sacher und das Institut für Zeitgeschichte in Graz und der herrliche Sauerbraten aus Sachsen.

Gabrielle hatte genug vom Reden. Sie war nun hungrig. Vielleicht hatte sie Appetit auf ein Brot? Es wäre ihr zu salzig. Auf einen Mozzarella? Er wäre ihr zu weiß. Sie hatte Lust auf etwas Geschmackloseres. Sie ging ins nächste Geschäft und kaufte Oblaten. Sie dienten üblicherweise als Unterlage für Weihnachtskekse und in der Eucharistie der Kirchen als Ersatz für das Opferlamm. Sie legte sich eine Hostie nach der anderen auf die Zunge, speichelte den

Teigboden ein, wälzte ihn im Mund hin und her. Die Masse klebte am Gaumen. In der katholischen Kirche symbolisierte es das Abendmahlsbrot des Heilands. Wahre Gläubige verzehrten nicht sein Brot, sondern sein Fleisch. Da stellte sich ihr die Frage, ob fromme Christen je vegan sein konnten.

Nun, Jahre später, bevor sie zum Auto in die Parkgarage ging, hatte sie dem Kollegen die Packung Zigaretten abgeschnorrt. Sie stopfte sie zu den Oblaten, noch aus Hegyeshalom, ins Handschuhfach. Dann fischte sie die angebrochene Packung wieder heraus und zählte die Zigaretten. Sie hatte dem Kollegen Geld dafür gegeben und er hatte sie davor gewarnt, wieder mit dem Laster anzufangen.

Die Windräder ragten in den Himmel und drehten ihre Rotorblätter sehr langsam, kamen nicht vom Fleck wegen des Gegenwindes. Die Zigarette schmeckte leer wie die Hostie, aber das Aroma nahm Zug für Zug zu und die Richterin wälzte den Rauch bald wie Teig im Mund. Die Bürgerrechtsbewegung, die um eine unberührte Landschaft, gesunden Strom und Freiheit für Tiere kämpfte, verlangte auch den Schutz voreinander. Religionen banden die Menschen zusammen. Wie auch der Rauch sie einhüllte. Menschenrechte waren nötig, um den Menschen das Wölfische ihrer Gier zu ersparen. Schließlich konnte man sogar das Rauchen unter Androhung von Strafen verbieten.

Die Windräder drehten sich gütlich und zäh. Gabrielle tötete die Zigarette aus. Sie wäre gern am Meer gesessen und hätte Zeitung gelesen. Einmal würde sie Joe das Tote Meer zeigen. Er wollte nicht mit ihr reisen. Er war zu dick und zu faul, ihm reichten Fotos. Die Bilder von Zeitungslesern, die im Toten Meer in der Lake lagen und in den internationalen Gazetten blätterten, das könne er auch im Pool mit dem aufgelösten Salz des Toten Meeres im Wasser verwirklichen. Seine Verurteilung von Flugreisen hatte etwas Herrisches, einen apodiktischen Ton angenommen. Wie viel CO_2-Ausstoß wäre nötig, um sich den Auftrieb des Salzwassers zu geben? Man könnte es errechnen, sagte er. Er pflegte das Haus und den Garten und es war verboten, ihn dabei zu stören. Gabrielle hatte Geld genug verdient, um für irgendein Friedensprojekt mit dem Roten Kreuz nach Kabul zu fahren und großzügig zu spenden. Aber bitte, das wäre nicht nur unvernünftig, sondern dumm, Leib und Leben in Gefahr zu bringen.

Sie hatte sich die Lippen angemalt, nachdem sie den Talar auf den Bügel in ihrem Büro gehängt hatte. Nun kontrollierte sie, ob sie die Konturen nachziehen musste. Sie sah im Spiegel einen schwarzen Citroën in ihre Spur abbiegen. Niemand stieg aus. Sie griff nach dem Sicherheitsgurt und schnallte sich, den Bauch einziehend, wieder an. Der Citroën nahm auch die Fahrt auf.

Thanatos ist zwar nur eine Erfindung, sie hat aber Witz, weil Sisyphos den Tod überlistete. Vielleicht braust der Totengott im schwarzen Citroën daher?, dachte Gabrielle.

Bald würde er sie einholen und auf diese Weise, mit dem Einziehen des Bauches, machte sie sich schlank, weil sie glaubte, als Auto fahrendes Gerippe nicht aufzufallen.

Die Tage schlichen dahin. Der Herbst stand bevor. Die Richterin setzte sich wie immer mit einem Seufzer der Erleichterung nach der Arbeit hinter das Steuer und fuhr im Schneckentempo die enge Passage durch das Parkhaus. Der Magen knurrte wie üblich. Am Horizont standen die Windräder und drehten sich unablässig wie Gottes Mühlen.

Der Koran verdammte die Munafiquns, Heuchler, die vorgaben, als gute Moslems zu leben, und dabei insgeheim eine andere Lebensweise anstrebten. Joe verachtete Heuchler jeder Art. Sie brächten durch ihr Falschspiel das Misstrauen in die Welt. Er machte keinen Unterschied zwischen den Täuschungsmanövern zum Wohle der Menschen und jenen, die andere nur übervorteilten.

Gabrielle überlegte, auf welcher Seite der Tankdeckel des neuen Autos angebracht war, und fädelte sich in die Lücke der kleinen Kolonne vor der Zapfsäule ein. Sie hatte richtig getippt. Der Tank saß links. Sie steckte den Stutzen in den Ansatz, ließ den Treibstoff fließen.

Sie bezahlte an der Kasse den Sprit und holte ein salzloses Brot aus der Vitrine, stopfte sich den Mund voll. Im Auto legte sie das Mobiltelefon griffbereit auf den Nebensitz. Joe war wieder unerreichbar. Eigentlich jeden Nachmittag. Er war wohl bei den Nachbarn.

Mit der nächsten Überweisung wollte Gabrielle der Nachbarin finanziell unter die Arme greifen, damit sie den Enkelkindern so bald wie möglich eine Klassenfahrt nach England bezahlen konnte. Joe betreute diese Kinder gelegentlich im Nachhilfeunterricht. Kaum wandte er sich den Schützlingen zu, wurde er zum geduldigsten Pädagogen und wuchs allen Schülern und Schülerinnen ans Herz. Zu Karl aber konnte er keine Bande knüpfen.

Gabrielle wehrte sich gegen die Nähe und allzu persönlichen Kontakte mit den Flüchtlingen. Es kam allerdings vor, dass jemand sie zum Lachen bringen konnte. Zugegebenermaßen spürte sie dann Sympathie und die Zunahme an Intensität, den Wunsch, den Fall etwas betroffener auf die Möglichkeiten eines Asyls abzuklopfen. Der Aktenturm im Büro reichte vom Boden bis zur Decke, schien nicht nur ein tragendes Element des Asylsystems sondern des Gerichtsgebäudes selbst zu sein.

Sie bekam nicht genug frische Luft und ließ das Fenster hinunterfahren. Die Klimaanlage blies vergeblich gegen die Hitze an, die sich gnadenlos hereinwälzte. Der Druck in den Augen nahm zu, ein Stich, als hätte sie sich einen Fremdkörper eingefangen. Der Schmerz zwang sie, die Tropfen zu suchen. Der Wagen hinter ihr hupte, trieb sie zur Eile an. Sie konnte aber nicht weiterfahren, schaltete die Alarmblinkanlage ein und durchwühlte die Tasche. Es wurde ihr schwarz vor den Augen. Sollte sie die Rettung rufen, solange sie noch die Nummer tippen konnte?

Dabei würde sie heute noch lesen müssen, dachte sie. Die Akten lagen auf dem Rücksitz. Die Vorstellung, noch lesen zu müssen, verschaffte ihr sogar Erleichterung. Sie nahm sich zusammen und erwischte das Fläschchen. Tropfen. Gabrielle atmete auf, klappte die Sonnenblende herunter und betrachtete sich im Spiegel. Die Lippen waren blass, aber die Augen wirkten normal.

Der Wind blies herein. Die Papiere flatterten auf dem Rücksitz. Noch einmal tropfte sie die Medizin ins Auge und schloss die Lider. Da sprach sie jemand an, in gebrochenem Deutsch. Sie riss den Kopf herum. Sie kannte das Gesicht, aber wusste nicht, woher, und in welcher Causa? Er bot ihr seine Hilfe an und die grünbraunen Augen strahlten sie an. Sie schüttelte abrupt den Kopf und fuhr wortlos die Scheibe hoch. Der Mann stieg in den Wagen hinter ihr. Lieferwagen. Weiße Karosserie. Keine Aufschrift. Wiener Kennzeichen. Sie rollte zur Autobahn und der Lieferwagen wurde immer kleiner im Rückspiegel.

Gabrielle wollte mit Joe gemeinsam zu Abend essen und sich mit ihm auf die Terrasse setzen, von den kranken Augen seiner Justitia erzählen. In der Nachbarschaft passierte nicht so viel Entscheidendes wie bei ihr im Gerichtssaal unter den Schicksalslosen. Die Geschichten der Nachbarn beschränkten sich auf Rituale wie bei Hochzeiten, Geburten und Toden. Fluchtgeschichten konnte man sich in ihrer Drastik nicht ausmalen. Gabrielle war für heute zu früh dran. Sie war erschöpft, bereit, den Tisch zu decken und einen Streit vom Zaun zu brechen wegen Joes rigorosen Vorschriften. Zeitmanagement nannte er das.

Ein leichtes Nudelgericht würde sie erwarten. Die Pilze hatte Joe gesammelt. Gabrielle vertraute ihm. Joe kannte sich aus mit Pilzen. Er hatte gewiss jeden einzelnen geprüft und geputzt. Danach würden sie einen Espresso nehmen und Joe seinen Grappa und sie würde auf Alkohol verzichten, um sich für morgen einzuarbeiten. Ein zweiter Espresso wäre genehm, um länger wach zu bleiben. Hoffentlich hatte Joe die Kaffeetabs für den Automaten gekauft. Sie hatte sich für die Verhandlungen mit allen Unterlagen eingedeckt. Die Richterin musste sich ihr Zeug selbst organisieren, es gab keinen Hilfsservice außerhalb des Gerichtes. Sie würde erst einmal ordnen und eine neue Säule aus Menschendaten und Menschentaten schaffen. Joe wollte auch in diesen Belangen ihre Hilfe sein. Aber Gabrielle blies jetzt einmal Luft aus. Sie dachte zu weit in die Zukunft. Der Abend war noch nicht angebrochen. Dennoch dräute die Sorge um Joe am Horizont. Vielleicht sollte er abnehmen und sich das Herz anschauen lassen.

Wann würden sie gemeinsam zur Kur in die Berge fahren? Heute brachte sie es so weit, das Private mit dem Beruflichen zu vermischen. Gabrielle stand sonst unter Stress, die Monotonie des Privaten und die Unzumutbarkeiten des Berufs auszuhalten. Wie unglaubwürdig ihr dieser Gedanke erschien. Die Ausfahrt wurde schon angekündigt, sie rauchte am Steuer eine Zigarette. Sie sollte heute noch Termine ansetzen. Sie hatte keine Lust dazu. Es war aber ihre Pflicht, in Verhängnisse zu geraten, Menschen ein- und auszusetzen. Sie sehnte sich nach sachlichen Fakten für sachliche Entscheidungen über sachliche Dinge und nichtmenschliche Tiere, das neue Rollfeld am Flughafen zum Beispiel, die Vergabeprüfung der neuen Waggons für die staatliche Eisenbahn, die Auftragserteilung der Klopapierlieferung an alle Institutionen des Bundes, der Kampf von Brieftaubenzüchtern und Storchenschützern um den Lebensraum der Zugvögel. Sie sog tief den Rauch ein. Das Nikotin beruhigte die Nerven. Es gab keinen öffentlichen Ort mehr, an dem sie ausgiebig rauchen durfte. Die Familienwohnung in der Stadt war rauchfrei. Sie hatte einst Aschenbecher besorgt, aber bevor sie dort die Wände und Böden, Decken und Kissen an ihre Marke gewöhnen würde, ginge sie doch lieber auf den Balkon, um nicht den Wert der Wohnung für spätere Mieter herabzusetzen. Joe hatte nichts gegen das Rauchen. Er wollte die Familienwohnung sowieso nutzen, um sich Vorträge an der Uni anzuhören und die Feiertage in Museen zu verbringen. Bis jetzt hatte er nicht zurückgerufen. Er sollte sich auch das Gehör und seinen Kopf untersuchen lassen. Irgendwie fühlte er sich in der letzten Zeit nicht ganz als er selbst, antriebslos und wie gelähmt, gezeichnet durch die Erzählung des Lebens mit Gabrielle. Hatte er das witzig gemeint? Das Buch, an dem er arbeitete, war der Weg in die Vivisektion seiner Richterin. Diese Worte lösten gemischte Gefühle aus.

Gabrielle hielt beim Supermarkt am Rand des Dorfes. Sie legte Hühnchen und Gemüse in den Einkaufswagen. Dann besuchte sie die Vinothek, und weil sie dort Wein wählte, dessen Wirkung Joe beflügeln und nicht wie erschlagen einschlafen lassen sollte, war sie glücklich. Es kam alles so, wie man es sich nicht ausdenken konnte. Man musste es gar nicht erleben, man konnte es nachholen, weil die Zeitenfolge im Akt des Schreibens aufgelöst war. Joe war schwer zu überraschen und wusste alles schon voraus, als hätte er sein Leben gelesen. Dennoch wartete er auf eine Überraschung, von der er überzeugt war, dass sie sein Leben verändern würde. Gabrielle hielt ihn für depressiv. Sie suchte in den Regalen nach etwas Besonderem. Eingelegte

Artischocken. Obwohl sie vor dem richtigen Regal stand, konnte sie das Gemüse nicht entdecken.

Ach, Frau Doktor, hörte sie eine Stimme hinter sich. Die junge Verkäuferin war eine begabte Schülerin von Joe gewesen, aber sie hatte sich die Aussichten auf einen guten Job verdorben. Sie hatte zahlreiche Piercings anbringen lassen, trug ein halbes Kilo Eisen im Gesicht. Um den Hals hatte sie eine Dornenkette tätowiert und auf der Stirn ein Zwiebelmuster. Der Herr Magister hat schon zu Mittag Hühnchen und Gemüse und den Blaufränkischen von Pickel geholt, er hat auch das letzte Glas der Artischocken gekauft, sagte sie.

Gabrielle lächelte zufrieden. Ja, sie waren ein Herz und eine Seele und ein Magen, was die Vorstellung eines Glücks für zwei ergab. Sie kaufte nur Obst, Camembert und Nüsse und trug alles ins Auto. In Vorfreude auf ihr überraschendes Erscheinen und Joes Reaktion bog sie in die Zufahrtsstraße ab. Sie wollte heute die Überraschung sein.

Die Straße, in der das Haus lag, hieß gleich wie die Entziehungsanstalt, in der Karl Stammgast gewesen war. Joe hatte seinerzeit das Haus gefunden. Die Beschreibung seiner Architektur war so überzeugend gewesen, dass er trotz des Straßennamens und des hohen Preises um eine Besichtigung gebeten hatte. Ein mächtiges Schilfdach überragte den großen Balkon und bot wie eine auf den Kopf gestellte Arche Noah Schutz vor Sturm. Die Räume standen im richtigen Verhältnis von Funktion und Proportion und waren flexibel verwendbar. Die Wände glitten auf ihren Schienen lautlos dahin, Türen und Fenster öffneten neue Ausblicke und ohne großen Aufwand ließen sich kleinere Räume in einen Saal umwandeln, der das ganze Stockwerk integrierte. Diese Möglichkeit hatte das Paar genützt, um die Idee von Weite ins Leben zu bringen. Sie wechselten einander ab, der Raumphantasie zwischen Enge und Nähe Gestalt gebend, und begnügten sich jeweils mit einem Rückzugsort in Form getrennter Schlafzimmer unter dem Dach. Im Souterrain, vom Garten ebenerdig zugänglich, befand sich das Schwimmbad. Man musste es hegen und die Fliesen wöchentlich desinfizieren, um den Schimmelbefall zu verhindern. Dieser Vorgang fand freitags statt. Joe kümmerte sich darum.

Gabrielle lud die Lebensmittel aus, schlichtete die Unterlagen und packte alles vor die Haustür. Sie schloss den Wagen ab und sah auf die Uhr. Es war nur eine Viertelstunde zu früh, aber immerhin. Es war Zeit, den Schlüssel zurückzufordern. Notfalls wartete sie vor der Tür. Sie hätte durch die Glasziegel die Umrisse von Joes Gestalt ausnehmen können. Sie stand schon auf der Stufe und drückte mit der Zeigefingerkuppe auf den Klingelknopf. Sie hörte den Gong, der das Haus für ein paar Sekundenschläge füllte, als wäre es ein Tempel. Sie schnappte die Einkaufs- und die Aktentasche, war bereit einzutreten und wartete nur darauf, dass Joe die Tür gleich öffnete. Eine Überraschung als Begrüßungszeremonie. Sie hatte sich extra weder die Lippen geschminkt noch die Konturen nachgezogen, damit sie Joe sogleich, ohne ihn anzuschmieren, küssen könnte, bevor ihm noch ein Überraschungslaut entwiche. Aber nichts rührte sich und die Tür blieb zu und sie stellte nach einer Weile die Taschen wieder hin und drückte nochmals die Klingel. Auch der dritte Versuch brachte nichts. Schlief er? Sie hörte einen Wagen die Straße hinauffahren. Gabrielle zog das Handy aus der Tasche und rief Joe an. Vergeblich. Seit Stunden war das Handy wie tot und auch am Festnetz hob niemand ab. Die letzte Nachricht war am Morgen eingetroffen, das letzte Telefonat gestern Nachmittag, zur Bestätigung, dass sie pünktlich beim Gericht abgefahren war. Das Festnetz hatte den verpassten Anruf notiert. Der Wind ging durch das Laub und die Blätter der Birken flirrten. Sie strich sich durchs Haar und wartete noch ein paar Sekunden. Auf der Straße kroch ein weißer Lieferwagen heran. Was bedeutete es, dass er weiß war?

Dann hielt sie es nicht mehr aus, pochte mit der Faust gegen das Tor. Sie drückte die Stirn an die Glasziegel und legte die Hände seitlich an die Schläfen, um das blendende Licht zu dämpfen. Sie strengte sich an, etwas Auffälliges im Innenraum der Verzerrung zu erkennen. Vielleicht lag Joe tot auf den Stiegen, war gestolpert oder hinuntergestoßen worden? Sie spürte, wie sich der mulmige Druck verstärkte und die Anspannung den Darm aktivierte. Sie kannte diesen körperlichen Ausdruck von Angst, als Bote eines Schocks, dem etwas Ungeheuerliches und Unausweichliches vorangegangen sein musste.

Solche Dramen wiederholen sich nicht, versuchte sie sich jetzt zu beruhigen.

Der weiße Lieferwagen war schon nicht mehr zu hören. Sie zwängte sich in die Hecke und hockte sich hin. Da hörte sie das Getriebe einer Gangschaltung, das Aufheulen eines Motors, vielleicht vom weißen Lieferwagen, und dazu das Näseln eines Saxofons.

Diesen Sound hatte sie auch damals gehört, Miles Smiles, die Lieblingsmelodie des Vaters, den sie tot aufgefunden hatte. Die Musik lockte sie. Wer hatte sie aufgelegt? Sie schlug sich durch die Büsche und betrat die Wiese. Der Rasen war gemäht und die Erde in den Blumenbeeten aufgelockert. Die Fichten warfen schon lange Schatten auf das Gras. Die Bewässerungsanlage fächelte in Zeitlupe ihren Sprühregen auf das satte Grün und beträufelte den Steinweg. Gabrielle sah die Türen zum ebenerdig gelegenen Schwimmbad offenstehen. Die Bodenfliesen schillerten in Blau und Grün wie das Schuppenmuster einer Nixe. Seit wann hörte Joe Miles Davis? Gabrielle schlich hinunter und pirschte sich an das Erdgeschoß heran.

Sie hörte ein Möbelrücken. Es kam vom Salon. In der Ferne verschwand das Geräusch des hochtourigen Motors im Rauschen abrollender Räder.

Gabrielle stieg die Marmorstiege hoch und im ersten Stock, auf der Höhe des Eingangs, sah sie ihre Aktentasche hinter den Glasziegeln in sich zusammensinken und langsam zur Seite kippen. Die Nachbarskatze schnupperte schon an den Lebensmitteln. Ihr Schweif warf einen Schatten bis herein auf den Marmor.

Das Ächzen im Salon verwandelte sich in ein schweres Atmen. Gabrielle war befremdet. Das klang nicht nach Joe. Sie beugte sich vor und konnte durch den Schlitz zwischen den Schiebetüren eine Person erkennen, die ausgiebig den Boden schrubbte. Sie trug eine Schürze. Ein Unterhöschen und einen Büstenhalter mit Spitze. Gabrielle hielt den Atem an. Wich zurück. Wenn ihr jetzt die Augen versagten, würde sie eine psychosomatische Reaktion auf die Entdeckung der zurückgekehrten Putzfrau als Erklärung akzeptieren. Doch sie sah scharf, dass sich hier jemand anderer exzessiv und ehrgeizig mit dem Boden beschäftigte und den Putzlappen auswrang. Außerdem musste sie sich eingestehen, dass diese Person keine Schürze trug, sondern ihr Sommerkleidchen von Chanel, in das die Person nicht hineinpasste. Der Bauch war einfach zu dick und es fehlte die richtige Oberweite.

Wo steckte Joe? Sie bemühte sich um bessere Einblicke. Der Türschlitz gab nicht mehr preis. Eine Viertelstunde vor fünf meldete sich die Kaminuhr, das Erbstück ihres Vaters. Gabrielle verglich die Zeit mit der Anzeige auf ihrer Swatch. Eindeutig, das alte Stück ging nach. Sie schaute auf und lugte durch die Türschlitze. Die putzende Person war nicht zu sehen. Sie stand im toten Winkel und legte ihr

Tuch ab und den Wedel und schleuderte Gabrielles Sandalen, auf deren Riemen Türkise in Strass glitzerten, von den Füßen. Fassungslos wich Gabrielle zurück und schlich auf Zehenspitzen tapsend wieder hinunter und durchs Bad in den Garten und den Hügel hinauf durch die Hecke. Sie stieg in die eigene Scheiße. Sie fluchte laut und putzte die Sohle des Schuhs mit ein paar Strichen übers Moos ab. War diese Person ihr Joe gewesen oder recherchierte hier ein Schriftsteller für eine glaubwürdige Geschichte über Fetischismus? Sie griff sich an die Stirn und tupfte den plötzlich austretenden Schweiß mit dem Ärmel ab. Sie war geplättet vom nächsten Gedanken. Ging Joe einer heimlichen Lust hinter ihrem Rücken nach? Das Getriebe des Lieferwagens knarzte in der Ferne.

Nach ihrer Uhr war es schon längst fünf. Nun hörte sie die Gongs und pünktlich wie die Kaminuhr betätigte sie die Türglocke. Es dauerte keine Minute, da öffnete Joe das Haustor. Er trug Jeans und ein dünnes Polohemd. Er schnauzte erbost über die Tasche mit den Unterlagen und den Sack mit den Lebensmitteln Gabrielle an: Du bist auch einkaufen gewesen? Dann räusperte er sich und sagte mit gewohnter Höflichkeit: Soll ich dir helfen, meine Liebe?

Das Auto stand in der Einfahrt, er sah sich aber so auffällig um, als würde sich irgendwo wer verstecken. Gabrielle beobachtete ihn, wie er auf das Auto und die Hecke zuging. Als er sich vor ihrem Häufchen über die Äste beugte und sie auseinanderbog, rief er: Da hat jemand hingeschissen!

Darf ich fertig machen?, fragte Gabrielle.

Was?, fragte Joe. Seine Stimme klang schwer wie der Bass eines Männerchores.

Er trat zurück und wartete, bis sie die Einkaufstaschen nahm und antwortete: Na, das Abendessen!

Wir haben fünf gesagt!, sagte er. Wie lange bist du schon hier?

Er schob Gabrielle zur Seite, nahm ihr die Taschen ab und ging ins Haus. Gabrielle schüttelte den Kopf, aber sie folgte ihm und musste sehen, wie ostentativ er sich umschaute. Die Putzkleider waren weggeräumt. Das Holz glänzte und wie erwürgt lag der Putzlappen schlapp auf der Terrasse, trocknete über das Geländer gehängt in der Sonne. Die Teakmöbel rochen nach Lasur. Die Klinker waren noch glitschig.

Joe spritzte mit dem Schlauch die Lauge ab. Gabrielle sah die Spinnweben im Schilf des Vordachs wehen. Dort oben, meinte sie, könntest du auch einmal wedeln.

Sobald man mir Zeit lässt, sagte Joe.

Wie geht's dem Roman?

Joe wickelte den Schlauch in Schlingen, hängte ihn an den Haken in der Wand.

Es ist nicht leicht, sagte er.

Willst du mir nicht die Geschichte erzählen?

Nein, sagte er.

Gabrielle wollte sich umziehen und sich dabei umsehen, wo die Kleidungsstücke hingeraten waren. Sie ging zielstrebig hinauf in ihr Schlafzimmer. Ihre Sandalen standen vor der Kommode, genau so, wie sie sie morgens hingestellt hatte. Sie prüfte die Sohlen und die Weite der Bänder.

Sag mal, spinnst du?, fragte Joe, der mit einem Stapel frisch gebügelter Wäsche in den Türausschnitt getreten war. Kontrollierst du jetzt schon deine Schuhe? Ich habe alles geputzt.

Und niemand war hier?

Du bist paranoid, meine Liebe.

Vielleicht, sagte Gabrielle und sank auf das Bett. Sie hielt die Hand vor die Augen und sagte: Ich sehe wirklich Gespenster.

Willst du noch eine Runde schwimmen, bevor wir essen?

Ich wollte doch kochen.

Es ist alles fertig, sagte Joe.

Wieso hast du das Telefon nicht abgenommen?

Ich hab das ganze Haus geputzt.

Aber ich habe unten geläutet und du hast nichts gehört. War jemand hier?, fragte sie wieder.

Er schüttelte den Kopf.

Im Bad lagen BH und Unterhose herum, wie sie die Wäsche gestern selbst hingeschmissen hatte.

Ich hörte den ganzen Tag Freddie Mercury, sagte Joe hinter ihr. Und natürlich steh ich nur auf dich!

Er zeigte ihr sein Handy und schaltete es demonstrativ vor ihren Augen ein. Freddie Mercury und schließlich Miles Smiles auf Spotify.

Gabrielle unterdrückte die Anmerkung, dass sie Miles Davis gehört hatte, als sie im Garten gewesen war. Sie liebte Konzerte, die Raum für die Seele boten, wo Musikinstrumente als Werkzeuge der Konzentration vollendete Tonfolgen des Gefühls artikulierten. Im Alltag wähnte sie sich von herkömmlichen Melodien aus den Apparaten belästigt, weil sie ihr zu unspezifisch im Ausdruck waren. Sie erzeugten nur eine allgemeine Stimmung, die schwer in Worte zu fassen war, blieben beliebig und somit ungreif- und unkontrollierbar. Diese Melodien aus der Konserve drängten sich auf und zwangen ihr eine Komposition auf, eine Ordnung, die die unablässig hörenden Ohren nicht abweisen konnten. Jede Änderung der Verfassung könnte auch durch Gewohnheitsgerede umgeworfen werden, war man nicht hellhörig. Gabrielle vertraute weder ihren Gefühlen noch ihrer Standhaftigkeit, hörte also nie nebenbei Musik, sondern schärfte die Konzentration auf die Zwischentöne.

Sie ließ den Blick aus dem Fenster schweifen. Sie konnte weder im Garten noch in der Sauna noch im Fitnessraum Spuren einer anderen Person entdecken. Wo also war das Chanelkleid hin verschwunden?, fragte sie sich. Sie hatte den richtigen Verdacht. Es hing nicht am üblichen Ort, sondern lag in der Schmutzwäsche. Es fühlte sich noch warm an. Hatte er das Gewand getragen oder damit geputzt? Sie vermied es, einen Schluss aus dieser Empfindung zu ziehen.

Gabrielle begab sich ins Umkleidezimmer, zog das Kostüm aus und wickelte sich ins Handtuch. Sie überlegte, der Sache nicht weiter nachzugehen, dann erfasste sie die Neugier. Mit einem Ruck öffnete sie Joes Schrank. Die Finger tasteten sich über die hängenden Anzüge hoch zu den Haken und schoben diese auseinander. Eine glänzende Papiertasche stand dahinter an der Wand. Gabrielle packte den Henkel und zog die Tasche nach vorne. Sie roch nur altes Leder. Es war abgelegte Kleidung für die Humanabox. Sie prüfte nochmals das Chanelkleid, hängte es auf den Haken und zupfte den Stoff zurecht. Das Kleidchen war aus der Mode mit seinen Borten und goldenen Knöpfen. Sie durchstöberte den Wäschesack. Ein paar Strümpfe darin und Unterwäsche. Ihr Mann, der verehrte Professor Joe in Rente, putzte gerne und verwendete alte Frauenkleidung als Lappen, na und, sagte sich Gabrielle. Sie fand es rücksichtsvoll, dass er diese Neigung nicht vor ihren Augen auslebte. Oder steckte doch was anderes dahinter? Wie lange er schon daran laborierte? Und war es nicht ein gutes Zeichen, dass er ihre Wäsche bevorzugte? Joe war ein Befürworter der Nachhaltigkeit. Wieso genierte sie sich eigentlich für ihre abgetragenen Strümpfe?

Joes Aktivitäten waren ihr genauso peinlich wie die eigene Entdeckung ihrer Beobachtung. Vielleicht bildete sie sich alles nur ein, beruhigte sie sich. Sie stellte die Tasche zurück, brachte die Wäsche in Ordnung und schob die Türen zu.

Joe brachte ihr den Badeanzug und den Frotteemantel. Er schnappte die am Boden liegende Unterwäsche seiner Frau und beförderte sie ganz unbefangen in den Wäschesack.

Gabrielle ging ins Schwimmbad.

Joe schichtete währenddessen wieder einmal ihre Papiere zu einem Stapel, trennte wichtige Post von unwichtiger Reklame. Er suchte unter den Werbezetteln und den Briefen und Zeitschriften nach Material, das für seinen Roman banale Informationen bot, um Alltag in seiner Erzählung zu simulieren.

Das Schwimmbad war frisch geputzt und roch nach Salz und Essig. Die Chromteile der Armaturen blitzten fangfrisch. Die Fenster waren offen und Gabrielle schwamm in all der Sauberkeit und erfrischte sich in dieser appetitlich nassen Umgebung. Wie kann man diese Ambivalenz sich selbst gegenüber und das Unbehagen von den Dingen trennen? Durch Konzentration. Gabrielle hing an ihrem Chanelkleid, am Haus, am Pool. Nun drohten die Dinge ihre Vertrautheit zu verlieren und der gewohnte Gebrauch schlug um in eine Aura von falsch angewandter Vergangenheit. Die Richterin fühlte sich im Wasser geborgen, aber nicht wie neu geboren.

Joe rief nach ihr. Gabrielle zog weiter ihre Bahn. Er kam in die Halle und fuchtelte mit einem blauen Kuvert in der Hand herum. Gabrielle vermutete einen Strafzettel.

Was willst du denn?, fragte sie schnaubend.

Wir haben das Theater vergessen, rief er und zog zwei Billets aus dem Umschlag. Beeil dich, sagte er und nickte ihr aufmunternd zu, als müsste sie befürchten, dass jemand sie verurteilte, wenn sie ihr Abo nicht nützte.

Die Eintrittskarten waren zufällig irgendwo in der Post verschwunden und ihm nun in die Hände gefallen. Sie besaßen seit langer Zeit ein Abo und nichts hatte je dazu geführt, dass das Paar einen Termin ausfallen lassen hätte.

Wie gut, dass du pünktlich gekommen bist, sagte er, dann kannst du dich umziehen und wir schaffen es noch.

Er legte ihr die Handtücher hin.

Gabrielle stemmte sich über den Beckenrand hoch und stieg aus dem Wasser. Nach Hause zu fahren, nur um sich für das Theater umzuziehen, war ihr für heute schon zu viel. Genug der Umwälzungen.

Ich habe keine Lust, sagte sie.

Führe doch deine Perle aus, sagte Joe. Ich bin den ganzen Tag zu Hause und mir fällt die Decke auf den Kopf.

Gabrielle reagierte nicht, ließ sich mit dem Abtrocknen Zeit.

Joe sagte schmollend: Ich brauche zum Schreiben auch Anregung.

Gabrielle stieß ein Lachen aus. Joe sah plötzlich traurig drein.

Was wird denn gespielt?, fragte Gabrielle versöhnlich.

Lass dich überraschen, sagte Joe und rief im Restaurant an, reservierte den Lieblingstisch für nach der Vorstellung.

Hotel Strindberg hatte gute Kritiken erhalten. Das Spiel versammelte Szenen aus verschiedenen Strindberg-Stücken, die den Geschlechterkampf zu einem Reigen banden. Joe liebte Theater und er liebte auch Hotels. Gabrielle erholte sich auf der Fahrt. Es fügte sich wieder einmal alles zu Joes Wohlgefallen. Es schauderte sie vor dem Anblick des Gemahls. Das Chanelkleid passte ihr perfekt. Joe saß am Steuer und schien mit ihr zufrieden, denn sein Kinn war gereckt.

Er bemerkte wie nebenbei: Ach, dieses Kleid, es steht dir noch immer gut!

Es hat Flecken, sagte sie, ich frage mich, wie kommen die rein.

Sie lüpfte das Tuch über den Schultern, um die Spuren am Kragen zu zeigen. Joe ging nicht darauf ein.

Was hast du heute gemacht?, fragte er.

Asyl verhandelt und keine Gründe gefunden, es zu erteilen, sagte Gabrielle.

Hast du wen zurückgeschickt?

Nein, sagte Gabrielle.

Irgendwer muss Afghanistan wieder aufbauen, nachdem sie alle geflohen sind, sagte er.

Gabrielle mochte diese Art Zwiegespräche über ihre Arbeit mit ihm nicht besonders, weil sie dadurch erst recht einsam wurde mit ihren Skrupeln.

Eines Tages wird man auch in Afghanistan Strindberg aufführen, sagte sie. Gehörnte Ehemänner werden die Helden sein!

Joe verzog seine Lippen zu einem Lächeln. Kränkung auszuhalten will gelernt sein, sagte er, ohne eine Frau zu steinigen oder sie ins Feuer zu stoßen, das wird für die Taliban schwer.

Die Burka wird nur mehr freiwillig getragen werden, als social firewall. Wer sich abschotten will, trägt sie, wie diese Masken, sagte Gabrielle.

Männer wie Frauen, meinst du?

Wie die Mundmasken bei den Japanern und überall im Fernen Osten, auch damit die Leute nicht miteinander reden müssen, nicht nur zum Schutz vor der Spucke. Hilft ja auch gegen Pollen.

Wenn du meinst, sagte Joe.

Gabrielle räusperte sich. Sie streckte die Beine aus. Dann winkelte sie das rechte ab und legte es auf den anderen Oberschenkel, zog es in die Beuge zur Dehnung der Sehnen rund um die Pfanne, bis in der Hüfte ein ziehender Schmerz aufbrannte. Sie wechselte das Bein und wiederholte die Übung für die andere Körperhälfte. Alles muss man zweimal machen, um das Gefühl für Symmetrie zu haben, sagte die Richterin zweiter Instanz. Sogar das Dehnen und Entspannen der Hüfte, um die Achse zu halten und sich auszutarieren, das Gewicht zu balancieren.

Was ist mit Karl?

Er sitzt für das Rote Kreuz in einer Kabuler Residenz. Er betreut freiwillige Rückkehrer, die in Afghanistan als Versager stigmatisiert sind, weil sie es nicht geschafft haben, bei uns zu bleiben, sagte Gabrielle.

700 Euro zahlt der österreichische Staat für den Aufbau einer neuen Existenz in Kabul, das reicht doch für ein Weilchen.

Joe steuerte das Auto über den Ring, suchte einen Parkplatz in der Magistratsstraße. Als Pensionist hatte er 1800 Euro im Monat zur Verfügung und konnte sich die Gebühren eines Parkhauses leisten.

Man muss sie zurückschicken, sagte er. Wer soll das Land sonst aufbauen?

Was willst du dort aufbauen? Wirtschaft braucht Planung und Planung gibt es im Krieg nicht.

In Kabul gibt es genug Start-ups, sagte Joe.

Das behauptest du.

Gabrielle hustete. Joe drückte auf das Handschuhfach. Ein Desinfektionsspray und eine Tissuebox fielen heraus.

Die Grippeviren sind so klein, dass sie jeden Luftfilter überwinden und an jedem Haltegriff kleben und sich durch Schmierinfektion weiterverbreiten, sagte er. Bitte sprüh die Konsole ein und den Griff.

Das wird ja immer schlimmer.

Du wirst für meine Umsicht noch dankbar sein.

Soll ich die Viren von der Tür und auch vom Sicherheitsgurt abwischen?, fragte Gabrielle.

Bist du sauer?

Gabrielle schüttelte den Kopf.

Gegen den Staub und Sand, der im Verkehrsstau Kabuls nicht zum Liegen kommt wegen der Anschläge, wäre ein

Mundschutz wahrscheinlich eine schützende Maßnahme, sagte Gabrielle und nieste.

Gesundheit, sagte Joe und setzte fort: Wäre das kein Geschäft für die freiwilligen Rückkehrer?

Joe schien ernsthaft darüber nachzudenken und fragte dann plötzlich: Wo sind eigentlich die Mundschutzkontingente geblieben, die diese Ministerin, die Ehefrau des Waffenhändlers, für die österreichischen Staatsbürger gebunkert hat?

Die Richterin zuckte mit der Schulter. Sie hatte keine Lust, ihn darüber aufzuklären.

Joe war angeregt von dieser Phantasie. Irgendwer hatte die Mundmasken damals geliefert und einen Schnitt gemacht. Der Fall war in Vergessenheit geraten, vielleicht war gar nie ein Korruptionsverdacht erhoben worden. Hättest du heute vergaberechtliche Konsequenzen zu ziehen, fragte er, denn im Justizwesen ist man durch den Druck der Presse viel aufmerksamer und sensibler als im vorigen Jahrtausend.

Es fehlt das Geld für die Reformen zu einer gerechteren Rechtspflege, sagte Gabrielle.

Kann man diese Mundmasken nicht den Rückkehrern spenden? Bekommen sie eine Hausapotheke mit auf den Weg?, fragte Joe.

Ja, ja, sagte Gabrielle.

Sie lüpfte den Stoff des Kleides, um ihre Beine noch stärker anwinkeln zu können. Die Dehnungsübungen hielten sie gelenkig. Joe legte die Hand auf das zu ihm hin gespitzte Knie. Dieselbe Hand, die heute Nachmittag den Lappen ausgewrungen hatte, strich über den Stoff des Chanelkleides und schob das Lavendelblau weiter hinauf, um an die weiche Haut der Innenschenkel zu gelangen. Die Berührung war so vertraut, dass sie sich nicht vorstellen konnte, die Geste könnte lediglich den Aneignungswunsch ihres Fummels bedeuten.

Joe kurbelte dann am Lenkrad herum.

Er äußerte sich nun zu Musliminnen auf Urlaub in Zell am See, das sich für arabische Ohren wie ein saloppes Salam aleikum anhörte. Er verglich Kopftuch mit Mundschutzmaske und fragte: Könnte man nicht afghanische Flüchtlinge für den Minendienst ausbilden?

Vielleicht brauchen wir die Mundmasken bald selbst?

Halten sie lange?

Joe legte wieder seine Hand auf das Knie und berührte dort die beringte, mit einem neuen Lapislazuli bestückte Hand seiner Frau. Er nahm sie und führte die Spitzen an seine Lippen. Er beschnupperte den Handrücken. Die Creme duftete. Joe roch noch etwas anderes.

Ich werde zukünftig Ozon statt Chlor für den Pool verwenden, meinte er.

Dazu brauchen sie eine Lehre als Ballistiker, meinte Gabrielle und zog die Hand zurück. Sie bemerkte selbst noch das Chlor auf der Haut.

Wir könnten die Flüchtlinge zum Heer schicken.

Dazu müssten sie österreichische Staatsbürger sein.

Und wenn sie zur Fremdenlegion gingen?

Willst du eine gründen?

Gabrielle strich sich über den Nacken. Sie hatte Lust, den Kopf auf Joes Schulter zu legen und seine frisch rasierte, bläulich schimmernde Wange zu streicheln.

Sollen wir nicht einfach spazieren gehen?, fragte sie. Sie hatte Lust, durch die Fußgängerzone zu wandeln, durch die Regale einer Vinothek mit Delikatessenabteilung zu streifen, die bis Mitternacht offen hatte, und alles für ein paar Stunden zu vergessen.

Ich brauche was für den Geist, sagte Joe und strich ihr über das Haar. Wir fahren gleich ins Parkhaus, entschied er und schaltete das Radio ein.

In den Nachrichten wurde von einem Anschlag berichtet. Entsetzliche Bilder seien zu sehen, sagte der Reporter und beschrieb abgerissene Gliedmaßen, die in einem Umkreis von 100 Metern herumlagen.

Da muss jemand kommen und die Beine und Arme, Köpfe und Rümpfe fortschaffen, sagte die Richterin pragmatisch.

Und die Fleischklumpen und unkenntlichen Körperfetzen, sagte Joe.

Gabrielle dachte an die Geflügeltasse mit den ausgerissenen Oberschenkelkeulen, Wings oder Filetstücken, die sie im Supermarkt in Augenschein genommen hatte. Humanisten kauften keine Fragmente biologischer Freilandhühner, sondern das ganzheitliche Huhn.

Haben die Opfer in Kabul Schmerzen gespürt, als sie zerfetzt wurden? Was glaubst du? Spürt man das?

Joe drehte das Radio leiser.

Wie lange braucht man, um eine Überraschung zu verarbeiten? Kommt der Schmerz mit oder nach dem Staunen? Oft kann man es ja gar nicht glauben, was einem wirklich geschieht.

Der Sachverhalt wurde mit der tonlosen Stimme des Reports in größter Nüchternheit heruntererzählt. Ein Anschlag wieder einmal und man dachte dabei: arg, wie arg, und hatte die Nachricht gleich verdaut. Die menschliche Flucht in die Professionalität der Hilfskräfte, des Roten Kreuzes oder des Roten Halbmondes, bot Schutz vor dieser Ohnmacht gegenüber der Hölle.

Die Welt kann man nicht vor dem Bösen retten, es entsteht immer überall, sagte Gabrielle.

Nun übertreib nicht.

Ich höre das jeden Tag, legte sie Widerspruch ein.

Joe trug seine handgenähten Schnürschuhe und den maßgeschneiderten Anzug. Der Gedanke an gutes und verlässliches Handwerk beruhigte ihn. Der Mann hatte Stil und Herz, und wozu sollte Gabrielle ihm seine private Bizarrerie überhaupt ankreiden, sich an ihren Kleidern zu vergreifen? Sie wollte ihm nahe sein, immerhin hatte er sie von den Abgründen ihrer Familie separiert. Sie schwieg und spielte mit seinen Fingern, die wieder nach ihr tasteten.

Gabrielle hatte an ihrem Weltbild so lange gearbeitet, wie Maler Schicht für Schicht die Farben auftragen, um mit feinem Pinsel eine realistische Wirkung ihrer Darstellung herzustellen. Sie verlegte die Ursachen der Ermordung ihres Vaters in das gesellschaftliche Spannungsfeld zwischen Bewahren und Zerstören, bis sie die Widersprüche freilegen und integrieren konnte. Vater war nicht gestorben, er war einem Verbrechen zum Opfer gefallen. Eine Aura der Verschwörung umflorte die Ereignisse, die sie damals um die kleine Dosis Heroismus brachte, die sie sich und dem Opfer entgegenzubringen versucht hatte. Sie hätte gern einen Vater gehabt, auf den sie stolz sein, mit dem sie sich ein wenig Glanz fürs eigene Leben verleihen hätte können. Und sei es durch seine Anständigkeit, die für andere langweilig aussehen mochte. Es war ihr nicht gelungen, eine amtliche Bestätigung für Vaters unheilvolle Verstrickungen zu erhalten. Sie konnte mit ihrer Sicht der Dinge die Untersuchungsrichter nach der damals gültigen Strafprozessordnung nicht überzeugen und musste ihr Weltbild hinterfragen und in diesem Glauben Frieden finden.

Joe sagte: Ich spüre, dass du nachdenkst. Worüber?

Nichts, sagte Gabrielle.

Joes Interesse war verfehlt. Eine Konversation passte gerade nicht in ihr Konzept. Gabrielle war überzeugt, dass der Tod ihres Vaters sie schneller erwachsen gemacht hatte als der erste intime Männerkontakt. Joes Eskapade um das Putzen und ihre Kleider ließ sie an seinem Verstand, seiner Integrität und kurz gesagt an ihm zweifeln und ermüden und altern. Eine Marotte oder Perversion machte sie nicht zur Waisen, aber die symbiotische Schale hatte einen Sprung erhalten, zumindest würde sie so ihre Laune beschreiben und sie fühlte sich ausgestoßen, ausgesetzt auf der kalten Erde, wie ein Unglücksrabe, der nun aus dem Ei schlüpfte.

Joe sagte: Ich spüre doch, dass du denkst.

Ein Stück seiner Männlichkeit war die Fähigkeit zur Empathie. Trotzdem begehrte sie Nähe und stellte nun in Frage, ob es diese zwischen ihnen je gegeben hatte. Auf Joe sei eben kein Verlass, sagte sie sich, dafür auf den Halt des eigenen Gehaltes und die Identität im Beruf. Das Vertrauen in ihn wog gleich viel wie jenes in die Zivilisation. Es war gestärkt durch den Besitz in der friedvollen Gegend. Zivilisation kann man auch alleine leben, dazu braucht es keinen Joe. Er war wie sie verantwortlich für die Beziehung, diese war eine Sache des Entschlusses. Für sie ging es um die Akzeptanz eines im Grunde harmlosen Zwänglers. Gabrielle hatte Recht, um Gerechtigkeit herzustellen, war sie nun auf ihre Menschlichkeit zurückgeworfen und nicht zu explodieren und ihm wegen des Fleckens auf dem Chanelkleid eine Szene zu machen. Ihr Hang zur Provokation nervte sie sehr. Das Kleid juckte. Die Augen auch. Woran maß sie die Maximen ihres persönlichen Handelns? Sie wusste, in welchem Dilemma ihr Vater gesteckt war. Aber was es für ihn bedeutet haben musste, die Schuld- und Schamgefühle versteckt zu halten, daran laborierte sie jetzt.

Die Richterin folgte der Absicht, immer alles richtig zu machen. Natürlich war das ein Irrtum, denn kein Mensch kann alles immer richtig machen und noch dazu für alle Ewigkeit. Sie gehorchte niemandem. Ich gehorche dem Gesetz, dachte sie, es ist mein Limit, meine Hilfe, mein Alles. Ihr Vorbild war die Chefanklägerin Carla del Ponte, die serbische Kriegsverbrecher und Mafiosi hinter Gitter gebracht hatte. Und trotzdem konnte das moralisch falsch sein, neigte man der Meinung eines romantischen Nobelpreisträgers der Literatur zu. Wer beobachtete wen? Aus welchem Blickpunkt galt was? Auch der Nationalsozialismus war aus Sicht der Nazis ein rechtsstaatlich geordnetes System gewesen, doch wer seinem Gesetz entsprochen hatte, war ein Verbrecher. Gabrielle bewegte sich wie eine Rechtspflegerin unter den wachsamen Augen einer Anklägerin in einem vielzimmerigen Haus der Verfassung. In jedem Zimmer saßen die politischen Ausschüsse und diskutierten, bis ein Gesetz formuliert war. Rezepte zur Entscheidungsfindung. Sie holte sich Argumente und Referenzen und schrieb dann die Erkenntnisse, die für die Betroffenen mehr oder weniger ein Schlusspunkt unter Zweifel und Klage waren. Aber keiner der Richter wollte über die Gültigkeit seiner rechtskräftigen Urteile sprechen. Das Asylgesetz war simpel formuliert, es menschlich zu betrachten war mit Abstand auszuhalten. Wer sich näher damit beschäftigte, bemerkte seine bedeutende Unendlichkeit als Grenze des Rechtsstaates. Die Herausforderung der Zeit durch ihre Umbrüche in wirtschaftlichen, kulturellen und religiösen Parametern gierte nach einer persönlichen Untersuchung des Rechts und seiner Verfasstheit. Dazu müsste sie sich noch einmal an der Uni inskribieren, dachte Gabrielle resigniert.

Dauernd will jemand etwas ganz Persönliches von dir, nämlich in Sicherheit leben zu können, erklärte sie im privaten Rahmen häufig. Gabrielle stellte alle Handlungsnormen in Frage. Mehr beanspruchte Joe auch nicht, als dass seine Würde gewahrt und ihm Respekt gezollt wurde, beispielsweise wenn er nachfragte, wie sie mit religiösen Rechtsvorstellungen umgehe. Diese auf sie gehefteten Augen, mit den Sehnsüchten und dem Weltvertrauen in die

Gerechtigkeit, waren schon eine menschliche Attacke auf ihre persönliche Integrität. Die Wut und die Verachtung, die ihr entgegengeschleudert wurden, waren ihr lieber als weinerliche rückhaltlose Hingabe an eine Justiz, für die sie sich fremdschämte. Sie bevorzugte Tapetenwechsel, um sich an neue Umstände zu gewöhnen. Im wirklichen Haus mit Joe lebte sie daher in flexiblen Räumen mit Schiebewänden und nach dem Gesetz von Feng Shui. Sie könnte Joe als männliche Geisha sehen, doch eine Beziehung auf Augenhöhe wäre dann passé.

Hast du eigentlich ein Problem damit, dass ich Richterin bin?

Wieso?, fragte Joe. Er unterbrach die Fahrt zum Parkhaus, hielt in zweiter Spur. Passanten beluden ein Auto vor ihnen. Bald würde eine Parklücke frei.

Du?, fragte er zurück.

Gabrielle überlegte. Joe hörte das Knurren ihres Magens, stierte durch das Fenster mit hypnotisierendem Blick. Was brauchen die so lange!, sagte er, betätigte die Lichthupe.

Magst du einen Apfel essen?, fragte er.

Der Wagen in der Parklücke wurde noch immer beladen. Der Beifahrer schob einen weiteren Einkaufskorb auf Rädern vom Gehsteig heran. Der Fahrer verfügte über den elektronischen Schlüssel und drückte versehentlich den Knopf, so dass die Klinke des Kofferraumes sich arretierte. Sie blieb verschlossen. Er entriegelte sie wieder per Knopfdruck. Der Beifahrer hielt nun seinen eigenen elektronischen Schlüssel auf den Wagen und ein rotes Lichtlein glühte an seinen Rücklichtern auf. Nach einigem Hin und Her lief die Sache wie geschmiert. Der Fahrer setzte sich schon in den Wagen, der Beifahrer packte den Einkaufskorb aus und die Flaschen und Gläser, die er sorgfältig mit Decken in den Kofferraum hüllte.

Wird noch dauern, sagte Joe.

Die Frage war, ob sie einen Apfel essen wollte und einen dicken Bauch im Chanelkleid riskierte, wo das Obst während des Theaterstückes verdaut würde. Joe deutete ihr Schweigen als Zustimmung und öffnete die Klappe des Handschuhfaches, wo er Äpfel als Wegzehrung neben dem Desinfektionsmittel deponiert hatte. Wenn sie Äpfel roch, stieg auch die Assoziation zu Kellergeruch auf, Moder einer konventionellen österreichischen Vorhölle, und es würgte sie der Brechreiz. Die Äpfel dufteten für Joe paradiesisch.

Ich meine, du warst Lehrer. War das nie ein Problem für dich, dass ich mehr verdiente, einen gesellschaftlich höher angesehenen Job habe als du?

Wie kommst du drauf?, fragte er.

Sie schnupperte. Die Äpfel waren das geringste Problem. Sie waren nicht faulig, säuerlich, wie die Düfte schon gärender Äpfel, die das Haus der Kindheit erfüllt hatten, als die Mutter mit der Saftpresse nicht zurande gekommen war. Der Gestank von verbranntem Gummi und Strom hatte sich damals beigemischt, wovon im Auto keine Rede war. Gabrielle hatte eine gute Nase. Sie konnte auch den Rost an den Rohren aus dem Keller in den ersten Stock aufsteigen riechen und die frischen Exkremente, abgesetzt von der Hauskatze draußen im Beet. Das Geländer war kalt und das Stiegenhaus war in die Bläue des Stahls getaucht, wenn der Handlauf gerade poliert worden war und die Politur die Moleküle der äußersten Oberfläche des Handlaufs abgerieben und zerstäubt hatte. Die Haare im Nacken hatten sich ihr aufgestellt. Sie konnte die Anwesenheit eines Abwesenden am Abrieb seiner Handfläche auf dem Geländer wittern. So fein war ihr Spürsinn gewesen.

Sie schaltete ihre Sinne ab, dissoziierte sich und war wie eingepackt in einer Schicht aus durchsichtiger Watte, wenn sie in ungute Atmosphären der Erinnerung sank. Sie hatte Angst, in der Watte zu ersticken, und sie musste auch dieses Gefühl durchdringen und sich besinnen, dass ihre Selbstbehauptung aus der Überwindung von Angst durch analytisches Denken kam. Dann hatte sie die Leiche schon antizipiert und war demzufolge nicht mehr geschockt gewesen. Vater war in seinem Arbeitszimmer zu Tode gekommen. Er musste langsam ausgeblutet sein. Damals hatte sie vor der verschlossenen Haustür gewartet. Als sie das Haus betrat, schlug ihr dieser Geruch entgegen, der Hauch des Todes, wie man sagt, etwas Fremdes war hier gewesen. Der Zerfall, wie die Korrosion von Eisen, war sofort zu riechen gewesen. In Wahrheit war es der Vater, der tot, also fremd war. Dieser Fremde, dieser Tote, hatte sich noch als Lebender in den dicken Mauern des alten Kutscherhauses eingenistet. Gesinde hatte hier gewohnt, und hier war man in vergangenen Zeiten an Tuberkulose und Cholera und Mangelernährung krepiert, aber niemand war erdrosselt, erschossen oder erhängt worden, noch hatte jemand je selbst Hand an sich gelegt.

Das Haus hatte nur zwei Stockwerke besessen und war in Vaters Besitz gekommen, weil er die richtigen Kontakte gehabt hatte. Das Haus besaß eine große Geschichte. Hier hatte sich angeblich Trotzki aufgehalten und schon viel früher 1848 Karl Marx, als er in Wien auf Durchreise war, um seine Rede für den Kommunismus zu halten. Marx war in England friedlich gestorben, Stalins Schergen hatten Trotzki im mexikanischen Exil erledigt. Vater war hier ermordet worden. Was für ein Leben das wäre, hatte sich Gabrielle oft gefragt, wenn sich Vater für eine hehre Überzeugung geopfert hätte.

Gabrielle roch noch andere stoffliche Aromen. Ihren eigenen Schweiß. Sie stand im Stiegenhaus und plötzlich schienen ihr die Stockwerke nicht mehr miteinander verbunden, sie spürte keinen Boden, und als sie sah, dass sie nichts Absonderlicheres entdeckte als einen toten Menschen, musste sie nur auf die Toilette und war über dieses Erleben des Ausnahmezustandes wie beruhigt. Sie wusch sich danach die Hände und holte tief Luft, um die Lungen aufzupumpen und mächtiger zu wirken. Wenn Irreversibilität zuschlug, dann holte sie stets Luft, um der hereinbrechenden Wirklichkeit die Stirn zu bieten. Das Arbeitszimmer ihres Vaters war still bis auf ein Pitschpatsch. Sie dachte zuerst an einen Wasserrohrbruch und an das austretende Wasser der Zentralheizung. Sie stieg die Stufen hinan und der Geruch nach eisenhaltigem Blut schwoll an. Sie sah, was sie zuvor schon gesehen hatte, drehte um und ging zurück in das Erdgeschoß zum Telefon und wählte die Nummer der Mutter. Dann die Nummer des Bruders. Dann, was immer sie erst jetzt dazu trieb, die Nummer der Polizei. Jemand habe eingebrochen, log sie, habe den Vater zusammengeschlagen. Sie wollte nicht sagen, dass ihr Vater ausgeblutet war.

Sie solle sofort das Haus verlassen, sagten die Polizisten. Sie blieb aber in der Diele. Dann obsiegte die Neugier. Es war alles ruhig, eigentlich ermutigend ruhig. Nur wieder das Pitschpatsch. Sie gelangte ins obere Stockwerk, ohne inneren Widerstand überwinden zu müssen. Ihr war klar, dass sie nun bereit war, den Schock ihres Lebens zu erfahren. Wollte sie ihn bannen, musste sie dem Schrecken ins Gesicht sehen. Dann lag das Arbeitszimmer zum dritten Mal vor ihr. Die Spitzen des weißen Papieres ragten aus dem roten See auf dem Tisch. Sie zitterten wie Segel eines gekenterten Schiffes im Sturm. Der Vorhang blähte sich. Das Fenster stand im Sonnenlicht. Die Vögel zwitscherten, als wäre der Tag gerade angebrochen. Sie hörte das Schwirren. Ein Quaken. Der gebauschte Vorhang war ein balzender Frosch. Sie war allein und es kam ihr gar nicht so schlimm vor, den Vater tot über seinem Schreibtisch zu sehen. Auch Franz Werfel war so geendet. Sie sah die Pistole, die er in der rechten Hand hielt. Vater war Linkshänder gewesen. Sie sah den Tropfen an der Tischkante länger werden und sich dann vom Flüssigkeitskörper lösen und auf den Teppich fallen, wo er mit einem Pitsch zerplatzte. Sie hörte das Sickern des Blutes in den dicht geknüpften Seidenfasern knistern. Patsch. Diese Überraschung dauerte ewig. Und ihr wurde klar, dass sie die falschen Instanzen angerufen hatte. Es war, als stünde sie außer sich und wäre ein neutraler Beobachter dieses Lebenseinschnittes, den sie nun einschätzte. Sie rief die Rettung. Obwohl der Vater Waffen gesammelt hatte, eine Pistole gehörte nicht zu seinem Arsenal. Der Bruder war noch mit dem Fahrrad in den Auen unterwegs gewesen. Er hatte schon Ferien, weil klar war, dass er in der ersten Klasse der Höheren Technischen Lehranstalt durchgefallen war. Vater hatte sich zu Tode gegrämt. Der Streit war hart, laut und gewalttätig verlaufen. Gabrielle überlegte blitzartig, die Polizei abzubestellen. Karl brauchte Geld und trieb sich mit Versagern herum. Natürlich nahm er schon Drogen. Das war Indiz genug, ihn zu verdächtigen. Irgendwer hatte die Waffe besorgt und einen Selbstmord fingiert. Dann hörte sie ein Motorrad jaulen und sie fand in die Zeit zurück. Ihre Deutung war unglaubwürdig, die Situation unwirklich. Sie stürzte über die Treppe hinunter ins Freie, wie ins normale Leben der gleichgültigen Natur oder umgekehrt. Sie setzte sich dorthin, wo sie sich sicher fühlte, auf die Kellerschwelle in die Apfelhölle.

Das Erdgeschoß, einst ein Pferdestall, beherbergte damals Wohnzimmer und Küche und eine Abstellkammer, dazu die Ein- und Ausgänge, Schwellen, die den Übertritt der Grenzen zwischen Gemeinschaft und Fremde regelten. Darunter stand im Keller die Presse, die die Mutter nicht zu bedienen beherrschte. Die Treppe führte hinunter und in den Flaschen lagerte der Saft. Vater hatte sich ausgekannt, den Verfassungsbogen der Republik studiert und gewusst, dass die Republik keine Waffen an kriegsführende Länder hätte liefern dürfen. Moder war an den Wänden, die Feuchtigkeit war trockengelegt. Kelsens Verfassung hatte für die Republik eine Struktur im Stufenaufbau der Rechtsordnung hinterlassen. Gabrielle saß auf der Schwelle des Abgangs zu den Saftflaschen. Eine Architektur aus Form und Inhalt, die Mechanik des Staates. Nur in der reinen Rechtslehre war eine Trennung von Form und Inhalt des Gesetzes vorgesehen. Die Konstruktion als Form, die rechtswissenschaftlich untersucht werden konnte, wogegen der Inhalt eines jeden Gesetzes das Material dieser Architektur war. Und wer bewohnte dieses Haus der Republik? Man konnte auf diese Frage nicht mit „Flaschen" antworten. Diese Art von Symbolsprache führte Gabrielle nicht. Kriminelle und Rechtspfleger waren konkret zu unterscheiden und solche als solche rechtskräftig zu benennen. Gabrielle dachte an den Saft, ein Resultat aus dem zuvor verlaufenen Diskurs im politischen Prozess, der aus dem Körper ihres Vaters troff. Form und Inhalt verschmolzen zu einem Werk in der Verfassung, die positiv regeln musste, was den Staat zusammenhält, aber ihren Vater das Leben gekostet hatte. Vermutlich hatte er aus Überzeugung die Missbräuche gegen die Verfassung im Namen der Wirtschaft aufgedeckt. Die Verfassung war das Fundament und Material der Mauern, die jederzeit neu eingerichtet werden konnten, aber nicht angereichert mit neuem Material. Ein neues Material war nur der integrierte Kitt der Gier. Er veränderte die Republik. Mische keine Birnen mit Äpfeln, hatte Vater gesagt. Das Leben in der österreichischen Demokratie war so gestaltet, dass die Grundbedürfnisse gestillt werden konnten, aber dasselbe war nicht das Gleiche. Nicht jeder Mord war ein Mord, erkenne den Totschlag. Die Äpfel landeten im Trichter und der Keilriemen setzte das Getriebe in Gang. Bis der Saft herausrann und in Flaschen abgefüllt wurde.

Gabrielle suchte den Punkt, von dem aus sie alle Perspektiven einnehmen konnte, um Vaters Tod richtig zu sehen und seine Mörder aufzuspüren. Aber diesen Punkt gab es nicht. Sie war in den Keller gestiegen, in die Geschichte hinein und den Sumpf und den Matsch zu den Flaschen, die von seiner Hand verschlossen worden waren. Der Streit mit Karl hatte hier unten stattgefunden. Das Zusammenleben der Menschen war so verworren, dass sich ständig neue, unvorhersehbare Konstellationen ergaben, und auch wenn sie vorhersehbar waren, waren sie doch unglaubwürdig. Karl hatte gebrüllt: Du bist nicht mein Vater, du hast mir nichts zu sagen! Doch man konnte grundsätzlich nichts für alle Zeiten entscheiden. Dies war der einzig gültige Grundsatz, den Gabrielle für sich feststellte. Wenn ein Sohn sich einbildete, den Vater töten zu müssen, dann weil er verrückt war. Es gab Fließwasser, das Klo, den Herd, Betten, Tische, Bänke, Stühle, Strom. Das Leben konnte frei gestaltet werden, Umbauten mussten diskutiert werden, ein vorhergehender familiärer wie auch politischer Prozess war dazu notwendig und eine Prüfung, damit das Haus nicht einstürzte.

Vaters Tod ließ Haus und Apfelsaft als glaubwürdige Spur erscheinen, sein Geist war da, in Flaschen abgefüllt. Nichts war mehr so, wie es gewesen war, die Flaschen zerbarsten und die Scherben verstaubten. Das Haus galt nie mehr als sicher. Der Tote wurde weggebracht, die Leiche obduziert. Die Staatsanwaltschaft vertrat die These eines Selbstmordes, Gabrielle nicht. Karl hatte ein Alibi. Er war im Stadtpark aufgegriffen worden und befand sich zum Zeitpunkt des Todes schon in der Psychiatrie.

Auf dem Blumentisch vor dem Fenster des Todeszimmers standen dickbauchige Vasen und Porzellanfiguren, Sammelstücke aus Griechenland. Eine Schachtel mit orientalischen Süßigkeiten war aufgerissen. Die klebrigen Häppchen aus Blätterteig lagen dicht nebeneinander in Reih und Glied in goldenen Mulden bereit. Jedes Stück mit einer Papiermanschette wie einer Halskrause umwickelt. Kein Stück war angebissen. Vater hatte die Schachtel kurz vor seinem Tod geöffnet. Tat man das, bevor man sich umbrachte? Eine Packung Süßigkeit aufreißen und das Zellophan herunterwickeln und den Deckel abheben und das Schutzblatt entfernen und sich dann die Kugel geben? Kein Abschiedsbrief, obwohl am Schreibtisch sitzend? Gabrielle hatte die Spurensicherung auf die Schachtel mit den Süßigkeiten aufmerksam gemacht, auch auf das Billet, das darunter hervorschaute. Weil ich nicht dein Fleisch und Blut bin, aber süß genug! Gabrielle war erstaunt, dass die Polizei kein gesteigertes Interesse an den kryptischen Zeilen hatte. Vater hatte wohl seine amourösen Geheimnisse. Angeblich hatte man die Handschrift Karl zugeordnet, der ja das Alibi hatte. Vielleicht war Vater dabei gewesen, einen Brief an seinen verstoßenen Sohn zu richten? Oder gar eine Bestätigung oder Widerlegung an Karl zu schreiben, dass ihm die biologische Vaterschaft egal wäre? Hatte er je seine Leidenschaften zu einer anderen Frau ausgelebt?

Im Papierkorb hatte Gabrielle gesucht und eine Antwort auf ihre Frage gefunden. Sie entzifferte seine Handschrift und las seine letzte Botschaft. Vater war so klaustrophil, dass er in kleiner Schrift seine große Reue unterbrachte. Er habe Karl in die winzigste Kammer seines Herzens gezwängt und erkannt, dass diese Einengung einer Verwechslung mit seinem Gefühl für Nähe gleichgekommen sein musste. Er habe also mit seiner Liebe Karl erstickt. Er hatte das Verb mehrmals unterstrichen. Vater hatte sich in seinem letzten Brief an Karl bei Karl dafür entschuldigt, ihn zerstört zu haben. Dabei habe die Tochter das Glück gehabt, sich frei zu entfalten.

Gabrielle war entbrannt vor Eifersucht und der Brief knisterte in der Feuerschale, bis auch die Haut aus Asche zerfiel. Aber was genau hatte Vater mit Beziehungsenge gemeint? Gabrielle vernichtete auch dieses Dokument aus Feingefühl mit Mutter. Was immer Vater geglaubt oder gewusst haben mochte über die Geschichte Karls, die verhängnisvollen Hintergründe schwelten in Gabrielles Unbewusstem und blieben wie schwerer Rauch hängen. Sie entschied, ihren Bruder für ihren von Drogen abhängigen Bruder zu halten und diesen Sachverhalt nicht mehr zu hinterfragen. Doch brachte man sich ums Leben, wenn man so wie Gabrielles Vater um die Zukunft seines Sohnes flennte? Er wollte auch ihn nach Athen mitnehmen, die Akropolis besteigen und Gabrielle einem Anwalt vorstellen, bei dem sie ein Praktikum absolvieren hätte können. Das alles zu Zeiten, als ein österreichischer Botschafter das Außenministerium in Wien von dubiosen Beobachtungen in Bezug auf Waffengeschäfte in Kenntnis gesetzt hatte und kurz darauf an Herzversagen verstorben war.

Apfel?

Joe riss sie aus ihren Gedanken. Er legte den Retourgang ein, damit der Wagen vor ihnen leichter ausparken konnte. Die Lücke war frei. Gabrielle schnallte sich schon ab. Ohne mit der Wimper zu zucken, preschte ein Fußgänger über die Straße. Gabrielle biss in das frische Grün, als Joe auf die Bremse sprang. Sie hatte den Apfel zwischen den Zähnen, als es sie nach vorne schleuderte. Sie schlug auf der Konsole auf.

Joe fluchte. Hielt an. Sprang bei laufendem Motor aus dem Auto. Der Passant hatte schon längst über die Straße gesetzt, gefolgt von zwei Polizisten, die von Joe und Gabrielle keine Notiz nahmen, sondern dem Flüchtenden nachhetzten.

Es reicht, sagte Joe, als Gabrielle auf den Apfelbiss starrte. Sie hätte sich die Zähne ausschlagen können, hätte Joe ihr nicht den Apfel gereicht.

Mit mir bist du gerettet, sagte er und steuerte den Wagen durch die Magistratsstraße nun auf die nächste Tiefgarage zu.

Die Bühne war umwerfend, eine Hotelfassade, durch deren Fenster man in die Szenen einer Ehe blicken konnte. Eine klar strukturierte Oberfläche für vielschichtige Seelenzustände, um die Ehedrastik zu zerstückeln und im Kopf des Publikums zusammenzusetzen. Darüber blinkte die Aufschrift *Hotel Strindberg*. Gabrielle befand sich im Zentrum des Strindberg'schen Aleph, von wo alle Punkte im Raum seiner Dramaturgie eingesehen werden konnten. Wozu befleißigte man sich heute noch der Ehedrastik, wo sich Paare längst trennten, weil es die Familienökonomie erlaubte, und sich damit das Konfliktfeld auf alle Individuen eines Verwandtschaftsverbandes auch über die Zeiten hinweg vielschichtig verteilte? Es gab keine Sippenhaftung, die Sippe selbst war Tat. Die Sehnsucht der Menschen, alles gleichzeitig sehen zu können, der Überblick fürs Publikum war hergestellt durch das Bühnenbild.

Die totale Kontrolle über sich selbst verlor allerdings der Hauptdarsteller, und das wusste man von der ersten Sekunde an. Das Stück erzählte die Geschichte von Stücken. Nichts war echt und noch dazu gegen die Chronologie eines gewöhnlichen Eheverlaufes erzählt. Die Spiegelfechterei eines besonders enttäuschten Ehemannes wurde vorgespielt, was viel mehr Wirklichkeit von der Enttäuschung wiedergab als von der Rolle eines Mannes innerhalb einer Hassliebe. Mit seinem testosterongeschwängerten Verhalten zerlegte er das Hotel und verwandelte die Bühne in eine Irrenanstalt. Der Dauerwahn des Schauspielers währte 45 Minuten lang und war von Kritikern und Publikum sehr gelobt geworden. Gabrielle fand die Leistung beträchtlich und bewunderte die Anstrengung sehr, aber konnte sich nicht auf die Kränkungen einlassen. Joe gelang dies leichter, er saß gebannt in der Abendvorstellung, von den ganz normalen Problemen eines Lebenslügners erfasst. Als sich klärte, dass der Protagonist nicht der leibliche Vater seiner Tochter war, stattdessen der Portier des Hotels Strindberg, legte Joe seine Hand auf Gabrielles Knie. Seine Genugtuung, die wahre Frau seines Herzens neben sich zu haben, breitete sich aus und ließ ihn aufseufzen. Gabrielle wurde immer unruhiger und wetzte auf ihrem Sitz hin und her. Der Usurpator aller Schuld, die Selbstzufriedenheit, war enthüllt, die Kleinlichkeit des Narzissten über seine Lebenslüge hinaus in die Lebenswahrheit hinein. Der Mann auf der Bühne verstieß sein Kind.

Gabrielle schnaubte und gab ihren Unmut preis und schob Joes Hand weg. Sie seufzte gelangweilt zum Ausrasten des Schauspielers, immer wacher werdend, weil das Chanelkleid wie wild juckte. Sie kratzte sich, dann begann es an anderer Stelle weiter zu jucken und sie schlug die Beine übereinander, bis es sie nun zwickte und sie beschloss aufzustehen und den Saal zu verlassen. Lebenslang war der Protagonist misstrauisch gegenüber seiner Antagonistin gewesen und nun bekam er Anlass, es auch gegen das Publikum zu sein. Der unruhige Geist in der Mitte des Publikumsraumes schnaubte laut und der Darsteller fixierte die Richterin mit seinen vom Licht geblendeten Augen und feuerte in ihre Richtung die Deklamationen ab.

Joe flüsterte in Gabrielles Ohr: Du störst! Gabrielle sah ihn verachtungsvoll an. Sie konnte die Steigerung des Nervenzusammenbruchs in einen Tobsuchtsanfall auf sich gerichtet sehen. Sie hatte die Schnauze voll. Sie legte ihre Hände auf die Lehne, spannte die Muskeln an. Wieso schlug diese Aufdeckung, dass der lebenslängliche Verdacht berechtigt gewesen war, nicht in Freude, sondern in Wut um? Warum war die Wahrheit kränkend? Man könnte sie auch als befreiend erleben.

Sie schluckte den Zorn auf die Regie hinunter. Joe zusammenzuschreien wegen eines schlechten Theaterstückes wäre unfair gewesen. Joe hielt sich an Regeln, es war noch nie zu einem Seitensprung gekommen. Er streichelte ihr über die Schulter den Rücken hinunter. Durch das Kleid spürte er die Nähte der Unterwäsche, die Glätte der Seide, Gabrielles Spannung. Die Beziehung war stofflich, weil Gabrielle zu ihren Schränken gehörte. Sie war Trägerin seiner Garderobe, die er gern auswählte. Ein Leben lang hatte der gute Mann der Bühne seiner Frau misstraut, nur darauf gewartet, dass er einen Verrat nachweisen könne, und nun waren die Fakten geliefert und niederschmetternd. Er verfiel dem Wahn der Regie und folgte nicht Gabrielles Logik, stolz zu sein auf seinen Instinkt. Seine Frau hatte ihn ein Leben lang hintergangen, na gut, na und? Wie man so auszucken kann, eine Dreiviertelstunde lang?

Gabrielle riss sich aus dem Sessel, dessen Sitzfläche hochklappte, und drängte sich aus der Reihe. Sie verließ erbost den Saal. Draußen ging es ihr schnell besser, die Luft war kühl. Die Stimme des Schauspielers brüllte ihr nach, man hörte sie bis heraus auf den Gang. Sie hatte Mitgefühl für die Schmach des Schauspielers, dem sie keine Geduld zollen konnte, weil sie zu sehr mit Joe beschäftigt war. Das Theater fand sie exaltiert, hysterisch geradezu und Gabrielle verachtete bald die Entgeistertheit und die unverdauliche Entblößung des Entmachteten, der Erlösung im Fetischismus suchte.

Wenn die Wirklichkeit sich so anfühlte, sagte sich Gabrielle, wie jetzt, dann verstehe ich mein wahres Drama und den Drang, lieber mich auszulöschen, als gehörnt wie der Schauspieler vor der Welt dazustehen. Hatte Joe ihre Kleider wirklich getragen, mit ihnen oder nur diese geputzt? Sie wusste nicht mehr, was genau sie gesehen hatte.

Nun regnete es Applaus. Joe kam als Erster aus dem Saal.

Was hast du nur, Gabrielle? Wieso bist du gegangen? Es war so toll!, sagte er. Ihrem Gesicht war keine Geringschätzung anzusehen. Joe hatte ihr das Abonnement geschenkt, um öfter gemeinsam in die Stadt zu fahren. Kultur war für Joe ein wichtiger Faktor des guten Lebens. Weniger wichtig war das Flanieren durch die Straßen, das Leben in den Cafés. Die Stadt war großzügig, aber bot auch die Gefahr der Verzettelung. Am Rand, dort wo sie wohnten, versäumte er nie die Termine des kulturellen Lebens.

Ich muss mit dir reden, sagte Gabrielle.

Nicht hier, sagte Joe und blickte ihr tief in die Augen.

Im Sommer während der Theaterpause lagen sie gern im Park auf dem Rasen unter getrimmten Sträuchern. Jetzt half er ihr in den Mantel unter Topfpflanzen. Joe hatte immer schon seinen Putzfimmel gehabt. Er kritisierte nun die Theatergarderobiere. Er wies sie auf die trockene Erde im Topf der Stechpalme hin. Dann beschwerte er sich über den verwendeten Kleiderbügel, der Kanten in den Stoff gepresst hatte. Zu Hause hatte er sogar über die stummen Diener genörgelt und den Roboter gemaßregelt. Aber niemals wäre er aus Eifersucht auf einen Verehrer Gabrielles in Rage geraten.

Gabrielle liebte ihren Mann für die Akribie, die sich plötzlich ausschüttete, als er der Garderobiere Trinkgeld zusteckte und sich anschickte, für die Stechpalme Wasser zu holen. Sie beschloss, ihn nicht aus der Rolle zu stürzen oder gar selbst aus ihrer zu fallen.

Sie verließen das Theater und stiegen in den Wagen, fuhren die Ausfahrt hinauf und warteten an der Kreuzung auf Grün. Gabrielle sah den Autos zu, bis die Lichter nacheinander wie rote Augen von schnurrenden Katzen in einer Kolonne aufleuchteten. In anderen Städten Europas hausten Flüchtlinge aus Schwarzafrika in Schachteln, mit Plastikplanen vor Regen geschützt, auf den Pannenstreifen. Wiens Pannenstreifen waren um diese Zeit verparkt. Hast du gewusst, weshalb unter den afrikanischen Flüchtlingen nur wenige Frauen zu finden sind?

Nein, sagte Joe. Willst du darüber reden?

Sie dienen den elenden Herumlungernden und verkaufen sich, um in den Anhaltelagern an der nordafrikanischen Küste Schutz vor weiteren Vergewaltigungen zu haben.

Wie auch immer, sagte Joe. Er beobachtete den Verkehr.

Joe, das ist ernst!

Wie hat dir das Hotel Strindberg gefallen?

Der Schauspieler war nicht schlecht. Aber dieser Typ Mann geht mir auf die Nerven.

Ihm war es auch ernst, sagte Joe.

Er rollte sanft an und floss in der Kolonne mit.

Hast du jetzt afrikanische Fälle?, fragte er.

Ich kann mir ein Eifersuchtsdrama vorstellen, aber das Verharren in der ausweglosen Lethargie der Einwanderer, bei Nässe und Kälte und Schnee auf einem Pannenstreifen mitten in Paris, wenn gleichzeitig die anderen im Trocknen sitzen und in ihren SUVs vorbeirollen ... Gabrielle stockte.

Ist das dein Problem?, fragte Joe. Ich meine, jetzt?

Vielleicht genieren sie sich eh dafür?

Wer für wen?

Joe schaltete in den nächsten Gang.

Europa muss endlich etwas unternehmen. Für Elende darf es kein Kommen geben.

Wie meinst du das, Schatz? Wer sind jetzt die Elenden?

Sie kommen, um ihrem Elend zu entkommen.

Ganz schön viele Wortwiederholungen, Schatz.

Ist das ein Fehler? Dann musst du sie wegputzen, sagte Gabrielle.

Versetzt du mir gerade eine Spitze?, fragte Joe ruhig. Dann hättest du besser aufpassen müssen. Strindberg legt immer den Finger auf den wunden Punkt seiner Figuren.

Mir fehlt die Revolte, sagte Gabrielle.

Wie ist das mit der Revolte im Gerichtssaal?, fragte Joe.

Joe, es zählen die Fakten.

Ja, Gabrielle, ich wollte sie dir immer schon aufzählen, die Fakten, die uns betreffen.

Gabrielle schwieg. Sie spürte das Herz bis zum Hals pochen.

Welche Fakten?, fragte sie. Kannst du sie denn glaubhaft machen?

Hast du nie Angst?, fragte Joe.

Wovor?

Dich lächerlich zu machen.

Joe, sagte Gabrielle, mein Limit ist das Gesetz.

Dass jemand dich persönlich verantwortlich macht für sein Elend?

Die meisten werden gezwungen, ihre Würde mit eigenen Füßen zu treten, wenn du das meinst mit Lächerlichkeit.

Verachtest du sie?

Verachten ist nicht das richtige Wort, aber manchmal ist es ein Spiel und ich habe das Gefühl, die Würfel entscheiden lassen zu können, und trotzdem muss jeder Fall erwogen werden, sagte sie.

Und was willst du essen?, fragte Joe.

Normale Restaurantbesucher durften nicht in der Hotelgarage parken. Die Wächter verhielten sich wie Grenzposten, die Hotelfremde abwiesen, selbst wenn es freie Plätze gab. Gabrielle und Joe verfügten über Privilegien und wurden anstandslos *durchgewunken*. Anwälte feierten hier ihre Feste und die Ausschussmitglieder, die der Regierung die Vorschläge zur Ernennung fürs Verwaltungsgericht unterbreiteten, waren öfters in diesem Hotelrestaurant zugegen gewesen. So genügte es, wenn Gabrielle ihren Dienstausweis zeigte. Der Parkplatz war die paar Euro wert, erleichterte den Zutritt zur Haubenküche. Manchmal gönnten sie sich diesen Luxus, es war nichts Unwürdiges dabei, kein Bestechungsversuch, mit dem Ehemann teuer auszugehen und sich einladen zu lassen.

Sie stiegen aus und gingen zum Lift. Sie fuhren in den dritten Stock, in die Beletage des Hotels, wo sie über das angebaute Bordell bis in den Stadtpark blicken konnten. Der Tisch war mit weißen Rosen und Kerzen dekoriert. Der Docht war geschwärzt. Champagner erwartete sie und Gabrielle stieß mit Joe gegen die Hinterfotzigkeit auf allen Ebenen an.

Meinst du damit mich?, fragte er.

Die Unterwanderung durch die völkischen Nationalisten, sagte Gabrielle, betreten von seiner Direktheit.

Das ist Schnee von gestern, Gabrielle! Schnee!

Die Medien haben gut funktioniert. Sie haben die Bewertung des Personalausschusses kritisiert und den Skandal, dass ein Burschenschafter in das Verwaltungsgericht aufgenommen werden sollte, an die Öffentlichkeit vermittelt.

Bist du für rote Roben, fragte Joe, willst du mir das sagen?

Die sozialen Medien haben ihre Rolle als fünfte Säule der Demokratie wahrgenommen und als unüberhörbarer Lautsprecher der Bürger reagiert, sagte Gabrielle. Nichts anderes will ich sagen.

Aha, sagte Joe.

Unvoreingenommenheit sei die erste Voraussetzung für ihr Amt und ein schlagender Burschenschafter als Experte des Gesetzes im Verwaltungsgericht wäre der Tod gewesen.

Schnee von gestern, sagte Joe, heute geht es um eine andere Diskreditierung.

Gabrielle, ist das auch so lächerlich für dich?, fragte Joe. Die sozialen Medien?

Wenn du meinst.

Jeder Experte hat eine Haltung, sagte Gabrielle. Soziale Medien geben eine Stimmung wieder, aber nicht den Willen der Wähler.

Du kannst aber zu jeder Stimmung die Stimme finden, sagte Joe. Das ist nicht lächerlich, wir haben viel zu tun. Und etwas zu besprechen, oder?

Sie studierten die Speisekarten, hoben den Champagner und stießen an.

Was für eine Haltung hast du denn, fragte die Richterin.

Joe sah sie durchdringend an. Gabrielle hielt seinem Blick stand, bis aus dem Unterlid ihrer Augen ein Tropfen austrat.

Joe schaute weg. Weinte Gabrielle? Er lenkte vom Thema ab. Wenn er unsicher war, schlug er einen belehrenden Ton an. Strindberg hatte schon im 19. Jahrhundert in Genf Zuflucht erhalten, als er in Stockholm wegen Blasphemie angeklagt worden war, sagte er. So viel zur Haltung. Die sozialen Medien von damals waren gegen ihn.

Gabrielle wollte kein Drama hören, sie hob die Hände.

Das ist jetzt seine Geschichte, sagte sie. Es ist eben eine Frage der Medienbeherrschung.

Wer beherrscht sie denn, die Medien? Rück doch raus mit der Sprache.

Gabrielle atmete durch, schöpfte neue Energie. Weißt du, wer wieder aufgetaucht ist?

Der Ober brachte neue Kerzen. Das Streichholz wollte nicht brennen. Gabrielle kramte schon nach ihrem Feuerzeug. Eine Armada an Gehilfen zog mit dem richtigen Utensil durch das Restaurant an den Tisch heran. Feuerzeuge klickten. Gabrielle konnte gar nicht so schnell schauen, da brannten schon die Lichter.

Joe saß mit ihr an der nunmehr beleuchteten Tischinsel. Er sah jünger aus als die Richterin, wegen seines glatten Gesichtes und der ungezwungenen Lockerheit, in der er über seine Devianzen sprach, was jede Befangenheit auflöste. Sein verschmitztes Lächeln erinnerte an das Geschick distanzierter Verführer. Die jungen Kellner, die die Kerzen entzündeten, hatten die Fahrt über das Mittelmeer hinter sich. Bei aller Bescheidenheit und Zurückhaltung waren sie stets bereit, die Stimmung zu retten. Ein Blick genügte, dem Gast seinen Wunsch von der Stirn abzulesen. Gabrielle waren die Causen der Lehrlinge bekannt. Afghanen, und alle drei mit der gleichen Aversion ausgestattet, im selben Bett schlafen zu müssen. Sie teilten sich ein Lehrlingszimmer, und erst nachdem Einzelbetten aufgestellt worden waren, konnte jeder seine Nachtruhe finden. Sie lebten mit ihren Traumata und trugen eine Ungleichzeitigkeit in sich herum, während sie die Besucher des feinen Restaurants bewirteten. Wer Menschenrechte genießt, wird stets ein Mensch gewesen sein, sagte sich die Richterin.

Die Frage aber lautet: Wie wird man Mensch?, sagte Joe, als hätte er ihre Gedanken gelesen. Ich meine: ein vollständiger Mensch, der ganz und gar zu sich steht.

Einen Steinwurf weit entfernt, gleich unter der Terrasse, lag das Bordell mit dem international verständlichen Namen Babylon. Gabrielle zerteilte den Fisch, während woanders rohe Körperöffnungen vermietet wurden. Die Gleichzeitigkeit des Ungleichzeitigen trat als Restposten von Enteignungsformen der Körperteile auf. Die Prostituierten erlebten ihr Selbstverständnis als Unternehmerinnen und Besitzerinnen ihres Rohstoffes, den sie selbst ausbeuteten. Höchstens Künstler betrieben sonst noch solchen Unsinn. Die Kellner verdienten ihren Unterhalt in der Bedienung von Gästen, die über ihren Verbleib bestimmten, und Gabrielle lebte das Selbstverständnis dieser sozialen Prozesse, weil das Wahlrecht für Frauen 1918, elf Jahre nach dem Wahlrecht für Männer, in Kraft gesetzt worden war. Joe hatte wahrlich andere Probleme. Niemand liebte ihn mehr als sie. Sie seufzte innerlich für ihn. Das Familienrecht wurde in Österreich erst nachjustiert, als die sozialdemokratischen Frauen in die Regierung kamen. Gabrielle spürte die mütterliche Herablassung, gegen die sich Joe aufbäumte. Joe war nicht ihr Kind, das mit Kleidern experimentierte. Wie sie es getan hatte, als sie in den Kleidern der Mutter gesteckt war, die für freiwillige Schwangerschaftsabbrüche auf die Straße gegangen war. Seit ein paar Jahrzehnten war es strafrechtlich frei, innerhalb einer Frist Kinder abzutreiben, und wie oft hätte Gabrielle es schon ihren Asylbewerberinnen anempfohlen, anstatt das eigene Leben durch ein neues zu verkomplizieren. Dass die eigene Mutter für das Recht auf Abtreibung eingetreten war, erschien heute als selbstverständlich, doch damals war es höchst problematisch für die Geborene. Karl hatte Mutters Kampf für die Freigabe des Schwangerschaftsabbruches sogar persönlich genommen. Rechtliche Regelungen zeigten die wahren Werte einer Gesellschaft, in der also die Mütter sich zu den

Göttern erklärten, die über das Leben ihrer Leibesfrucht entschieden. So war aus Gabriel, dem Verkünder der frohen Botschaft, eine Gabrielle geworden, die Verkünderin des Austragens von Leben. Wer versteht das? Karl hatte darunter gelitten, dass sein Leben in Mutters Händen gelegen hatte, und seine Revolte dagegen ein Kampf gegen Windmühlen narzisstischer Kränkung war. Karl war immer unverschämter geworden und hatte diese Konstante der Weiblichkeit verweigert, die die Welt einteilte in erwünschtes und unerwünschtes Leben, indem er sein Leben für Drogen aufs Spiel setzte.

Gabrielle zupfte die Gräten aus dem Filet. Schon sprang der Kellner zur Seite und bot ihr seine Hilfe an. Gabrielle horchte auf. Hinten im Restaurant lachte ein Mann. Es fiel ihr auf, dass unentwegt gesprochen wurde, während die Frau am Nebentisch sehr aufmerksam zuhörend nickte und einen grellorangen Lippenstift trug.

Joe fragte plötzlich: Wer ist aufgetaucht?

Karl.

In Genf?

Wieso Genf?, fragte Gabrielle. Sie hob verwundert die Augenbrauen. Er arbeitet für das Internationale Rote Kreuz, sagte sie. Woher weißt du das?

O Gott, sagte Joe und richtete den Blick flehentlich gegen den Himmel. Der Typ soll endlich krepieren.

Joe war zu jedem Security-Angestellten in der Parkgarage freundlich, zu jedem Dealer, der afghanisches Kraut verkaufte, zu jedem ausländischen Kellner, zu jedem In- und Ausländer, zu jedem Tier und jeder Pflanze, aber zu Karl, der nicht einmal anwesend war, war er ablehnend wie gegenüber einem Virenträger.

Trinken Sie auch ein Glas?, so fragte der Ober.

Getestet, clean.

Gerne noch etwas Champagner.

Joes gute Manieren richteten bei den unteren Chargen des Restaurants ein niederschwelliges Angebot ein, durch freundliches Auftreten und Grüßen in den Vorhof der Macht vorzudringen, über den seine Frau waltete. Er genoss es, an den Portieren und Kellnern vorbei mit seiner Frau als Rechtsexpertin aufzutreten. Clean sind wir selber, oder Gabrielle?

Gabrielle rang ein wenig um Worte. Es war sein Stolz, als pensionierter Lehrer eine solche Frau auch ins Stottern zu bringen. Gabrielle empfand keinen Stolz, sie war ratlos und alle Welt um sie herum war im Umbau.

Sie spürte die Erschöpfung und ein Nachgeben. Wem oder was nachgeben? Dem alten Wunsch nach Geborgenheit. Joe war einer aus dem Volk, und dass jeder aus dem Volk es durch die rechte Wahl in die rechten gesellschaftlichen Ränge schaffen könne, das war sein Versprechen, das er seinen Schülern und vor allem Schülerinnen gegeben hatte. Das konnte er wirklich geben.

Ich bin so stolz auf dich, sagte er, dass du zugibst, mit Karl Kontakt zu haben.

Sie konnte es glauben, aber einfacher war es, die Glaubhaftigkeit seiner Worte ein bisschen zu heucheln, was er natürlich im nächsten Kommentar angriff.

Und liebst du ihn noch immer?, sagte er.

Ja, sie liebte Karl. Sie war die Einzige, die ihn liebte.

Ich bin froh, dass ich es dir gesagt habe, sagte sie. Er ist beim Roten Kreuz.

Karl? Beim Roten Kreuz?

Joe wischte sich den Mund ab. Zum Kotzen!

Gabrielle blieb ruhig.

Ist das ein Tipp?, fragte sie in überfreundlichem Ton.

Joe senkte den Blick und mit distant beruhigender Sonorität, als handelte es sich um einen väterlichen Rat, stellte er fest: Er hat dich fast umgebracht.

Gabrielle bestellte nach dem Fisch Schwein und Joe versuchte die Stimmung umzuschwenken, erzählte vom Tagebuch des Schweinekrieges des Dichters Adolfo Bioy Casares. Das Wort *Schweinekrieg* hatte er ohne Stocken über die Lippen entlassen.

Schon gehört?, unterbrach Gabrielle.

Ja! Was denn?

Kannst du dich noch erinnern? Ein Sozialamtsleiter ist von einem Asylbewerber mit dem Küchenmesser erstochen worden. Ich weiß nicht mehr, was ich dich fragen wollte.

Wie oft hatte Karl mit dem Küchenmesser herumgefuchtelt?

Der Täter ist in erster Linie ein Verbrecher gewesen, sagte Gabrielle. Der Ton in den Amtsstuben hat ganz allgemein an Aggression zugenommen. Die Klienten sind frech, ungehalten und gefährlich. Wir brauchen mehr Security und die Beamten müssen über die Handhabe verfügen, aggressive Parteien abzustellen.

Du redest so gestelzt, sagte Joe.

Ich versuche, mich präzise auszudrücken.

Manchmal sagst du Asylbewerber anstatt Asylwerber.

Das ist mir gar nicht bewusst!

Sie versteifte sich und klang für sich selbst wie ein höfischer Brief.

Der Unterschied ist so bedeutungslos, dass es sich nicht lohnt, ihm einen Sinn zu entlocken, mein Lieber,

Joe hob den Mundwinkel, verzog ihn zu einem Grinsen. Seine Eltern, Therapeuten, hatten es verpasst, einen Ödipus aus ihm zu machen. Er liebte seine Mutter, wie man eine Mutter zu lieben hat, sozial anständig. Die Freud'schen Komponenten der leidenschaftlichen Gier, sich mit Mutter zu verschmelzen, sie zu besitzen und in seiner Vorliebe für weibliche Stoffe die Zitze zu begreifen, war ihm zu blöd. Wenn anderswo die Fabriken einstürzten und Gabrielle nicht in ihrer dort produzierten Wäsche, sondern stattdessen Joe drinsteckte und Rollenspiele fabrizierte, war das vollkommen unerheblich. Die versklavende Lohnarbeit gehörte abgeschafft.

Einer der Kellner neigte über dem Kerzenlicht eine Flasche Rotwein, bis ein dünner Strahl aus der Flasche in die Karaffe rann. Gabrielle seufzte und setzte den Faden anknüpfend fort: Wir Richter haben es leicht, aber die kleinen Beamten, die müssen sich viel gefallen lassen. Mein Bruder hat niemanden umgebracht. Er hat sich danebenbenommen, aber ich bin selbstverantwortlich. Er hatte die schlechteren Karten als ich. Er hat Vater nie tot gesehen. Das hätte ihm geholfen, es zu begreifen. Das sagen viele Hinterbliebene von Mordopfern.

Wer denn genau, fragte Joe ungläubig.

Uwe Barschels Sohn, sagte Gabrielle.

Wer ist das denn?, fragte Joe.

Du kannst dich an diesen Faschisten nicht erinnern?, fragte Gabrielle.

Du hast angefangen, sagte Joe.

Das war in Genf, Beau Rivage, wo es auch Sisi erwischt hatte.

Der Mann mit der Krawatte in der Badewanne?

Genf ist kein gutes Pflaster.

Wir sind eh in Wien. Was nehmen wir noch zum Rotwein?

Joe blätterte in der Speisekarte, er suchte schon das Dessert. Der Ober wartete und hinter ihm war das große Glas, durch das der Blick auf die Terrasse zum Bordell geführt wurde. Joe legte die Speisekarte ab. Der Ober nahm sie auf Geheiß noch nicht mit. Joe blickte ihm nach.

Weißt du, dass er schreibt?, sagte er.

Woher weißt du das?

Weiß ich nicht. Er schaut so drein.

Wie lange es wohl noch dauert, bis es einen afghanischen Nobelpreisträger für Literatur gibt?, fragte Gabrielle.

Sie lesen überhaupt keine Literatur, außer *Der kleine Prinz* vielleicht. Grauenhaft, oder?

Thomas Mann war als Exilant in Amerika willkommen, und als er sagte: Wo ich bin, ist deutsche Kultur, da hat die Welt applaudiert, sagte Gabrielle.

Was für ein Angeber!, sagte Joe.

Gabrielle schmunzelte skeptisch: Schwingt da ein bisschen Neid mit?

Wenn ein afghanischer Schriftsteller heute sagte: Wo ich bin, ist afghanische Kultur, wäre das ein kolonialistischer Übergriff, den die Identitären begrüßen würden, um die Afghanen zum Teufel zu jagen, sagte Joe.

Schlimmer noch wäre es für Afrikaner. Wo ich bin, ist Afrika!

Was?

Weiß nicht mehr.

Joe kontrollierte die Gabelspitzen. Er polierte sie mit der Serviette.

Ist sie dir zu dreckig?, fragte Gabrielle mit einem Seitenblick auf die Kellner. Sie deuteten ihren Seitenblick richtig, dass sie zwar bedacht, aber nicht gerufen waren. Sie blieben in der Nähe, um auf den leisesten Wink zu reagieren. Sie besaßen die Erfahrung, gesehen, aber unsichtbar zu sein, hier erlebten sie eine Spielart davon.

Das Hotel Strindberg war mir zu steril, sagte Joe plötzlich. Er hätte dem Bühnenbildner den Hausstaub und Hausgrind vom Lande zum Verteilen mitbringen können, um zum Kollektiverlebnis der Gleichzeitigkeit von Ungleichzeiten sinnlich beizutragen. Ein echtes Sodom und Gomorrha der Milben.

Es war zumindest kein orientalischer Puff, sagte Gabrielle.

Wieso orientalisch?

Du warst noch nie drin?, fragte Gabrielle und zeigte aus dem Fenster, schickte ihm mit geschürzten Lippen einen Kuss.

Was willst du mir sagen?, fragte Joe genervt.

Es hat das Putzpersonal gefehlt. Jedes Hotel hat doch Zimmermädchen und nicht nur einen Portier.

Zimmermädchen sind altmodisch, warf Joe ein.

Das Stück war altmodisch.

Die Kellner servierten die alten Teller ab, brachten neue und trugen Käse auf. Gabrielle steckte die Gabelspitzen in die vergorenen Milchkörper.

Mir fiele da schon etwas anderes ein, sagte Joe.

Was denn?

Lass dich überraschen, Schatz.

Gabrielle hob fragend die Schultern.

Man könnte Roboter einsetzen, sagte Joe.

Auch zum Aufräumen bei uns zu Hause.

Das überlasse mir, meine Liebe. Roboter werden wir für die schäumenden Meere brauchen. Staubsauger und Müllschlucker, Roboter, damit die Fische glücklich werden im Anthropozän. Magst du kosten? Der Reblochon ist herrlich.

Joe, hast du mir nichts anderes zu sagen?, fragte Gabrielle.

Joe horchte auf und legte den Kopf zur Seite.

Ich weiß, dass du sehr gern für uns sorgst. Aber ich mache mir Sorgen, es ist schon wie eine Sucht.

Joes Augen verengten sich zu Schlitzen und seine Iris funkelte grün. Du willst es nicht sagen, stimmt's? Es ist dir zu viel? Oder zu wenig?

Gabrielle war sehr zärtlich und sich gewahr, dass sie vermutlich der einzige Mensch auf der Welt war, der diesen Mann liebte, gerade für diesen Blick, für diese Nötigung, der er sie nun aussetzte, die Beobachtung seiner

Perversion zu benennen. Gabrielle nahm das Wort nicht in den Mund. Es blieb ihr auf der Zunge. Das Unausgesprochene war ein Ausweg, einfach zu schweigen und nicht zu verkünden, was sie wusste. Sie suchte von Berufs wegen Auswege in einem Hin und Her von Willkür, jetzt folgte sie der Idee von Liebe.

Er nahm die Serviette vom Mund und tupfte ihn ab. Plötzlich schlug die Stimmung um und er herrschte sie an: Welche Ideen hat dir dein Bruder ins Gehirn geschissen?

Gabrielle war sprachlos über den Ausbruch. Gabrielle faltete die Serviette zusammen und legte sie neben den Teller, nahm das Glas in die Hand, holte aus und schleuderte den Wein Joe ins Gesicht. Er sprang auf, der Stuhl fiel um. Die Kellner kamen mit Servietten zu Hilfe. Gabrielle drehte sich um und Joe blieb mit den Servietten wie unter flügelschlagenden weißen Tauben zurück.

Sie drehte sich nicht einmal um. Joe packte ihren Oberarm. Die Richterin legte den Blick auf den Griff seiner Hand. Joe ließ sofort locker. Er schnappte nach Luft. Das Wasser stand ihm in den Augen. Gabrielle beschloss, in die Stadtwohnung zu gehen. Der Taxistand war um die Ecke, sie wendete sich wortlos ab.

Als sie ihn ihren Namen rufen hörte, fasste sie sich. Sie spürte seine Ratlosigkeit, eine Kapitulation, und plötzlich tat ihr Joe schrecklich leid. Zarte Gefühle auszuhalten war nicht ihrer beider Stärke. Joe wollte sich entschuldigen, sie winkte ab. Er nahm ihr Gesicht zwischen die Hände und sagte etwas Nettes, sie verstand nur den Ton. Auf dem Weg zurück, fort von den Taxis, hin zum eigenen Auto, sprachen sie schon wieder über das Theaterstück.

Der moderne afghanische Taliban wird einmal ein Strindberg sein. Anstatt Frauen zu zerstückeln, wird er Stücke schreiben, und der aufgeklärte Taliban wird sogar

Strindberg aufklären. Er wird sein Ressentiment in Geschichten über das Männerelend verpacken, das aus der Tradition und dem Festhalten daran die Psychose eines Trostsuchenden ohne Erfolg beschreibt. Die Frau darf sich mitreißen lassen, allerdings mit dem Wissen um den Trost: Männer verlangten ihre Befreiung, um die der Frau zu erreichen.

Gabrielle starrte ihren Joe an und ließ ihn frei assoziieren, seine Ansätze ausreifen. Immerhin war er solidarisch. Sie umarmte ihn und drückte sich sogar gerührt an ihn, den Schlüsselbund in der Hosentasche spürend. Brieftaschen trug er nie, da jede zu dick gewesen wäre für seine Hosentaschen. Joe verkörperte im Augenblick ein Zuwenig des Guten und ein Zuwenig des Bösen. Deshalb war alles komplett gleichgültig, im besten Sinne des Wortes mit diesen Tränen in den Augen, er sah schrecklich verloren, bedürftig und gut aus.

Sie standen vor dem Auto, dieser alten Kiste, wie vor der goldenen Hochzeit, ein Citroën mit Hydraulik und Automatik, worauf Verlass war. Auf der Straße wurde ihr bewusst, wie lange sie mit diesem Mann bereits den Lebensweg beschritten hatte, ohne von seiner Verkleidungslust zu wissen. Er drückte die Taste mit der klassischen Musik am Radio. Wenn sie sich nun fragte, was normal sei, dann beschränkte sie den Begriff auf eine Grenze, die ihre Ehe erreicht hatte. Seit wann leistete er sich diesen Spleen? Wann hatte er für sich den Fasching ausgerufen? Wo blieben die Komplimente für ihren Talar?

Er hatte sich bei erstbester Gelegenheit ihre Amtskleidung übergeworfen und war damit auf ein Gschnas gegangen. Gabrielle war Stunden davor auf die Republik vereidigt und angelobt worden. Er hatte sich vor den Spiegeln in die Robe gehüllt und sich dann zum Schreibtisch gesetzt und wie besessen auf die Schreibmaschine eingehämmert. Er hatte ihre Stimme und eine Szene im Gerichtssaal nachgeäfft, wie Gabrielle, die Verkünderin, sie noch nicht einmal als Groteske erlebt hatte. Er war aus der ihr denkmöglichen Art geschlagen und bestürzte sie mit einer Definition über den Menschen. Sie war damals zuerst belustigt gewesen, hatte es für ein Spiel gehalten, dabei hatte der Talar Joe als Gleitmittel in die Literatur gedient. Er hatte halt noch über den Schwebezustand des Prozesses bei Kafka gelesen, über einen Gerichtsorganismus, wo es um Leben als Prozess ging, rauszufinden, was einen ausmachte. Aber dann war ihr das Lachen vergangen, denn der Talar war kein raschelndes Kostüm für diesen Faschingsprinzen, sondern ein Gewebe für eine ernste Sache. Heimlich, aber doch. Er hatte ihr nicht nur gezeigt, wie sie sich verhielt, nein, er hatte sich ganz in ihre Wäsche geschmissen und hatte ein Plädoyer aufgesagt, in dem die Tochter eines Waffenhändlers ihre Motive erklärte, Recht zu sprechen. Hatte er sich über ihr Amtsverständnis lustig gemacht oder über ihre persönliche Geschichte? Oder gar über ihre Robe und ihr Geschlecht? Die Ehe hatte deshalb bisher so gut funktioniert, weil sie das Recht der Gesellschaft beherzigte, die Freiheit jedes Einzelnen zu garantieren. Natürlich sah sie über den Mangel hinweg, dass ihre eigene Freiheit dadurch beschränkt war. Doch verbarg sich in Joes Travestie ein Geheimnis, das ihr nun den Schauer über den Rücken trieb. Was setzte sie durch die Preisgabe ihrer Beobachtung der vertrackten Szene auf dem Balkon des Hauses aufs Spiel? Gabrielle funktionierte in allen Rollen gut, in jenen des Eigensinns und der Selbstkontrolle. Joe mochte sich mit ihren Wäschestücken eine Szenenfolge erdichten. Für sie war die Wirklichkeit, miteinander im Verkehr gut zum Ziel zu kommen, von ihm gebadet und gesalbt und schließlich durchgeputzt zu werden, relevant, was sie schlüpfrigerweise dazu veranlasste, sich als die seine Männlichkeit verlängernde Umhüllung zu sehen.

Joe hatte steirische Wurzeln, aber noch weiter zurückliegende, abgetrennte von längst verrotteten Irokesen, die einen genetischen Abdruck in seiner DNA hinterlassen hatten. Der amerikanische Strang seiner Familie hatte sich mit einem österreichischen Medizinstudenten vermischt, der von dort mit einer Frau in die Heimat zurückgekommen war.

Gabrielle hatte Joe diese Geschichte nicht abgekauft. Zu exotisch, zu weit hergeholt. Joe war unter einheimischen, Kopftuch tragenden Weibern aufgewachsen und nicht unter Squaws. Hatte sich Joe nicht auch für Trachten interessiert? Ja freilich hatte er das. Eine Ausgabe der *Großen Trachten Österreichs* befand sich in den Regalen und Joe hatte sich das Konvolut geholt und auf dem Sofa darin geblättert. An ihrem Mann war ein Kostümbildner verlorengegangen. In allen Figuren, die er verkörperte, suchte er diese Funktion.

Joe stammte aus einer Deserteursfamilie. Während Gabrielle aus familiären Gründen ein Faible für Kleidung und Verkleidung entwickelt hatte, um die Kompetenz zum Rechtsfrieden auszudrücken, kehrte Joe die Überlebensepisode seiner Ahnen hervor, die er als antifaschistisches Familientrauma hochhielt, wenn Gabrielle mit ihrem Vatermord zu sehr im Vordergrund stand. Wann hatte sie sich je so wichtig gemacht wie er? Stoffe seien nun mal belastet. Zum Beispiel das Kopftuch vor Gericht. Weil es Frauen unter den Asylbewerberinnen gab, die sich nach der Verhandlung die Kopftücher aufsetzten, nachdem sie zuvor den westlichen Lebensstil als ihre neue Identität beschworen hatten, meldete sich Gabrielle in Debatten gern zu Wort. Sie hatte dabei nicht sich persönlich, sondern den Umgang mit einem Requisit als Beweis für die Glaubwürdigkeit der charakterlichen Einstellung einer Asylbewerberin vorgeführt. Joe hatte sich darüber mokiert, dass ihr Talar ohne Perücke aussähe wie eine Pelerine für Bestatter. Gabrielle war als junge Richterin vor dem Spiegel gestanden und hatte sich tatsächlich die Haare onduliert, um mit einer größeren Betonung auf ihr Haupt und ihren Status mit Pudelmähne von der schlichten Kutte abzulenken. Burka und Schleier schluckten ihre Person, aber ein Talar, selbst ein weißes Leintuch mit Geisteraugen ermächtigte sie zur Veränderung und damit zur Verkündung der Wirklichkeit.

Joe hatte an den Zeugnistagen zum Ende eines jeden Semesters einen Anzug getragen und damit den Schülern seine Lehrerwürde erwiesen. Sie bemerkten nicht einmal den feierlichen Aufzug eines Klassenvorstandes, höchstens den weißen Schal um den Hals, den er von Gabrielle ausgeborgt hatte. Die Fransen an den schmalen Seiten waren zu lang für einen galanten Mann und irgendwer nahm diese Fransen als Insignien für einen neuen Spitznamen. Joe wurde von den Schülerinnen Pony genannt. Betrat er den Gang, hörte er trotz aller Versuche, die Schmähungen zu ignorieren, sogar ein leises, immer lauter und frecher werdendes Wiehern. Die Schülerinnen brachten in seinen Unterricht Spielzeug-Ponys mit und frisierten die Mähnen. Joe versuchte durchzugreifen, aber ihm wurde von psychologischer Seite empfohlen, nicht durchzugreifen. Joe hatte schlaflose Nächte, weil ihn die Tierlaute bis in die Träume verfolgten. Der Schlaf war gewissermaßen zur Hürde geworden.

Gabrielle stand ihm bei, wo sie konnte, gab ihm Baldriantropfen. Doch seine sozialen Ängste nahmen überhand. Sie erledigte die notwendigen Wege, einkaufen, Auto in die Werkstatt, Post, und als er schließlich seinen Beruf nicht mehr ausüben konnte, begleitete sie ihn zum Arzt. Joe trug einen schwarzen Anzug, darunter einen schwarzen Rolli, eine Nickelbrille und die Richterin steckte ihm sogar einen Schutzengel zu.

Sie selbst inszenierte sich als seine Schutzmacht. Sie kam auf Wäschestücke, die Socken etwa, die Strümpfe und Stutzen, die eine magische Wirkung ausströmten. Sie schnitt sich auch eine Locke ab und steckte sie ihm in die Sakkotasche. Einen Fingernagel knipste sie ab und stopfte ihn dazu. Joe könnte ihn berühren und den symbolischen Gehalt eines Fingernagelrestes erfühlen, bekäme er Angst. Es waren kleine Zeichen der Unterstützung: eine Locke zur Beruhigung, die Socken für Standhaftigkeit und das Fingernägelchen, um ihm Halt zu geben. Sie selbst konnte der schwierigsten und letzten Schulstunde nicht beiwohnen. Hatte sie nicht entdeckt, dass er seinen Körper mit ihrer Corsage eingerüstet hatte? Endlich verließ er die Schule und konnte ein Bekenntnis zu sich selbst finden. Ihr war an jenem Tag das Glitzern in seinen Augen aufgefallen, sie hatte es als Vorfreude auf die Befreiung von seinem Schuldienst gedeutet. Er war zum Abschied das letzte Mal in die Schule gefahren, sie war im Auto geblieben.

Den weißen Schal schleuderte er sich um den Hals, hirschte über den Hof, mit der geschnürten Taille fühlte er sich umarmt. Er verschwand leichtfüßig wie ein Galan. Gabrielle rauchte. Nach einer Stunde trat Joe beschwingt über den Parkplatz zurück.

Alles war anders gekommen, als er erwartet hatte, begann er schnaubend. Er wollte das Päckchen Zigaretten ausborgen, um mit den Schülerinnen auf den Frieden zu rauchen. Irgendein verdrehter Begriff von Humanismus hatte die Gören in Groupies verwandelt. Sie wollten mehr von ihm wissen, vor allem von seiner Frau, sagte er.

Ich könnte ihnen von Afghanistan erzählen.

Ja, komm doch mit, sagte Joe.

Gabrielle hatte die Frauen Afghanistans vorgestellt. Die meisten wären nicht alphabetisiert und gingen nicht einfach so auf die Straße, auch wenn Fotosequenzen aus den Sechzigerjahren bewiesen, dass das einmal möglich gewesen war, lehrte sie. An einem Hochzeitstag könne man auf einen Schlag drei Schwiegermütter und 21 Schwägerinnen erhalten. In Afghanistan sei es hoch im Kurs, Wasserwirtschaft zu studieren. Kabuls Grundwasserspiegel war in den letzten Jahren um 20 Meter gesunken. Die wenigsten Haushalte waren an das kommunale Wassernetz angeschlossen. Aber was nützte es, über Wasserwirtschaft Bescheid zu wissen, wenn es nicht regnete. Die Mullahs müssten mitarbeiten und Wasserspargebote in den Moscheen verkünden. Dämme müssten gebaut werden, um den Grundwasserspiegel zu heben. Die Häuser der Hauptstadt grenzten Gartenmauer an Gartenmauer, zumindest in den traditionellen Gegenden. Nachbarn besuchten einander, ohne je die Straße betreten zu müssen. Ein Gehöft mit Mauern, Tor, Wohntrakt, Repräsentierzimmer, Hinterhaus, Garten, Stallung und Lagerungsstatt ergebe den Charakter einer Festung. In Kabul, wo es auch schneite, gebe es nur Flachdächer. Der Traum, einmal in Kabul zu sein, würde sich ihr eines Tages erfüllen. Sie glaubte fest daran. In afghanischen Häusern gebe es Zimmer, die Frauen nicht betreten dürfen. Geheimzellen des öffentlichen Lebens in Privaträumen. Wer putzte diese Zimmer? Frauen, die sich dafür als Männer verkleideten. Geschlechterrollen zu tauschen sei eine alte Kulturtechnik, um Widersprüche auszugleichen. Mädchen würden als Söhne ausgegeben, wenn es keine männlichen Nachkommen gab. Eine Frau, als Arzt verkleidet, könnte sogar eine Behandlung bei Männern durchführen. Jedes Rollenspiel sei Flucht vor der Aggression der Norm. Gabrielle kam zum Schluss, dass die Aufdeckung des Privaten und damit der Umbruch ins Öffentliche einen Übergang der Toleranz brauchte, um den Einzelnen und seine Privatsphäre nicht zu zerstören. Der Mensch lebe in Sphären. Man dürfe sie nicht miteinander vermischen, solange er in diesen Wirkungskreisen seine Rolle gut, ergo gesetzeskonform spiele. Die Sphären zusammenzuführen wäre ein Verstoß gegen den Grundsatz des Datenschutzes. Deshalb das Theater mit den Daten. Die Schülerinnen und Schüler hingen an ihren Lippen, als erklärte sie eine Schatzkarte.

Wie alt bist du?, fragte die einzige afghanische Schülerin. Gabrielle antwortete wahrheitsgemäß. Da jaulte das Mädchen auf und fiel wie tot um. Die Klasse wieherte.

Der metallische Donner der Tür, nachdem sie die Klasse verlassen hatten, trieb Gabrielle in die Vorstellung hinein, dass die Mutter des afghanischen Mädchens Wasserkrebs, eine bakterielle Wucherung in den Wangen, Kröpfe, Scharlach und Lepra zu behandeln wusste. Wer die geomedizinische Lage vor und nach dem Krieg kannte, wusste, dass die Versorgung für Frauen in Afghanistan schlechter denn je war. Gabrielle hatte den Länderbericht und die Empfehlungen des UNHCR studiert und sich gewundert, dass bei aller Misere dieses kriegsmüden Landes die Seuchen zurückgingen. Eine Leistung der Frauen, die ständig für die Pflege da waren und selbst in ausweglosen Lagen ihr Bestes gaben. Ob das nun so bleiben würde? Wie unbedacht und ungewürdigt waren dagegen jene Männer, die wie auch Karl ihr Bestes für den Rückgang der Seuchen taten. Der Nichtsnutz war in gesundheitspolitisch relevante Sphären aufgestiegen und eine Perle geworden.

Die häufigste Todesursache bei Frauen war nach vier Jahrzehnten Krieg nicht die Landmine, sondern die Folgen der Verletzungen im weiblichen Unterleib. Gabrielle konnte sich darüber nicht mehr aufregen. Sie akzeptierte den

Alltag und nahm hin, dass praktisch jeder Flüchtling seine Vergewaltigung hinter sich hatte. Joe hatte nie von seinen Flüchtlingsschülerinnen erzählt. Vielleicht um seine Fantasien nicht zu befördern, die Vorhöfe der Häuslichkeit nur in Verkleidung zu inspizieren, um sich die Wirklichkeit der Frauen vom Leib zu halten. Als Frau in Verkleidung eines Mannes ein Zimmer zu putzen, das Frauen zu betreten verboten war, bedeutete ein Verbot zu brechen. Daran konnte man sich schon vergnügen. Doch war die Tätigkeit an sich abgewertet. Die Männer wussten, dass die als Mann verkleideten Frauen keine Männer waren. Ein Mann, der ein Verbot brechen wollte, müsste sich zweimal verkleiden, erst als Frau und dann als diese Frau als Mann. Das war zwar verquer, aber logisch für einen Fetischisten, dem das Putzen in Frauenkleidung Lust und Erfüllung bereitete. Alle Menschen sollten zu ihrer Entfaltung finden. In einem Raum zu sitzen, der nicht von Frauen betreten, aber von ihnen in Männerkleidung geputzt werden durfte, war ein Angebot, Frauen zumindest in Verkleidung aufzuwerten, also ihre Kleidung. Ich dreh durch, sagte sich Gabrielle.

Die Gebete der Muezzins würde sie hören, sie würde auch die Arbeit unterbrechen und in eine Meditation versinken, um einen von Allah bekehrten buddhistischen Zustand zu erreichen, bar jeder Leidenschaft, aber in Hingabe, ohne dabei etwas leidenschaftlich zu empfinden. In ein Geschöpf, sich selbst umkreisend, Leere schaffend, das Nichts des Ich im Auge behaltend, würde sich Gabrielle verwandeln. Ich glaub, ich dreh durch, sagte Gabrielle wieder, die ihren Joe gar nicht hörte, obwohl sich seine Lippen bewegten. Er faselte etwas von gekränkter Seele. Sie hörte ihn noch immer nicht. Er gähnte.

Als die Taliban die Buddha-Statuen ihrem Purifizierungswahn opferten, war Joe seltsam beeindruckt gewesen, erinnerte sie sich. Er hatte sich von der Fernsehanstalt eine DVD der Reportage schicken lassen und sich wieder und wieder die Sprengung vorgespielt. So viele Jahre waren nötig gewesen, die Kolosse aus dem Stein zu meißeln, und auf einen Schlag waren die Nischen leer, hatte er gesagt. Genauso war er vor dem Fernseher gesessen und hatte die Reportage über Gravitationswellen wieder und wieder angeschaut, um die Raum-Zeit-Krümmung zu kapieren. Fasziniert war er im Wohnzimmer gehockt, dessen Schiebetüren offengestanden waren.

Schwarze Löcher hatten einander umkreist und einen Totentanz vollführt, bevor sie ineinanderstürzten und quasi zu einem Magneten verschmolzen. Joe hatte nicht gescherzt, als er in schwarzen Löchern den großen Weltraumpfleger in dieser Sphäre sah. Doppelsterne und Doppelpulsare und Rosettenellipsen räumten mit den Keplerbahnen auf, das physikalische Gebäude des Weltraumes war komplex, aber klar. Eine endgültige Ordnung, wie wir sie uns nicht vorstellen können, hatte er gesagt und zugleich Socken für Socken aus dem Korb mit der frisch abgenommenen Wäsche geklaubt und Paar für Paar ineinandergestülpt.

Gabrielle hatte dieses Schweben durch den Stoff des Alls im aufgeräumten Designerhaus als makrokosmische Sehnsucht gedeutet, die seine unterdrückt Veranlagung grundierte. Das Wunder des Lebens bildete er nach und brachte sich als Nachkomme einer Größe hervor. Jeder Mensch war eine Welt und Gabrielle hatte einen Mann auf dem Boden seiner eigenen Erlebnisfähigkeit ausgebildet. Daran war nichts auszusetzen. Der Typ war in Pension und ihr anvertraut.

Sie fuhren durch den Tunnel hinauf auf das Straßenniveau. Der Balken hob sich und Joe legte den zweiten Gang ein. Gabrielle schwieg und Joe lenkte. Ein paar Hotelgäste rauchten im Freien vor dem Eingang. Sie konnte einen Kollegen erkennen, der seine Begleiter überragte und einen knöchellangen herrenhaften Mantel trug. Er wirkte stoisch, wie ein Säulenmann aus dem Tympanon über dem Eingang zur Kathedrale von Chartres. Auch dieser Typ wird seinen Abgrund in sich tragen, selbst wenn er auf die Kollegenschar herabschaut. Gabrielle winkte ihm und verschränkte die Arme vor der Brust und wendete den Kopf ab.

Joes Nase war lang und spitz und hatte am Ende eine kugelige Verdickung. Eigentlich sah er nicht sehr indianisch aus, sagte sie sich, obwohl er einen rotbräunlichen Teint hatte, eher erinnerte er an einen Igel. Und plötzlich staunte sie innig über das Wunder, dass Igel lebend geboren würden und von der Zeugung bis zur Geburt nur 63 Tage für ihre Nachkommen benötigten. Gabrielles Fötus war am 63. Schwangerschaftstag abgegangen. Die Straßenlaternen beleuchteten die Einfahrt, und als sie abbogen, zog sie das Fläschchen aus der Tasche und tropfte sich die Tinktur ein. Oh ja, die Wohltat, durch einen Milliliter kühlen Gels auf den Augapfel ersetzte alle Therapien.

Berichten eines beeideten zugelassenen Gutachters zufolge lebte man in Kabul Vorstadt wie im Frieden eines niederösterreichischen Straßendorfes. Eine Ansicht, die Bruder Karl gewiss widerlegen würde. Die Besiedlungsform von Kolchosen und Kibbuzim wäre von Vorteil für ganz Afghanistan, um der Verhüttelung und Vereinsamung vorzubeugen. Die Richterin stellte sich senfgelbe Landschaften vor, wie sie der Herbst im Weinviertel an der Grenze zu Tschechien zeichnete. Weites hügeliges braungelbes Nichts und zwischendrin ein Bauernhof, bewohnt von einer 24-Stunden-Pflegerin und den betagten Besitzern. Gehöfte wie Gefängnisse, geduckte Fassaden ohne Fenster und die Mauern waren aus dem gleichen Material wie der Boden, auf dem sie standen. Lehm oder Fels oder Sand. Die Trostlosigkeit wurde als idyllisch gedeutet und als Rückzugsort an die Städter veräußert. Einstöckige Gebäude wuchsen in Kabul die Hügel hinan und setzten sich wie Schwalbennester in den Fels der umringenden Berge. Die Höfe waren umfriedet, und wenn Frauen über die Pisten zwischen den Häusern wandelten, dann in Begleitung eines Mannes, um nicht belästigt und oder vergewaltigt zu werden, wie es dauernd hieß. Dieses schwache Verb war zum beherrschenden Zeitwort geworden.

Afghanische Bürgerinnen wurden mit amerikanischem, russischem und chinesischem Interesse dafür verwendet, die Ressourcen des Landes zu sichern, und jeder Satz darüber war verloren und verlangte von Einsichtigen eine Unterwerfung an die Erzähler der Geschichte. Richterinnen waren für die weiblichen Beschwerdeführerinnen in allen Instanzen unumgänglich. Jede afghanische Friedensregung wurde durch Terror und Angst vor und durch Vergewaltigung erstickt, jede Polizistin war bedroht. Vielleicht wäre vor Ort alles nur halb so schlimm. Ich müsste direkte Anschauung dieser Sachverhalte durch meinen Bruder Karl gewinnen können, träumte sie sachlich vor sich hin.

Joe bremste sanft und schaltete den Motor aus. Plötzlich war die Welt schwarz.

Wo sind wir?, fragte Gabrielle.

Zu Hause, sagte Joe.

Er war kurz angebunden, vielleicht beleidigt, weil er sie für nachtragend hielt, da sie die ganze Fahrt geschwiegen hatte.

Gabrielle öffnete schnell die Tür. Sie stieg in die kühle Nacht und langsam traten die Silhouetten der Sträucher aus der Dunkelheit hervor, die regennassen Blätter, wie aus glänzendem Papier gerissen, die sich vom matten Samt der Nacht abhoben. Joe versperrte den Wagen und ging über den Natursteinpfad zum Haus voraus. Gabrielle stolperte. Joe blieb stehen, kam zurück und nahm sie bei der Hand. Er hätte auch ein Kind sicher durchs Leben geleitet und zu einem Aktivisten gemacht, der den Onkel Karl in Kabul besuchte, um zum Weltfrieden beizutragen, hätte der liebe Onkel Karl es nicht umgebracht.

Gabrielle wollte Karls Kabul-Erfahrungen ausschlachten, natürlich würde sie den Kontakt aufnehmen. Wie sehr auch immer Joe Karl hasste. In ihr war kein Tropfen Hass mehr. Karl arbeitete in einem christlichen Krankenhaus, das sich aus Spenden finanziert hatte. Er organisierte die Aufenthalte von operierenden Ärzten. In Österreich starben dagegen auf dem Land die Ärzte aus, Höfe wurden zuhauf aufgelassen und die Straßendörfer mit anderen Dörfern zusammen zu Marktgemeinden mit 1600 Einwohnern erhoben, um sie medizinisch anzubinden. Einmal würde Afghanistan wie das Weinviertel sein. 240.000 Vergewaltigungen durch Rotarmisten an den Weinviertlerinnen hatte die heutige Population der sich weitervermehrenden Nachkommen hervorgebracht. Man konnte mit allem leben, was überlebt war, man durfte sich bloß nicht auf die Normalität rausreden. Das mochte zynisch klingen, doch es war wahr. In den Neunzigern des vorigen Jahrtausends war eine weitere „Generation Vergewaltigung" hervorgekommen. Asylfälle aus Ex-Jugoslawien. Das Schlachtfeld ein Fest der DNA, und so würde es weiterhin sein, auch wenn der ganze Permafrost-Boden Russlands auftauen und Mücken Malaria verbreiten würden, die andere Plagen bedeuteten. Viren brauchten Leben.

Vorsicht, Stufe, sagte Joe und fing sie auf.

Die kontinentale Lage und die verschiedenen Höhen Afghanistans schufen ein Klima, das gemäßigte Zonen über wüstenartige Gebiete bis zu den Subtropen im Süden umfasste. Dürren und Überschwemmungen hatten zugenommen und machten die Böden unfruchtbar und hernach wurden die lehmig trockenen Flächen von Wassermassen mitgerissen und förmlich weggetragen. Angesichts dieser Katastrophen war es egal, ob Joe überhaupt existiert. Allein dass es sie gab, war eine Kulturleistung, und dass sie sich nicht darum stritten, ein Zeichen der Zivilisiertheit. Er führte sie über die Steine zur Stufe. Gabrielle hob den Fuß.

Wie war das bei deiner Mutter?, fragte er.

Was?, fragte Gabrielle.

Joe ließ sie nicht los.

Wann hat sie mit der Blindheit angefangen?

Strindberg hatte seine Frau abgeschafft, aber als Geliebte behalten. Seine notorische Eifersucht hatte ihn bis an die Ufer des Genfer Sees getrieben, wo er ein königsfreies Europa ohne Stände visionierte und schreckliche Ehedramen verfasste. Die Überzeugung, dass ihn seine Frau, er war viermal verheiratet, los sein wollte, veranlasste ihn zu dem Gedanken, dass seine äußere und innere Vernichtung vom ganzen Geschlecht beschlossen war und dass seine rächende Furie die undankbare und gefährliche Aufgabe übernommen hatte, ihn zu Tode zu quälen.

Gabrielle mochte den spekulativen Feuerkopf, seine eigene Wirklichkeit, in der er sich gegen die rasante Modernisierung der Welt wehrte. Sie verstand an Strindberg, dass Me Too eine Paranoia wachrufen musste, dass atavistisch männliches Verhalten vernichtete, was auszumerzen nicht möglich war, aber fürderhin zum vollen Besitz eines gesunden Bewusstseins zählte. Gabrielle hatte Verständnis für Unverschämtheiten im Austausch mit erotischer Entgleisung, sah nicht in jeder Zudringlichkeit gleich eine Vergewaltigung, aber die Grundlage für strenge Zurückweisung. Karl war ihres Wissens nach nie verheiratet gewesen, irrsinnig verletzt war er aber schon. Gleichzeitig tat ihr Joe leid und sie sich selbst.

Joe schaltete das Licht im Vorzimmer ein. Er legte die Schlüssel aufs Bord. Sie konnte hören, wie die Dinge sich bewegten, bis sie ihre Ordnung fanden, etwa wie nun der Bund Schlüssel sich wie von selbst schlichtend hinlegte.

Du hast gerade das Gerücht verbreitet, ich könnte erblinden, sagte Gabrielle.

Nein, sagte Joe. Ich habe nur an deine Mutter gedacht, die in Osteuropa eine satte Wiese gekauft hat, ohne je dort gewesen zu sein, weil sie ohnehin nichts mehr sehen konnte. Was wollte sie dort? Abenteuer?

Die Wiese gehört Karl, sagte Gabrielle. Mutter hat sie ihm vermacht. Außerdem ist es keine satte Wiese, sondern ein Seegrundstück in der pannonischen Ebene.

Karl wollte Indianer werden, dann Beduine, dann Gaucho, dann Arbeiter auf einer Ölbohrinsel und schließlich Bauer in Ungarn, bis er als Insasse in der Entziehungsanstalt bei Wien gelandet war. Die Vorstellung, dass man ihn für irrsinnig hielt, war für ihn unerträglich gewesen. Eingesperrt zu werden in einem Irrenhaus war keine realistische Angst, sondern eine dauernde Gefahr, aus der er sich durch Betäubung verabschiedete.

Anscheinend fühlt er sich eingesperrt wie zuhause, sagte Joe. Wie geht's ihm denn in Kabul?

Gabrielle streifte die Schuhe ab. Sie blätterte die Postwurfsendungen durch. Es gab noch immer Reklamen für Kreuzfahrten durch das Mittelmeer.

Gabrielle hatte ihren Bruder auch durch Fürsorge eingesperrt, war auf fremdenpolizeiliche Aufforderung nach Athen aufgebrochen, um Karl von der Drogenstation zu holen, die Kaution zu bezahlen und ihm die Haft zu ersparen. Karl war wochenlang verschwunden gewesen, und als sie ihn wiedersah, erkannte sie das abgemagerte Wrack nicht. Verfilztes Haar, der Bart bis zum Schlüsselbein reichend, die Krätze an den Händen, unbeschreiblich dreckige Fingernägel, deren Pflege sie extra bezahlte. Er hockte mit eingesunkenem Kopf auf dem Eisenbett. Er schaute einsichtig vor sich hin und nickte dauernd flüsternd.

Sie hatte ihn nicht als Irrsinnigen angesehen. Sie gab ihm recht stattdessen. Die normalmenschliche Empfindung für seine Schwester war weggefallen und durch den Wahn ersetzt, dass sie ihn vergiften wollte. Sie stritt es nicht ab, führte ihm aber vor, dass sie dieselbe Flüssigkeit aus demselben Glas trank. Er fürchtete sich vor Gehirnvibration. Vaters Mörder könnten diese vernehmen und ihm auf die Spur kommen. Die Augen lagen in tiefen Höhlen, irrlichterten auf, als er die Schwester sah. Die Überführung der Elemente, Vater, Waffe, Mord, Richter, Sohn, Droge vergemeinschaftete er für sich und stotterte sinnloses Zeug: Vor der Oase stand schon eine Warteschlange.

Gabrielle küsste ihn auf die Stirn und zog ihn zu sich heran. Sie hatte vorgesorgt und frische Wäsche mitgebracht. Das Manikürzeug. Der Koffer war schwer gewesen. Sie war Hals über Kopf aufgebrochen, hatte mehrere Nächte nicht geschlafen, sich auf den Ämtern herumgeschlagen. Sie hatte zu wenig Wasser getrunken, sich überanstrengt und sehr viele Zigaretten geraucht. Sie flößte dem Bruder das Wasser in die Mundhöhle ein. Verwendete eine Pipette. Fütterte ihm Brei. Er besaß keine Zähne mehr. Das Koks hatte sie gefressen. Dass sie ihn vergiftete, machte ihm nichts mehr aus. Er wollte eine Zigarette rauchen. Seine Finger waren zerschunden. Sie rauchten gemeinsam und es war Ruhe. Die Augen waren natürlich blutunterlaufen, aber das war das Geringste.

Nach ein paar Tagen war er reisefertig. Sie holte ihn ab und stützte ihn, da geschah es. Als Gabrielle ihm sagte, sie würde ihn nun nach Hause bringen, stierte er sie an und plötzlich trat er zu, bis sie am Boden lag. Trotzdem hatte sie ihn, den Kleinen, den nicht Zurechnungsfähigen, nach Hause gebracht.

Joe trug die Mäntel zur Garderobe und ließ ihr den Vortritt ins Wohnzimmer, aber Gabrielle ging an ihm vorbei zur Treppe.

Bleib noch ein bisschen bei mir, sagte Joe. Die Wohnlandschaft war indirekt beleuchtet, sodass es gar nicht auffiel, wie leer das Haus war. Joe öffnete den Kühlschrank und holte den Wodka. Gabrielle ließ sich in die Polster fallen.

Joe wickelte Cellophanpapier von einer Packung Konfekt. Gabrielle biss in eine Trüffel.

Ich liebe dich schon über alles, sagte Joe.

Nimm nur, sagte Gabrielle und lehnte die zweite Hälfte ab. Es ist mir eh zu viel.

Sie nahmen immer die gleichen Plätze ein, saßen im rechten Winkel zueinander, legten die Beine hoch, also die Fersen auf der Glasplatte ab. Gabrielle spielte mit den Zehen, zarte Gymnastik.

Was ihre Ehe anbelangte, hatte Gabrielle bei Vater gelernt, nicht zu hudeln. Die sexuellen Normalitäten lebte sie frei, bis sie den Richtigeren finden würde. Bis jetzt hatte er sich nicht eingefunden. Mit Joe herrschte das klare Verhältnis dieses Zugeständnisses.

Wenn Karl wiederkommt, sagte Joe, müssen wir uns trennen. Er hatte in Gabrielle seine Frau gefunden, die wegen des Bruders beinahe ums Leben gebracht worden war. Anfangs hatte er ihn akzeptiert. Doch als Gabrielle ihn zu schützen begann und vor ihrem Mann log, weil sie Karls Schulden bezahlte, sich für ihn mit Dealern verabredete und die Polizei unter Druck setzte und ihre Autorität ausnützte, bis sie schließlich selbst verschuldet war und die

Raten für das Haus nicht mehr mittragen konnte, und bis sie schließlich das Kind verlor und so weiter – Joe hatte sich beraubt und verraten gefühlt. Aber schlimmer noch war für ihn gewesen zuzusehen, wie seine Frau zu Schaden gekommen war. Die inneren Verletzungen konnte oder wollte er damals niemandem erklären. Karl hätte man hinter Gitter bringen sollen.

Was willst du mir sagen?, fragte Gabrielle. Dass du dich trennen willst?

Ich mache das nicht mehr mit, sagte Joe.

Ich habe zu Karl null Kontakt, sagte Gabrielle.

Joe war viel älter als Karl und wie ein Bruder zu ihm gewesen. Aber nachdem Karl bei ihm zu Hause eingebrochen hatte, die Traumfänger, den Totempfahl und die Gitarren seiner Sammlung gestohlen und verhökert hatte, war ihm klar geworden, dass die asozialen Anteile in diesem Suchtkranken nicht hoch genug eingeschätzt werden konnten. Er hatte sich mit den Anonymen Alkoholikern zusammengetan, die Bibel für Alkoholiker gelesen und Gabrielle dazu gebracht, den Bruder seinem Schicksal zu überlassen. Es hatte nichts genützt. Sie war aus Athen gekommen, mit der Kröte im Rollstuhl, und in der Ankunftshalle zusammengebrochen. Tags darauf saß sie auf der Toilette und schrie und dann war von einer Gewaltanwendung die Rede und die Ärzte verdächtigten sogar ihn selbst, seiner Frau und dem Fötus Schaden zugefügt zu haben. Das Kind war also weg. Ein medizinischer Notfall. Karl hatte es in den Eingeweiden seiner Schwester getötet. Die Familie aber war seine Rettung, Konzept gegen die Einsamkeit seiner Verwahrlosung. Wo sonst als in einer Familie konnte man sich von anderen so leicht und effizient aushalten lassen, indem man einfach das schwarze Schaf blieb.

Die Auflösung des Bündnisses zwischen großer Schwester und kleinem Bruder trieb Karl in eine pathologische

Suche nach Spaltung von Paaren und gleichzeitiger Suche nach Nähe. Er nützte jede Kontaktanzeige und jedes Internetportal. Schneller als je zuvor kam er zu sexuellen Kontakten. Wenn er darüber nachdachte, schien es Joe, als spräche nicht er, sondern ein Fremder über einen Fremden. Vielleicht hörte er sogar die Stimme Gabrielles in diese Kälte knallen. Er verwechselte Körperliches mit Nähe, obwohl die auch persönlich sein konnte. Eine Katastrophe führte in die nächste. Mit Rasanz schien Karl Erfüllung im Eros zu finden. Er verliebte sich. Aber diesem ausgefuchsten Lebensbegleiter kurzfristiger Hormonausschüttung ist nicht zu trauen. Jedes Mal folgt die Ernüchterung. Wie verwirrend waren ja auch Dreierverhältnisse gewesen und das Kind, das er dann mit einer Süchtigen gezeugt hatte. Gabrielle hätte sein Baby adoptiert.

Joe schubste die Konfektschale mit der Fußspitze zu Gabrielle über den Tisch.

Wieso eigentlich, fragte sie, meinst du, dass ich ihn zwischen uns haben möchte.

Vielleicht steht ja etwas anderes zur Debatte?

Und was?

Ich frag nur.

Du bist komisch, sagte Gabrielle. Dieses Konfekt sieht aus wie ...

Sag's nicht!, sagte Joe.

Was soll ich wieder einmal nicht sagen?

Joe wurde unruhig, nahm die Füße vom Tisch, setzte sich aufrechter hin.

Was magst du besonders an mir?

Meinst du etwas Bestimmtes?, fragte Gabrielle.

Die anatomische Ausstattung?, sagte Joe.

Betrügst du mich? Aber ich frage mich, womit?

Ich habe sicher mein Geheimnis. Spürst du die Mauer?

Ja, sagte Gabrielle.

Ich kenne Auswege, aber ich will nicht die Eleganz verlieren.

Häh?, fragte Gabrielle. Kannst du nicht so reden, dass man dich versteht?

Ich liebe dich, weil du diese Volte verstehst!

Welche?

Gabrielle, ich will mich nicht lächerlich machen.

Du bist es schon.

Er schickte Gabrielle einen Kuss über den Korridor, ging fort, um Eis zu holen.

Als er wiederkam und sich auf die Couch warf, sagte Gabrielle: Du machst mir nie Komplimente!

Joe staunte und schüttelte den Kopf. Ich bin die herumlaufende Bewunderung für meine Frau!

Sag's anders, sagte Gabrielle und strich sich über das Chanelkleid.

Da beugte er sich vor und der Lampenschein in der Scheibe schwebte wie eine Qualle im Glas.

Du hast einen wunderbaren Geschmack, Gabrielle! Siehst du das nicht?

Sie grunzte und schob ihn weg.

Selbst als sie dauerdepressiv gewesen war, als sie wachen Auges im Bett gelegen und über die Kindeswegnahme ihrer Nichte nachgedacht hatte, hatte Joe sie zum Lachen bringen können. Sie war gar nicht dauerdepressiv gewesen, dachte sie, weil sie immerhin mit Joe geschlafen hatte, und wer einen Restfunken Libido verspürte, konnte nicht wirklich depressiv sein. Womit hatte Joe sie zum Lachen gebracht? Mit einem Gedicht von Heinrich Heine. Der alte Dichter hatte sich flink und anmutig durch ein erstaunlich bedenkliches Gedicht in ihr Herz geschlichen. Sie hatte sich darin gefallen, den Esel, mit dem sich das lyrische Ich verglich, zu lieben. So seriös melancholisch romantisch, wenn die Musik der Sprache fragwürdige Gedanken ausdrückte. Gedichte mochte sie eigentlich nicht. Sie kannte nicht einmal Heine richtig. Seine Ironie in den wenigen Versen, die sie erinnerte, hatte ihr gefallen, weil sie immer einen spitzen Stich versetzten, kaum hatte man sich auf die Schönheit der einfachen Verse und ihre Melodie eingelassen. Sie war zufrieden mit Joe, der sich mit ihrem Lebensstil, Job und Wetter zu einer gemeinsamen Lebenslage vermengte. Er zog das Gericht dem Gerücht vor, das Novembergrau dem Altweibersommer und einen kurzen Prozess dem jüngsten Gericht vor weiteren Zeiten.

Karl hat vielleicht ein schlechtes Gewissen, sagte sie. Und sich deshalb verändert.

Joe hob die Schultern und ließ sie gleich wieder fallen. Wie du, wenn du den ganzen Vormittag im Bett liegst? Das hat dich auch verändert, oder?

Das kommt doch so gut wie nie vor.

Gabrielle gähnte, Joe langweilte sie. Wollte er einen Streit vom Zaun brechen? Sprechen wir doch über deine Probleme, sagte Gabrielle.

Karl ist dir ein zu geringes Problem?

Brauchst du ihn, um von dir abzulenken?

Schätzchen, sagte Joe, ich blicke bis in den Grund deiner Seele, wo genug Gold lagert, um den Rest meiner Tage kein leeres Stroh zu dreschen.

Wissen wir, was aus seinem Kind geworden ist?, fragte Gabrielle.

Ein Rumpelstilzchen, sagte Joe.

Du bist so gemein, sagte sie.

Karls Kind war zur Adoption freigegeben worden und die Eltern waren anonym geblieben, nur das Kind selbst würde einst die Möglichkeit haben, seine Erzeuger aufzusuchen. Es könnte seine Mutter am Zentralfriedhof besuchen, wo die Stadt Wien Gräber für die Elenden unterhält.

Gabrielle rieb sich die Augen, und als sie aufschaute, schwebte der Lampenschein über dem Spiegelbild ihres Mannes. Das Weiß ihrer Augäpfel war sehr opak, die Pupille klaffend offen und schwarz.

Ich werde Karl irgendwann wiedersehen, sagte sie. Und du wirst es nicht verhindern können!

Du wirst dich beeilen müssen, sagte Joe, vielleicht erblindest du so schnell wie Martha.

Gabrielle blieb ruhig: Du sprichst nur die Wahrheit! Aber ich glaube nicht.

Martha, die Mutter des Geschwisterpaares, hatte nur Augen für den Buben gehabt. Gabrielle hatte die Affenliebe als Verstoßung erlebt. Mit der Armlänge wuchs auch die Distanz zur Mutter. Am Ende wollte Martha lieber in einem Altersheim unterkommen, als mit Gabrielle unter einem Dach zu wohnen. Sie war eine starke Frau, die gebrochen nicht aufgab. Joe mochte sie, mit ihm verbrachte sie auch gern alleine Zeit. Manchmal nannte sie ihn Karl. Joe hatte sich um ein gutes Heim gekümmert. Die Pflegerinnen berichteten ohne Argwohn von seinen Diensten. Gabrielle war ihm dankbar, dass er sie entlastete. Mutter war schon früh erblindet und jahrelang eine Last mit ihrer lakonischen Sicht auf Vaters Leben und Tod gewesen. Am Ende ließen sie alle Sinne im Stich, nur die Sympathie für den verlorenen Karl nicht. Sie schwor sich durchzuhalten, bis sie ihn noch einmal sehen würde. Natürlich war sie blind, aber zu verkalkt gewesen, um das zu verstehen.

Gabrielle hatte genug davon, die Unausweichlichkeit des Todes der Mutter hinauszuzögern, bis der verlorene Sohn zurückkehrte. Sie ersann den Plan mütterlicher Erlösung und bat Joe, sich als Karl zu verkleiden und als solcher an das Sterbebett der Mutter zu treten. Joe blieb hart, aber nach mehreren Schlaganfällen und in Anbetracht der Zähigkeit und des weiteren Siechtums der alten Frau schlug er schließlich ein, sich ganz in Karl zu verwandeln. Er handelte dann eigenmächtig schnell. Er besorgte einen großen Topf und stellte eine üble Mischung aus billigem Alkohol, alten Knochen, streng riechenden Innereien, Kippen und ein paar Tropfen Buttersäure her. Der Sud köchelte stundenlang, zog die Essenzen aus den Zutaten, wurde noch einmal aufgekocht, bevor Joe ein paar ausrangierte Hosen, Hemd und den Parka, den er im Jugendzimmer des verschollenen Schwagers gefunden hatte, mit der Brühe tränkte. Die Aromen entfalteten sich in der über Rauch getrockneten Wäsche. Auf Fäkaliengerüche verzichtete er, denn die alte Frau hatte ihren Sohn in der eigenen Scheiße nie stecken gesehen. Joe hüllte sich in den Gestank der Obdachlosigkeit und gurgelte noch ausgiebig Schnaps, bevor er das Heim besuchte. Es reichte der Hauch. Martha entspannte und war tot.

Gabrielle war erschrocken über den Enthusiasmus, mit dem Joe seine Verwandlung betrieben hatte. Andererseits lag seine Sorgfalt allen seinen Handlungen zugrunde. Wer weiß, wie schwer es ihm fiel, gegen seine Schmutzlust anzukämpfen?

Möchtest du gern einmal etwas ganz anderes unternehmen?, fragte Joe.

Auf ein Faschingsfest gehen?, fragte Gabrielle.

Joe war beeindruckt, aber schüttelte den Kopf. Hättest du Lust, mit mir ins Konzert zu gehen?, fragte er.

Gabrielle wollte nichts überstürzen, beides war richtig, zu schweigen und zu konfrontieren. Also, welches Konzert?, fragte sie dann.

Überleg dir was!

Soll ich mich als dich verkleiden?

Gabrielle, bitte nicht.

Bevor sie sich entscheiden konnte, mit ihrer Beobachtung herauszurücken, prüfte sie den Plan, miteinander alt zu werden. Wenn sie sich auf dieses Ziel konzentrierte, war es in 20 Jahren erfüllt. Danach folgte noch ein gemeinsames Grab. Es würde ein letztes Konzert geben, ein letztes Stück, ein letztes Gedicht, wie es von alldem ein erstes Mal gegeben hatte und nun einmal so gewesen sein würde.

Gabrielle hielt sich beim Gähnen die Hand vor den Mund. Ja, es war wirklich spät geworden. Ihre Zähne waren mit goldenen Plomben gekrönt. Sie drehte die Haare hoch, um eine Gebärde der Gewohnheit zu setzen, und fixierte die Strähnen mit einer Nadel. Sie sprach mit freundlicher Stimme, die ein bisschen verschleppt klang, doch beruhigend, weil sie sich ihrer Präsenz noch vor dem Kontrollverlust des Schlafes vergewissern konnte.

Sie sagte: Ich muss morgen früh aufstehen und will keinen Streit vom Zaun brechen.

Der Kopf wurde ihr schwer und sank zur Seite. Der Geist stellte mit Lichtspritzern und Silhouetten ein Nachbild des Hotels Strindbergs auf der Hirnrinde her und sie fand es tröstlich, nicht in einem Hotel, sondern zu Hause zu sein.

Die Zimmer waren leer bis auf das Rauschen des Windes vom Stadtrand. Eine Dame wischte den Boden. Gabrielle roch die Kernseife im Putzmittel. Das Zimmer war schwach beleuchtet und das weiße Waschbecken schimmerte wie befeuchteter Zahnschmelz. Ein wenig Wasser floss, die Zungenspitze spürte eine Lücke zwischen den Schneidezähnen auf. Eine Tasche wurde abgeworfen. Wangen lagen auf Wangen, Lippen auf Lippen. Gabrielle träumte. Da fragte Joe, nachdem er sich schon umgedreht hatte – ja, er hatte Gabrielle ins Bett getragen –, ob er nicht mitkommen sollte zum Augenarzt. Er bereute die gemeinen Bemerkungen.

Gabrielle wurde durch sein Gemurmel wieder wach. Die kommenden Stunden sollte sie nun neben ihm im Bett verbringen. Schwärze herrschte im ganzen Stockwerk. Sie meinte in der Küche die Gläser im Schrank klirren zu hören. Der Kühlschrank brummte und der Schrank daneben zitterte und brachte die Dielen zum Beben. Dosen mit grünem Tee aus Kabul lagerten im Gemüsefach. Geschenke von Mazuma. Sie würden nicht gestört werden und niemanden stören, wenn sie laut miteinander schliefen oder wenn Gabrielle aufstünde und sich einen Tee kochte. Es roch nach Flieder, die Bettwäsche nach dem Waschmittel. Es roch nach Kernseife, der Lieblingsduft ihres Gemahls. Vielleicht würde er sich Schicht für Schicht in diesen Duft einkleiden und sie sich oder beide einander. Oder auch nicht.

Sie strich über den glänzenden Küchentisch, das polierte Sofa. Sie hätte Joe nie ausgelacht, nur gut mitgespielt. In dem Augenblick, als der Schauspieler den Namen seiner Ehefrau geschrien hatte, hatte sich Gabrielle im Publikumsraum gewünscht, in der Josefstadt zu sitzen und einen gepflegten Schnitzler zu hören, der das Elend der Prostituierten zu einem sprachlichen Hochgenuss formte, statt diesem Gebrüll ausgesetzt zu sein.

Sie legte sich wieder zurück ins Bett. Joes Füße zuckten, als trippelten sie den Boden suchend im Bett. Das Leintuch war durchgescheuert. Er suchte ein Taschentuch, auf dem Nachttisch, in den Hosentaschen. Gabrielle bemerkte seine Unruhe. Er seufzte. Er deutete ein Niesen an, unterdrückte es, schluckte es. Gabrielle drehte sich um. Der Herr hatte ein freundliches Gesicht, ganz zugewandt. Sie hatte Durst. Wie aufmerksam dieser Mann war. Hilfsbereit reichte er ihr das Glas Wasser.

Ich muss dich etwas fragen, sagte sie wach.

Morgen, sagte Joe.

Schlaf gut.

Schlaf gut.

Versuchen wir es ein anderes Mal anders, hörte sie den Mann schon im Traum sagen.

Gabrielle fand keine echte Ruhe. Sie stand auf, tapste wie durchs Hotel und es kam ihr hell vor, als lebte sie im Schein der Notlichter. Die Nacht hinter den Scheiben glotzte sie an wie eine Schauspielerin auf der Bühne, die das Publikum nicht sehen konnte vor Geblendetheit. Im Bad hingen die Bademäntel. Sie würde ihren Bademantel tragen und Kaffee kochen des Morgens. Alle Menschen waren gleich an Rechten und Würden geboren, egal welche Ausrichtung sie hatten, und alle, also gut, fast alle, so versuchte sie gerecht zu sein, mochten Kaffee in der Früh. Ihr Glaube an die Selbstverständlichkeit der Menschenrechtskonvention sagte ihr genauso zu wie ein echter Glaube an eine Religion.

Sie spürte am eigenen Leib die Irritation für die Devianz ihres Mannes und das Misstrauen vor ihren Hüllen. Das Kleid war in der Schmutzwäsche. Seine Farbe kotzte sie an. Das kleine Problem des Fetischismus konnte man mit dem großen Problem des von den Flüchtlingen importierten Geschlechterhasses nicht vergleichen, dachte sie. Oder träumte sie. Aber irgendwie musste sich Rassismus ja anfühlen. Dieser eingefleischte Ekel vor dem anderen. Das kleine Eingemachte, das rassistische Aleph, war ein alle Perspektiven sammelnder Punkt einer Haltung, mit der man in die Welt hinausschaute. Rassismus war Ekel vor einer Menschengruppe. Oder mehreren. Vielleicht auch nur gegen sich selbst, wenn man sich als Gruppe empfand. Es. Ich. Über-Ich. Weil das Es Ich werden soll. Auch eine Religion. Wie generalisiert lächerlich ihr der Begriff Haltung erschien. Obwohl auch Joe alles im Bad zurechtgelegt hatte, hatte er eine Haltung. Sie hatte keine Lust anzuziehen, was er ausgebreitet hatte. Nicht einmal das Handtuch wollte sie nehmen. Die privaten Dinge missfielen ihr. Damit verbundene Gefühle könnten zum Ausdruck der Eifersucht drängen und zu Mord führen. Die Bedeutung der Tat könnte sich zum Mythos aufbauschen, einen unausweichlichen Sinnzusammenhang stiften wie die Kausalität einer Medea, die als Kindsmörderin zum Sternbild in den Himmel aufgefahren war. Im Nachhinein und von einem bestimmten Punkt aus ließen sich Geschichten immer folgerichtig zusammenfügen. Im Vorhinein blieb alles Hypothese, sogar die Haltung als austauschbarer Ausgangspunkt. Joe, den Putzmann aus dem Hotel Gabrielle, zu einem Sternbild zu machen, das wäre mal was. Und der eigene Hang zur Erhabenheit wäre mit dem Himmelsgestirn auch bestätigt.

Gabrielle riss einen Zettel vom Notizblock und schrieb: Brauche Abstand.

Sie ließ die Notiz auf dem Küchentisch liegen und fuhr noch bei Dunkelheit in die Stadtwohnung.

Wenige Autos glitten in großen Abständen lautlos über die Tangente. Sie führte durch den unbeliebtesten Stadtteil von Wien, Industriezone mit Sporthallen, Gartencentern und Baumärkten. Das Stahlbetonmassiv des Bundesverwaltungsgerichts war von außerordentlicher Hässlichkeit. Die weiße Verplattung war der Witterung ausgesetzt und verschmutzt, gegenüber blitzte die U-Bahn-Station mit Pizza-, Wurst- und Kebab-Werbung. Die Buden waren um diese Zeit noch geschlossen, die Lebensmittelmärkte und Logistikzentren in den ehemaligen Schlachthäusern waren noch dunkel. Die Werbereklamen leuchteten allerdings, Leerläufe der Selbstbehauptung. Lange würde es nicht mehr dauern, bis Künstler ihre Quartiere hier aufschlügen. Die U-Bahn war schon hier. Vielleicht sollte sie in eine Halle investieren und Containerwohnungen errichten. Sie fuhr auf die Innenstadt zu, die wie leergefegt war.

Der geografische Abstand zu Joe brachte gleich Beruhigung in ihr Gemüt. Die Stimmung hob sich, als sie mit dem Lift in den siebten Stock fuhr. Die Richterin roch den

Lack des versiegelten Parketts und im Schlafzimmer den trockenen Kalk der frisch gestrichenen Wände. Sie betrat ein Reich der Tünche. Niemand außer ihr hatte seit der Renovierung im Familiensitz genächtigt. Sie wickelte sich in eines der weißen Leintücher, weil sie kein Nachtgewand mithatte. Das grobe Gewebe kratzte, ein vertrautes Gefühl, das sie als Kind nicht ertragen hatte. Die groben Leintücher, bestickt mit dem Monogramm der Mutter, waren ihr zu dicht gewoben. Generationen vor ihr hatten sich schon über das traditionelle Kratzgefühl beschwert. Karl und der ganze Haufen der Verwandtschaft waren durch den roten Faden im Monogramm, wie durch die Nabelschnur, verkettet.

Gabrielle legte sich hin. Sie reagierte nicht mehr allergisch gegen die Tücher, zog sie enger an sich und bis unter die Nase hinauf. Sie konnte es nicht abstreiten, die Familiarität tröstete sie.

Dann hörte sie ein Klingeln. Jemand war also an der Tür. War das Joe? Sie stieg aus dem Bett, horchte, nur Straßengeräusche zischten in weiter Ferne. Sie schlich zur Tür und legte das Ohr an, das Auge an den Gucker. Nichts. Sie nahm die Sicherheitskette in den Pinzettengriff und hakte die profilierte, mit Randkerben versehene Schließe in die offene Schiene des Beschlags am Türrahmen ein. Nun war sie sicher. Niemand war hier erwartet und würde hereinkommen. Sie ging auf Zehenspitzen ins Bett zurück, war umhüllt vom Leintuch wie eine Karyatide. Sogar der Gedanke an die Schreibweise der Benennung der Säulenmädchen erfolgte in Zeitlupe, um so lautlos wie möglich zu sein, auch das Atmen.

Die Vorhänge leuchteten orange, als wäre die Sonne aufgegangen, dabei ging der Novembertag nur mit dem Licht des Weihnachtsschmucks an den Bäumen an. Eine Sirene heulte im Erdgeschoß. Die Möwen kreischten. Sie begleiteten die Kutter von Odessa nach Passau und hatten sich an den Donaukanal verirrt. Die Tauben hatten ihr Revier auf den Plätzen und Dächern, in den Nischen der Fassaden im Hinterhof. Ein Uhu hauste im Turm des Stephansdoms und machte nachts Jagd auf die Tauben, die keinen sicheren Unterschlupf hatten. Krähen flüchteten vor der russischen Kälte über das Flachdach zu den Terrassen der Hausgemeinschaft. Manche waren auch über den Sommer geblieben und hatten die reifen Feigen von den Terrassenbäumen gepickt.

Gabrielle bürstete den Talar und bügelte die violetten Samtborten mit Dampf glatt, während die Krähen mit Selbstverständlichkeit in ihrem Federkleid vom Gelände hinabschossen und die Möwen aufscheuchten. Die großen Tiere waren für die Möwen eine Gefahr. Die Krähen übervölkerten die Wiener Vogelwelt. Aber sie waren nützlich, fraßen das Aas, das in Dachböden und Rinnen verweste. In Kabul schossen angeblich die Adler herab, wenn die Händler ihren Abfall auf die Straße schütteten. Gabrielle schüttelte den Talar, hängte ihn auf den Bügel und wickelte alles in die Plastiktasche.

Sie legte sich noch einmal hin. Sie drehte das Radio auf. Vom Lockerungsgesetz für alle Restaurants in Südamerika war die Rede. Gabrielle zählte nach, wie viele Zigaretten sie in der Schachtel hatte. Sie griff hinüber in die leere Betthälfte, Polster und Bettdecke waren unberührt und gestapelt. Beides zog sie heran. Sie wälzte sich in die Mitte und genoss es, so viel Platz zu haben, dass sie alle Viere ausstrecken und mit Finger- und Zehenspitzen den Innenkreis des Bettquadrates ausfüllen konnte. Der Wecker war gestellt. Die Nachrichtenstimme berichtete von einer Explosion in der afghanischen Hauptstadt. 48 Tote im Schiitenviertel Dascht-e Bartschi. Die Sch-Laute rauschten und zischten in die Melodie von der Radikalisierung des

Islamischen Staates und der herrschenden Gewalt talibanischer Stämme. Die freiwilligen Helfer des Internationalen Roten Kreuzes gaben ihrer Ohnmacht speziellen Ausdruck. Sie trugen Turbane mit darauf nistenden weißen Tauben. Die Symboltiere des Friedens suchten selbst Zeichen der Hoffnung. Die Turbane waren Nester für verlorene Söhne. Was war mit den Töchtern? Die Vokale zogen sich in die Länge. Kabuuul, weich und sanft der schöne Name für eine arme Stadt. Deutschlands zweite Abschiebewelle mit ihrer Unumkehrbarkeit und Österreichs Abschiebepolitik durchdrangen den Morgen mit Pragmatismus und Überblick der Seuchentoten. Eine männliche Stimme war anklagend und im schlimmsten Fall rührselig. Sie stellte die Kosten einer Abschiebung gegen die Kosten für eine Versorgung in Europa.

Die Rückführung nach Afghanistan per Flugzeug war die Fortsetzung eines Albtraums, den Gabrielle auszuhalten hatte. Der Turm aus Akten, die keine Verfahrensfehler enthielten und keine neuen Erkenntnisse gebracht hatten, war zu hoch. Es gab keine Zukunft für jene außer im Zufall des Glücks in der Illegalität. Gabrielle dachte an die hoffnungsvollen Gesichter der Rechtsvertreter und fürsorgenden Sozialarbeiter, die die irrationalen Bescheide der Behörde aufrollten und auf ihre Räson als Richterin in zweiter Instanz zählten. Junge Flüchtlinge, die wussten, dass ihnen die Abschiebung drohte, verschwanden aus den Unterkünften und nicht einmal die Sozialarbeiter wussten wohin, damit sie nicht in Konflikt mit dem Gesetz kamen. Gabrielle hatte große Sympathien für diese Art von U-Booten und war zerknirscht über die Unpersönlichkeit des Rechts, die Gerechtigkeit der Gesellschaft, die über die Freiheit des Individuums sprach. Sätze, die ihre Maske waren.

Bis jetzt hatte sich, glaubte man den Nachrichten, noch niemand zur Ermordung der Rotkreuzhelfer bekannt. Die

Aussprache eines Augenzeugen klang, als würde seine Zunge mit zu einer Kette aufgefädelten Perlen spielen. Gabrielle verstand das Wort für Stadt. Sie bildete den stimmlosen Reibelaut dem Anklang nach, bog die Zunge zurück und verschmolz den Laut zwischen R und S hinter dem Zahndamm zu einem leise rauschenden Zischen. Vielleicht waren die Mitglieder des Roten Kreuzes nur einem schnöden Unfall zum Opfer gefallen. Unfälle waren zeitlich und örtlich und von außen bestimmbare Ereignisse, Zufälle. Krieg war menschliches Versagen und Fehlhandeln, aber kein Zufall. Körper- und Sachschäden waren in beiden Fällen zu beklagen. Der Reporter in Kabuuul gedachte seiner Toten, der Kämpfer der NGOs gegen den Terror, der internationalen Hilfsorganisationen gegen den Wahnsinn des Zwischenkriegsalltags. Wegelagerer gedachten der eigenen Toten. Kabuuul soll die Hauptstadt eines Reiches überstaatlicher Ordnung sein, das den Weltfrieden einforderte. Das versprachen junge Stimmen und ein 60-jähriger Wiener, der seine Liebe zum Staat am Hindukusch in Büchern festhielt. Er vertrat die Utopie, mit einer Art tief wurzelnder Gummibäume, die das Wasser im Boden hielten und Wüsten begrünten.

Nach diesem Schlagwort fand ein Stimmenwechsel statt und auf *die begrünten Wüsten* folgte die Wettervorhersage, die heitere Aussichten ankündigte. Gabrielle verschluckte sich an den Sprechübungen und schluckte den verröchelten Atem, hustete heftig, als hätte ihr jemand etwas in den Mund gesteckt, um sie durch Ersticken zu wecken.

Sie angelte sich die Zigaretten, zündete eine letzte aus dem Päckchen an. Vielleicht würde sie gleich danach wirklich zu rauchen aufhören. Sie sah dem Rauch nach, wie er sich wölkte und der Vogelflug der abziehenden Krähen einen helleren Ausblick versprach. Freilich nicht für Flüchtlinge, die sie abwies, nicht mal für die Fremdenpolizei, die neu geschult humanere Abschiebungen durchführen würde. Außerdem plante sie einen Ausschuss, in dem Härtefälle der illegalen Flüchtlinge aus den jugoslawischen Sezessionskriegen saniert werden sollten. Es gab noch immer staatenlose Flüchtlinge, die in diesem Land seit den Neunzigern lebten. Sie gehörten nirgends hin und würden niemals auffliegen, so regelkonform benahmen sie sich in der Masse, dass man nicht einmal auf die Idee kam, ihre Fahrkarten in der U-Bahn zu kontrollieren. Gabrielle war mit der Direktion der Wiener Fremdenpolizei in Kontakt. Auf diese persönliche Art konnte man mit den richtigen Leuten in diesen Institutionen leicht den Status klären, Staatsbürgerschaften erteilen und eine menschliche Regelung erdenken. Sie hatte es mehreren Vertretern der NGOs versprochen, sich einzusetzen. Wenn diese Stellen, wie die Leitung der Fremdenpolizei, oder Chefredaktionen, oder andere Säulen der Menschlichkeit, mit Undemokraten besetzt wurden, war sie in Alarmbereitschaft.

Sie drückte die Zigarette aus und beschloss, keine Gelegenheit mehr zu verpassen, sich auch amourös für die Menschlichkeit nach der Decke zu strecken und gute Stimmung zu machen. Sie nahm das Telefon und ging die Liste aller männlichen Freunde durch. Sie schrieb *Guten Morgen, wann warst du zuletzt im Kunsthistorischen Museum?* in einer Massensendung aus.

Dann gab sie in Google den Namen ihres Bruders ein. Es kamen keine Ergebnisse, die zu seinen Daten passten. Er stand auch auf keiner Liste des Roten Kreuzes. Die Seiten der Hilfsorganisation stellten Abteilungsleiter vor und Erlebnisberichte von zurückgekehrten Helfern und Helferinnen, aber nirgends war verkündet, wer in Wirklichkeit auf Außenstation war. Auf dem Gruppenbild eines Teams in Kabul meinte sie sein Gesicht zu entdecken, das sich in Vierecke auflöste, als sie es heranzoomte. Gabrielle nahm die Augentropfen und suchte in der Handtasche die E-Card. Das Handy leuchtete auf, Joe hatte ihr ein SMS geschickt. Bevor sie danach griff, beschloss sie, duschen zu gehen.

Das Wasser trommelte auf die Schultern. Die Massage wurde heißer und die Haut rot. Sie schraubte noch weiter die Temperatur hoch. Das größte Sinnesorgan war die Grenze ihrer Physis. Auf dieser Haut sollte sie nur spüren, was sie spüren wollte. Sie beugte sich hinunter zur Flasche Shampoo, rieb sich mit der dermatologisch getesteten Seife ein. In den Essays von Jean Améry stand geschrieben, dass der Verlust des Weltvertrauens immer in einer physischen Kränkung resultierte, Sätze, die sie bis in die Träume verfolgten. Welche Schläge erteilte sie, in ihren Urteilen und den längst Verurteilten, Schicksalslosen. Der Schaum rutschte ab und sammelte sich um den Abfluss. *Die Tortur ist das fürchterlichste Ereignis, das einem Menschen widerfahren kann.* Und trotzdem erteilte sie kein Asyl, nur weil jemand diesen Satz zitierte. In der gesamten Laufzeit ihrer richterlichen Existenz hatte es bisher nur einen Flüchtling gegeben, der Jean Amérys Essays *Jenseits von Schuld und Sühne* gelesen und vielleicht verstanden oder zumindest so vorgebracht hatte.

Sie spürte die heißen Nadelstiche der prasselnden Tropfen. Das Haar erhielt noch eine Pflegespülung. Sie wusch sich das Gesicht mit lautem Schnauben und atmete Wasser durch die Nase ein, um den Hals-Nasen-Rachen-Raum zu reinigen. Sie verschluckte sich dabei und hustete, und weiter, bis die Augen hervortraten, röchelte und spie, bis sich die Kehle verkrampfte und zuschnürte, als sie endlich, an die Panik denkend, wie sich das Waterboarding anfühlen musste, den Krampf weghecheln konnte. Sie drehte das Wasser ab und legte das Handtuch weg, es rutschte aus der Halterung. Sie würde eine Wette abschließen, dass Karl sie so montiert hatte, dass nichts hielt.

Beim Frühstück, ein schwarzer Kaffee und eine Zigarette, schrieb sie dem Arbeitgeber ihres Bruders nach Genf ein E-Mail mit der Bitte um Bekanntgabe seines Aufenthaltsortes und seiner Adresse. Betreff: Karl Ofcarek.

Im Wartezimmer des Augenarztes starrte sie schon eine Weile auf die Fototapete des aufgeblasenen Gesichtes einer italienischen Schauspielerin. Der Schlafmangel wirkte sich positiv aus. Sie war entspannt und schlapp. Wäre sie eine Katze gewesen, wie Gabrielle sie seit ihrer Kindheit liebte, hätte sie geschnurrt im überheizten Zimmer. Die überdimensionale Kurzhaarblondine auf der Fototapete hatte orientalisch anmutende Katzenaugen, ein Muttermal über der rechten Oberlippe, pausbackige Wangen. Sie hockte zum Sprung bereit auf einem Steg unter der Sonne in schwarzem Badeanzug. Gabrielle las die Anzeige für eine private Klinik, die Augenlidoperationen mit Narkose durchführte. Sie blätterte in den Illustrierten und eine angenehme Schwere drückte auf die Lider. Das Licht war grell. Sie setzte sich die Brille auf und stürzte geschärften Blickes in dasselbe Gewitter narrativ gereihter zerebraler Entladungen wie andere Leser anderer Welten auch.

Joe hatte sie an der Alten Donau kennengelernt. Er war in schmaler Gestalt wie aufgebahrt der Länge nach auf den Brettern eines Badestegs gelegen. Er hatte kein Handtuch dabeigehabt, trug nur eine gestreifte Badehose. Sein Körper war so bleich. Nach einer Weile hatte er einen Sonnenbrand. Er röstete, ohne die Hitze zu spüren, schon lange auf dem Steg in der Sonne. Er war wie ohne Bewusstsein. Gabrielle wusste schlagartig, dass sie sich den mageren Körper näher anschauen wollte. Sie schwamm also durch das hellblaue Wasser zügig auf den Steg zu und legte die Hände auf die Stegkante, krallte sich fest, zog und stemmte sich hoch, schwang die Hüfte auf die Bretter und rollte sich seitlich hin. Sie blieb wie eine Robbe liegen. Ihr Rumpf glänzte von Creme und Wasser wie lackierte Haut. Der Mann hatte sie bis jetzt noch nicht bemerkt. Sie drehte sich auf den Bauch und legte die Stirn auf die Bretter, sah durch die Schlitze hinunter aufs Wasser. Ein Schwarm Fischlein wedelte durch die Schattenstreifen der Wellen. Joes Brustkorb hob und senkte sich auf dem bleichen Holz. Gabrielle robbte heran. Sie sah eine Mücke durch das Brusthaar zu den Schlüsselbeinknochen, den Hals entlang um den Adamsapfel herum und dann wieder den ganzen Weg zurück bis zur Brust krabbeln. Daliegende Körper bewegten und kratzten sich. Joe erwachte. Gabrielle nahm ihr ganzes Leben zusammen, so aufgeregt war sie plötzlich, hockte sich ins Gebüsch und bündelte den Blick.

Joe richtete sich auf und sah sich um, als wäre er in der Lage, die Wirklichkeit zu enthüllen. Er nahm aus der Badetasche seine Brieftasche heraus und rief zum Gebüsch: Darf ich Sie auf einen Kaffee einladen?

Wochen später waren sie ein Paar. Sie hockte auf allen Vieren über ihm. Die Art, wie sie sich bewegte, egal ob sie sich wälzte, hockte oder ihm den Rücken zudrehte – eine Amphore. Die Situation war kein Albtraum, aber quälend vor Sehnsucht, wenn sie einander nicht hatten.

Gabrielle wurde aufgeschreckt von der eintretenden Assistentin, die ihr ein muskellähmendes Mittel in die Augen verabreichen würde, bevor sie zur Untersuchung in den Behandlungsraum käme. Es würde ein paar Sekunden brennen, sagte sie.

Gabrielle schloss also die Lider, diese Deckel für den Blick, die das Begehren kompostierten.

Sie ließ sich Zeit mit dem Warten auf das Nachlassen der Wirkung visueller Stimulation. Sie steckte in ihrem Traumkörper und starrte, sich erinnernd, den Niedergestreckten an, bis die Impulse die Erinnerung fortsetzten.

Es gab einen Traum, den sie aber niemals erzählen würde. Darin kroch sie auf allen Vieren wie damals auf dem Steg Zentimeter für Zentimeter näher an Joe heran und beugte sich vor und über sein Gesicht, beschnüffelte ihn wie ein Raubtier. Die Haut zwickte, als säße sie ihr nicht richtig. Sie beutelte das Haar und die Tropfen spritzten und sprenkelten seine aufgebackene Röte. Joe schlief fest wie tot. Sie kniete da und strich mit der Fingerspitze über die Schultern, die Arme entlang und wieder zurück hinauf ins Gesicht. Sie legte ihre Lippen auf die seinen und so verharrte sie eine Weile, dann mümmelte sie: Jetzt wach endlich auf, sonst werfe ich dich ins Wasser.

Ihr Gebiss knirschte in diesem Traum. Joe stellte sich vermutlich tot, dachte sie im Traum, er lag weiterhin auf dem Rücken. Dass diese Hülle noch lebte, für sich lebte, sagte die Logik, weil er schwitzte. Sie schob nun die Hände unter seinen Leib und schubste ihn vor sich her, rutschte ihm auf den Knien nach und plötzlich klatschte sein Körper über die Stegkante ins Wasser. Sie sah zu, wie das Wasser über ihm zusammenschwappte. Ob er auf dem Wasser trieb, mit dem Gesicht nach unten, oder auf dem Rücken, die Nase in den Himmel gerichtet, das war ihr egal im Traum, denn das Weltvertrauen war so groß, dass nichts Böses geschehen konnte. Vielleicht war er untergegangen oder von spitzen Steinen aufgespießt, denn das Wasser war seicht. Auch das war egal, Joe war wie verschluckt und es entsprach der kosmischen Ordnung in ihrem Traum.

Gabrielle wartete noch eine Weile, ohne eine Reaktion der Hilfe oder des Schreckens zu zeigen. Die Richterin hatte einst den Schrecken vor einem leblos aufgefundenen Mann, der durch ihr Urteil ein Toter auf Urlaub gewesen war, abgeschüttelt wie Katzen Zudringlichkeiten vor Streichlern. Sie rutschte auf den Knien rückwärts und in ihrem Gesicht glätteten sich die Stirnfalten und das Staunen in ihr distanzierte sich und verwandelte sich vollends in Hinnahme, dass Joe von allem Anfang verloren gewesen war. Und da geschah ein Wunder. Ihr wurde klar: Eine Verwechslung lag vor. Sie hatte Karl durch Joe ersetzt. Ihre genialen Augen sahen Gabrielle wieder im schwarz glänzenden Badeanzug, wie sie auf dem Steg stand und kapierte, dass jetzt vielleicht etwas geschehen war, was sie nicht geschehen hätte lassen sollen. Karl soff in ihren Gedanken ab und ging unter.

Gabrielle wurde aufgerufen. Vor der Tür zur Ordination hielt sie sich vor dem letzten Schritt über die Schwelle zurück. Wie abgelenkt von der Fototapete, musste sie sich vorstellen, ihrem entschwindenden Körper nachzublicken. Es war Zeit, der Realität die Stirn zu bieten.

Die Augenärztin war angenehm, sachlich. Blondes Flachshaar zum Pferdeschwanz gebunden und ungeschminkt. Gabrielle legte die Stirn an das Untersuchungsgerät und richtete den Blick dorthin, wo die Augenärztin es befahl. Sie erklärte jeden Schritt der Untersuchung und die Funktion der Instrumente. Sie meinte lakonisch, dass sie das schon oft gemacht habe, als sie den Sehnerv ausleuchtete und den Tränenkanal weitete.

Muss ich erblinden?, wollte Gabrielle fragen, aber die Frage war ihr zu pathetisch. Die Ärztin schien froh über den unterlassenen Unsinn.

Sie sind sehr geduldig, sagte sie.

Sie roch eindeutig nach Aschenbecher. Ein Lungenröntgen wäre anzuraten. Zur weiteren Ergründung der Augengeschichte würde man sich melden. Für heute bekam Gabrielle frei, weil sie sich nicht anstrengen sollte.

Der Zeitungsverkäufer stand ihr im Weg. Er wartete schon unten auf dem Platz, er wusste, wo sie wohnte und um welche Uhrzeit sie vorbeikam, wenn sie in der Stadtwohnung übernachtete. Also schlurfte er an die Dame heran, deren Handtasche quer über dem glockigen Mantel baumelte. Er belästigte sie, wie es üblich war, um an einem verlässlichen Spender dranzubleiben. Sie hatte sich entschlossen, ihn zu ihren Schützlingen zu zählen. Er bekam das Geld und sie dafür das Obdachlosen-Blatt, das sie im Supermarkt üblicherweise wie versehentlich liegen ließ.

Heute kaufte sie sich sogar Blumen, um die Farbenpracht zu Hause retinal einzusaugen. Sie war nicht geizig, aber umweltbewusst und verzichtete auf einen Plastiksack, als sie die Waren bezahlte und vom Förderband räumte. Sie steckte Kaffee und Milchprodukte, Joghurt, Butter, Obers und etwas Obst in die Handtasche. Sie quoll über. Draußen fiel das Kaffeepäckchen auf den nassen Boden direkt vor die Füße einer Bettlerin, die auf einem Stück Pappe hockte. Sie hielt die ausgestreckte Hand hin, ohne das Kaffeepäckchen zu beachten, als Gabrielle an ihr vorbeiging. Diese Bettlerin hatte keine Chance, Gabrielles Sympathien zu erwerben, weil sie ihr die Hand hinhielt, obwohl Gabrielle vollbepackt war und nicht nach Kleingeld kramen konnte, zudem das Kaffeepäckchen verloren hatte. Nun lag es auf dem nassen Boden.

Madame, Madame, rief die Bettlerin und machte keine Anstalten, das Päckchen aufzuheben. Sie sah eher verwundert als spöttisch zu, wie Gabrielle sich abmühte, sich vollbepackt zu bücken und den Kaffee zu angeln.

Madame, Madame!

Natürlich fielen nun auch der Tee und die Zitrone aus der Tasche. Die Zitrone rollte davon. Die Bettlerin schaute ihr nach. Gabrielle stieß einen Laut des Ärgers aus und herrschte die Bettlerin an: Können Sie mir nicht helfen?

Nun hatte sie die Hände frei und hätte nach der Brieftasche greifen können, nicht um einen Euro zu spendieren, sondern um für die Hilfe zu bezahlen. So weit also war man hier, dass man eine ganz normale Gefälligkeit zu bezahlen hätte. Gabrielle war empört und verwirrt über sich selbst. Wieso sollte ihr jemand einfach so helfen, wenn sie einfach so über ihr schlechtes Gewissen hinweggehen und die Bettlerin links liegen lassen konnte? Was bedeutete Hilfe, wenn sie nicht eine Dienstleistung war? Ein Deut von Höflichkeit war die Augenhöhe. Und die Hilfe? Sie richtete sich nach einem Gefälle. Einer musste der Gunst des Helfenden ausgeliefert sein. Das steigerte die Enttäuschung über die Erwartungen an die Bettlerin, die beide Hände frei hatte, um Gabrielles Einkäufe aus der Gosse zu ziehen. Wieso tat sie das nicht automatisch, fragte sich Gabrielle und gab sich die Antwort: Die Bettlerin kannte keine Hilfe, nur Missgunst. Sie schnappte ihr Kaffeepäckchen selbst und den Tee und stieg der Zitrone nach. Die Bettlerin hockte weiter da und rief ihr nach: Madame, Madame! Sie war verdutzt über das Kaffeepäckchen, das plötzlich als Gabe in ihrem Schoß lag.

In der Stadtwohnung war es ihr zu still. Sie machte das Radio an, schaltete um. Eine Gesprächssendung, damit sie sich in Gesellschaft fühlte. Die Stimme wirkte anregend und ihr Klang beschäftigte sie mehr als das, was sie sagte. Kehlig, rau und ein wenig schnarrend, so dass sie an Küchenschaben denken musste.

Das Radio war an den altertümlichen Verstärker angeschlossen, mit dem Karl einst seine Stromgitarre hörbar gemacht hatte. Als Straßenmusiker hatte er noch eine gute Zeit gehabt. Er hatte in der Stadtwohnung gehaust und in der Fußgängerzone und unten am Platz für die Passanten gespielt. Die Wohnung war sein Halt gewesen, bis sie irgendwann zur Asylstätte für seine verwahrlosten Komplizen geworden war. Die Drogen hatten jeden Selbstwert aufgefressen, die Selbstkontrolle hatte er an seine Dealer abgegeben und nicht einmal die Körperpflege war ihm geblieben. Er lief in angeschissener Wäsche herum, was seine Freundin nicht störte, weil sie hier bei ihm ein Dach über dem Kopf hatte. Die Möbel hatten sie verkauft. Schließlich musste man ihn delogieren und für die Unterbringung gegen seinen Widerwillen sorgen. Die bevorstehende Kindesabnahme seiner Freundin hatte Gabrielle bereits mit der Jugendfürsorge besprochen. Es hätte gut gehen können, wäre sie entschiedener eingeschritten. Durch ihre zögerliche Haltung war es zur Katastrophe gekommen. Seine Freundin verendete, während Karl im Delirium lag nach einer Überdosis von irgendwas. Der Putz musste von den Wänden abgeschlagen werden, um den Gestank rauszukriegen. Das Kind wurde aus dem Bauch geschnitten und neonatologisch versorgt, alles Gute den Adoptiveltern!

Nun aber, nachdem die Mieten im Bezirk um das Zigfache gestiegen waren, hatte es sich gelohnt, die Wohnung nicht nur total zu renovieren, sondern auch zu halten. Gabrielle hatte Korkfliesen im Badezimmer verlegt, das war praktisch, billig und ökologisch in Ordnung. Wenn sie erblinden würde, dann lieber hier, denn seit einigen Stunden bewegte sie sich bereits sicher und beschützt und beschäftigt.

Sie stand am Balkon und eine Gruppe Flüchtlinge stand unten vor dem Zebrastreifen. Zu dritt herumlaufende Afghanen. Sie erkannte ihre Herkunft an der Haartracht. Es musste Friseure geben, die nach einer bestimmten Fasson die Haare aller schnitten. Gabrielle überlegte, ob sie ausgehen wollte. Sie schloss den Computer an. Joe hatte noch kein E-Mail geschrieben. Und hätte er es getan, hätte sie wegen der Augen ja nicht weiterlesen dürfen. Sie hatte Lust, sich den Kopf zu waschen. Vielleicht doch zur Reinwaschung von der sogenannten Schuld? Von Schuldgefühl war nicht die Rede.

Die Füße hinterließen Abdrücke auf den Korkfliesen. Existenzbeweise, die auftrockneten. Handtücher stapelten sich auf dem Bügelbrett im Balkonzimmerchen. Zum Glück keine Akten. Wieder waren hunderte Leichen angespült worden, sagte die kehlige Stimme der Küchenschabe im Radio. Ihre Fingerspitzen grapschten das türkise Handtuch, legten sich zu einer knospenden Blüte zusammen. Gabrielle fuhr mit den Fingern die Kante ab, bis sie die Ecken des Handtuches erwischte und fest anspannte. Dann wickelte sie das Tuch um den Rumpf. Sie rubbelte den Nacken und die Gliedmaßen trocken. Die Leichen stapelten sich an der libyschen Küste, was auch beruflich gesehen nicht ihr Gebiet war. Sie nahm sich die Unterwäsche, schlüpfte hinein und gefiel sich im Spiegel, stieg nicht auf die Waage, sondern in die Strümpfe. Die Schmutzwäsche lag noch herum und landete getrennt nach Farben in Körben. Sie ging ins Schlafzimmerchen und erst jetzt fiel ihr auf, wie wohl sie sich fühlte in kleinen Räumen. Die Küstenwache hatte sich wie erwartet Zeit gelassen, ein Schlauchboot war gesunken. Die Küstenwache wurde heftig kritisiert und NGOs wollten die Kapitäne vor das Weltgericht bringen. Eine weiße Bluse hing auf dem Gestell des stummen Dieners. Sie nahm sie von den hölzernen Bügeln. Das Gerippe einer leeren Staffelei kam zum Vorschein, Requisit eines kreativen Anfalls, den irgendwer in der Familie auszuleben getrachtet hatte. Sie zog neue Jeans aus dem Kasten. In einigen Schubladen war sogar Karls Gewand noch gebunkert. Ungetragen, von ihr hierhergebracht für andere Zeiten. Sie ging wieder ins Badezimmer und drehte das Wasser auf, um mit nassem Kamm die Haare wieder einmal zu glätten. Sie frisierte sich die Strähnen aus der Stirn. Sie prüfte die Packung Tee und wischte den Straßenschmutz ab. Der Karton hatte sich angesoffen und so legte sie die Teebeutel auf die Heizung zum Trocknen.

Sie fand im Kasten die Kerzen, die sie für die Einweihung der renovierten Wohnung gekauft hatte. Die Feier war noch nicht einmal terminisiert, die Kerzen daher noch in Cellophan gepackt, und nun wollte sie sie verschenken. Vielleicht der Bettlerin. Oder sie würde sie mit auf das Gericht nehmen. Niemand hatte ihr verboten, an einer Feier teilzunehmen. Heute nach Verhandlungsschluss würde es eine Feier bei den Kollegen geben. Sie legte die Kerzen zur Garderobe neben die Handschuhe. Sie hatte noch nie Kerzen besorgt, das war stets Joes Job gewesen, jetzt trösteten sie die Mitbringsel über seinen Spleen. Sie freute sich und war glücklich, erwartet zu sein im neuen Lebensabschnitt einer Richterin, die sich vielleicht von ihrem Mann in der Pension trennen würde. Sie konnte nun ihre männlichen Anteile in den Mittelpunkt ihrer Beschäftigung rücken und Rasierwasser, das Karl gehört hatte, auftupfen. Joe verband ja nur sich mit Weiblichkeit. Sie wechselte die Kleider, zog sich Karls Unterhose an und seine Jeans. Sie hatten nicht die gleiche Größe. Es war ihr egal. Zumindest gepflegt wollte sie über andere urteilen. Sie tröstete sich auch jetzt mit der Überzeugung, dass sie jeder einzelne Fall interessierte und dies ihren Respekt zeigte vor den Flüchtlingen und den Rückkehrern. Sie war eine Autorität und wollte sich nicht durch irgendwelche Zuschreibungen verunsichern lassen.

Menschlicher war vielleicht der Kollege, der jeden Sonntag in die Kirche marschierte und seine Asylbewerber größtenteils für Geschichtenerzähler hielt, Flunkerer, aber wenn er an ihre Märchen glauben konnte, dann traf er seine Entscheidung aus Barmherzigkeit.

Wenn Gabrielle die Haare im Nacken zusammenhielt und sie streng nach hinten frisierte, fiel die starke Ähnlichkeit mit Karl auf. Der gleiche Schwung der Augenbrauen, die fülligen Lippen und die schmalen Nasenflügel waren bei ihr leichter gewölbt. Die hohen Backenknochen und das Kinn ergaben den herzförmigen Rahmen ihrer Visage. Karl war in allem gröber, besonders am Nacken merkte man den Unterschied der geschlechtlichen Ausgabe ihres körperlichen Morphems.

Sie rief am Gericht an und meldete den Krankenstand. Dann rief sie die Kollegen an und sagte, sie würde zur Feier kommen. Zu welcher Feier? Sie hatte sich den Termin eingetragen. Richter waren frei und nicht weisungsgebunden. Sie konnte sich widerspruchslos diese Freiheit herausnehmen, krank zu sein und zu feiern. Der Kollege wollte sie sprechen. Er brauchte ohnehin Rat. Er wollte zugunsten der Partei entscheiden, aber er kam mit seinem Gewissen nicht zurecht. In Wirklichkeit sei alles so anders, dass es ihm den Kopf verdrehe und er schon nicht mehr wisse, wo die Fiktion anfange und ende. Er klagte, dass ihn der Gerichtsalltag nicht bloß in einer kleinen Dosis gepackt hätte, wie es nach Redensart hieß, sondern in einer großen Dose, mit ganzer Portion, die er unbedarft geöffnet hatte wie Pandora ihre Büchse. Nun saß er mit einer konservierten Lammleber in seinem Zimmer. Er hatte das Geschenk angenommen, obwohl es verboten war, Geschenke anzunehmen. Immer drohte der Verdacht auf Bestechung.

Wieso hast du sie aufgemacht?, fragte Gabrielle.

Ich war neugierig. Wer hat schon je eine afghanische Delikatesse gegessen? Die Leber ist direkt aus Kabul gekommen, hat den ganzen Weg mitgemacht, und das deshalb, weil der Flüchtling glaubte, damit Christen beeindrucken zu können.

Weiß er, dass du beim Opus Dei bist?

Niemand weiß das, gestand er.

Eine Lammstopfleber?

Das glaube ich nicht. Es ist zu viel dafür.

Bring sie mit zum Buffet, sagte Gabrielle, dann machen wir uns alle über sie her.

Der Kollege zog ein weiteres Problem aus dem Talon. Er war streng katholisch und nach seinem Glauben war Ehebruch eine Todsünde. Er hatte in einer Causa zu verhandeln, die er an Gabrielle abgeben wollte. Zwei Flüchtlinge begehrten in zweiter Instanz Einspruch gegen ihre Asylablehnung, da ihnen bei Abschiebung in ihre islamische Heimat der Tod drohte. Sie würden gesteinigt werden, weil sie Ehebruch begangen hatten. Sie lebten in wilder Ehe im Exil und standen so, dem Schicksal ergeben, vor ihrem Richter. Wie sollte man in diesem Fall richtig entscheiden? Er sei streng gläubig und beginge eine schwere Sünde.

Asyl zu geben, weil die Bewerber außerehelichen Vergnügungen nachgegangen waren, war von außen betrachtet wirklich eine Übertreibung. Die persönliche Meinung zählte nichts, wenn es um die Personenrechte freier Menschen ging. Für die Presse wäre es ein Fressen, darüber zu berichten. Man musste sich nur die katholisch rechtsextreme Debatte dazu vorstellen. Man durfte nichts rausposaunen. Die Moral war Privatangelegenheit.

Gabrielle konnte nicht bestätigen, dass Ehebruch wirklich mit Steinigung bestraft wurde. Aber sie konnte es auch nicht ausschließen. Es gäbe Fälle, sie wären in den Länderdokumentationen aufzufinden. Aber insgesamt gaben die Länderdokumentationen nur unzureichend Auskunft über die Praxis der Steinigung. Das Paar war nicht vom Land, sondern stammte aus Kabul.

Am besten wäre es, bei jeder Einzelheit jemanden vor Ort zu befragen, sagte der Kollege, um zu einer glaubhaften Version dieser Liebesgeschichte von Ehebrechern zu kommen. In diesem Fall aber hadere er ganz besonders mit seinem Gewissen.

Gabrielle empfahl, die Website des UNHCR durchzugehen, und suchte selbst nach Hinweisen auf der Website des unabhängigen Vereins Asylkoordination. Sie rief dessen LeiterInnen an, die die Vorfälle bestätigten, aber die gängige Praxis als uneinschätzbar beschrieben. Wenn Lebensgefahr bestünde und dies glaubwürdig wäre, dann habe der Richter, egal ob mit oder ohne Opus-Dei-Hintergrund, keine andere Wahl, als dem Bundesgesetz zu folgen.

Gabrielle fragte stets und bis an die Grenze zur Schikane nach, um die Integrationswilligkeit der Flüchtlinge glaubhaft finden zu können. Sie urgierte sogar die Sonderangebote hiesiger Supermärkte, um zu erfahren, was eine Dose Thunfisch in Naturalsaft oder echtem Olivenöl kostete, Reis, Mais, Nudeln, und die Unterschiede der verschiedenen Marken von diversen Ketten. Die Asylbewerber referierten von Joghurt in Bechern oder in Glasbehältern, die richtige Zubereitung von Rind und Lamm, die Präferenz des Krautes als Kopf oder geschnitten, um ihre Glaubwürdigkeit zu beweisen. Alles war auf den Prüfstand zu stellen. Gabrielle riet dem Kollegen, diesen Test zu machen. Eine Zeile für die Begründung seines Urteils.

Das ist doch Unsinn, sagte er.

Wenn es dir hilft?, sagte sie. Ich lasse es mir erzählen.

Sie wusste, wo das Joghurt in Wien am teuersten war: in Russland, womit das von Russen geführte Delikatessengeschäft gemeint war. Dort ging man als Afghane nicht hin.

Aber wenn sie fremdgehen?, sagte der Kollege. Das kann ja dann jeder machen! So haben die Ehebrecher den Grund zur Steinigung, vor der sie geflohen sind, selbst verursacht.

Es genügt jedenfalls für Asyl, da wir weder individuelle moralische Standards noch das Kirchenrecht zu berücksichtigen haben, sagte Gabrielle.

Da riss der Himmel auf, Licht flutete die Zimmer. Die Möwen kreischten wie belustigt und zogen ihre Flüge um die Zille am Fluss. Die angekündigte Schlechtwetterfront war nicht in Sicht. Ein Kondensstreifen zerstob am strahlend blauen Himmel und unten am Boden in der Häuserschlucht stauten sich schon die Lichter der Autos und der Auslagen in den Fassaden. Gabrielle stand mit dem Operngucker am Fenster und stellte auf die Bettler scharf.

Jemand läutete unten an. Sie konnte nicht erkennen, wer es war. Als sie nicht reagierte, surrte der Ton kurz darauf direkt an der Tür. Der Störenfried musste schon im Stockwerk sein. Gabrielle erwartete niemanden. Dann hörte sie das Knistern von Papier und ein Plumpsen von etwas Schwerem vor ihrer Tür. War es der Paketdienst, der geklingelt hatte?

Sie erwartete keine Post. Die Geräusche nahmen zu, als stapelte jemand Paket auf Paket. Dann klang es, als verbarrikadierte jemand ihre Tür. Sie hörte das Zerreißen von Papier. Die Neugier war größer als das Unbehagen vor diesem nicht zuzuordnenden Lärm. Gabrielle konnte durch den Gucker nichts erkennen. Sie riss die Tür auf.

Der junge Mann hatte einen roten Bart und sprach Dialekt und schien Österreicher zu sein. Er hatte kein Paket, aber ein schweres Kuvert zu übergeben. Neben ihm lagen Pakete herum, die vom Stapel auf der Lastenrodel gepurzelt waren. Er reichte ihr das gepolsterte dicke Kuvert und sie zog den Streifen der perforierten Trennlinie auf. Die Folie glänzte, als sie das darin eingewickelte Buch hervorzog. Sie riss die Schweißnaht der Folie mit dem Fingernagel auf. Gabrielle wickelte das Buch einer amerikanischen Anwältin aus, die ihre Erfahrungen mit der afghanischen Justiz niedergeschrieben hatte. Das Buch war an Karl adressiert. Er musste bei Amazon diese Lieferadresse angegeben haben. Hatte er vor, nach Wien zurückzukehren?

Sie schlug das Buch auf und rutschte Seite für Seite tiefer in die Beschreibung afghanischen Lebens. Sie kramte in der Hosentasche nach dem Feuerzeug, erinnerte sich, dass die Zigaretten ausgegangen waren, und zählte nach, wie viele Stunden sie schon keine geraucht hatte. Eine Brautverbrennung hatte sie noch nie serviert bekommen. Die Angst davor erschien ihr übertrieben wie die Geschichte darüber selbst, weil sie so unglaubhaft dargestellt war.

Die üblichen Länderberichte enthielten Daten und Fakten zum Femizid. Die österreichischen Institutionen für Gewaltschutz der Frauen wurden indes budgetär gesichert. Der Zusammenhang zwischen schutzsuchenden Frauen und asylsuchenden Männern wurde in den Medien durch die Zunahme von Frauenmorden in für die Männer ungünstiger Weise ausgeschlachtet. Häusliche Quarantäne führte ebenfalls zum Anstieg der Übergriffe, doch die Herkunftsfrage der Akteure hatte sich nivelliert. Ein Virus konnte für kurze Zeit die Bevölkerung und deren Medien demokratisieren. Die Summen, mit denen der Gewaltschutz aufgewertet werden sollte, waren lächerlich niedrig. Die Geschäftsführerin der Frauenhäuser forderte Maßnahmen wie U-Haft für weggewiesene Männer. Eine zusätzliche Frauenhotline einzurichten war ebenso lächerlich wie eine kleine Ausweitung der Bannmeile. Alltägliches Social Distancing half auch nur, wenn zu Hause genug Platz war. Gabrielle hatte öffentlich die U-Haft für weggewiesene Täter befürwortet und immer wieder betont, dass es sich bei den Gewalttätern um eine Minderheit handelte, die internationalistisch zu sehen wäre. Kampf dem Femizid weltweit war ihre Devise und ihr wäre zu folgen. Sie wies darauf hin, dass auch die afghanische Verfassung die Gleichstellung der Frau enthielt, dass aber die Durchsetzung des Rechts angestrengt werden müsste. Ihre Afghaninnen waren immer verheiratet gewesen, so hatte sie gesagt, ihre Afghaninnen, was die Intellektuellen unter ihnen auf die Palme gebracht hatte. Nie hatte Gabrielle den Eindruck gehabt, sie wäre feministischen Afghaninnen gegenübergesessen, nun aber hatte sie es mit ihnen zu tun bekommen und sich sofort entschuldigt für die Vereinnahmung durch eine flapsige Formulierung.

Keine von ihnen war von der Familie, sondern von den Umständen gezwungen worden, Afghanistan zu verlassen, um in Sicherheit zu leben, und sie wählten zur Flucht die Ehe zu oder mit einem Mann. Es war nicht die schlechteste Voraussetzung für eine Ehe, ein gemeinsames Ziel zu haben, hatte Gabrielle geurteilt und Asyl hier und Asyl da erteilt, selbst wenn die Kollegen Scheinehen mutmaßten. Natürlich gab es organisierte Bräute und Parship in Kabul funktionierte nicht digital, sondern mit einem Besuch bei den gewaltig großen Hochzeiten in den Palästen, die hunderte Gäste aufnahmen. Einmal im Leben wollte sie durch die Straße von Kabul flanieren, wo Mazuma die Hochzeiten ihrer Familie feierte. Mit Türmchen und Kuppeln und Erkern verzierte Paläste reihten sich wie feierlich dekorierte Tempel entlang der Allee vom Stadtrand Richtung Flughafen. Die Wünsche nach einem besseren Leben für alle Beteiligten waren nur intelligent, sie zu verwirklichen eine Aufgabe der Beziehungen und Rahmenbedingungen.

Gabrielle versuchte die Situation auf sich zu übertragen und einen neuen Aspekt einzubringen. Joe stellte eine ganz andere Wirklichkeit für sie dar. Würde er sie betrügen, würde sie die Zimmer des Stundenhotels mit Dung verputzen. Sie könnte bei den Fiakern Rossäpfel erbetteln. Da die Stadttiere seit Jahren Windeln trugen und daher die Straßen nicht mehr mit ihren Exkrementen zuschissen, müsste sie sich an die Spanische Hofreitschule wenden. Aber Joe betrog sie nicht.

Im Länderbericht wurde der Begriff Intim-Femizid für den Mord eines Ehemannes an seiner Frau verwendet. Intimmord ausgeübt von Ehefrauen galt als Eifersuchtsdrama und kam praktisch nicht vor.

Das Handy zitterte auf dem Tisch und brummte wie eine Hornisse. Eine Nachricht von Joe. Er nahm sich wichtig genug, seiner Frau die soziale Treue zu zeigen. Alles gut?, schrieb er. Nichts konnte ihn aus der Bahn werfen. Vielleicht ihr Rückzug. Das Evangelium nach Matthäus verbreitete im Kapitel 19 die Behauptung: Was denn Gott zusammengeführt hat, das soll der Mensch nicht trennen.

Das Möwengeschrei vor dem Fenster lockte sie auf den Balkon. Ein papierener Drache segelte im Wind auf der Höhe des Geländers. Seit ein paar Tagen wohnten in einem der Untergeschoße wieder Leute. Zwei junge Männer standen an der Kreuzung und ließen Drachen steigen. Die Ampel schaltete auf Rot und die mehrspurige Kolonne stockte. Würde sie jetzt springen, würde sie auf den Autos japanischer Marken landen, dachte Gabrielle. In Kabul gab es eine große Anzahl von SUVs aus Japan. Joe hatte einst ein Schwert aus Japan besessen. Von einer seiner Literaturreisen ins Land des homosexuellen und narzisstischen Sektenführers und Dichters Mishima war er damit aus dem Fernen Osten zurückgekommen. Er war auch im Nahen Osten gewesen. Aus Jerusalem hatte er leider nur eine fehlerhafte Bibelübersetzung mitgebracht. Trotzdem war sie für sein Welt- und Gottesbild entscheidender gewesen als die fetischistische Waffe. Denn diese Bibel hatte er von einem Palästinenser gekauft, der zum Christentum übergetreten war und eine Jüdin liebte. Der Haussegen war schief gehangen, weil Gabrielle keine Waffen unter ihrem Dach haben wollte. Zur eigenen Beruhigung hatte er begierig die Sätze des Matthäus über die Ehe vorgetragen. Was denn Gott zusammengeführt, und so weiter. Es fehlte aber ein Buchstabe. Ein kleines n. Und so hatte Joe gelesen: Was *den* Gott zusammengeführt hat, das soll der Mensch nicht trennen. Gabrielle hatte gestutzt bei der Stelle. Joe hatte oft über diesen wundersamen Satz nachgedacht und das fehlende kleine n nicht bemerkt. Gott war für ihn ein Wesen, das alles geschaffen hatte, doch der Satz besagte im Gegenteil, so Gabrielle, dass Gott geschaffen worden ist. Er sei zusammengedacht worden, ein Ergebnis des Konstruktivismus. Die Frage war die Beschaffenheit der Götter und Gottes und da riss den Menschen der Faden der Geduld mit der Schöpfung und sie glaubten an ihre Geschichte, ohne zuzulassen, dass sie aus ihren eigenen bestand. Die junge Frau aus Tel Aviv hatte mit Religion nichts am Hut. Sie mochte keine weißen Juden, weil sie meinte, dass diese meinten, Israel für sich gepachtet zu haben. Sie stammte aus Marokko und hatte keine Holocaust-Verwandten. Für sie galt der Frieden und sie wollte ihn jetzt. Sie hatte die Hoffnung gegen die Theokratie noch nicht aufgegeben.

Ein Flaschencontainer wurde durch das Gesichtsfeld des Operngucker gehoben. Glas klirrte. Unten sammelten sich die Autos. Weltweit wird die Umwelt verschmutzt, obwohl die Technologien schon so viel weiter sind, dachte Gabrielle. Armer Gott. Ein Nichts, ein Menschheitsrest der Hoffnung, in den leeren Zellen seines Allerheiligsten sitzen die Autofahrer und suchen die Tempel mit ihren Fitnessräumen zum Überwintern auf. Limousinen der Marke Toyota, deutsche Fabrikate rollten auch heran.

Plötzlich fiel ihr auf, dass sie nicht über Selbstmord nachdachte, sondern über das Wort „Augenblick“, obwohl oder weil sie mit Erblindung zu rechnen hatte. Der Fluch der Familie. An sich fand sie es in Ordnung, an sich Hand anzulegen, sie zog es aber für andere vor, das natürliche Ablaufdatum abzuwarten.

Die jungen Männer liefen zwischen den Autokolonnen aufgeregt hin und her. Die Drachen flogen davon. Sie boten den Chauffeuren ihre Dienste mit Scheibenwischern und Schwamm und schwappender Seifenlauge an. Die weißen Gesichter hinter den Scheiben blieben starr, drehten sich weg oder wendeten sich hin und her wie die Blätter des Judasschillings. Was für eine Pflanze! Was für ein Name!

Die Hände wurden von den Lenkrädern gehoben, die dunklen Silhouetten der Autofahrer wischten eine verneinende Geste durch die Luft. Ein Wagen hupte und die jungen Männer liefen hin und überschlugen sich fast, um die Windschutzscheibe zu putzen. Die Ampel sprang auf Grün. Die Wagen setzten sich in Bewegung. Die Männer zogen die Lappen zurück, um nicht mitgerissen zu werden, traten nach der Karosserie, erwischten sie nicht. Der Verkehr floss, die jungen Männer wurden von Gehupe weggespült. Ein Polizeiwagen hielt. Beamte stiegen aus und die illegalen Fensterputzer jagten davon. Hatte sie jemand angezeigt? War die Polizei zufällig gekommen? Gabrielle senkte den Operngucker. Was für Aussichten. Die Türme der Bankhäuser auf der anderen Seite des Flusses. Sie standen nachts näher als tagsüber. Das Licht in den Fenstern veränderte die Dimensionen. Die Immobilien und die Aktien des Konzerns befanden sich auf österreichischem Boden und in österreichischer Hand. Gabrielle taten die jungen Männer leid, deren Kreativität, Eigeninitiative und Einnahmequelle getilgt worden waren, bevor sie ausprobiert werden hatten können. Wohin sollten sie nun flüchten als ins Lungern an den Bahnhöfen.

Vergewaltiger verwies sie ohne Skrupel des Landes. Aber nicht jene, die dazu gedrängt wurden, Vergewaltiger zu werden. Auch dazu hatte sie öffentlich gesprochen. Sie treibe das verheerende Frauenbild in den verdrehten Köpfen einiger Asylbewerber allein durch die Autorität des Amtes aus, das sie als Frau bekleidete: Das dachte sie, aber sie glaubte es nicht. Mit Vergewaltigern und Drogendealern tat sie sich schwer, das war die Wahrheit. Es reichte eine geringe Menge, um nach dem Gesetz der Dealerei bezichtigt zu werden. Beim bloßen Gedanken an die Verheerung der Menschen durch Drogen kippte ihre Stimmung. Sie wurde unruhig und ungeduldig und man konnte es sehen, denn dann fuhr sie sich nervös durchs Haar. Sie hatte null Toleranz für Drogenbesitz. Nur Lust auf eine Stange Zigaretten als Vorrat für die Not. Die Erinnerung an ihr persönliches Kommando, das sie für ihre *Aktion Karl* übernommen hatte, das Ausmisten der Wohnung, lag ihr im Magen. Sie hatte es nur betrieben, weil Joe Konsequenzen sehen wollte. Sie hatte ihren Bruder ausradiert. Joe hatte es erzwungen und damals richtig gehandelt.

Unten auf der Brücke sammelten sich Passanten. Gabrielle hörte ein Knattern und griff zum Operngucker. Das Knattern klang zumindest bedrohlich. Die Möwen und die Sirene kreischten und jaulten zusammen auf. Die Vögel flatterten hysterisch die Flügel schlagend in den Böen. Das knatternde Geräusch dazu kam erschreckend trocken in ihre Ohren. Ein schwarzes Flugobjekt detonierte über dem Wasser des Kanals. Ein kleiner Funkenball zerriss die Drohne und vier kleine Propeller zerstoben in alle Richtungen. Der Rumpf war mit einer Kamera plump bestückt. Das schwarze Ding trieb nicht auf den Wellen, sondern ging sofort unter. In den gegenüberliegenden Stockwerken standen nun einige Fenster offen und die Schaulustigen beugten sich heraus. Die Splitter der Drohne prasselten auf das Wasser, manche hatte es bis zur Brücke geschleudert. Konfetti fiel aus einem der offenen Fenster.

Ob Joe sie vermisste? Habs nicht schön, du sollst mich schließlich vermissen, wie ich dich, hätte er ihr sagen können, schrieb sie. Dann checkte sie die E-Mails. Keine Nachricht aus der Schweiz. Joe fragte an, ob er sie heute noch anrufen und besuchen dürfe.

Die einfachste Art, ins Büro zu kommen, war es, durch das Bermuda-Dreieck zu gehen, dessen Gassen frühmorgens wie ausgestorben waren, vorbei an der jüdischen Buchhandlung, wo die Vitrine mit Kuchen befüllt und die Zeitungen ausgelegt waren, wo sie sommers im Café Platz genommen hatte, weil die Klimaanlage die Lektüre der deutschsprachigen und englischen und hebräischen Neuerscheinungen ermöglichte, um dann in die Rotenturmstraße zu schwenken, wo die Auslagen der noch geschlossenen Geschäfte zu besichtigen waren, mündend in den stets windigen Stephansplatz, an dem die Luft von der Kathedrale und den glatten Fassaden der Neubauten herabfiel, und mit der Rolltreppe zur U3 hinabzufahren. Bis Erdberg war es dann nur noch ein Katzensprung auf der Schiene.

Der erste Blick fiel auf den Arbeitsplatz, den Drehstuhl mit der hohen, gerippten Rückenlehne. Dahinter wartete schon die Kaffeemaschine. Der Papierkorb war nicht entleert worden. Was war mit dem Putztrupp los? Hatten sie das Büro vergessen? Die Tasse mit dem Lippenmund von Mazuma stand auch noch auf dem Tischchen. Das war schon einige Tage her. Was bedeutete es, dass der Putztrupp ihr Büro übersah, sie vielleicht mobbte? Auf dem Kanapee lag der weiße Seidenschal mit Fransen. Darüber an der weißen Wand hing mittig eine Reproduktion in Originalgröße, ihr Lieblingsbild von Edward Hopper, *Automat* aus dem Jahre 1927. Der Amerikaner hatte die Frau in Einsamkeit an einem Tisch sitzend gemalt, eine hellblaue Tasse in der rechten Hand haltend, während die linke im Handschuh steckte. Sie trug einen grünen Mantel mit schwarzem Pelzbesatz und einen ockerfarbenen Hut mit schlapper Krempe, der sie kleidsam in die Stimmung dieser Leere eines öffentlichen Raumes komponierte mit den Spiegellichtern in der Scheibe, die in die Tiefe führten. Der Maler hatte ihr einen kleinen

Radiator zur Seite gestellt, eine Geste solidarischer Wärme mit dem Modell. Aber auch der Radiator war genau genommen kein Automat und Gabrielle liebte dieses Gemälde auch deshalb, weil sie das Rätsel um die Bedeutung des Titels nie zu einer befriedigenden Lösung führte. Heute neigte sie dazu, den Raum um diese Frau als Automaten anzusehen, der durch seine festgelegte Funktion von Selbstbedienung, Bistro, Kaffeeautomat Handlungen vorgab und den Ablauf automatisierte. Die Richterin legte ihre Tasche ab, fuhr den Computer hoch und griff in den Papierkorb. Sie zog die paar Zettel heraus, puzzelte die Fetzen zusammen. Die Skizze eines Mordschauplatzes hatte eine andere Bedeutung angenommen, seit sich in ihrem Kopf verankert hatte, dass Karl und Mazuma in Kabul lebten. Sie tauchte mit beiden Armen in den Müll und wühlte nach den fehlenden Schnitzeln. Dann leerte sie den Korb einfach aus.

Mazuma hatte ihr das Ausländerviertel und die Stelle der Detonation der Anschläge von vorgestern beschrieben. Heute Morgen war den Nachrichten zufolge schon der nächste hinzuzufügen. Gabrielle drehte die Zettelchen um. Auf der Rückseite waren Notizen gemacht. Sicher stimmte es, dass ihre Augen rot waren, aber ihr war nicht zum Weinen. Sie tropfte wieder einmal die Medizin ein. Die Frau auf dem Bild funktionierte vielleicht auch wie ein Automat. Das Modell sah einsam aus und war vielleicht traurig darüber oder dachte nur nach. Sie hätte vielleicht gern einmal die Sau herausgelassen, aber vielleicht steckte keine in ihr. Vielleicht. Vielleicht. Und im öffentlichen Raum weiß man sich zu benehmen und die Wut zu unterdrücken. Das Café auf Edward Hoppers Bild lag irgendwo in einer amerikanischen Stadt, war aber so leer und nichtssagend, dass sie es auch in einem internationalen Hotel in Kabul verorten hätte können. Gabrielle fragte sich, ob sie nun selbst ein

Taschentuch brauchte. Mazuma war ortskundig in Kabul und hatte immer mit einfühlsam sanfter Stimme übersetzt, wenn sie die Sachlichkeit nicht verloren hatte. Die Lage in Kabul hatte sie bedrückt, und sie lachte hämisch, fragte man sie nach verbliebenen Verwandten, und gurgelte dann mit dem Tee, als blubberten Tränen in der Kehle. Gabrielle hatte sie vom persönlichen Schicksal ablenken wollen und gefragt, wie man sich Kabul vorstellen könne, wenn man immer nur Flüchtlinge von dort zu Gesicht bekäme? Damit meinte sie eine objektive Beschreibung der Funktionsweise dieser Stadt.

Man müsste alle Einwohner Wiens auf die Innenbezirke zusammenpferchen, dann wäre die Bevölkerungsdichte spürbar, hatte Mazuma geantwortet.

Gabrielle hatte den Espresso hingestellt und sich zu ihr aufs Kanapee gesetzt. Mazuma hatte stakkatohaft, hämmernd wie eine Maschine ihre Eindrücke wiedergegeben.

Man kann seine Arme nicht ausstrecken, ohne jemanden zu berühren, sagte sie. Dazu stelle man sich den Winter vor und die gedrosselten Gaslieferungen und den Zusammenbruch des Stromnetzes, was alle paar Stunden geschieht. Das knappe Essen, das fehlende Geld, dazu noch die vielen Flüchtlinge vom Land, die in noch dürftigeren Unterkünften, als man sich vorstellen kann, in Zelten leben und nur aufgrund der Spenden der Einheimischen ausharren. Das ist das Kabul der Rückkehrer, sagte sie. Und trotzdem gibt es gute Laune, vor allem unter den Kindern. Und Neugier, wann immer man auftaucht. Die Kinder sind gut erzogen, sogar fröhlich und sie sehen hübsch aus!

Wie schaffen das die Frauen?, fragte Gabrielle.

Eine Frage der Kultur, Gabrielle. Die Afghanen sind so. Ein kultiviertes Volk. Und zwischendurch gibt es Anschläge, Ermordungen, Entführungen, daraus wachsende Verzweiflung und gellende Schreie. Vergewaltigungen, dieses Wort, und ständige Belästigung der Frauen ist genauso gegenwärtig wie die hübschen Mädchen, die Leggins und kniekurze Kleidchen tragen, mit einem sehr schicken Schal um das Haupt. Langsam kannst du dir auch in deiner gehobenen Stellung keine Pläne mehr machen, und die wenigen Parks zu bepflanzen macht auch keinen Sinn. Denn es gibt ihn, den Terror. Haustiere werden ausgesetzt, weil sie auch sinnlos sind, wenn du sie nicht essen kannst, und die Termine verfallen, nicht einmal das Wochenende für die Angestellten der internationalen Organisationen lässt sich planen, weil das Chaos zuschlägt oder die Brutalität der Milizen. Die sanitäre Versorgung mit all den Einrichtungen verfällt, meine Liebe, außer du kennst wen, der Hand anlegt. Krankheiten brechen aus und die medizinische Versorgung ist in einem verheerenden Zustand. Seuchen können die Folge sein und sind es. Kennst du noch die Ruhr? Unter den Brücken finden die Elendsten Trost im Drogenkonsum. Das Gebet bietet eine Tagesstruktur und Pause von der Verzweiflung. Das Verkehrsnetz, ich bitte dich, wovon sprichst du? – Mazuma mit aufgerissenen Augen, zum Himmel schauend mit nach oben gedrehten Handflächen, kurz verharrend, als würde ihr gleich ein Konzept für ein Verkehrsnetz zufallen.

Wer ein Auto hat, steckt im Stau.

Der Verkehr ist längst zusammengebrochen. Sie griff wieder nach der Espressotasse. Es gibt keine funktionierende Ampel, und wenn es eine gäbe, dann wäre sie jedem egal. Bei der ersten Delle, die dir jemand in die Karosserie gerammt hat, steigst du noch aus und regst dich auf, glaub mir, ab der nächsten Minute regst du dich über so eine Kleinigkeit nicht mehr auf.

Wäre das auch ein möglicher Ort in Kabul?, hatte Gabrielle gefragt und auf Edward Hoppers Reproduktion gezeigt.

Wahnsinn, hatte Mazuma gesagt und langsam genickt. Ich liebe diese innere Stille. Ob du in Wien auf Solidarität zählen kannst, weiß ich nicht, setzte sie nach, mit dem Löffel den Zucker aus der Tasse kratzend.

In Kabul herrscht trotzdem Solidarität, jeden Augenblick herrscht ein Augenblick Solidarität, sagte sie. Sie hatte Freunde in Wien. Wahre Freunde. Sie zählte auch, wenn sie dürfe, Gabrielle dazu.

Diese hatte nicht genau gewusst, was damit gemeint war, aber nickte, um die Übersetzerin nicht zu unterbrechen. Dann sagte sie, dass kein Mensch frei sei, der auf Solidarität hoffen müsse, ohne die Selbstverständlichkeit, dass sie jedem zustehe, gerade wenn es die Umstände vereitelten. Zuweilen fühle sie sich unter den Kabulern wie unter den wahren Freunden in Wien, schloss Mazuma.

Der Plan sei alt, fügte sie noch hinzu, als sie den Blick auf die schraffierten Straßenzüge des kopierten Stadtplans warf, die das Botschaftsviertel kennzeichneten. Trotzdem legte sie den Finger auf den Punkt der Detonation und malte ein rotes Kreuz auf die Stelle.

Dann vergessen wir gleich den Plan, hatte Gabrielle gesagt und das Papier zerrissen. Ich lasse einen aktuelleren ausdrucken.

Im Augenblick ersehnte sie sich Mazuma zurück. Sie war besorgt. Der letzte Anschlag hatte vielleicht das Leben der Übersetzerin schon beendet.

Sie nahm eine Rolle des durchsichtigen Klebebandes vom Regal, kletzelte herum, bis sie ein Stückchen Material mit den Nägeln festzwickte, und zog dann einen Streifen ab, den sie auf die Risslinien der Fetzen platzierte und mit der Kuppe glatt strich.

Sie nahm ein anderes Blatt Papier und begann darauf mit Kugelschreiber festzuhalten: Damit nicht ein falscher Eindruck entsteht. Lieber Joe. Seit ich weiß, dass Karl in

Kabul ist, werde ich mir den Kontakt zu ihm nicht mehr verbieten lassen. Ich möchte, dass du das weißt. Was mich traurig macht und letztlich schmerzt, ist das Ungleichgewicht zwischen dir und mir. Dein Verständnis für meine Sehnsucht nach Karl. Du hast nie einen Versuch gezeigt, dich um dieses Verhältnis zu kümmern, immer ging es dir nur um mich. Ich vermisse dein Vermissen, was meinen Bruder betrifft. Ich habe ihm alles verziehen.

Die Notizen wurden durchgestrichen, die Fassungslosigkeit wegen der Lieblosigkeiten, die Joe zum Schlussstrich mit Karl bewogen hatten, wurde jetzt mit entschlossenem Schwung annulliert. Sie wähnte sich nicht von ihrem Bruder, sondern von seinem Drogenkonsum ausgeknipst. Aus den Augen, aus dem Sinn. Das Gefühl einer inneren Verbundenheit war nicht mehr da, aber dass sie ihn dafür hasste, dass er ihr in seiner Krankheit an Leib und Leben gegangen war, stimmte nicht mehr. Gabrielle musste zugeben, dass dies schon seit Jahren so war, doch sie war unsicher und ambivalent der eigenen Einschätzung gegenüber gewesen, bis heute, deshalb hatte sie die wahren Gefühle vor Joe geheim gehalten. Ambivalenz war eine klare Sache.

Während sie auf die neue Übersetzerin wartete, hatte sie Zeit, ihre Notizen langsam zu zerreißen. Und setzte zu neuen Versuchen einer Mitteilung an:

Ich glaube, dass du etwas anderes von mir willst, als ich dir geben kann – also wiederum ein Ungleichgewicht. Bitte verstehe das nicht als Vorwurf! Ich weiß noch nicht, wie ich mit unserer neuen Situation umgehe. Aber etwas ist anders, findest du nicht? Hast nicht auch du dich verändert? Es ist alles so veränderlich, auch die Dinge, selbst die, die wir am Leibe tragen. Oder? Mit dieser Frage beendete sie im Geiste die Klage an Joe. Die Frau auf dem Gemälde war in einen eleganten Mantel mit Hut gekleidet, man konnte nicht wissen, ob sie auf dem Weg zur oder von der Arbeit, ob sie alleinlebend oder in einer Beziehung war. Sie war hübsch und allein, das war klar.

Es regnete immer noch. Die Bäche auf dem Land schwollen an und der Fluss schob seine Massen durch das Bett der Stadt. Das Kabul Star Hotel brannte. Es lag zwischen dem Zoo und dem Nobelviertel Wazir an der Akbar Khan Road, der wunde Punkt einer Sicherheitszone mit roter Einfärbung. Gabrielle hatte den neuen Plan ausgedruckt und den Tatort mit einer Pfeilspitze markiert.

Das Klingelgeräusch des Computers ließ sie zusammenfahren. Es war sehr früh und eine ungewöhnliche Zeit für berufliche E-Mails. Die Frau auf dem Gemälde an der Wand war nicht nur von Edward Hopper gemalt, sondern auch Hoppers Ehefrau. Er hatte sie idealisiert. Schlanker und jünger dargestellt, als sie war, während sie in die Tasse Kaffee stierte, als sinnierte sie über eine Ausnahmezeit von Beziehungen, wie in allen sozialen Belangen. Gabrielle erwartete von Joe weitere Anfragen. E-Mails zu schreiben war nicht seine Art. Er setzte lieber einen Kugelschreiber an. Er würde ihr handschriftlich eine Mitteilung machen. Er beschrieb nicht nur Blätter, er hinterließ eine Gravur mit dem Schriftzug. Auf dem Block konnte man immer die Worte in den nächsten Blättern ertasten.

Gabrielle drückte die Taste und schaltete den Bildschirm ein. Sie seufzte, weil die Datei für ihre Termine abgestürzt war. Das Internationale Rote Kreuz hatte geantwortet und eine Bestätigung geschickt, dass Karl auf der Gehaltsliste geführt sei. Ob er nun in Kabul oder von dort aus in einer der größeren Städte eingesetzt wurde, könne nicht mitgeteilt, aber über die Zentrale in Kabul könne erfahren werden, wohin ihre Anfrage bereits weitergeleitet worden sei. Man würde sich bei ihr melden, wenn Karl damit einverstanden wäre. Es handelte sich um eine Sicherheitsmaßnahme für die Mitarbeiter, die ihre Aufenthaltsorte geheim hielten, um nicht Opfer von Anschlägen zu werden. Karl würde sich direkt bei ihr melden.

Der Anschlag auf das Ausländerhotel war bedeutsam für diese Maßnahme gewesen, um wieder einmal zu widerlegen, dass Kabul eine sichere Hauptstadt sei. Gabrielle suchte Mitarbeiter des Internationalen Roten Kreuzes im Internet und Interviews, die von internationalen Nachrichtensendern gefilmt worden waren. Sie fand einen Filmausschnitt auf Youtube. Alle Berichterstatter waren bestürzt über die Sicherheitslage. Die Zentrale des Internationalen Roten Kreuzes in Genf erwog in diesem Film, demnächst ihr Personal abzuziehen, um die Kräfte von Pakistan aus operieren zu lassen. Zwei Jahre in Krisenherden würden der Psyche der Mitarbeiter genug Widerstandskraft abverlangt haben. Ein Mann mit deutschsprachigem Akzent stellte sich vor, er nannte sich Charles. Sein Gebiss wirkte künstlich, war perfekt. Er gab sich als amerikanischer Staatsbürger aus, San Francisco. Vielleicht war seine Identität aus Sicherheitsgründen gefälscht worden. Er sehnte sich nach Genf, das schiere Gegenteil zu Kabul. Ein flatteriges Gefühl regte sich in Gabrielles Bauch, als er den Kopf zur Seite drehte und sein rechtes Ohr zu sehen war, dessen Läppchen eingerissen war, wie bei Karl, der sich im Kampf mit seiner Schwester verletzt hatte, die ihm den Ohrring herausgefetzt und das Läppchen gespalten hatte. Die Erregung verflog gleich wieder und wich einer Aufregung um den Mann, der ihr Bruder sein könnte.

Das Hotel des Anschlags war über das Internet zu buchen gewesen und von internationalen Geschäftsleuten, Journalisten, NGOs und den staatlichen und supranationalen Hilfsorganisationen aufgesucht worden. Zwölf Personen hatten sich zum Zeitpunkt des Anschlages gerade für das billigste Angebot im Bezirk Schipur interessiert. Der englische *Guardian* wurde zitiert, aber Karl kannte die Straßen aus eigener Anschauung, und sollte sie ihn je wieder sehen, wollte Gabrielle von ihm den persönlichen Bericht erhalten. Er war dort nicht herumspaziert wie ein kruder Geschäftsmann, er hatte die Gegend von gepanzerten Autos aus inspiziert und die Verschlimmerungen der letzten Monate bezeugt, da die Routen zum Einsatzort jeden Tag geändert werden mussten.

Gabrielles Blick schweifte über die grauen Felder der Häuserblocks. Sie tippte auf den Touchscreen, um Markierungen zu setzen. Die Halbmonde glänzten hell im Nagelbett. Die Stützpunkte und Sicherheitsbarrieren der UN blinkten auf. Die Cafés, in denen sich Karl vielleicht herumgetrieben hatte, gab es einfach nicht mehr, sie waren weggesprengt wie die Straßen der Flaneure und die Alleen aus den Sechzigern und frühen Siebzigern. Die Nachrichten blieben erschütternd.

Welchen Eindruck heute die Asylwerber auf die Richterin machen würden?

Sie schloss die Website und widmete sich der aktuellen Causa. Mit Karls Augenzeugenberichten und seiner Legitimation als Dokumentarist hätte sie genügend Argumente, um ihre Erkenntnisse vor Revision zu schützen.

Der minderjährige Sohn eines Schneiders nahm Platz, er war durch die Straßen nahe dem Kabul Star Hotel gegangen, hatte seinen Vater, ihm das Bügelbrett hinterhertragend, zu internationalen Kunden begleitet, als Granaten explodiert waren. Das Bügelbrett war sein Glück gewesen. Die Splitter waren im Brett stecken geblieben. Sein Vater war mit dem Nähkoffer in der Hand auf das Gebäude zugesteuert. Gleich darauf detonierte der Sprengstoff im Gürtel eines Attentäters und die Granaten in der Weste eines anderen

Terroristen, der sich mit Repräsentanten der UNO in der Drehtür befunden und alle in die Luft gejagt hatte, wie es hieß. Ein Schwall von Leuten wartete gerade in der Lobby auf die Sicherheitsbusse, als sich das Blut aller ergoss und sich vermischte, und aus dem Hotel schwoll panisches Geschrei, wie es eben immer geschieht. Erst als sich der Staub verzogen hatte und das Blut aus den Augen gewischt war, gab der nächste Lidschlag das wahre Ausmaß des Unglücks preis. Der Sohn war stumm und starr und Klumpen aus Fleisch und Blut, amorphe Haufen der Menschheit, zerrissene Kleider und Körper lagen um ihn. Wo die Drehtür gewesen war, befand sich nun ein Krater. Das Gebrüll der Verletzten und Unverletzten, die im Schock den Schmerz nicht spürten, die trotz Schock den Verlust erkannten und dass nichts davon zu begreifen war, weil Begreifen Ordnung bedeutete, die hier zu keiner Ordnung führte, außer zu ein paar Worten, die einmal als Hilfe zur Linderung der Wunden von Unmenschlichkeit herangezogen werden konnten.

Der Sohn des Schneiders war gerade elf geworden und seine Sinne spalteten sich, der Ton war da, aber das Bild fiel aus, als hätten sich die Augen geschlossen, wenn er nun die Schreie in den Gesichtern beschrieb, nachahmte. Seine Aussage klang wie eine Übertreibung. Dabei hatten ja Granaten den Thorax seines Vaters geknackt. Das Leid, die Trauer, die Verluste von Angehörigen waren wie überall im Leben auch in Kabul ungleich verteilt. Die einen traf es stärker als andere.

Der Sohn des Schneiders brach nach Europa auf, um sich in Sicherheit zu bringen, obwohl es ihm egal war, weil alles egal war, also konnte er auch fliehen. Seine Mutter lebte noch, ebenso Schwestern. Verwandte auch, aber sie hatten kein Interesse an der Witwe.

Grüne und rote Streiflichter glitzerten über Westkabul und streiften den weiß leuchtenden Fernsehberg, erzählte der Flüchtling. Die Stadt schlafe nie. Banditen hielten Autos an und bedrohten die Fahrer. Dem Anschlag *fast* zum Opfer gefallen zu sein, sei kein Asylgrund, sagte die Richterin.

Kabul sei nachts hell, beschrieb der Bewerber mit leuchtenden Augen im Zeugenstand. Er wollte weiter ausführen und erzählen, denn er habe Gedichte auf Deutsch darüber geschrieben. Er zeigte die ausgedruckten deutschsprachigen Gedichte her. Sie waren ebenfalls kein Grund für Asyl.

Immer werde überall Wache gehalten oder im Konvoi gefahren, um Überfälle zu vermeiden, sagte er. Freilich gebe es eine Stunde der Morgenstille.

Auch diese hatte der afghanische Dichter in Strophen lyrisch besungen. Selbst die Hunde schwiegen, bevor man den einen oder anderen Mullah hörte, die mit ihrem Gebet oft zu früh den Tagesanbruch mit Allah verkündeten. Zumindest folgten sie ihrer eigenen Pünktlichkeit. Das Buchstabenmaterial des Gedichtes formte auf dem Blatt die Gestalt eines Minarettes nach.

In einer normalen Stadt war nur der Reichtum ungleich verteilt, in Kabul wie gesagt das Leid und die Angst, ein Bündel, reich an Plagen, die die Tagelöhner am meisten erwischten. Das Bügelbrett hatte dem Sohn das Leben gerettet. Die abgerissene Hand des Vaters, die ihn auch oft geprügelt hatte, war daran abgeprallt, und wie sehr er sich wünschte, diese Hand zu spüren und nicht ihren letzten Aufschlag auf dem Bügelbrett zu hören, und zu sehen, wie sie auf den Boden fiel und weich im Sand, wie in Zeitlupe federnd aufkam und liegenblieb.

War diese Schilderung plausibel oder entsprach sie eher einer angereicherten Wiedergabe der Geschehnisse? Handelte es sich schon um ästhetisierende Dichtung? Die Splitter steckten im Stoff des bezogenen Bügelbretts und die spitzen Steine und die Mauerteile, losgeschleudert durch das Dynamit, hatten das Schutzschild ramponiert. Ein Bügelbrett war nicht nichts in Kabul. In der Stadtwohnung hatte Gabrielle auch eines stehen, aber sie brauchte einen neuen Bezug mit Hitzebestand ohne Asbest. Datum und Zeit und eine genaue Beschreibung des Vorfalles konnte der Asylwerber nicht angeben. Der Anschlag war gut dokumentiert. Sie würde seine Geschichte glaubhaft nachstellen können, durch die aufzufindenden Daten und Fakten legitimiert. Worin bestand die Glaubhaftigkeit anderer Geschichten, die jemand über sich zu berichten hatte, ohne diese wertvollen Referenzen auf wahre Katastrophen zu bemühen? In der Ersteinvernahme hatte der Jüngling die Morgenstunden als Zeitpunkt des Ereignisses angegeben. Das wäre also ein Punkt für die Hinterfragung, denn erfolgt war der Anschlag gegen Mittag.

Gabrielle überlegte einfache Worte für eine einfache Frage, die durch Mark und Bein gehen sollte, um Erfahrung und Hergänge zu erforschen, ohne färbende Gefühle zu wecken. Asylwerber nahmen gerne eine tonlose Stimme an, obwohl es sich um erregende Zeiten handelte, die sie überlebt hatten. Sie berichteten wie abgestumpfte Juristen von einem sie durchdringenden Lebensereignis der Irreversibilität, als würde Gabrielles Stimme auf ihre Stimmung abfärben. Schon über den gewählten Sprechton konnte man streiten unter den Richtern, denn in ihm lag ein Umstand der Unglaubwürdigkeit der Person. Farb- und ausdruckslos war der Kriegsalltag in ihren Vorstellungen nicht, aber sie taten so, als ob. Fakt für Fakt aneinandergereiht zu bekommen, konnte zwar im Protokoll überzeugend wirken, aber nicht in der Einvernahme im Verhandlungssaal. Das Gesicht manchen Asylwerbers war leer im Gegensatz zu den bunten Horrorgeschichten in den Biographien. Als stimmten sie nicht zueinander, die Erzähler und ihre Inhalte. Die Erzähler wirkten distanziert und unkonzentriert, nicht nur Gabrielle gegenüber, sondern als wären sie beim Erleben ihrer Geschichte gar nicht dabei gewesen.

Die Erzählung des Sohnes wurde hinuntergekühlt auf Ortsbeschreibung und Verwandtschaftsverhältnis und Detailaufnahmen von einem Vorher und Nachher, dazwischen das Bügelbrett, die Schlachtplatte. Vielleicht könnte er sich an das Wetter zu jener Stunde erinnern. Ein Desiderat aus Anwesenheit von unvorstellbaren Geschehnissen war vor Gericht abzugeben. Wetter, Düfte und Geschmäcker. Die Diskrepanz zwischen Entsetzen und Unglück in den trockenen Worten dieser emotionslosen Beschwerdeführer schuf eine Atmosphäre der Unglaubwürdigkeit aller. Ein Zuviel an Emotion war im Vergleich ebenso verdächtig, weil sich die Flüchtlinge immer distanziert verhielten und nie hineinsteigerten in ihre Berichte. Was man sich nicht vorstellen konnte, war ihnen passiert. Was teilte ihr die Information mit? Dieser Sachverhalt wäre festzustellen. Vorstellung und Glaubwürdigkeit wären also gar nicht zur Deckung zu bringen, da die Fakten nur auf den Richter einwirkten und seine Fähigkeit, die Wirklichkeit anderer Personen für sich glaubhaft vorstellen zu können. Die Glaubhaftigkeit lag also in der Glaubwürdigkeit des Richters, der sich alles erst einmal glaubhaft vorstellen können musste. Gabrielle näherte sich über diese Selbstbefragung dem Gefühl für Wahrhaftigkeit an, um sich eine eigene Meinung darüber, wer nun glaubwürdig erscheine, zu bilden. Dies war noch immer nicht die Wahrheit, aber die Basis, die zur Bildung einer Erkenntnis diente. Die Aussagen des Asylwerbers und die Fähigkeit der Vorstellungskraft des Richters, zu entscheiden, ob das Unsagbare geschehen war, vor dem der Mensch zu schützen war, überforderten jeden Computer.

Gabrielle hielt sich für einfühlsam genug, die Flüchtlinge mit ihren Traumata sanft zu behandeln und ihre Dissoziation nicht als Verlogenheit abzutun. Wie falsch es war anzunehmen, Juristen wären leidenschaftslose Menschen, bar jeden Gefühls. Das Gegenteil bewies Gabrielle in Amt und Würden. Es gab natürlich diejenigen unter ihrer Kollegenschaft, die sich für unfehlbar hielten. Narzisstische Persönlichkeiten in mehr oder weniger intensiver Ausprägung. Die Eignung zur empathischen Abstraktion mussten die Richter seit Jahren nicht mehr als grundlegenden Eignungstest für ihre Berufszulassung unter Beweis stellen. Wie genau wären die Kriterien?

Gabrielle rügte sich zwar für ihre Abschweifungen, schaute aber gern im Internet nach, ob die Statistik mehr Frauen denn Männer als Opfer der Anschläge in Kabul aufzählte. Mit Joe würde sie über die Sicherheitslage streiten, die den freiwilligen Rückkehrern zugemutet wurde. Zu diesem Zeitpunkt war ihr noch unbekannt, dass sie am Verlust ihrer eigenen Glaubwürdigkeit litt und Karl die Treue hielt, weil sie gar nicht anders konnte. Stattdessen wusste sie, dass sie wegen des ererbten genetischen Defekts erblinden würde, freilich vorausgesetzt, dass sie so lange lebte, um mitzubekommen, wie sich die Netzhaut ablöste und der Sehnerv verknöcherte, als erkrankten die Augen an der Gicht. Joe hatte seiner Frau geschworen, sie zu behüten und durch die Blindheit zu geleiten, falls es je so weit kommen würde. Jetzt weidete er sich an ihren Hüllen, steckte in ihrer Schmutzwäsche, anstatt sie zu waschen, und missbrauchte die teuren Kleider. Er war durch nichts je zu Schaden gekommen und würde nicht zu Schaden kommen, etwa in Uniform durch einen Krieg. Er war nur der Lächerlichkeit ausgesetzt und auch diese würde ihn nicht ereilen, weil sich Gabrielle gar nicht sicher war, ihren Augen trauen zu dürfen.

Gabrielles Blick fiel auf das Wort Zoo, das unter den farsischen Schriftzeichen wie das Stickmuster einer zierlichen Schmuckleiste aufleuchtete. Sie klickte auf den Link und die Website öffnete das Gate zu einem Löwen, den die Kabuler angeblich innig liebten. Das Raubtier sah erschöpft und ungefährlich aus, lag mit verlauster Mähne auf dem Beton hinter Gittern und war so müde, dass es das Kratzen gegen den Juckreiz aufgegeben hatte. Die Spatzen tanzten ihm um den Kopf und pickten die Insekten aus dem Fell. Seine Augen waren leer. Es trollte sich in den hintersten Winkel mit dem zusammengeschobenen Stroh. Die Gefangenschaft hatte das Licht in seinen Augen getötet. Wer für die Kosten seiner Ernährung aufkam, war nicht herauszufinden. Konnte das Leben in Kabul unzumutbar sein, wenn es zumindest den Zoo gab und einen Löwen, der offenbar gefüttert wurde? Mit welcher Art Fleisch?, fragte sich Gabrielle plötzlich. Die Grausbirnen stiegen ihr auf, es lief ihr kalt über den Rücken. Sie drückte auf die Maustaste. Booking.com, Kabul.

Die zehn besten Hotels der Stadt boten Buchungsmöglichkeiten ohne Vorauszahlung oder zusätzliche Kosten bei einer Stornierung an. Die Sicherheit wurde durch die Nähe zu den ausländischen Hoheitsgebieten und dem Gebäude des afghanischen Geheimdienstes garantiert. W-Lan, Außenpool, reichhaltige Buffets. Fotos dokumentierten einen üppig gedeckten Frühstückstisch.

Die aktualisierte Länderinformation der Staatendokumentation umfasste 200 Seiten. Gabrielle las den Index durch und schob die Daumenkuppe unter die Seiten, hob den Stapel an und ließ ihn wie bei einem Daumenkino über die Kuppe rattern. Sie stoppte den Fluss, schlug das Kapitel *Frauen und ihre Rechte in Afghanistan* auf. Jeder Absatz beschrieb das Versagen bei der umfänglichen Verwirklichung der Frauenrechte als Gleichstellung der Bürgerinnen. Auf die großen Unterschiede in der Behandlung von Frauen wurde hingewiesen, eine gründliche Prüfung der konkreten Situation jedem Richter angeraten. Die Klage über sexuelle Belästigung zog sich durch alle Lebensbereiche von Frauen. Polizistinnen verließen deshalb ihre Dienststellen. Vergewaltigung in der Ehe war zwar verboten, wurde strafrechtlich aber nicht verfolgt. Berufswillige Frauen hätten sogar Anzeige wegen Freiheitsentzuges gegen ihre Gatten eingebracht, doch die örtliche Tradition schwor auf die Praxis der Mediation. Um den Ehefrieden wiederherzustellen, wurde das Recht unter den Teppich gekehrt. Die Mediation war ein Werkzeug der Manipulation und trug zur Konfliktlösung nur insofern bei, als dass die Klagen gar nicht mehr eingereicht wurden, um sich als Klägerin nicht dem Stigma der Abtrünnigen und damit dem Spott der ächtenden Sozietät auszusetzen. Traditionen misogyner Gewalt wurden durch die Schlichtungsverfahren weiter manifestiert.

Gabrielles Vater war gegen die heimischen Traditionen ein Aufklärer und Held gewesen. Er hatte mit der Gepflogenheit, männliche Nachkommen zu bevorzugen, gebrochen und die Tochter ans Gymnasium geschickt. Karl war letztlich zu blöd für einen Schulabschluss gewesen. Vater hatte selbst den Weg der sozial Benachteiligten aus der Gosse geschafft und den Aufstieg errungen, dafür mit dem Leben bezahlt, weil er im Laufe seiner beruflichen Karriere nach Ansicht irgendwelcher Hintermänner zu viel wusste und für Waffengeschäfte zu wichtig war, als dass man davon absehen hätte können ihn zu ermorden. Diese Trauer über Schick- und Irrsal eines Vaters und die Fassungslosigkeit über die Ermordung und die Fassungslosigkeit über den Holocaust, den die Elterngeneration zu verantworten hatte, vermischten sich in der Phase ihrer Politisierung, als sie gegen Atomkraft agitierte. Sippenhaftung war der Name eines giftigen Gedankens, der sich zum Lebensgefühl ausbreitete und den sie in Therapie neutralisierte.

Die Richterin hatte sich engagiert als Aktivistin und Unterzeichnerin im Kampf gegen die erstarkende rechtsextreme Bewegung, und trotzdem hatte sie das Gefühl, eine Schwindlerin zu sein, weil sie nicht wusste, wie tief der Vater in der Scheiße gesteckt war. Die Rolle der Diskussionsleiterin schützte sie vor weiterer Indifferenz und gab ihr moralische Integrität, wenn es um die Waffenskandale der Republik ging oder um das Ringen gegen die kriminelle Energie, die Gier, die dem Faschismus innewohnt. Joe litt wohl auch unter dem Gefühl, ein Schwindler zu sein, hätte er sonst seinen Putzfimmel? Aber wenn sie ehrlich war, hatte sie wenig Interesse für die braunschwarzen Flecken seiner Identität.

Die Nachrichten poppten auf und unterbrachen ihre Bitterkeit. China baute 120 Atomkraftwerke, um nicht am Braunkohle-Dreck zu ersticken, hieß es. Karl hatte damals behauptet, der Vater wäre ein Nazi gewesen, weil er sich für die Atomkraft eingesetzt hatte. Gabrielle hatte ihm die Verwechslung erklärt. Karl war zu blöd zu begreifen, dass auch Sozis einmal einen Fehler begehen durften. Gabrielle war in Wut geraten, so dass sie ihm wortlos eine Ohrfeige gegeben hatte. Das Schlimme daran war gewesen, dass er ziemlich heftig zurückgeschlagen hatte.

Das Päckchen knisterte. Sie klaubte eine Zigarette heraus. Die Zeit für die ganze Länge war zu knapp. Sie zündete die Zigarette dennoch an und nahm den Mund voll mit Rauch.

Das vollständige Manuskript der Länderdokumentation zur Lage der Frau war noch warm vom Druck. Sie platzierte es auf dem Kodex Asyl- und Fremdenrecht. Gabrielle stand auf, zog den Bauch ein, und wie den Bau bei den Fundamenten beginnend streckte sie sich von den Füßen aufwärts mit den Fingerspitzen nach der Decke strebend durch. Sie wechselte die Schuhe, von den Sneakers zu den Pumps.

Das Handy schob sie in die Gesäßtasche ihrer Jeans. Kurz überlegte sie, ob sie sich ganz umziehen sollte. Um immer frisch zu erscheinen, hatte sie im Spind im Büro eine kleine Garderobe angelegt. Das Kostüm und ein dunkles Halstuch wären passend zum Ernst der Verhandlung. Der Talar allerdings würde ohnehin wie ein Schleier alles verhüllen und so entschied sie sich, T-Shirt und Jeans anzubehalten. Der Talar war wie ein wasserdichtes Zelt aus hundert Prozent Plastik. Die Eigenhitze würde sie zum Schwitzen bringen, egal welches Gewebe sie darunter auf dem Leibe trüge. Ohne Sakko sähe ein schwarzer Rock mit weißer Bluse zwar informell, aber doch wie die Gewandung einer Musterschülerin aus. Sie erwischte sich dabei, beim Gedanken an die Sekretärin einen bitteren Beigeschmack des Sozialdünkels zu schlucken. Es war sexistisch, bei Rock und Bluse an Sekretärinnen zu denken und eine von ihnen sein oder nicht sein zu wollen. Sie könnte sich jedoch für den Sommer einen dünneren und leichteren Talar bestellen. Verfassungsrichter trugen Talare, die mit echtem Hermelin besetzt waren. Sie frisierte dafür das eigene Haar und drückte ein formendes Gel in die Locken. Der Friseur hatte seit Wochen geschlossen. Wenn sie heute nach der Verhandlung das Urteil verkünden würde, würde sie im Gerichtssaal das am Haken hängende Barett tragen. Perücken für Richter waren seit hunderten Jahren abgeschafft.

Sie band sich die Haare zusammen und zog den Gürtel enger, der aus dem gleichen Leder war wie die schwarzen Schuhe, die geputzt unter dem Saum des Amtskleides hervorstanden. Ein bisschen zu leger sahen die Jeans vielleicht aus, aber ein bisschen Lässigkeit gefiel ihr manchmal. Sie kam sich selbst gleich umgänglicher und damit sympathischer vor. Unkonventionell, eine Frau, die den guten Geschmack nie verlor. Sie steckte das Protokoll der

Ersteinvernahme ein. Bislang bestand kein nennenswerter Asylgrund. Das Ergebnis, eine Ablehnung, würde die Verhandlung nicht stark beeinflussen. Sie räusperte sich, ihr Kehlkopf putzte die Stimmlippen. Und Gabrielle revidierte, wie um sich am Riemen zu reißen, den Fall auf humanitäres Bleiberecht anzugehen.

Recht zu judizieren hieß, es zum Leben zu erwecken. Asylrecht zu judizieren hieß, den Rechtsstaat an seine Grenze zu bringen und für sich persönlich eine zu ziehen, wo Glaubwürdigkeit begann und wo Glaubhaftigkeit endete. Das war die wahrhaftige Einsicht Gabrielles. Sie stand mit Fleisch und Blut für ihre Erkenntnisse ein. Sie war Österreicherin und damit eine Bürgerin, Subjekt der österreichischen Verfassung und dessen handelndes Organ. Sie ließ das Gesetz sprechen, lernte Parolen, um es zu verkünden, sie war sein Sprachrohr und seine Interpretin, deren Physis ihm die Stimme verlieh. Sie verschmolz für die Zeit des Dienstes mit ihrer Schlüsselstellung in der Gerichtsbarkeit der demokratischen Republik Österreich. Sie musste an ihre Urteile glauben wie Schauspieler an ihre Rollen, die auch die persönliche Abneigung gegen die darzustellenden Charaktere aushielten. Alle Menschen waren gleich vor dem Gesetzestext. Gabrielles politische Haltung grundierte ihr Amtsverständnis. Sie zollte dem erkennenden Gericht Respekt und Würde, trug daher immer dann den Talar und das Barett, wenn sie Eidesabnahmen und Urteilsverkündigungen vorzunehmen hatte. Sie gab diesen Sprechakten ihre persönliche Note, indem sie ihre Gewohnheiten als gesetzmäßig betrachtete. Zum Beispiel, dass sie vorher eine Zigarette rauchte. So zögerte sie den schöpferischen Aspekt ihrer Sprechhandlungen hinaus.

Eine Gruppe Anwälte kam über den Hof. Sie grüßten die Richterin und drückten die juristische Augenhöhe schon in den klassischen Anzügen und Krawatten als Code aus. Es handelte sich bei ihnen meist um Vertreter juristischer Personen, also Firmen und Konstellationen, die nicht unmittelbar das Einzelschicksal einer natürlichen Person betrafen. Asylbewerber waren keine juristischen Personen, sondern in Fleisch und Blut mit dem echten Leben verbandelt. Als Ehrerbietung vor dem Gegenüber, den um ihr Recht kämpfenden Parteien, unterschied Gabrielle zwischen Firmen und Menschen im Herzen.

Die Fälle der juristischen Personen waren vom juristischen Standpunkt aus betrachtet die interessanteren. Bei den natürlichen Personen ging es immer nur um Leben und Tod. Das mochte zynisch klingen, es war aber so. Bei Wirtschaftsangelegenheiten war das Business-Kostüm eine weniger autoritäre Kleidung und zeigte schon den Facettenreichtum juristischer Möglichkeiten an, da es nicht um Bleiben oder Nicht-Bleiben einer natürlichen Person ging, die um die Sicherheit ihrer fleischlichen Existenz in einem menschlichen Ambiente kämpfte. Juristische Personen waren nicht unnatürlich, aber praktisch unsterblich, außer es handelte sich um einen Konkurs. Vereine und NGOs, Gesellschaften mit beschränkter Haftung und Konzerne belasteten die Richterin nicht mit ihrer persönlichen Schwere.

Sie verzichtete in keinem Fall auf den Talar, wenn das Schicksal einer natürlichen Person zu verhandeln war. Das hatte nichts Theatralisches an sich. Mit einem Zauberspruch verwandelte sie die Wirklichkeit in eine andere, rechtskräftige Wirklichkeit. Beschlüsse, für die sie Argumente brauchte, fasste sie schriftlich in der Stille ihres Büros ab. Eine zweite Stimme holte sie sich durch Laienrichter oder Kollegen. Das Mitleid für natürliche Personen bändigten die Grenzen des Gesetzes. Sie distanzierte sich von der Betroffenheit und gleichzeitig fädelte sie sie ein, wenn sie punktgenau zustach, auf der Spur von Antworten war. Richtig war, was brauchbar war für ein Wort ihrer

Entscheidung. Sie war nicht in Not, über fremdes Leben zu urteilen, sondern zu entscheiden, ob das fremde Leben auch Schutz böte, indem es Schutz suchte. Wovor wollen Sie die Gesellschaft schützen, in die Sie eintreten möchten? Diese Frage stellte Gabrielle gern, um die Bewerber aus ihrer Opferrolle zu stoßen und sie auf Augenhöhe als mögliches gleichberechtigtes Mitglied der Gesellschaft anzusprechen. Die Frage verblüffte Asylwerber und deren Rechtshelfer meist. Asyl verlangte doch keine Gegenleistung? Gabrielle erlaubte sich trotzdem die Frage, um Joe dann daheim Paroli bieten zu können. Sie ließ keine Terroristen herein, sie sicherte sich ab.

Die Rolle der Verfassungsschützerin, die Gabrielle als Richterin innehatte, hätte sie veranlassen können anzuregen, Österreichern ein Attest über den Rechtsstaat aufzuerlegen, um ihre Tauglichkeit als Staatsbürger zu prüfen und sie weiterhin als solche anzuerkennen. Nachhilfe in Staatskunde könnte einen Sekundärmarkt für neue Arbeitsplätze eröffnen. Sie hatte Schutz durch den Talar, weshalb ihr niemand ihre eigenen Zweifel, die aus Faulheit und Müßiggang gefährdete Demokratie zu schützen, ansah. Österreich war ein gutes Land, ihrer Meinung nach, und Devianzen ließen sich weitestgehend korrigieren, indem man zum Beispiel ewiggestriges Gedankengut schlichtweg zu praktizieren verbot. Die Trägheit der Masse war noch nicht zum Stillstand gekommen, wie sie es in ihrer Jugend erlebt hatte. Manchmal half nur das Verbot. Der längst vergessene Dreck der Gesellschaft kam immer noch hoch und zog neues Übel an. Als Richterin aller Welten, die bei ihr landeten, sah sie den Menschen allumfassend und waltete verfassungsgerecht.

Na, und wenn schon, dachte sie jetzt. Sie machte sowieso alles richtig, weil sie sich bemühte, den Zigarettenstummel zu entsorgen. Sie stieß den Rauch aus. Die Zigarette glomm noch einmal, als der Luftzug der zuschlagenden Tür die Glut beatmete.

Der Fall des Schneidersohnes spitzte sich auf die Frage zu, ob es wirklich möglich war, von Kabul zu Fuß in die Provinz zu gehen. Gabrielle hatte eine Pause anberaumt. Im Büro prüfte sie mit Google Maps die Entfernung zwischen Kabul und Qargha nach. Der Ort lag recht nah, nur einen Vier-Stunden-und-31-Minuten-Fußmarsch von der Universität entfernt. Google Maps stellte die Welt mit statischen und dynamischen Karten dar. Die Wanderung von Kabul nach Wien beanspruchte 1130 Stunden zu Fuß, während mit einem Auto 71 Stunden berechnet wurden. Sie ging die E-Mails durch, fand die Nachricht aus Kabul. Mazuma schickte ihre Adresse und Telefonnummer. Die Richterin gab auf ihrem Handy die Nummer ein, und weil der Telefongott der Kommunikation die babylonische Sprachverwirrung längst wiedergutgemacht hatte, stellte er die Verbindung sofort auf Englisch her.

Gabrielle erwischte Mazuma beim Verzehr eines Eisbechers in der Cafeteria einer Hochzeitskapelle. Sie befand sich etwa fünf Kilometer vom Flughafen entfernt. Das Ortungssystem funktionierte tadellos. Sie bestätigte die Gefahr, die dem Asylbewerber auf der genannten Strecke gedroht hatte. Kein vernünftiger Mensch ging zu Fuß oder fuhr auf eigene Faust nach Qargha. Untertags und im Konvoi wäre man vor den Wegelagerern vielleicht geschützt, nachts gelte dies sicher nicht. Gabrielle bewegte die Maus und das Programm blendete bei geografischen Knotenpunkten Fotos und Panoramen der See-Landschaft auf. Bunte Elektroboote mit Galionsfiguren eines Schwanenhalses und Entenkopfes zierten den Bug. Die Vehikel hatten am Ufer angelegt. Die Promenade wirkte friedlich, wie das Naherholungsgebiet der Alten Donau in Wien.

Leider brach die Verbindung ab, als das E-Mail-Programm den Eingang elektronischer Post verkündete. Überrumpelt, aber mit zitternden Fingern öffnete sie die Datei. Das Internationale Rote Kreuz gab die Skype-Adresse Karls mit der Telefonnummer bekannt. Eine Grußzeile war angefügt, vom Bruderherz aus Kabul. Keine weitere Zeile folgte. Karl war vorerst einverstanden, dass nur seine Daten an sie weitergegeben wurden.

Gabrielle schlug die Schöße des Talars zusammen. Sie fror. Sie suchte den Account ihres Bruders auf, und als sie sein Foto entdeckte, vergrößerte sie mit der Zoomfunktion sein Portrait. Gleichzeitig wuchs die Empörung gegen Joes Versuch, ihr die Kontaktaufnahme zum Bruder zu verbieten. Sein Gesicht war zart und schön wie immer, wenn man ihn in Ruhe gelassen hatte. Joe hatte dieses Leben entsorgen wollen. Jede Erinnerung an ihn, selbst die zur Hochzeit geschenkten Möbel, die Karl mit dem Bus aus Nordafrika angeschleppt hatte, waren auf dem Sperrmüll gelandet. Alle Autorität ihres Amtes, das Hab und Gut des verlorenen Bruders zu schützen, hatte im Privatleben nichts genützt. Joe hatte sich gegen Gabrielles Geschwisterlichkeit und gegen ihr Gerechtigkeitsgefühl durchgesetzt. Er hatte zwar damals nichts dagegen gehabt, illegal Putzpersonal zu beschäftigen, ereiferte sich aber bis heute gegen den kriminellen Karl, der den eigenen Mist stets selbst getrennt und entsorgt hatte, bevor Joe ihn aus lächerlichen Gründen hinauswarf. Wegen ein paar Gramm Shit. Joe hatte Karls Menschenrecht auf Fürsorge mit Füßen getreten.

Gabrielle war durch das Amt persönlicher Ausdruck staatlicher Gewalt, aber privat durfte sie jede Entscheidung ungeprüft treffen. Freilich, Joe war ihr Korrektiv, aber sollte sie ihn jetzt anrufen, um sein Placet einzuholen? Sie loggte sich auf Skype ein. Im Job war ihr Gewissen durch die Vernunft regiert, aber privat war es auf Konflikt mit der

Lust ausgerichtet. Sie nahm bereits mit Kribbeln die Konsequenzen ihrer Handlungen wahr. Nichts konnte sie halten. Sie setzte die hart erarbeitete Stabilität aufs Spiel, drückte die Enter-Taste, wartete mit klopfendem Herzen. Was sollte sie Karl sagen, höbe er ab? Würde er mit ihrer Unbeholfenheit spielen? Sie unterzog die Impulse einer Prüfung ihrer Vorstellung von Gut und Böse und verstaute die aufgewühlte Stimmung unter dem Teppich der Gleichgültigkeit. Manchmal dachte sie in so gestelzt daherkommenden Worten, als würde sie wie eine Marionette sprechen. Sie ließ es minutenlang läuten. Der Anruf blieb unerwidert.

Sie schaute auf, draußen in der Ferne sah sie die Windräder, dachte, die Hausverwaltung müsste das Fensterglas wieder einmal putzen lassen, und dann ging sie in den Saal und wieder war eine Woche dahin.

Der Knochen lag auf dem Boden neben den Containern. Gabrielle hob ihn auf und steckte ihn zum Kompost. Sie wischte über die Küchenfliesen, um dann die Spuren des letzten Abends noch einmal zu überblicken. Zwei Gläser für Champagner und zwei Gläser für Wein standen mit ihren Öffnungen nach unten in der Abtropftasse. Sie leerte den Aschenbecher aus. Die Augenärztin erwartete nach den Feiertagen den Befund, ein Urteil, das noch nichts Definitives aussagen würde, wäre das Ergebnis positiv. Wäre es negativ, würden alle weiteren Untersuchungen für unnötig erklärt. Logisch war die Unbesorgtheit im ersten Fall also nicht. Sie öffnete den Schrank und fischte ein Aspirin aus dem Päckchen zwischen den sauber blitzenden Gläsern hervor. Ein blutverdünnendes Mittel konnte ja nicht schaden.

Sie legte die Füllfeder bereit, um den Protest zu unterzeichnen. Die Regierung sparte den Rechtsstaat tot und Aktivisten im Hause leisteten ersten Widerstand. Die Forderungen der Berufsvertretung, mehr Richter anzustellen, durften nicht nachlassen, um die Justiz nicht zu lähmen. Seit der letzten Krise war klar, dass sich die Justiz gegen die Angriffe auf ihre Unabhängigkeit wappnen musste.

Als Richterin bekam sie nicht einmal ein Taxi bezahlt, war auf die öffentlichen Verkehrsmittel angewiesen. Dabei hätte Gabrielle ein Pferd beherrscht. Sie hielt sich nicht an Dienstzeiten, konnte die Verhandlungen ansetzen, wann sie wollte, doch ihr Pflichtbewusstsein trieb sie an, früh ins Büro zu gehen. Hätte sie ein Pferd gehabt, wäre sie im Galopp am Flussufer entlang durch den Stadtverkehr und auch den Radfahrern voraus in den Morgen geritten. Egal. Sie hatte für heute Verhandlungen angesetzt, war noch am mittleren Vormittag zu Hause und würde die U-Bahn nehmen. Sie war auf die Fluchtgründe bereits eingestimmt, den Mord an Vätern, Onkels und anderen Verwandten. Die Knaben wurden verfolgt und dabei bedurften die Mädchen und Mütter ihres Schutzes, entwickelten sich von der Bedeutungslosigkeit zu Anstifterinnen und Sinngeberinnen der Flucht. Die Taliban rekrutierten und bedienten sich der Söhne. Frauen waren Gebärmaschinen. Die Aussichtslosigkeit war vergleichbar mit der europäischen Situation des Dreißigjährigen Krieges, hieß es, wo Schutzgeld gezahlt oder ein Sohn für die Kriegshorden beigesteuert werden musste, um für die restliche Familie Unversehrtheit zu erkaufen. Die afghanischen Söhne liebten ihre Mütter, was Gabrielle mit Neid auf die familiäre Verbundenheit zur Kenntnis nahm. Die Söhne bekamen eine teure Flucht in den Iran und von dort durch die Türkei und dann über das Meer oder über den Evros River bezahlt, um Drangsalierungen zu entkommen und nach Europa zu fliehen, wo niemand auf sie wartete, geschweige denn sie zu empfangen wünschte. Afghanistan hatte in den letzten Dezennien mehr Flüchtlinge produziert als jedes andere Land der

Welt. Diese Formulierung war eine Frechheit, denn man nahm Usurpatoren des Krieges wie Russland, die Vereinigten Staaten und China aus.

Mittlerweile wusste man in Europa, dass man Flüchtlinge nicht integrierte, sondern ihnen Raum, Zeit und damit Gelegenheit geben musste, sich einzuleben in der neuen Welt. Die freiwilligen Rückkehrer wurden in Sammelflügen von Wien nach Kabul gebracht. Sie konnten bei klarem Wetter die Strecke, für die sie auf dem Boden Monate und Jahre gebraucht hatten, in zwei Stunden überfliegen. Der Flug über die Schauplätze der Untergänge, wo sie als Fischfutter, Wirtstiere oder Beute Krimineller, eines Grenzschutzbeamten oder Polizisten gelandet waren. Das Paradies der Obstpflücker war das Burgenland, bis die bittere Wahrheit, dass mit dem Verdienst als Obstpflücker kein Leben aufgebaut werden konnte, durchsickerte. Gabrielle konnte sich in die verzweifelte Lage der Lehrlinge einfühlen. Sie würde auch nicht gehorsam darauf warten, abgeholt und abgeschoben zu werden, noch dazu wenn sie in der Zwischenzeit Fuß gefasst hatte.

In Wahrheit war sie überzeugt, dass dem Elend nur entkam, wer als Asylwerber auf der Flucht blieb. Die Lebensräume würden durch den demografischen Wandel und die überschüssige Menschenproduktion zerstört werden. Eine schnelle Maßnahme, etwa CO_2-Emissionen zu reduzieren, wäre schwieriger, als die Konsumenten zu dezimieren. Aber die richtigen Konsumenten, also die schlechten, die nicht konsumierten. Eine neue Welle des Femizids könnte beispielsweise Afrikas Probleme der Überbevölkerung lösen, bevor in fruchtlose Aufklärung und Verhütungsprogramme des UNHCR investiert würde. Gabrielle ratterte nüchtern Phrasen nach. Fluchtrouten waren die Seidenstraßen der Armen, die Märkte schufen, die den Gesetzen des Angebots und der Nachfrage gehorchten, das Geld aus der Not erpressten, die durch den Kapitalismus erzeugt worden war. Ein geschlossenes System für Übersetzer und Gerichte und Verbrecher. Investitionen in stabilisierende Maßnahmen des afghanischen Friedens waren bislang gescheitert.

Gabrielle war Spezialistin für die Probleme im Mittleren Osten und legte ihre Empfehlungen offen, alle Afghanen aufzunehmen und auszubilden, mit dem Ziel, aus Afghanistan eine Schweiz zu machen. Die Afghanen waren zu zerstritten, die Großmächte zu gierig, hieß es, als dass sie die Machthaber vertrieben hätten, hieß es. Die Phantasie ging mit ihr durch, denn die Investitionen aller Flüchtlingswerke waren ebenso gescheitert wie der Plan, als Weltenretter hervorzutreten. Aber, so sagte sie sich, jedes gerettete Leben, finanziert aus den Geldern der Erstländer, schraubte die Spirale der Humanität nach oben. Jede Seele war ein Paralleluniversum und im Bündel ergaben sie eine kleine Welt für ach so viele Menschen. Der Zufall einer Decke, einer warmen Suppe oder der Versorgung einer Wunde konnte eine Lebenswende für einzelne Betroffene bedeuten.

Der hässlichste Vorwurf gegen Großorganisationen wie das Internationale Rote Kreuz, die UNO und das UNHCR war deren Korrumpierung durch Investoren. Was hatte Karl dazu gebracht, einen sozialen Beruf auszuüben und sich dadurch zu nobilitieren? Flüchtlinge tänzelten am Abgrund und die ganze Zivilisation balancierte auf ihrem Begriff von Hilfe herum, während Karl immer am falschen Ort zur falschen Zeit gestrandet war und nun in ihr Netzwerk eingegangen war. Die Sprache bestand aus Akronymen, die die Ohnmacht von IKRK oder UNHCR versteckten, gegen das Mahlwerk des Kapitalismus Leben zu retten, wie es hieß. Die Weltverbesserung wollte sie als Maschine betrachten, die zu ihrer Vollendung umgebaut werden musste. Die Akronyme hörten sich wie Zungenbrecher an.

Das Wort Fluchtroute lenkte sie ab, erinnerte sie an Rute. Vater hatte immer Ruten geschnitten, um sie ins Fenster zu stellen. Auf dem Rücken des Pferdes war er durch den Wald an den Rand mit den Weiden getrabt. Die animalische Grenze zur Wildnis hatte beim Grundstück des Nachbarn angefangen, wo ein paar Wochen später ein Selbstmord stattgefunden hatte. Vater hatte damals noch keine Ahnung von Todesangst, er hatte aber eine Ahnung von der Todessehnsucht und seiner Einsamkeit gehabt. Beide wollte er in die Flucht schlagen. Sein Pferd war ein österreichisches Gebirgspferd gewesen. Leistungsstark und willig. Die Rasse stand für Verlass, Stämmigkeit, Kraft. Sogar ein Jeep, gebaut von der verstaatlichten Industrie, war nach dem Pferd benannt worden. Tausende Jeeps waren unter anderem in die Schweiz verkauft worden. Der Motor entsprach dabei nur der Leistung eines stärkeren Mixers. Ob der Stabmixer zu Hause die gleiche Leistung erbrachte, hatte sie nie geprüft. Mit einem Cinquecento, der wie die Küchenmaschine klang, war Gabrielle einst nach Genua shoppen gefahren. Die Berge Piemonts waren nur sehr schleppend bezwingbar gewesen. Die Vorstellung, eine Lafette für schwere Maschinengewehre oder Panzerabwehrraketen an den Wagen zu montieren, kam ihr überzogen vor. Ein Puch Pinzgauer wäre für den Transport von Abschussrampen geeigneter gewesen, da jedes einzelne Rad selbstständig geländegängig in den Boden greifen konnte. Vater hatte seine Begeisterung für dieses Fahrzeug bis zum Schluss gehegt. Nicht umsonst hatte er die Patente für England zur Nutzung zertifiziert. Eine Lafette oder eine Funkstation konnte der Pinzgauer als Lastenfahrzeug ohne Schwierigkeiten in wildes Gebiet befördern. Abschussrampen hatten die Mudschaheddin aber sogar im Rucksack transportiert. Sie feuerten die Raketen wie auf Pirsch am Hindukusch gegen die Russen aus der Schulter anstatt aus der Hüfte ab.

Das Pferd allerdings hatte bei den Weiden Brand gerochen. Vater hatte die Ruten geschnitten, die man zu Hause eingefrischt hätte, um die Palmkätzchen zu streicheln. Er wollte allein seinen Weg machen und war in die Zone des Nachbargrundstückes vorgedrungen. Über die Böschung fraß sich das Feuer und hinterließ eine schwarze Schneise. Durch Dornen, Brennnesseln und Gesträuch ging der Ritt. Das Pferd ging durch. Vater rutschte aus den Steigbügeln und das Pferd bäumte sich auf, als er es weitertrieb, sogar mit der Rute darauf einhieb. Das Tier schleuderte ihn aus dem Sattel. Gabrielle war durch den Wald gefolgt und schrie nun wie verrückt hinterher, aus Angst, den Vater auf der wilden Jagd zu verlieren. Er hielt sich an den Strähnen der Mähne fest, zurrte und zerrte und umklammerte den Hals des jagenden Pferdes. Die Hufe stampften die Erde und stanzten den Matsch der Regenlöcher. Gabrielle brüllte und Vater würgte mit seiner Umklammerung das Pferd und betete laut wie ein Exorzist, als wäre es vom Teufel besessen. Da kapierte Gabrielle, dass das Pferd beruhigt werden musste. Sie hörte augenblicklich auf, wie eine Irre zu schreien, dissoziierte ihre Expression von Vernunft, überlegte nüchtern Wege der Deeskalation. Das Akronym für Zähmung aus der Fernsehserie *Bonanza* fiel ihr ein, welche sie in der Jugend wöchentlich verfolgt hatte. Sie legte die Zungenspitze hinter den Schneidezähnen an und ließ sie am Gaumen vibrieren. Brrrrrr, sagte sie und wiederholte es mit lauterer Stimme: Brrrrrr, und wurde gewahr mitten in der Gefahr, dass man Brrrrrr nicht schreien konnte. Das Pferd reagierte trotzdem, drosselte das Tempo, fiel in den Trab, schritt gemächlich dahin, bis es den Kopf senkte und Vater sanft abrutschen ließ. In jenem Moment begriff sie auch den Wert der Unterhaltungskunst. Die Westernserie *Bonanza* war künstlerisch nichtssagend gewesen, kulturell aber wirksam. Das Brrrrrr von Cowboy Hoss, einer tragenden Figur, über das Fernsehen vermittelt, hatte ihr den Laut eingegeben, mit dem sie den Vater vor dem Genickbruch gerettet hatte.

Aber das Pferd war heimtückisch. Es wurde zurück in den Stall gebracht und die Gutsbesitzer, Geschäftsfreunde von Vater, die auch Immobilien in Amerika und in der Schweiz besaßen, spielten die Gefährlichkeit des Tieres herunter. Gabrielle erinnerte sich an die Fabrik, in der Patronenkugeln erzeugt wurden. Karl hatte sich nie vor dem Pferd gefürchtet und sich leicht auf dessen Rücken geschwungen.

In einer der Sandgruben um die Fabrik war ein illegaler Schießstand errichtet. Man hörte die Schüsse. Man musste durch den Wald und an den Weiden vorbei, um in das verbotene Gebiet vorzudringen, wo einer der väterlichen Kontakte in Selbstmordabsicht erschossen in seinem Wagen und nicht in der Sandgrube aufgefunden worden war. Wie von einer Tarantel gestochen legte das Pferd los. Stob durch das hohe Gras, bis hinaus auf die Weide hinter den Weiden, auf den Zaun zu, wo seine Sprunggelenke zersplitterten. Wie dieser Unfall wirklich vor sich gegangen war, als Vorbild für die Erinnerung, konnte sich Gabrielle nur zusammenreimen. Karl würde sich anders daran erinnern. Er hatte seine eigenen Probleme und keine Waffengeschichte im Sinn. Er wurde auf einer Bahre, nein, Trage, zurück in den Gutshof gebracht. Sanitäter würden niemals das Wort Bahre in den Mund nehmen, weil sie nur für Tote, nie für Lebende gedacht ist.

Ein dunkelgrüner Pinzgauer war in den Hof eingefahren. Der Kies knirschte unter dem groben Profil der Stiefel des ebenfalls grün gekleideten Jägers, der aus dem Wagen gestiegen war. Gabrielle hatte minutiös den Hergang des Unfalls zu berichten und eine Erklärung zu finden, wieso der Bruder aus den Steigbügeln gerutscht war, den Halt verloren hatte, und das Pferd durchgebrannt war. Gabrielle hatte keine plausible Erklärung. Sie merkte nur, dass sie wahrscheinlich Karls Blut an den Händen hatte, und sie wischte sich die Hände an den Kleidern ab, als sie den Schuss hörte, mit dem das Pferd niedergestreckt wurde. Die Ruten standen im Fenster und die Palmkätzchen glänzten silbrig zu Ostern. Die Verhandlung war geschlossen.

Gabrielle rieb sich zu Hause ausgiebig die Augen, obwohl sie die Finger davon lassen sollte. Alle Unausweichlichkeit käme von allein, weshalb sie daran dachte, Karls Kadaver von Kabul nach Wien zu überstellen, sollte ihn dort eine Kugel erwischen. In Wien wäre sein Tod im Großen und Ganzen ein Mikroproblem und ritualmäßig zu bewältigen. Der Geschirrspüler piepste. Sie räumte die Teller aus dem silbrigen Bauch in den Schrank.

Im Saal war die Luft so trocken, dass Gabrielle gleich Wasser und Gläser holen ließ. Der Hohe Flüchtlingskommissär in Genf zählte zu den verlässlichsten Quellen für Informationen. Gabrielle druckte die Newsletter üblicherweise aus und legte sie als Referenz den Erkenntnissen bei. Murenabgänge und Überschwemmungen fanden in der Beschreibung einer Provinz um Islamabad ihren amtlichen Niederschlag. Afghanistan befand sich stets in einem prekären Naturzustand. Einträge von Bloggern widerlegten die offiziellen Opferzahlen. Facebook erbrachte Beweise für diese Zustände. Der neue Fall begehrte Einspruch, aber wogegen, war nicht klar. Menschliche Blödheiten auszubügeln war Gabrielles Kampf gegen Windmühlen. Die Referenten der Asylbehörde hatten bereits einen schlechten Ruf. Wer frei von Zweifeln war und verneinte, dass Afghanistan sich im Kriegszustand befand, handelte nicht aus Willkür, sondern aus Überzeugung. Dass dies möglich war, brachte den Rechtsstaat an seine Grenzen.

Gabrielle mischte die Karten für den Flüchtling neu, weil er nicht entführt worden war, wie es durch einen Übersetzungsfehler in der Ersteinvernahme geheißen hatte. Für eine Entführung hätte der Bewerber damals Beweise liefern müssen. Folterspuren. Fotos. Visitenkarten der Verbrecher. Irgendeinen Hinweis? Wie sah der Taliban aus? Schusswechsel in Gesprächsdistanz von Banden. Was wurde gesprochen? Die kleinen Narben am Unterarm, sind das selbst zugefügte Schnitte? Wer hat wen wohin entführt? Nun bekam der Mann seine zweite Chance und er berichtigte vor der Richterin, dass er *nicht* entführt worden wäre. Er habe sich bedroht gefühlt, entführt zu werden, nachdem sein Vater ermordet worden war. Und so weiter.

Die nächste Causa betraf einen Mann, einen Flüchtlingsjugendlichen, der einen anderen Mann, also Kind, ein Flüchtlingskind im Gemeinschaftsbadezimmer beim Händewaschen vergewaltigt hatte. Ein Sekundenvergehen. Gabrielle fragte nach Beweisen. Das ärztliche Gutachten des Opfers lag dem Akt nicht bei. Der Täter war nachweislich bei einer Rückkehr nach Kabul von Verfolgung bedroht, weil er dort bereits mit der Polizei zusammengearbeitet hatte. Seine Schwester war die Frau eines Talibans und daher wäre er sofort aufzuspüren bei einer Rückkehr. Hatte sie genau zugehört? Sie verkündete: Bleiberecht und strafrechtliche Verfolgung. Gabrielle warf einen Blick auf die Uhr. Bald war Zeit für eine Zigarette.

Der Lift war mit Metallplatten ausgeschlagen. Ein Spiegel hing über der Knopfleiste. Sie hielt den Badge vor das Lesegerät, fuhr in den fünften Stock, betupfte ihre Augenringe mit den Fingerkuppen. Das mittig angebrachte und herabfallende Licht ließ sie grauenhaft aussehen. Sie straffte die Wangen. Ein Lifting im Lift. Eine OP war zu überlegen. Die Nase warf einen harten Schatten und der

Talar gab ihr die Gestalt einer Friedhofsthuje. Sie rauschte mit langen Schritten über den Gang.

Gabrielle wischte die Kaffeetasse mit einer Serviette aus und stellte sie unter die Düse der Maschine. Die Kolleginnen, die mit Afrika betraut waren, hatten mehrheitlich mit Genitalverstümmelung zu tun. Gabrielle immer wieder mit Vergewaltigern. Bei den Einvernahmen distanziert zu bleiben, obwohl die Vorfälle zum Schlimmsten zählten, fiel den Kolleginnen leichter, weil sich die Erzählungen glichen und in Formeln verpackt waren. Einerseits war das Ungeheuerliche durch seine floskelhaften Formeln glaubhaft, andererseits brachten die Floskeln stereotype Vorurteile hervor. Am ehesten konnte sie sich die Demütigung und den Skandal begreiflich machen, indem sie an das eigene Wohl des Leibes und der Seele dachte. Wie verrückt war der Fall einer Somalierin gewesen, die ihre Tochter beschneiden hatte lassen, weil sie überzeugt davon war, dass ihr sonst die Klitoris bis zum Boden wachsen würde. Gabrielle hatte das Lachen unterdrückt und die Abstrusität verquerer Logik bekundet. Aus Afghanistan kannte sie keine derartigen Vorfälle. Frauen schnitten einander dort nichts ab.

Der Espresso schmeckte nach Schokolade und mit der Zigarette nach geräuchertem Karamell. Sie gab das Stichwort Beschneidung in die Suchmaschine ein und suchte Erklärungen für Fetischismus. Selbst Goethe hatte ein Mieder von seiner geliebten Frau von Stein besessen. Und Napoleon hatte seine Mätresse Josefine ausdrücklich gebeten, sich nicht zu waschen, da er bald aus Ägypten käme. Gabrielle schlürfte den letzten Tropfen Kaffee. Die Geheimnisse dieser historischen Größen trösteten sie. Die archaische Brutalität und das Patriarchat und den Kapitalismus für eine neue Menschlichkeit überwinden. Das klang nicht nach Afghanistan, sondern nach Welt. Mit solchen Sätzen im Kopf konnte Gabrielle nicht die nächste Verhandlung führen. Sie brauchte Konkretes.

Gabrielle entdeckte die Spur des Lippenstiftes auf der Espressotasse. Orange war nicht ihre Farbe! Wer hatte die Tasse an die Lippen gepresst? Sie nahm das Geschirr und ging in die Küche, drehte den Wasserhahn auf und drückte Spülmittel auf den Schwamm, schrubbte die Tasse mit den Partikeln von Lippen ab. Sie nahm einen Schluck, gurgelte und spuckte das Wasser aus. Ihre Leidenschaft für Fallgeschichten, mit denen sie Glaubhaftigkeit schürfte, zeigte, dass sie weit entfernt von einem Burnout war, auch wenn sexuelle Gewalt im Spiel war. Sie spülte nun auch ein Glas aus und stellte es zum Trocknen mit der Öffnung nach unten nicht in die Abtropftasse, sondern auf das flauschige Geschirrtuch, das die Tropfen aufsaugte.

Immer noch hatte sie Interesse an dem Menschen im Zeugenstand, egal ob asyltauglich oder nicht. Sie war das sensible zerebrale Gewebe, das die Stories einbettete. Vernünftige Eritreerinnen ließen sich vor ihrer Flucht mit einer Spritze versorgen, die drei Monate schützte, nicht schwanger zu werden. Aber sie würden nie von ihren Vorbereitungen berichten, man musste also über die Gepflogenheit Bescheid wissen. Viele dieser Frauen, die behaupteten, sie wären verschleppt worden, wären nie auf die Idee gekommen, eine Flucht anzutreten. Es war leichter für sie, die Geschichte einer Verschleppung aufzutischen, als ihre Hoffnungen zuzugeben, dem Elend zu entkommen. Denn diese Hoffnung war, wie man längst wusste, kein Asylgrund.

Der orange Lippenmund fand sich auch auf dem hauchdünnen Weinglas. Gabrielle stutzte. Wer hatte es in die Küche gestellt? Ein Weinglas! Wer war hierher vorgedrungen? Sie erinnerte sich an den Theaterbesuch. War nicht die Begleiterin eines Senatsmitgliedes mit orangem Mund aufgefallen? Gabrielle rieb die Spuren fort, sie trotzten dem Spülmittel.

Im Gerichtssaal war die Lichttemperatur auf 4800 Kelvin eingestellt, dieser Wert vitalisierte die Personen. Gabrielle hatte die Entscheidung vorgefertigt und setzte das Barett auf und war nun bereit, das Erkenntnis zu verkünden. Der Vergewaltiger musste sich erheben. Sein Rechtsvertreter ebenso wie auch der Übersetzer. Gabrielle verkündete im Namen der Republik, dass die Beschwerde erhebende Partei umgehend dem Amtsarzt vorgeführt werden müsse, und verwies ihn zur strafrechtlichen Verfolgung an die Staatsanwaltschaft weiter. Strafrichter konnten ihn dann der forensischen Psychiatrie übergeben. Eine Abschiebung würde erfolgen, wenn die Gutachter es nach unbedingter Haft von drei Jahren befürworteten. Kostenpunkt für den Staat?

Sie war dem Delinquenten im Talar gegenübergestanden. Er war 18. Mit eingezogenem Kopf ließ er die Schultern hängen. Seine Augen waren stumpf und er vermied den Blickkontakt. Sein Schweigen, als sie ihn fragte, ob er Reue spürte, war nicht zu brechen. Gabrielle spürte die Hitze ihrer Wut aufsteigen.

Ob er es möge, beim Zähneputzen plötzlich von hinten gerammt zu werden, fragte sie.

Der junge Mann schwieg und starrte vor sich hin. Gabrielle gab sich ruhig, aber ließ dem Hass freien Lauf, zielte auf alles, was ihn schmerzen mochte. Haben Sie je einen Knüppel in den Anus gerammt bekommen? Der Junge schwieg. Wie fühlt sich das an, meinen Sie? Kein Mucks, kein Laut.

Sie wollten ihn absichtlich verletzen, traumatisieren und töten, und natürlich durften Sie Ihre Absicht niemanden wissen lassen, sonst würden Sie als Folterknecht gelten. Nicht wahr?, sagte Gabrielle. Den Knüppel müssen Sie sich so vorstellen, setzte sie fort, formte eine Faust und stieß sie hoch. Es geht aber auch damit, sagte sie und hielt ihm die Mineralwasserflasche vor Augen. Na?, fragte sie spitz. Spüren Sie was? Es war mucksmäuschenstill im Saal. Gabrielle war kalt und scharf und, obwohl außer sich, völlig klar. Sie wusste, dass es ihre Pflicht war, ihr Berufsethos und ihre Verantwortung, den Verbrecher vor ihren privaten Projektionen zu schützen und den Fall sofort abzugeben, wenn sie durch ihre Affekte befangen wäre. Aber Gabrielle war noch nicht fertig. Der Delinquent mit seinen unversehrten Lippen murmelte eine Ausrede daher, etwas von Tradition tat er unverständlich kund. Der Asylgrund war gegeben, weil er aus einer Familie von Widerstandskämpfern stammte. Es war zu befürchten, dass er die Höchstgerichte anrief. Gabrielle schützte sich vor dem nächsten Gefühlsausbruch. Abschaum, sagte sie. Vergewaltiger sind Abschaum vor mir persönlich und Verbrecher vor dem Gesetz. Sie wissen, was mit Kinderschändern in unseren Gefängnissen passiert?, fragte sie.

Der Bewerber schüttelte den Kopf. Gabrielle verstummte und mit Zorn in den Augen fauchte sie den Jungen an.

Sie stehen hier vor der Repräsentantin des Rechtsstaates, die Anzeige ist eingebracht: Sie kommen vorläufig in U-Haft. In der forensischen Psychiatrie kann man Ihnen vielleicht helfen.

Der Junge zuckte nur mit den Schultern. Vielleicht verhöhnte er sie. Eine Frau als verhüllte Gestalt war nichts Besonderes für ihn. Das Amtskleid, aus Justitias Fäden gewoben, wirkte wie ein Panzer. Amtsbeleidigung von außen prallte ab. Leider nicht von innen. Nie je hatte sie Wut und Anwürfe, Trauer und Beschmutzung als persönlichen Angriff gegen sich selbst erlebt und noch nie in dieser Tracht steckend jemand anderen beschimpft. Folgte nun ein Disziplinarverfahren gegen sie?

Gabrielle putzte am Lippenabdruck herum und das Glas, ein Kelch in ihren Händen, war zart und leicht. Der Stoff des Talars dagegen schwer und eine erstickende Hülle der Staatsmacht um ihren weichen Kern. Die Fingerkuppen legten sich an.

Sie hob und schleuderte das Glas in den Müll, wo es in Scherben ging. Sie wischte die Hand ab und alle gemischten Gefühle falteten sich zusammen wie das Handtuch, das sie ordentlich hinlegte. Die Wut war verraucht. Sie konnte in den Saal zurückgehen.

Ratlosigkeit ließ Menschen dumm erscheinen, diesen Zustand kannte sie. Mitleid regte sich nicht, die Identifikation mit ihrem Amt klappte, nachdem sie ihre persönlichen Werte von ihrer Funktion als Richterin entkoppelt hatte. Übersetzer und Rechtsvertreter schwiegen. Es war nur wichtig, dass sich der Delinquent so ausgeliefert fühlte, dass es zu keiner Beeinspruchung mehr kommen würde. Für alle gab es Menschenrechte, auch für diesen Verbrecher.

Die einfachste Formel für Joes Glück bestand womöglich darin, dass sie ihm einfach sagte, dass sie sein Genital mochte. Sexistisch oder nicht, sie würde Joe davon in Kenntnis setzen. Vielleicht legte er dann den Putzfimmel ab.

Der Schriftführer holte den Ausdruck des Erkenntnisses. Der Mann im Zeugenstand grinste blöde. Die Stühle in den Reihen der interessierten Öffentlichkeit waren zum Glück leer.

Sie zog den Talar aus und verwandelte sich, einen Niemand aus der Amtshaut schälend, in einen bunt gekleideten Jemand. Hochquellwasser aus der Leitung floss durch die Kehle, die zur Funktion der Judikatur herangezogen war, und reinigte den Mund von den menschlichen Unzulänglichkeiten, die ihr über die Lippen gekommen waren. Es war kein Blut an ihren Händen, aber der Schnitt vom zerbrochenen Glas saß tief. Sie spürte das Brennen. Wäre Joe bei ihr gewesen, wäre er mindestens mit Pflaster aus der Hausapotheke angerückt.

Zu den beliebtesten Asyllügen zählten die Homosexualität und der Abfall vom Glauben. Die Tschechen hatten zur Abklärung der Homosexualität extremerweise die Phallografie eingeführt. Die europäische Kommission hatte die Praxis verurteilt und den Einsatz des Gerätes verboten. Kommunistische Sexualkundler hatten es erfunden und heute noch wurde damit Potenzstörung gemessen. Mit Homosexualität tat sich Gabrielle leichter als mit dem Abfall vom Glauben. Die österreichischen Freikirchen boten rasche Einstiegshilfen ins Christentum. Für Gabrielle war nur herauszufinden, ob der Asylbewerber lesen und schreiben konnte. Wenn ja, war es glaubwürdig, dass er die Bibel schon auf Farsi kennengelernt hatte. Die Freikirchen verwässerten diese Methode, sie waren die einzigen im Asylland, die ihre Predigten auch auf Farsi hielten. Auf die Prüfung des Erwerbs von Glaubensinhalten war kein Verlass.

Damit man die Nächsten lieben kann wie sich selbst, sollte man vergessen, was man so denkt. Außerdem war zu entscheiden, wer als Nächster anzusehen war, in örtlicher, zeitlicher oder emotionaler Hinsicht. Gabrielles Blut war Fleisch gewordene Skepsis, sich als Weltrichterin aufzuspielen und Gerechtigkeit mit der Egge des Gesetzes einzuarbeiten. Sie suchte nach einem Pflaster, um zumindest ihre eigene Versehrung zu versorgen.

In allen Asylfällen, die sie negativ entschieden hatte, hatte sie auf die Möglichkeit einer Beschwerde beim Verwaltungsgerichtshof oder einer Revision durch den Verfassungsgerichtshof hingewiesen. Diesmal war eine

Abschiebung nicht drin gewesen. Nicht einmal ein höchstgerichtlicher Beschluss würde den Beschwerdeführer der Fremdenpolizei ausliefern. Bei aller Härte, die die Spaltung Gabrielles in Amt und Person forderte, nahm sie sich das Recht, unter dem Amtskleid mit ihrem Gewissen zu verschmelzen und manchmal das persönlich empfundene Unrecht durch einen persönlichen Ausbruch auszugleichen. Sie hörte das Telefon klingeln.

Sie lutschte das Blut von der Daumenkuppe. Dann entfernte sie die weißen Schutzlaschen des Pflasters. Die Lust auf eine Zigarette begann schon wieder ganz für sich allein aufzusteigen.

Nachmittags war sie erschöpft und kehrte mit dem Taxi in die Stadtwohnung zurück. Die Bettler hoben erwartungsvoll das Lächeln an, als sie vorbeistürmte. Das Mitgefühl reichte nur mehr für sie selbst. Die Lust auf ein Telefonat mit Mazuma verband sie gerade noch mit der Welt, bevor sie ein Nickerchen machte. Ihre Kaffeemaschine glänzte lockend in der kleinen Küche. Sie klaubte den Flachkörper des Telefons von den Akten. Die Vögel kreischten wie jeden Tag. Eine Gruppe Schaulustiger löste sich auf. Gabrielle hörte das Gehupe der Polizei. Die Kälte der Vernichtungsdeportationslogistiker der Nationalsozialisten gab es in den Büros und Stuben heute in der Härte der Abschiebepragmatiker, die die Alltäglichkeit des Bösen für andere verrichteten. Gabrielle meinte damit nicht die Polizisten, die die Abschiebungen durchführten, sondern die politischen Strukturen. Sie wusste, was richtig war. Genau davor hatte sie Angst: die Grenze zu überschreiten, den Auftrag des Steuerzahlers mit der Verve für eigene Überzeugungen zu ersetzen. Und genau das war als Vorwurf zu befürchten, sich vom Auftrag des Steuerzahlers vereinnahmen zu lassen. Sie pochte auf Unabhängigkeit. Die Tageszeitungen förderten Urteile aus den Minen der Rechtsprechung. Fast täglich wurde von Referenten berichtet, die im Asyl- und Fremdenwesen ihren selbstgerechten Irrsinn betrieben. Über Nacht wurde der Bescheid Menschenverachtung gleich über alle Referenten ausgestellt. Die meisten der angelernten Kräfte hatten nicht zu verstehen gelernt, worum es ging, wenn jemand sagte, er fühlte sich bedroht vor Entführung im Unterschied zu, er sei entführt worden. Sie konnten nicht sinnerfassend zuhören. Unbewusst schwelende Ressentiments machen taub.

Gabrielle konnte zeitweise keiner Fluchtgeschichte mehr Glauben schenken und dann wieder jeder. Dieser Zustand war ihr vertraut. Sie hatte selbst schon einem Asylbewerber ins Gesicht gesagt: Kein Taliban interessiert sich für Sie. Sie sind eine absolut unbedeutende Person. Sie lügen doch.

Bei einer anderen Partei hatte sie zum Glück geschwiegen. Sie hegte Zweifel an ihrer Geschichte einer Vergewaltigung. Der Bewerberin war nichts Besseres eingefallen, als die Kleider nach dem Überfall ins Feuer zu werfen. Wieso sie sich nicht gewaschen hatte? Angeblich aus Angst vor einem weiteren Überfall. Sie hätte das Haus verlassen müssen, um zum Brunnen zu gehen, wo ihr doch aufgelauert worden war.

Einem Atheisten hatte sie vorgeworfen, doch nur den Schein wahren und die Traditionen der islamischen Glaubensgemeinschaft ein bisschen hochhalten zu müssen, anstatt zu fliehen. Fall für Fall hatte sie dazugelernt, dass Munafiqun, Heuchler, Nifaq war die Heuchelei, am untersten Höllengrund schmorten. Der Abfall von der Religion, schon die Solidarität mit Konvertiten kostete den Kopf. Die Religionsfreiheit hing vom Absolutheitsanspruch der Glaubensrichtung ab, nicht nur vom Gesetz. Konvertiten waren mit ausreichend Asylgrund ausgestattet. Schutzbefohlenen

Mindergläubigen wie Christen und Juden empfahl das Buch Mose die Steinigung für den Fall einer Apostasie. Rom exkommunizierte den abgefallenen Christen von der aufgedrängten Erlösung. Die Referenten des Bundesamtes waren von Ahnungslosigkeit gegenüber der Existenz als Schwuler, Atheist oder Frau geschlagen. Ahnungslos bescheidest du, so lautete das Gebot. Gabrielle nahm das Telefon und wählte zwischen Whiskey und Rum. Es war noch zu früh für den Drink. Sie riss die Post auf. Die Richtervereinigung informierte von der Entwicklung eines Programms mit dem UN-Flüchtlingshochkommissariat, um Willkür in Asylverfahren zu unterbinden. Gabrielle berührte den Touchscreen ihres Handys und hob mit wischender Geste den Symbolhörer ab. Joe war dran. Jetzt kam das Blut und füllte die Hautritze. Wer nach Regeln funktionierte, sollte die Bedeutung der Regeln kennen, dachte sie. Gehorche dem Gesetz! Gabrielle versuchte glaubhaft ungezwungen zu wirken. Joe sprach mit flehender Stimme.

Was soll ich dir sagen? Ich brauch ein wenig Erholung.

Aber sicher.

Hast du mein Mieder gesehen? Es fehlt.

Sie nahm gerade das Wickelkleid mit den silbernen Streifen und dem blauen Schal aus dem Schrank. Ich muss den Gürtel umschnallen.

OK.

Warte! Mazuma schickt gerade eine SMS aus Kabul.

Was sagt sie denn?

Dass der Weg nach Quargah von bewaffneten Banden aller Parteien kontrolliert wird.

Gabrielle stand vor dem Schrank. Sie suchte den Gürtel.

Selbst eine Fahrt im Konvoi ist zu gefährlich. Ansonsten hat sie noch keine Ergebnisse in Sachen Karl zu bieten.

Willst du nicht lieber mit mir weitermachen?

Sicher greifen viele Pädagogen zu Hilfsmitteln, um den Schülern Aufklärung zu geben. Joe hatte in einem fächerübergreifenden Projekt mit Biologie und Kunst das Standardwerk *Sexualpädagogik der Vielfalt* mit dem Film *Female Pleasure* der schweizerischen Regisseurin Barbara Miller verbunden. Die Schüler und Schülerinnen bauten aus hunderten Kilo Plastilin, wie im Film gezeigt, Körperteile nach. Zuerst durften die Schüler, geteilt in Gruppen, die jeweiligen Teile des anderen Geschlechtes nach ihrer Phantasie formen und gestalten und eine Erklärung für die Funktionsweisen abgeben. In einer anonymisierten Präsentation wurden dann die Exponate besprochen und eine Unterscheidung von Erwartungen und Fakten getroffen. Joe ging es nicht darum, den Kindern die erwachsene Sexualität näherzubringen oder Regeln umzustoßen. Sie sollten kapieren, dass sie einen körperfreundlichen und respektvollen Rahmen in der intimen Begegnung mit sich oder dem anderen selbst schaffen konnten.

Sie bastelten aus Plastilin anschauliche Zusammenhänge der Fortpflanzung und Lust. Alles in einer wertfreien Sprache. Dann ging es zur Sache, und wer das Thema Vergewaltigung noch nicht begriffen hatte, der erlebte sein Wunder. Joe leistete sich einen Exkurs in die Kunstgeschichte und führte den Schülern das Skandalbild Courbets vom *Ursprung der Welt* vor. Die Zusammenarbeit mit der Kunsterzieherin fiel auf, wie man sagt, fruchtbaren Boden, denn die Klasse war nun vorbereitet, die dargestellte Vulva als Anstoß von Unheimlichkeiten anzuerkennen, wo der menschliche Verstand an die Grenzen seiner Vorstellungskraft geriet. Im interdisziplinären Kosmos der Unterrichtsfächer wurde die Frage verhandelt: Woher kommen wir und wohin gehen wir? Joe legte dabei Wert auf das modale Interrogativadverb: Wie. Wie kommen wir und wie gehen wir?

Das Projekt endete mit der Vorführung eines Filmes im Rahmen der bildnerischen Erziehung. Ein paar Kubikmeter Plastilin bildeten die Genitalorgane von RiesInnen und wurden mit stumpfen Scheren und Glasscherben beschnitten. Als die Labien nach mehr oder weniger hartnäckigem Geschnippel auf den Boden fielen, verzogen sich die Gesichter der Zuseher und Zuseherinnen. Ein Aufschrei umwehte das interdisziplinäre Projekt vom *Ursprung der Welt*. Die Lehre war erteilt und aufgegangen im Mitgefühl für die Opfer. Joe war überzeugt, dass sein Werk der Aufklärung originär wäre. Nun wurde mit einem Strick die Knetmasse zusammengezurrt, die Wunde des Modells vernäht, wie die Stimme im Film aus dem Off kommentierte, und ein Stück eines Gartenschlauches eingesetzt, um Wasser lassen zu können. Bis hierher hatte es noch keine Beschwerde über den anschaulichen Unterricht gegeben. Dann kam die Klage eines Urheberrechtlers.

Joe führte die Gruppe in den kleinen Turnsaal und die Schüler umringten einen hängenden Boxsack, der die vernähte Vagina verkörperte. Joe stülpte sich einen Boxhandschuh über die Hände und schlug so lange auf den Sack ein, bis die Naht platzte. Die Wucht, mit der er einhieb, trieb den Schweiß auf die Stirn. Der Boxsack platzte und die Füllmasse quoll schon heraus, als er sich noch immer verausgabte. Die jungen Burschen im Zeugenstand, alle mit einem Frauenbild ausgestattet, das man ihnen aus dem Schädel dreschen sollte, wie Gabrielle alle über einen Kamm geschoren dachte, wären begeistert gewesen über seinen Ausbruch. Joe aber rastete aus, weil er des Plagiats verdächtig war. Die Stimme der Kunsterzieherin, die sich in Phoneme der Akklamation auftrennte, hörte er irgendwann in sein Ohr dringen: Es reicht. Und das war's.

Joe sah die Platzwunde des Boxsackes klaffen. Das Sinnbild einer Genitalverletzung. Misshandlung bis zur Bruchstelle des Materials. Seine Pädagogik wurde als schwarze Pädagogik verurteilt, selbst die Diskussion mit der Regisseurin des Filmes *Female Pleasure* brachte keine Wendung in das folgende Disziplinarverfahren. Die Schulbehörde sprach einen anlassbedingten Vertrauensverlust gegen den Lehrer aus. Joe war erschüttert über die Unerbittlichkeit des Meinungsstromes. Die Direktorin spendete ihm unter vier Augen ein trostvolles Lächeln und sagte: Wir können alle über die Stränge schlagen und werden immer öfter immer später erfahren, wie recht wir mit unseren Positionen haben. Doch an der Kunst darf sich niemand vergreifen.

Joe entschied sich für die Frühpensionierung. Eine Suspendierung hätte das öffentliche Interesse erweckt und eine Debatte ausgelöst, der er ohne Schutz durch die Institution ausgesetzt gewesen wäre.

Die Richterin war daran gewöhnt, die Fassung zu wahren. Privat war sie eben eine andere. Gabrielle hatte damals die Augen zugedrückt, als hätte sie die Enttäuschung ihres Mannes aus der Welt quetschen können.

Begegneten ihr Flüchtlinge außerhalb des Gerichtssaales, privat, im Urlaub, etwa an einem Kebabstand, erkannte sie deren Gesichter nicht wieder. Umgekehrt war es anders, den ehemaligen Beschwerdeführern hatte sich die Richterin wie eine Schicksalsmacht ins Gedächtnis eingebrannt. Sie schenkte diesem Umstand wenig Aufmerksamkeit, weshalb sie in Biarritz erschauderte, als ihr die Crêpe salée mit den Worten „im Namen der Republik" ausgehändigt worden war. Gabrielle hatte sich bis in die Knochen geschämt, denn sie ahnte, dass der Asylant in Frankreich angenommen worden war, weil Österreich und seine Flüchtlingspolitik unzumutbar gewesen waren. Frankreich hätte ihn nach Österreich zurückschicken müssen, tat es aber nicht, weil Österreich Afghanistan als friedlich genug erachtete, um den Abgewiesenen zurück ins Elend zu stürzen. Sie versuchte, sich an das Gesicht zu erinnern. Die Möwen stürzten sich auf die Crêpe, die sie dann ausstreute. Sie flüchtete vor dem dankbaren Zuspruch, ihm damals einen Tipp für Frankreich gegeben zu haben. Sie konnte sich beim besten Willen an nichts erinnern. Sie riet Joe, seine Schüler fürderhin zu ignorieren, sie auch nicht mehr in diversen Umgebungen und Situationen zu erkennen, um die Peinlichkeit für vergessene Taten zu vermeiden.

Sie ließ das Handy stecken. Es war für nichts anderes geschaffen, als alle Daten zu geben und zu nehmen. Wenn Gabrielle ausbräche aus den Regeln, dann würde sie nicht um richtig und falsch würfeln, sondern den Rechtsstaat zu politischen Lösungen in Asylfragen verpflichten. Ratgeber empfahlen in allen Fällen, sich höflich lächelnd zu zeigen. Die Zigaretten waren weg, machte nichts, eine Stange für den prolongierten Selbstmord steckte in der Lade. Dann fuhr sie los, um 5 wäre sie beim Haus.

Joe stand auf der Schwelle. Er trug gerade den Müllsack vor sich her. Das Biogemüse gärte. Er stellte den Sack ab. Er war unrasiert und seine Haare waren weißer als sonst. Er trat heran und umarmte Gabrielle. Sie fühlte den Druck der Hand am Hinterkopf wie eine schützende Schale. Sie schob Joe von sich weg. Er hatte seine Jeans und das Hemd ihrer Wahl an und packte den Mist, trug ihn über die Einfahrt zu den Tonnen und trennte Glas von Metall und Papier. Er stakste über die Steinplatten, drauf achtend, nicht auf die Fugen zu treten, wie Kinder, die in Himmel und Hölle eine Ordnung suchen, Regeln, nach denen über Leben oder Tod entschieden wird. Joe hüpfte auf einem Bein von Stein zu Stein, mit erhobenen Armen, Flügel, die ihn über die Fugen trugen. Er schaute sie auffordernd an.

Was willst du wissen?, fragte er.

Sie bat ihn, mit ihr spazieren zu gehen. Er zog sie mit sich in die Büsche. Durch den Garten und dann über den Pfad zwischen den Lebendzäunen hindurch, auf den Feldweg zu, in die Gasse hinein.

Im Haus öffnete er den Whiskey. Nach einigen Gläsern behauptete sie, Joe unter den Tisch trinken zu können. Gabrielle riskierte eine Lippe und Joe suchte den Zusammenhang zwischen Lippenstift und Labien.

Gabrielle kroch auf allen Vieren durchs Haus.

Kannst du nicht mehr gehen?

Es sind die Augen, sagte Gabrielle. Sie blättern ab. Das macht Kopfweh.

Das Diensthandy läutete. Um diese Zeit. Gabrielle legte den Kopf in den Kissen ab. Wer hat angerufen?, fragte sie matt.

Joe schnaufte auf und gab ein verächtliches Grunzen von sich, suchte den Apparat.

Lass sehen, sagte Gabrielle.

Joe holte das Telefon, das auf dem Sofa vibrierte. Gabrielle wusste nicht, ob sie abheben sollte, die Nummer war unterdrückt. Als die Anrufe nicht aufhörten, hob Joe ab. Die unterdrückte Nummer war eine Sicherheitsmaßnahme.

Der Verfassungsschutz meldete, dass beim Meldeamt eine Auskunftssperre angewiesen worden sei. Gabrielle hatte als Richterin den Fall einer Jesidin positiv beschieden. Die jesidische Christin hatte sich in Wien in einen afghanischen Moslem verliebt, was dessen Familie in Aufruhr gebracht hatte. Die Frau hatte ihren Namen geändert und war vor der Familie geflohen. Die Familien suchten nun in beiden Communities nach dem abtrünnigen Paar. Sie hatten auch Rache an der Richterin angedroht, meldete der Verfassungsschutz, weil sie mit ihrem Urteil Unterstützung geboten habe, die ungeschriebenen Gesetze der Religionsgemeinschaften zu brechen.

Gabrielle wurde schwindelig. Die Information bereitete Angst und reizte gleichzeitig zum Lachen. Sie konnte sich nicht einmal an den Fall erinnern.

Joe nahm ihr das Telefon aus der Hand. Gabrielle musste sich übergeben. Er wischte sie sauber, brachte ihr die Zahnbürste, einen Becher Wasser und vorsichtshalber eine Spucktasse. Gabrielle fragte sich, woher er die habe.

Er nahm ihr die Spucktasse ab. Sie hörte das Rauschen der Spülung. Dann fiel sie in einen Schlummer. Joe sortierte im Bad die Wäsche. Vielleicht ließ er sich Zeit mit der Anprobe der Bademäntel. Mit dem Fauchen der anspringenden Heizung war Joe wieder bei ihr. Das Tageslicht fiel ins Zimmer. Gabrielle fühlte sich frisch.

Ich fahre dich in die Stadt, wenn du willst, sagte Joe.

Gabrielle sah ihn verdattert an, langsam kam ihr der Abend ins Bewusstsein und sie sagte: Ich bekomme zum ersten Mal in meinem Leben Polizeischutz.

Gabrielle kämpfte gegen das Gefühl an, wie ein Kind überwacht zu sein, dann gegen die Angst, als besonders gefährdete Person zu gelten, und gegen die Mulmigkeit vor der eigenen Überbewertung und Fehlbarkeit. Durfte sie dem Steuerzahler derartig zur Last fallen? Hätte sie bei der Jesidin anders entscheiden sollen?

Sehen wir uns am Abend wieder?, fragte Joe.

Komm mich abholen. Ich lasse dich auf die Liste setzen, damit du ins Gebäude darfst. Nimm den Pass mit.

Die Richterin war stolz gewesen, als sie sich für die Notwendigkeit des Wiederbetätigungsgesetzes in Österreich ausgesprochen hatte, um rechtsnationale Gedankenschlechtigkeit in Schach zu halten. Sie war sogar für eine Verschärfung der Judikatur gewesen, um rechtsradikale und neonazistische Umtriebe auszurotten. Und nun war sie ein dem Staat schützenswertes Organ! Sie hatte den positivistischen Ansatz des Gesetzes gegen das Naturrecht verfochten. Für sie und ihre Erkenntnisse galt, was gesetzlich geregelt und eingeordnet war. Das Absolute, etwa Gott oder eine andere Allgemeingültigkeit, die über dem Gesetz stand, gab es nicht. Jede Sippenhaftung, jede Vereinnahmung von Menschenrecht im Identitätskampf lehnte sie ab. Die teleologische Methode verlangte die Auslegung des Gesetzes anhand seiner Ziele. Sie wandte dieses Verfahren zum Verständnis der weitgefassten Begriffe auf die Genfer Flüchtlingskonvention an. Die Vertriebenen von heute hatten das Recht von gestern auf Schutz. Es gab keinen übergeordneteren Wert für Gabrielle als das Recht. Keinen Gott. Keine Gewohnheit. Keine Vernunft. Das Gesetz war Menschenwerk. Es fehlte ihm der Haken, an dem es hing. Es entsprach der Logik ihrer Haltung, gegen die Todesstrafe zu sein. Würde sie an einen höheren Wert als den Text des Gesetzes glauben, würde sie den Zweifel über die Richtigkeit ihres Handelns verlieren und biegsam werden.

Die Absicht der Reserverassisten war die Errichtung eines Folterhauses im Lichte der Richtlinien einer geänderten Verfassung gewesen, um ihre dauernden Angriffe strafrechtlich und verfassungskonform umzubauen, bis die Grundmauern für einen friedlichen demokratischen Staat Schamott für einen Kamin wären. Sie hatte als Richterin Absichten und Ziele der Gesetze im Auge. Sie war Demokratin und für Freiheit und Wohlstand für alle! Ja, so war es! Sie hatte das Wort Klima mit erhobenem Zeigefinger und Achtsamkeit in den Mund genommen. Sie hatte die imperatorische Geste an sich erkannt und sogleich begütigend die andere Hand gehoben, um die Menschheit zu wiegen und das Folterhaus gegen den Lebensraum für alle zu stellen. Sie war für ihr Eintreten für das Wiederbetätigungsgesetz heftig kritisiert worden, es hatte Morddrohungen gegeben. Eine Polizeistreife war zu ihrem Schutze öfters vor dem Hause gestanden. Eine explizite Warnung des Verfassungsschutzes war jedoch nicht ausgesprochen worden.

Und heute: Wenn ihr etwas Verdächtiges auffiele, solle sie sich umgehend melden. Sie bekam eine spezielle Telefonnummer eines speziellen Kommissariates direkt aufs Handy. Was für eine Sprache, dachte sie in Verkennung des Ernstes der Lage. Wie konnte man den blöden Namen Handy für einen tragbaren Telefonapparat in den schönen deutschen Wortschatz gebracht haben?

Gabrielle hatte nicht einmal mehr Kopfschmerzen und nahm die Warnung des Verfassungsschutzes als eine Routinemaßnahme an. Am Nachmittag würde sie Besuch von einem Fachmann erhalten. Sie meinte nicht richtig zu hören, als es hieß, sie solle auch mit Alkohol aufpassen. Ein Obdachloser sei für den Genuss niedergestochen worden. Auf offener Straße vor ihrem Haus. Der Täter stammte aus jener Familie, deren Fall sie verhandelt hatte. Gabrielle vertrug teuren Wein grundsätzlich sehr gut. In den nächsten Wochen würde sie den Konsum wieder drosseln. Die Ausgaben für die edlen Tropfen belasteten das Budget ohnehin und außerdem begünstigte der Alkohol die Austrocknung der Augen. Die Landschaft erschien ihr blass, als verdunsteten deren Farben. Gabrielle setzte die Sonnenbrille auf und blickte über den Brillenrand, das schärfte zumindest die Konzentration auf das Blau in der Ferne. Sie konnte weit und breit keinen Polizeischutz erkennen, aber sie verdächtigte jedes schwarze Auto als anonymen Schutzengel.

Wann wird ein Ort, den man täglich durchquert, fremd? Wenn man sich selbst fremd ist, weil etwas Irreversibles passiert ist. Die Autobahn war von Baustellen gesäumt, die ihr vorher nie aufgefallen waren. Der Straßenbelag war aufgeraut. Die Reifen grollten. Der Motor lief viel lauter als sonst. Gabrielle bremste und fuhr über Schutt, den ein Laster von seinem Anhänger verlor. Das Getriebe knirschte. Sie hörte das Pfeifen und spürte den Zug des Lenkrades nach rechts. Sie rollte auf den Pannenstreifen und brachte den Wagen behutsam zum Stillstand. Das Bremskabel war jedenfalls in Ordnung. Ein Parkplatz war in ein paar Metern Entfernung zu erreichen. Sie legte nochmals den Gang ein und gab Gas und schlug das Lenkrad ein. Sie gab im Büro Bescheid, dass sie eine Panne hatte, und rief die Nummer an. Der Beamte des Verfassungsschutzes hob sofort ab und gab Entwarnung. Sie durfte aussteigen und sich um die Panne kümmern. Ein Attentat auf Gabrielle wäre unwahrscheinlich, aber als Person des öffentlichen Interesses sollte sie dennoch immer anrufen, wenn sie einen Verdacht hatte, verfolgt zu werden.

Lastwagen aus dem Süden parkten vor dem Rasthaus. Gabrielle wollte aussteigen und die Motorhaube öffnen. Doch Parkplätze waren verlassene Orte, auch wenn die Kolosse hier lagerten, die Chauffeure waren verschwunden. Schliefen vielleicht in ihren Kojen oder trieben sich außer Sichtweite herum. Gabrielle atmete bewusst langsam und rief Joe an. Er las ihr die neuen Schlagzeilen zu einem Attentat von Rechtsextremisten in Deutschland vor. Der Vorderreifen war total platt. Sie rief den Verkehrsdienst an und nach einer halben Stunde war der Reifen gewechselt und sie startete den Motor, versuchte anzufahren. Sie legte Geschwindigkeit zu und verließ den Parkplatz wieder, ohne Mucken floss sie ein in den Verkehr auf der Autobahn, als wäre nichts gewesen.

Sie stellte den Wagen im Parkhaus ab, wo die Kameras alles im Visier hatten und die Bilder in ein Kämmerlein übertrugen, in dem das Sicherheitspersonal saß und das Gerichtsgebäude überwachte. Sie ging schon zum Ausgang, da hörte sie den heulenden Motor eines hochjagenden Autos. Das Tageslicht fiel nicht in die zu niedrig gehaltenen Etagen, es schlug grell durch. Zwischen den Autos staute sich das Grau und Blau des Betonschattens, die Lichtschlitze zuckten. Gabrielle stolperte, obwohl nichts im Weg lag. Das Symptom für die schlimmste Diagnose. Das heranfahrende Auto warf die Lichtkegel, untrügliche Spürnasen, über die Rampe. Gabrielle fing sich und ging weiter. Sie wurde unmerklich schneller. Filmszenen des Horrors stiegen in ihr auf. Sie spürte den ernüchternden Knöchelschmerz, setzte trotzdem Schritte und begann schließlich zu laufen.

Wer Angst hat, kann überall Vorboten des Bösen sehen. In der Sicherheit des Verfassungsschutzbeamten musste Gabrielle über ihre Paranoia grinsen. Der Mann erwartete sie vor dem Gericht. Sakko und darüber einen zerknautschten Burberry-Mantel. Bequeme Schuhe und ein sympathisches Gesicht, so braun gegerbt wie das Leder der Schuhe.

Das Verwaltungsgericht biete gewiss einen der sichersten Arbeitsplätze der Republik, sagte er, dennoch gebe es überall Verrückte, die jemanden zur Strecke bringen könnten, womit man rechnen müsse. Die Leiche des niedergestochenen Kollegen in einem Vorarlberger Sozialamt sei noch warm gewesen, als man andere Organe des Staates wegen eines möglichen Attentates gewarnt hatte. Alles bleibe normal, aber wie immer, im besten Falle, seither.

Die Drehtür zur Eingangshalle kreiste um die eigene Achse, ohne dass jemand hindurchgegangen war. Das sei schon verdächtig, Gabrielle könne ruhig über den Hof sprinten, meinte der Beamte. Er hatte keine polizeilichen Attribute, als die Waffe unter dem Sakko. Mit sorgenvoller Miene zählte er die Sicherheitsmaßnahmen auf, die Gabrielle zur Verfügung standen. Sie hätte den Personaleingang nehmen können, um die Sicherheitskontrollen zu umgehen. Aber im Augenblick sei es besser, zu den Sicherheitskontrollen und zu den Wachbeamten eine regelrechte Nähe zu entwickeln.

Sie hielt den Schlüsselbund schon in der Hand, schlüpfte in das nächste Segment der Drehtür, die sie wie ein Karussell in die Eingangshalle spulte. Die Portiere saßen hinter schusssicherem Glas. Es gab keine Berührung mit den Parteien. Diese mussten ihre Papiere vorzeigen und ablegen. Die Sicherheitsangestellten nahmen die Ausweise entgegen, überprüften Namen auf den Listen und sagten die Nummern der Verhandlungssäle durch. Sie staunten, Gabrielle hier zu sehen, wem sollten sie die Richterin zuteilen?

Wenige Leute standen in der Schlange. Eine Afghanin, zwei Männer, ein Kind, ein Kinderwagen, eine Sozialarbeiterin als Rechtsbeistand. Die Personalausweise wurden durch eine Lade unter dem Sicherheitsglas durchgereicht.

Der Raum leuchtete grell wegen der giftgrünen Laminatböden im Empfangsbereich mit der Sicherheitskontrolle, als hätte jemand mit Filzstift den Belag zugemalt. In allen anderen Stockwerken waren die Gänge mit einem orangen Boden ausgelegt und die Wände indirekt beleuchtet. Die Wartezonen ergaben eine lange Saalflucht. Hier konnten sich die Besucher, Vorgeladenen, Zeugen und Kiebitze tummeln. Es herrschte eine übersichtliche und angenehme Atmosphäre, wie sie in den Guidelines für öffentliche Zonen sensibler Gebäude empfohlen war.

Gabrielle grüßte die Sicherheitsbeamten und nahm den Mann vom Verfassungsschutz ins Schlepptau. Auch er musste sich der Prozedur aussetzen. Die Sprechkapsel leitete die Stimme des Beamten in glasklarer Qualität weiter, als fiele eiskaltes Hochgebirgsquellwasser über eine Felswand klirrend ins Bachbett. Der Beamte hinter dem Sicherheitsglas hob sich von seinem Drehsessel und bestand darauf, dass Gabrielle und der Begleiter die Sicherheitsschleuse passierten. Sie fuchtelte noch mit ihrem Schlüssel. Der Beamte legte die Hand auf die Klinke und drückte sie würdevoll langsam hinunter. Dann trat der Schwergewichtige aus seiner Koje und schlurfte voran zum Röntgenapparat. Es war, als würde sie diese Vorgänge zum ersten Mal sehen.

Da die Richterin über den Kundeneingang das Gericht betreten hatte, musste sie durch die Schleuse. Der Beamte legte einen Schalter um und nahm seinen Metalldetektor hoch, wie ein Pharao stand er da und hielt seinen Stab vor der Brust. Er war plötzlich eine Autorität, ermächtigt, nicht nur Metalle, sondern auch Plastikwaffen zu detektieren. Er gab Gabrielle das Zeichen, durch den Türrahmen, mit elektronischen Raffinessen ausgestattet, zu treten. Es piepste. Gabrielle legte den Gürtel ab und die Metalle, etwa den Autoschlüssel. Ramses legte den Detektor an ihre Taille.

Nur eine Frau darf bei mir eine Leibesvisitation durchführen, sagte Gabrielle.

Okay, sagte Ramses.

Das ist sogar in Rumänien unter Ceausescu Standard gewesen, belehrte sie ihn.

Dann müssen wir auf die Kollegin warten, sagte Ramses.

Okay, sagte Gabrielle, machen wir eine Ausnahme.

Ramses fuhr die Silhouette ab, legte aber keine Hand an, um sie abzutasten. Gabrielle trug ihren Körper erneut und mit frischem Elan durch den Türrahmen der Schleuse. Hinter ihr landete die Waffe in ihrem Gurt auf dem Förderband. Der Mann vom Verfassungsschutz hielt die Papiere vor die Nase des Security-Personals. Wieder ging der Alarm an. Der Wächter winkte ab. Der Alarm ließ sich nicht abstellen. Vor dem Gesetz war jeder gleich, der Verfassungsschutz war dafür verantwortlich. Der Wächter wies die Waffe zurück.

Was machen wir jetzt?, fragte Gabrielle. Soll ich doch den anderen Eingang wählen?

Wahrscheinlich die einfachste Lösung, sagte der Schwergewichtige.

Wir machen eine Ausnahme, sagte der Mann vom Verfassungsschutz.

Eine afghanische Frau, Hazara, kam mit einem Baby im Arm durch die Drehtür. Zwei Männer klappten den Kinderwagen draußen im Hof zusammen und folgten ihr. Der Wächter hob die Augenbrauen und Gabrielle umging nun das Schleusentor, stieg einfach vorbei.

Ich hab's eilig, sagte sie noch.

Der Wächter holte Luft, aber hielt sich zurück. Die kommenden Parteien waren verdächtig, weil gerichtsfremde Personen. Sie stauten sich vor dem Schalter und irgendwas war kompliziert, denn es dauerte, bis sie ihre Anweisungen begriffen.

Mit der Sicherheit sei es nicht weit her, brummte der Mann vom Verfassungsschutz.

Nun stimmten die Verhältnisse. Der Wächter war ein Türhüter vor dem Gesetz und die Richterin, die das Gesetz vertrat, befand sich in dessen Räumen. Durch die Glaswände konnte sie den Eingangsbereich beobachten, wie ihr der Mann vom Verfassungsschutz sagte. Der Wächter war also übergewichtig, aber seine Uniform saß ihm gut. Seine Haut war rot und entzündet. Er musste an einer Erkrankung leiden. Gabrielle sah noch, wie er mit dem Detektor auf das Kind zeigte. Die Frau sah ihn verständnislos an. Die Männer horchten erstaunt auf und der Wächter murmelte etwas. Ratlos stand die Gruppe vor ihm. Sollte sie zurückgehen und die Situation klären?, fragte sich Gabrielle. Dann endlich kam ihm eine Kollegin zu Hilfe. Gabrielle erkannte sie an dem dezenten Tattoo einer Rosette im Nacken. Diese junge Frau war eine Praktikantin und sie sah Joe ähnlich, hatte sie immer befunden, und sie hatte die gleiche Nase wie die Verkäuferin im Supermarkt zu Hause.

Bis der Kinderwagen auf dem Förderband lag und durch den Röntgenapparat fuhr, beobachtete sie das Geschehen vor dem Gesetz. Die Frau hatte mittlerweile verstanden, worum es ging. Sie sollte dem Baby das Kettchen, an dem der Schnuller befestigt war, abnehmen und auf das Förderband legen. Gabrielle verstand, dass die Mutter den Schnuller auf eine saubere Unterlage legen wollte, um ihn nicht mit Keimen zu verseuchen. Der Wächter war nur Ordnungshüter und sein Gesicht ausdruckslos, kalt. War er nun schikanös? Der Wächter, mit seiner Erkrankung gestraft, rächte er sich jetzt an der fertilen jungen Frau und ihren Männern für das Unglück, von der Natur nicht begünstigt worden zu sein?

Auch die junge Tätowierte kapierte, was Gabrielle schon wusste. Sie ging zum Wasserspender in der Wartezone und zog einen Plastikbecher aus dem Spender, trug den leeren Becher durch die Wartezone zurück zum Tor und reichte ihn der Mutter durch die Schleuse hindurch. Die Mutter war beglückt, dass sie jemand nicht bloß verstanden, sondern ihr auch geholfen hatte. Sie legte den Schnuller ins Becherchen und ließ das Kettchen hineinsinken. Das ganze Ding fuhr nun durch den Röntgenapparat, ohne sich mit den Keimen auf dem Förderband zu beschmutzen. Der Wächter amtshandelte dann beim Alarm lax. Er winkte die Frau hindurch. Sie trug das Kind auf dem Arm. Der Mann vom Verfassungsschutz schüttelte den Kopf. Wenn das Sicherheit ist, dann fresse ich einen Besen, sagte er.

Einer nach dem anderen trat nun über die Schwelle, und bei den Männern war der Wächter Ramses an der Reihe zu leibesvisitieren. Die Männer erhielten ihre metallischen Gegenstände und das Baby bekam den Kinderwagen zurück, der mit den Rädern voran aus dem Bauch des Röntgenapparates auf die Welt des Gerichts kam. Der Kinderwagen war sogleich aufgeklappt, das Kind hineingesetzt und die Mutter knipste den Schnuller an die Strampelhose. Gefolgt von den Begleitern schob sie den Wagen in die Wartezone vor ihrem Verhandlungssaal.

Abgelegene Räume, Keller, Parkgaragen oder dunkle Gassen verloren den Schrecken nach wenigen Tagen und bald schon hatte sie Lust, die Wege wieder abzukürzen. Sie hielt den Button an die Magnetstelle des Türöffners und eine Sicherheitstür wich vor ihr zurück und schwenkte zur Seite. Sie betrat das weiße Gehäuse von einer anderen Seite, womit sie Tunnelsysteme und Gänge beschritt, hinter deren Türen die Richter und Richterinnen, die Referenten und Referentinnen, die zuständigen Büroangestellten und Administratoren saßen. Manche Kollegen hatten die Türen offen und grüßten. Gabrielle ging zum Kopierer und legte den Stapel des letzten Erkenntnisses ein. Durch die raumhohen Fenster sah sie in den Vorhof, wo sich eine Gruppe Asylwerber, alle abgewiesen vom Bundesamt für Asyl und Fremdenwesen, mit ihren Begleitern einfanden. Manche rauchten. Frauen mit Kinderwagen und die Kinder darin wohlgenährt. Männer mit akkuraten Haarschnitten und Frauen mit oder ohne Kopftücher und in Jeans und Stiefeletten mit höherem Absatz.

Gabrielle schleppte die Kodices und den Laptop in den fünften Stock. Sie hielt wieder den Button auf das Lesegerät des Lifts und drückte den Knopf. In ihrem Stockwerk gähnten die Gänge. Sie bäumte sich gegen das Schuldgefühl auf, wider besseres Wissen zu handeln und über den Verhältnissen zu leben, die ihr Gewissen als glaubwürdig aufrecht herstellte.

Im Büro warf sie den Ballast ab, öffnete das Kippfenster und setzte sich an den Schreibtisch. Rechts stand die Kaffeemaschine – wieso nicht links wie sonst immer? – und sie drückte den Einschaltknopf. Der Talar hing wie üblich an der Garderobe – oder? Sie strich über den Kragen der Bluse. Zu ihrem Erstaunen entdeckte sie ein gekraustes Haar darauf. Sie stutzte logischerweise. Sie nahm das Haar zwischen die Fingerspitzen und prüfte im Spiegel den Haaransatz. Sie fädelte den Kleiderbügel aus dem Talar und zog sich die Dienstkleidung über.

Die Kerzen, die sie vor Tagen mitgebracht hatte, lagen noch auf dem Tisch. Sie drückte die Zahlenkombination der Sekretärin ins Standtelefon. Sie war für alle Richter des ganzen Stockwerkes zuständig. Gabrielle fragte, ob man Kerzen brauchte.

Sie legte gleich wieder auf, als sie unten am Ausgang der U-Bahn-Station drei Männer über den Zebrastreifen kommen sah. Jeder trug einen undurchsichtigen Plastiksack mit der Aufschrift und dem Emblem des Internationalen Roten Kreuzes. Sie schwenkten am Handgelenk baumelnd hin und her und schlugen an die Oberschenkel. Die Hände steckten bei allen in den Hosentaschen. Die Plastiksäcke waren mit einer Mappe gefüllt, die die wichtigsten Daten für das Bleiberecht und Wohnstätten enthielt. Die Mappen waren verschwenderisch groß. Damit wäre es nun aus umweltpolitischen Gründen auch bald vorbei, dachte Gabrielle, in Zukunft würde die kapitalistische Propaganda nur mehr vernünftig nachhaltigen Müll produzieren.

Der private Computer meldete, dass ein neues Update für den Instant-Messaging-Dienst zur Verfügung stehe. Gabrielle schloss das Gerät ans Netz und bestätigte den Aufruf. Der Schirm schaltete sich augenblicklich aus, bis ein Kreis erschien, unterteilt in Segmente, die sich nacheinander im Sekundentakt mit Weiß auffüllten. Schließlich sprang das Bild wieder an und das Logo des Dienstes, ein weißes S auf mittelblauem Feld, von feiner Linie umrissen, leuchtete auf. Das Fenster öffnete sich und trug den Namen, den Karl für Skype verwendete.

KaKa hatte geschrieben: Hallo, Schwester!

Gabrielle musste sich setzen. Die Nachricht stammte noch von gestern. Es war ein Bild angefügt. Eine Skizze Karls von Kabul. Er hatte sein grafisches Talent nicht verloren.

Kennst dich aus?, hatte er in der nächsten Zeile hinzugeschrieben.

Die chaotischen Linien kulminierten in einem Strudel aus Gebein und Tieren, Autos, Karren, Minaretten, Silhouetten von Passanten. Er hatte Kinder gezeichnet, übersteigert künstlich und phantastisch. Ein Kabul für Gabrielle, das die Gesänge der Muezzins im Rhythmus der Handbewegung des Zeichners, gestischer Ausbruch einer Zuneigung, versammelte. Die Staus auf den zerstörten Boulevards gerannen zu einem Hoffnungsstrom. Er stellte ihr das Kabul in Kritzelzeichnungen eines Zeitreisenden vor.

Karl war schon damals ein hochbegabter Zeichner und ein Beschreibungsbesessener gewesen, ein Physiognomiker der Oberfläche. Er hatte die Stadt, die es nur mehr auf alten Postkarten gab, neu gelesen und damit ihre Geschichten zugänglich gemacht. Die Springbrunnen hüpften auf dem Platz im Kreis und ein Fräulein mit mondäner Sonnenbrille passierte den Ring. Flaneure bevölkerten den Markt, man saß auf Fässern und Brettern und durch das Dach aus Latten fiel das Licht in schwarz-weißen Streifen über alles. Die Männer trugen Turbane. Die lokale Tracht bestand aus einem bis zu den Knien reichenden Hemd und lockeren weiten Hosen. Westliche Kleidung gehörte genauso ins Straßenbild. Der Anzug eines Businessman wirkte elegant und die Komposition der Flaneusen, die einen Tanz im Suk hinlegten, mit schwingendem Petticoat und Taille, beschrieb die Höflichkeit der Zeit, die schon damals in den Drogen unterging. Die glitzernden Samowars und die gläsernen Wasserpfeifen, an deren Schläuchen Männer und Frauen nuckelten, verbreiteten einen Duft von frisch verbrannter Holzkohle, Zimt und Kardamom.

Gabrielle spürte die Überlegenheit ihres Bruders, der mit jedem Strich all das überlebt hatte, was gezeichnet war. Sie schickte ihm eine kurze Nachricht: Bist du online? Willst du reden?

Die Antwort ließ auf sich warten, stattdessen die Frage: Hast du wieder Kinder?

Das Handy gab einen Klingellaut von sich. In der SMS wurde auf Gabrielles Verspätung und den Beginn der Verhandlung hingewiesen. Der Schriftführer und der Übersetzer seien seit einer halben Stunde bereit. Gabrielle beeilte sich. Sie nützte das Barett als Körbchen, legte das Handy hinein, die Schlüssel dazu, sogar ihre Zigaretten und das Feuerzeug und noch eine Packung Papiertaschentücher. Sie platzierte das Käppchen auf den Aktenstapel und trug alles durch die Gänge des Stockwerkes in den Lift und bis zu ihrem Verhandlungssaal.

Die Sessel waren in Reihen fixiert, die Sitzschalen sehr weiß wie Knochenporzellan und die Chrombeine blitzten auf Linie gebracht wie Elevinnen beim Ballett an der Stange.

Die Gruppe der Beschwerdeführer hatte bereits Platz in den Reihen der interessierten Öffentlichkeit genommen, der Kinderwagen stand nun unter dem Fenster. Der Schriftführer hatte Position hinter dem Computer bezogen. Für die Übersetzung war ein Mann am Pult. Wie immer, wenn Gabrielle eintrat, schämte sie sich für den geschmacklos grellen Bodenbelag, heute aber fielen ihr besonders die fehlenden Sesselleisten auf. Laut Guidelines sollten Amtsräume etwas autoritär Biederes erhalten.

Ohne Sesselleiste sah es wie auf einer Baustelle aus. Dass man den Innenausstatter für die Wahl dieser Bodenfarbe auch noch bezahlt und nicht aus dem Land gejagt hatte, stellte für Gabrielle die Ästhetik als ein Feld universeller Problematik dar. Die Fensterreihe spiegelte sich in der gegenüberliegenden Fassade. Die Beleuchtung ließ ebenfalls zu wünschen übrig, das Arbeitslicht kerbte unbarmherzig Hautunebenheiten und Falten in die Gesichter hinein.

Es war eine lästige Angewohnheit. Gabrielle räusperte sich stets vor versammelter Menge, um ihre Amtsgewalt zu demonstrieren, anstatt abzuwarten, bis Stille eingetreten war. Sie schloss die Tür hinter sich, warf einen Blick ins Publikum, nickte dem Schriftführer zu, übernahm den mittleren Bürosessel auf dem Podium und damit den Vorsitz.

Die Rechtsberaterin aus einer NGO wirkte festlich. Bei diesem Licht hatten alle Ringe unter den Augen. Gabrielle bemühte sich um eine lockere Stimmung. Sie fragte die Rechtsvertreterin, ob es ihr gut gehe. Diese antwortete beiläufig, dass sie einen Trauerfall zu beklagen habe, da ein Fernsehteam, das in einer Schule selbst von einem Attentat berichtet habe, einem Anschlag zum Opfer gefallen sei.

Gabrielle flüsterte betroffen ihr Beileid zu, fragte, ob sie sich die Verhandlungsbegleitung zumuten wolle.

Ihr Onkel in Kabul habe ein Interview gegeben und wie stets die sinnlose Gewalt angeprangert, gegen die er mit der Alphabetisierung von Frauen so vehement ankämpfte. In den frühen Morgenstunden habe im Klassenzimmer eine Granate eingeschlagen. Erste Hilfe war von Passanten geleistet worden, als die Schreienden herumlagen, und da sei das Fernsehteam eingetroffen und während des Interviews sei eine Zwillingsgranate hochgegangen. Ihr Onkel, der Interviewer und der Kameramann seien mit dem letzten Bild ausgelöscht worden.

Gabrielles erster Impuls war, die Verhandlung zu vertagen. Die Rechtsvertreterin lehnte ab, hier am Gericht auszuhelfen sei das Beste, was sie für ihr Land tun könne.

Gabrielle dachte an Karl und Mazuma und sie ärgerte sich nun über die Flapsigkeit ihres Bruders, der sie gefragt hatte: Hast du wieder Kinder? Wusste der Idiot nicht, was er ihr angetan hatte?

Gabrielle raunte der Übersetzerin zu, dass sie volles Verständnis habe, wenn sie nicht teilnehmen wolle.

Die Rechtsberaterin sagte: Das Leben gehe weiter, und machte deutlich, dass ein Hoffnungsschimmer über der Verhandlung lag.

Karl hätte jede Schuld weit von sich gewiesen, wenn Gabrielle ihm die Kinderlosigkeit zum Vorwurf gemacht hätte. Die Rechtsvertreterin vergoss keine Träne, vielleicht sollte die Richterin ihre Auskünfte überprüfen. Wenn die Geschichte mit dem Anschlag nicht stimmte, wollte sie hier eventuell nur Druck aufbauen. Gabrielle verscheuchte den Verdacht und setzte sich in ihrem Talar breitbeinig hin, die Füße fest in den Boden stemmend. Sie gab dem Schriftführer Geschäftszahl, Uhrzeit und den Namen des Asylwerbers durch. Der Schriftführer erhob sich und ging zur Tür, rief den Namen hinaus in die Wartezone.

Der eintretende Mann war gerade 18 geworden, machte eine Schneiderlehre und zeigte eine Mappe vor, die Fotografien von Herrenhemden enthielt, Hemden mit Borten und Stickereien, kaftanartige Tracht. Ideal für die Freizeit am Strand zu gebrauchen, dachte Gabrielle, und sehr schick für Joe. Die Figurinen waren mit Buntstiften gezeichnet und zeugten von sicherem Strich. Gabrielle war nicht ermächtigt, über die Arbeiten eines Modedesigners zu richten. Die Figurine entsprach männlicher Stereotypie: starkes Kinn, Bart, Rahmung des Gesichtes durch kräftige Augenbrauen auf Stirnknochen, Stirnfransen, lockig wie

Wolle, Schläfen- und Ohrenpartie ausrasiert, Nacken hochrasiert, dem afghanischen Frisurstil entsprechend.

Der Übersetzer war ein älterer Herr, des Paschtu, einer indogermanischen Sprache aus dem ostiranischen Zweig, mächtig. Er putzte sich so heftig die Nase, dass das Taschentuch riss. Gabrielle zauberte ein frisches aus ihrem Barett hervor.

Noch mehr afghanische Freunde des Asylwerbers nahmen in den Reihen der interessierten Öffentlichkeit Platz. Er blieb aufmerksamen Blickes, immer auf Gabrielle gerichtet, während sie seine Modemappe durchblätterte. Fotos von selbst genähten Hemden, Sackhosen und Schals in Farbe und Schwarzweiß mit grafischem Muster.

Der Übersetzer hatte sehr gepflegte Hände, mit denen er sein hüllengraues Handy zur Seite schob. Beeindruckend an ihm war die totale Orientiertheit. Er hielt Papiere und Stifte, Handy und Wörterbuch wie auf einer imaginären Linie angeordnet bereit. Die wuchernden Ringe auf den Fingern hatten etwas Stereotypes. Es war eben nicht nach Gabrielles Geschmack. Joe trug keinen Schmuck. Das Kettchen, das sie ihm einmal geschenkt hatte, trug sie selbst. Die fetten Goldringe waren ohne ironischen Bruch. Wenn sie wenigstens eine Kalaschnikow nachgebildet hätten.

Der Übersetzer war streng zu sich selbst, versagte sich jede Einfärbung des Übersetzten durch Erklärungen. Die afghanisch islamische Republik sei nicht in der Lage, das Leben eines Modeschöpfers zu schützen. Gabrielle diktierte: Verwandte des Asylwerbers seien ermordet worden. Cousins und Brüder, weil der Vater mit der staatlichen Polizei zusammengearbeitet habe. Sein Leben sei daher bedroht gewesen und als männlicher Nachkomme habe der Asylwerber auch in Österreich Angst vor Verfolgung. Gabrielle dachte an die zurückgebliebenen Frauen, die in

Kabul ihre weiblichen Nachkommen zu ernähren hatten. Die starken Frauen von Kabul waren zu loben. Was war mit stark gemeint? Beharrlichkeit im Kampf um Gleichberechtigung und gleichen Lohn. Beharrlichkeit in der Verteidigung der Gesundheit, wenn sie einem Mann sagten: Ich will von dir nicht schwanger werden. Wozu brauchte man hier einen weiteren brotlosen Modedesigner, fragte sie sich. War es nicht unmenschlich von ihm, seine weibliche Verwandtschaft zurückzulassen? Wie menschlich wäre es, den Modedesigner zu deren Hilfe zurückzuschicken? Es gäbe auch in Afghanistan genug zu designen.

Der Asylwerber sagte, dass er keine Chance habe zu arbeiten. Von den Flüchtlingslagern bis zu den Wohncontainern, er würde alles designen. Unter der Herrschaft der Taliban war das Lackieren von Fingernägeln mit dem Tode bestraft worden, heute lackierten sich viele Frauen die Fingernägel. Es gehe doch etwas weiter mit der Zivilisation. Aber für ihn gebe es noch keine Chance, sagte der Designer.

Für die Frauen sei die Lage auch nicht gut, sagte die Rechtsberaterin bestätigend. Die Burka schütze vor Anspielungen und sexuellen Übergriffen nicht, sie sei eine Folge des vom weiblichen Geschlecht verwirrten männlichen Geistes, wie man wisse. Eine Burka mache aus der Frau ein huschendes Wesen, sei oft zu lesen, sagte sie. Aber keine Frau husche in den Straßen Kabuls herum. Sie hasteten eher.

Gabrielle kehrte zu den Fakten zurück. Der Onkel sei mit drei Kugeln niedergestreckt worden, dem anderen seien Kopf und Hände nach der Ermordung abgeschnitten worden. Wieso? Der Modeschöpfer wusste es nicht. Diese Details ergaben keinen zwingenden Asylgrund. Der Designer wartete auf ihre nächste Frage.

In welchem Alter habe er die Flucht beschlossen?

Sein Vater hatte ihm zu flüchten befohlen, als er noch minderjährig gewesen war.

Die Beurteilung der Beschwerde seines abgewiesenen Asylansuchens war für die Richterin nun geklärt. Sie entschied, nicht von der Rechtsprechung abweichend, sondern auf Sachverhalten gründend, Asyl zu gewähren, da er sich nicht aus eigenen Stücken zur Flucht entschieden hatte, sondern als Minderjähriger dazu bestimmt worden war. Es war seine Rettung gewesen, denn kurz nach dem Fluchtstart war der Vater schon ermordet worden. Dieser Sachverhalt reichte aus.

Gabrielle räusperte sich und erhob sich. Im Namen der Republik, begann sie und alle erhoben sich wie in der Kirche, wenn die Priester zur Anrufung Gottes anhoben: im Namen des Vaters. Gabrielle erinnerte sich an ein Zitat ihres Lieblingsschriftstellers Vladimir Nabokov, der autokratische Götter und ihre Gerichte durch Konferenzen der Geister der Demokratie ersetzte, die auf die Geschicke der Menschen achteten. Einer solchen Dauerkonferenz diente sie mit dem Gesetz, saß sie in Verhandlungen vor, zumindest spürte sie die Verantwortung und diese erfüllte sie kurz mit Stolz. Der Modedesigner verstand nicht, wie ihm geschah, und blieb sitzen. Seine Schneiderlehre in Kabul hatte er als Zwölfjähriger begonnen und im Schneidersitz die Knöpfe anzunähen gelernt. Erst als Gabrielle ihn ein weiteres Mal aufforderte, ging ihm die Bedeutung dieses Momentes auf. Das Urteil war nicht irreversibel, aber es fühlte sich so an. Sein afghanisches Flüchtlingsleben wurde nun in ein österreichisches Asyl verwandelt.

Der Übersetzer teilte die Urteilsverkündung wie auswendig gelernt in Paschtu mit. Freude verbreitete sich in den Reihen der interessierten Öffentlichkeit, begleitet von Skepsis und Sorge, ob alles rechtens war. Der Modedesigner verstand kein Wort genau, die Informationen waren zu schnell auf ihn hereingeprasselt. Gabrielle war wie immer ein wenig enttäuscht, wenn sie keine Freude über das Gesicht eines Betroffenen huschen sah. Wie selten diese Augenblicke der Zweifelsfreiheit für sie waren.

Wann er wiederkommen müsse, fragte der Asylant verdattert. Gar nicht mehr, sagte der Übersetzer. Der Modedesigner ließ seinen Blick auf der Mappe liegen. Er verneigte sich respektvoll. Der Schock, plötzlich Inhaber unanfechtbarer Bürgerpflichten zu sein, verschlug ihm die Sprache. Er nahm seine Mappe, reichte Gabrielle die Hand, dem Schriftführer, dem Übersetzer, der Rechtsberaterin und ging mit dem Ausdruck des Protokolls und der Mappe unter dem Arm aus dem Saal. Schade, sagte sich Gabrielle, schade, dass er für diesen Glücksmoment zu überwältigt ist, und räusperte sich.

Der Rucksack rutschte langsam das Tischbein entlang in sich zusammen. Der nächste Beschwerdeführer steckte trotz geheizter Räumlichkeit weiter in seiner Daunenjacke und schwitzte.

Wollen Sie das nicht ausziehen?

Was denn?

Den Anorak.

Ich bin, was ich am Leibe habe, sagte er. Die Ellenbogen spitzten den Anorak über die Armlehnen hinaus.

Der Beschwerdeführer beugte sich vor, die Daunenjacke bauschte und die Schultern plusterten sich auf. Mit einem überraschend leisen Stimmchen berichtete er von seiner verwitweten Mutter. Der Übersetzer fragte, ob er richtig verstanden habe. Die Mutter lebe als Haushälterin einer deutschen Journalistin in Kabul. Alle horchten auf und warteten auf die Fortsetzung der Geschichte einer Freundschaft, mit vielversprechenden Kontakten, bei denen man anrufen und nachforschen könnte. Da flackerte verdächtig das Licht.

Wo er in Wien lebe? Ob er Tabletten nehme? Der Mann spannte die Schulterblätter an und der Anorak platzte auf. Eine weiße Feder bohrte sich aus dem Stoff und gleich darauf eine andere und wieder eine, und immer so weiter, als brächen Flügel durch. Der Beschwerdeführer hatte zwar nur den Boden unter den Füßen, der ihn gerade trug, doch immerhin ein Nest in Kabul, und vielleicht auch in Deutschland, dachte Gabrielle.

Wollen Sie nicht die Füße ruhig hinstellen, Sie machen mich ganz nervös mit Ihrem Gezappel. Der Übersetzer brauchte nur kurze Zeit, diese Phrase zu überbringen. Das Flackern des Lichtes beruhigte sich, auch der Beschwerdeführer. Er verharrte für ein paar Schweigesekunden. Plötzlich begann er auf Deutsch zu sprechen. Und zwar mit Dialekt. Er hatte in Tirol seine Liebe zur Sprache kennengelernt. Die Leuchtstoffröhre blitzte wieder stroboskopartig auf. Gabrielle stellte einen Zusammenhang dieser Störung mit dem Grund der fehlenden Sesselleisten her, Kabelstränge waren freigelegt, der Schlamperei der Haustechnik geschuldet.

Die Leuchtstoffröhren waren mit Gas gefüllt und das Flackern störte die Konzentration. Gabrielle fragte verärgert: Was ist das für ein Gaslighting? Der Übersetzer hob die beringten Hände und hielt die Innenflächen nach oben zur Decke. Die neuen Nazis verwendeten das Wort Gaslighting für Manipulation und meinten Gehirnwäsche bei Gutmenschen, die die Verdrehung von Wirklichkeit durch eine hinterfotzige Politik nicht mitbekämen. Gabrielle wusste, dass der Begriff vom Titel eines Ingmar-Bergman-Filmes gekapert worden war. Egal.

Gabrielles Blase meldete sich, Zeichen für eine Pause. Sie unterbrach die Verhandlung. Auch in den Waschräumen flackerte das Licht. Sie war noch nie Opfer eines epileptischen Anfalls gewesen, doch jetzt, mit sich allein, während sie sich wieder herrichtete, verstand sie die Angst einer Ingrid Bergman, schwedisches Riesenweib mit schwachem Herzen im Film *Gaslight*, die sich das Lichtflackern nicht erklären konnte, weil draußen der Ehemann den Gashahn manipulierte, um sie in den Wahnsinn zu treiben. Die einsame Ehefrau verfiel dem Wahn, ihre Sinne seien degeneriert. Ihr Selbstbewusstsein deformierte sich. Vielleicht war das Flackern schon ein Hinweis und bot Grund, den Verfassungsschutz zu bemühen? Gabrielle brachte den Talar in Form. Der Lichteffekt irritiere sie nicht weiter, beschloss sie.

Sie betrat den Gerichtssaal. Ja, das Licht zitterte immer noch über ihr. Merkt ihr das?, fragte sie. Der Übersetzer nickte. Der Beschwerdeführer auch. Immerhin erlebten alle die gleiche Wirkung gestörter Beleuchtungskörper. Wie empfand man Wahrheit in Wirklichkeit? Durch die gemeinsame Erfahrung und die Wiederholbarkeit der Erfahrung in der Erzählung. Die Verhandlung wurde fortgeführt, diese Formeln bildeten ein Ritual. Was entstand im Gerichtssaal? Die Wahrhaftigkeit geteilter Wirklichkeit. Jede Wirklichkeit bestand aus Wahrheiten, die die politische Wirklichkeit zersetzen konnten. Wer denkt so?

Moment, hob Gabrielle an. Was wollen Sie damit sagen?

Die Drecksarbeit des Abschiebens und des Ertrinkenlassens und der Internierung in Flüchtlingslagern ist euch scheißegal, sagte der Beschwerdeführer.

Bleiben Sie bei den relevanten Fakten.

Wer jetzt wen was fragen und was sagen?, fragte der Schriftführer.

Verzeihung, ich hab nur laut gedacht, sagte der Beschwerdeführer.

Gabrielle las das Protokoll, um die Verhandlung fortzusetzen. Der Mann hatte schlicht keinen Asylgrund, sprach aber ein Tirolerisch und Standarddeutsch erster Güte. Gabrielle streckte die Hand aus und zog den Wasserkrug heran.

Können Sie außer reden noch etwas?, fragte sie. Der Mann hatte in seinem Leben keine Schule besucht, erst in Österreich hatte er seinen Namen zu schreiben gelernt. Der 25-Jährige war seit acht Jahren unterwegs. Die Männer aus seiner Familie waren tot. Die Mutter mit den kleinen Geschwistern bestellte die Furchen eines Feldes mit dem Tier, das der Nachbar ihr zur Verfügung gestellt hatte. Er telefonierte mit ihr einmal wöchentlich.

Was er arbeiten möchte? Ob er Freunde habe? Wo er sein Standarddeutsch herhabe? Der Schriftführer tippte mit und Gabrielle korrigierte das Protokoll gleich auf dem Computer.

Ich bin begabt, sagte der Beschwerdeführer, ich kann alles lernen.

Als was möchten Sie am liebsten arbeiten?, wiederholte Gabrielle. Die Funktion ist der Gesellschaft wichtiger als die Begabung einer Person.

Ich will ein deutscher Dichter werden, sagte der Afghane.

Ein Dichter deutscher Sprache, korrigierte Gabrielle.

Nein, sagte er gestochen scharf, ein deutscher Dichter.

Sie wollen die deutsche Staatsbürgerschaft?

Ich will eine deutsche Frau.

Um deutscher Dichter zu werden? Wieso dann Tirolerisch?

Ich bin in St. Johann gelandet.

Sie lernen schnell, sagen Sie.

Ich habe in Afghanistan weder lesen noch schreiben gelernt noch eine Ausbildung erhalten. Ich will den Deutschen helfen, dass es nie so wird wie in Afghanistan. Ich will auch kein Tirol.

Wie wollen Sie das bewerkstelligen?

Man wird meinen Namen aussprechen lernen.

Gabrielle beugte sich zum Schriftführer, sagte, dass er die nächsten Fragen überspringen könne.

Er könne beim Aufbau deutscher Sprachinstitute in Afghanistan helfen. Gebe es ein Goethe-Institut in Kabul?

Er war von Armut und Gewalt bedroht gewesen wie alle Afghanen. Immerhin hatte er noch eine die Felder bestellende Mutter und wollte die deutsche Kultur speisen. Der Staub aller Wüsten dieser Welt hatte sich auf seine Stimmbänder gelegt, sodass er sich nun gewichtig räusperte. Der Beschwerdeführer könnte als Hausbursche für deutsche Trecker und Liebhaber der Wildnis fungieren, lautete der Vorschlag. Er könnte den sprudelnden Wildbächen und afghanischem Quell Gedichte ablauschen und als deutsche Kunst eines Tirol verschmähenden afghanischen Dichters ausgeben. Die Schaumkronen auf den Wellenstrudeln über dem Geröll aus dem Hindukusch hatten sogar Aphrodite in schmale Taleinschnitte gespült. Darüber erhöben sich almige Hänge. Baumhäuser auf Pfählen am Fluss gebaut. Der totale Rückzug für Denker und Pilger, die ihre Umwege gingen, um deutsche Dichter zu werden. Er könnte sogar eine Dichterschule im afghanischen Retreat gründen, aber besser als Deutscher denn als Afghane.

Wovon wollen Sie aber hier leben?, fragte Gabrielle.

Von meiner Geschichte, sagte er. In einigen Jahren wolle er nach Afghanistan zurückkehren, um das Land davor zu bewahren, wie Deutschland zu werden.

Wie sei Deutschland denn dann?

Überfremdet.

Wieso haben Sie Beschwerde gegen den negativen Bescheid des Bundesamtes für Asyl und Fremdenwesen eingelegt?, fragte Gabrielle.

Ich wurde nicht richtig verstanden, sagte der Mann. Ich will die Schönheit meines Landes besingen und auf Deutsch davon berichten. Ich kann sofort anfangen. Ich trage die deutschen Lieder in meinem Herzen.

Der Übersetzer wandte ein, dass dieser Satz auf Englisch lautete: I know them by heart. Afghanen lernten auch mit dem Herzen.

Ich habe für mich gesprochen, antwortete der junge Mann.

Gabrielle vermerkte, dass sie in den Gesetzen nachschauen müsse, ob es einen Einbürgerungsgrund wegen sprachlicher Hochbegabung gebe. Irgendeinen Kunstparagrafen. Haben Sie einen Verleger, fragte sie den Mann. Mit einem guten Buch würden Sie der Nation nützen.

Geben Sie mir Papier, ich bleibe hier sitzen. Mehr Boden braucht ein Dichter nicht, antwortete der Beschwerdeführer. Ich bin zwar kein Tiroler, aber ein Mensch.

Wurden Sie je in Ihrem Heimatland wegen Ihrer Literatur attackiert?, fragte Gabrielle.

Da er niemand war, den man kannte, sagte er: Ich weiß nicht.

Natürlich war das traurig, wenn auch ein Glück für ihn, wegen seiner Verse nicht umgebracht worden zu sein. Sie spürte diese Bitterkeit der Worte auf der Zunge. Einerseits war er ein brotloser Dichter hüben wie drüben und andererseits ein asylsuchender Dichter, der nichts zu bieten und dem man nichts zu bieten hatte. Er war nicht einmal als Kollaborateur der deutschen UNO-Soldaten tätig geworden, obwohl er deutsches Liedgut zu verstehen gelernt hatte.

Ein patriotisches Gedicht an die deutsche Sprache habe er hier.

Also, bitte. Gabrielle richtete sich auf, schlug die Schöße des Talars über den Knien zusammen und lehnte sich entspannt zurück.

Der Beschwerdeführer in der Daunenjacke nahm eine ernste Pose ein. Er beugte sich über seinen entfalteten Zettel und las ohne deklamatorischen Anstrich vor:

Die deutsche Sprache ist kompliziert
ein Ausländer
Sie nie kapiert
vier Fälle –
Vielleicht glaubt man, ich spinn.

Betretenes Schweigen folgte. Gabrielle sah hinauf zu den Leuchtstoffröhren. Sie flackerten nicht, man konnte meinen, auch sie schwiegen. Das Giftgrün des Bodens und das Knochenweiß der Sesselreihen der interessierten Öffentlichkeit ruhten wohltemperiert.

Aber das ist doch ein Gedicht gegen Ausländer?, sagte Gabrielle mit belegter Stimme.

Ich bin Ausländer, sagte er. Glauben Sie, ich habe keine Ironie?

Wenn ich Ihnen Asyl gewähre, dann will ich keinen Gedichte schreibenden Ausländerhasser hierhaben. Hat das Logik für Sie?, fragte Gabrielle nüchtern.

Ich will ein deutscher Dichter werden.

Wie wer?, fragte Gabrielle.

Der junge Mann nannte ein publizistisches Organ identitärer Irrer, die vom Verfassungsschutz beobachtet wurden.

Sie sind auf einer schiefen Bahn, sagte Gabrielle.

Es gibt ein Sprichwort, sagte der Beschwerdeführer: Nur die dümmsten Kälber wählen ihre Schlächter selber.

Sind wir hier auf einem Schlachthof?, fragte Gabrielle.

Sie wissen nicht, wohin sich Europa entwickelt, sagte der Asylwerber.

Ich exekutiere das Gesetz und schaffe Wirklichkeit, sagte Gabrielle.

Sie glauben, ich sei ein Schlächter oder ein dümmstes Kalb?, fragte der Dichter ihr auf den Kopf zu.

Gabrielle hielt seinem Blick stand. Ich glaube gar nichts, sagte sie. Der Bescheid werde in zwei Wochen ergehen.

Die Verhandlung war geschlossen.

Der Dichter streckte ihr die Hand hin, zögerte, zog sie wieder zurück.

Haben Sie einen Betreuer?, fragte Gabrielle.

Einen was?

Sie brauchen eine gute Anbindung, sagte Gabrielle.

Die Rechtsberaterin mischte sich mit erhobener Hand ein.

Ach, sagte der Dichter und verdrehte insgeheim die Augen.

Die Richterin lud den Übersetzer auf eine Zigarette in ihr Büro ein. Sein Deutsch war so eindeutig, dass die Worte seiner zähflüssigen Stimme wie mit Zement glatt verputzt klangen. Er trank nur Wasser. Gabrielle kippte den zweiten Espresso. Der Übersetzer war einer der besten, den man am Verwaltungsgericht für die Asylfälle bekommen konnte.

Schwieriger Fall, sagte er, so bedächtig nickend, als wäre er Darsteller in einem Psychokrimi. Gabrielle entschied sich gegen eine dritte Tasse Espresso. Ihre Hände zitterten schon. Sie spürte sich absacken wie einen schäbigen Rucksack. Der verächtliche Blick klebte noch an ihr. In der Wartezone war sie durch das Kraftfeld des dichtenden Asylbewerbers geschwirrt. Seine aggressive Energie verfolgte sie. Oder war es ihr nur unangenehm, die Zone seiner verhöhnenden Achs zu queren?

Sie blies den Rauch mit einem Seufzer aus und fragte den Übersetzer, ob er die Gruppe Männer in der Wartezone verstanden habe.

Es seien Leute aus dem Hügelland von Ghazni gewesen, er kenne den regionalen Dialekt, sie seien alle aus Ghazni, bis auf den Dichter. Sie hätten gewiss nichts mit dem Dichter zu tun.

Sie haben aber angegeben, dass sie alle aus Kabul seien, sagte Gabrielle. Das stehe auch im Akt. Sie seien verfolgt von der salafistischen Miliz.

Deshalb, sagte der Übersetzer und legte seine extrem weißen Zähne lächelnd frei.

Der islamische Staat sei genauso flexibel verfasst, abstrakt und nicht verortet auf lehmigem Boden wie ein anderes Staatsbildungsprojekt. Nach alter Lehre beschränkte sich das Kalifat des Terrors auf den Irak und die Levante und wurde als arabisches Akronym Daesh genannt. Die Terrormilizen suchten aber neue Gebiete, um mit ihrer Gewaltherrschaft das Chaos des Krieges zu ordnen. Ghazni liege südlich von Kabul, weit weg von der Levante, ein Flickenteppich aus braunen Erden mit Buckeln und Sand. Grüne Streifen bewässerten Gebietes durchzögen die Landschaft. Eine schöne Gegend, bestätigte er.

Der Dichter könne auch nicht aus Kabul stammen, sagte der Übersetzer, aber aus dem Daesh.

Gabrielle drückte die Zigarette aus. Sie würde keinen Aufenthaltstitel zuschreiben, wenn erwiesen wäre, dass der Dichter gelogen hatte. Gabrielle hätte kein schlechtes Gewissen deshalb. Sie war Asylrichterin in zweiter Instanz, was für den jungen Mann bedeuten würde, dass er an das Bundesamt für Asyl und Fremdenwesen zurückfiele und danach die dritte Instanz des Höchstgerichtes bemühen könnte.

Seine Lüge ist aber auch dichterische Wahrheit, sagte der Übersetzer.

Ich bin hier kein Institut für Sprachkunst, widersetzte Gabrielle.

Wir sind Meister der Perspektive, sagte er. Mit Perspektive meinte er die Standpunkte zur Einschätzung der Lage in Afghanistan. Verschlechterte sie sich, hätten Asylbewerber gute Chancen, subsidiären Schutz zu erhalten. Im Falle des Dichters waren Asylgründe gegeben, aber seine politischen Motive zerstörten sie wieder. Was hatte er über die Ironie gesagt?, fragte sie.

Gabrielle durchsuchte die Files, während sie die Scrollfunktion gedrückt hielt, um alles lesend zu überfliegen, was der Schirm zeigte. Ghazni war von den Vereinten Nationen als unsicher eingestuft. Die Taliban seien eine im Dunklen suchende Bande in Verhandlung mit den Vereinigten Staaten. Mit dieser Einschätzung würde ich aufpassen, sagte der Übersetzer.

Geschichtsvergessener Machtwille, puritanisch, orthodox, exklusiv, immer das Gleiche, entgegnete Gabrielle. Der Dichter könnte an einem Programm für Rückkehrer teilnehmen. Im Bescheid würde sie diese Informationen weiterleiten. Woher aber nahm dieser Dichter die Sprachfertigkeit? Was könne man als Taxifahrer in Kabul verdienen?, fragte sie.

Zwischen dreihundert und fünfhundert Dollar im Monat, sagte der Übersetzer. Aber woher sollte er das Auto nehmen? Seine Sprachkenntnisse befähigten ihn zum Chauffeur von Diplomaten.

Für den Nachmittag wurden die Übersetzer ausgetauscht. Eine kleine magere Frau in engen Reithosen und Stiefeln mit kniehohen Schäften, dazu ein Sakko aus nachtblauem Kaschmir, Mazumas Cousine, tat Dienst. Sie hatte ihre Arzttasche dabei, war direkt von den Hausbesuchen gekommen. Sie klatschte die Hände zusammen, rieb das Desinfektionsmittel in die Haut, um nicht Viren zu übertragen, und sagte: Die Amerikaner verhandeln mit den Taliban. Vielleicht gibt es Frieden.

Dann wird wieder alles anders, sagte Gabrielle grinsend mit verzogenem Mund.

Ein paar junge Leute, Freunde aus den Flüchtlingsunterkünften der neuen Stadt, und der Ehemann einer der Beschwerde führenden Frauen nahmen Platz. Die Partei befand sich schon im Zeugenstand. Als die Dolmetscherin das Sakko auszog, ging ein Raunen durch die Reihen, die durchwegs mit Männern besetzt waren. Gabrielle schaute mahnend wie eine Lehrerin auf. Dann lächelte sie über die Entdeckung. Die Übersetzerin hatte noch ihr Stethoskop umgehängt. Der Grund unseres Treffens soll nicht gesundheitsgefährdend sein, meinte Gabrielle lakonisch. Eine Ärztin kann man immer brauchen.

Die Beschwerdeführerin war Schiitin und stammte aus dem Volk der Hazara. Das asiatische Erbgut aus der Zeit Dschingis Khans hatte sich über die Generationen der DNA mitgeteilt. Auch Gabrielles Großmutter hatte asiatische Züge gehabt, obwohl es keine Asiaten in der Verwandtschaft gegeben hatte. Bis nach Wien hatten sich die Horden der Mongolen durchgeschlagen, rohes Fleisch unter dem Sattel weich und mürbe reitend. Die Beschwerdeführerin sprach Dari. Und alles, was sie aussagen wollte, hatte sie vergessen.

Der Richtertisch stand auf einem Podest und die erhöhte Position verwandelte Gabrielle in eine Autorität, die milde herablächelte. Kein Grund zur Panik, sagte sie.

Die Hazara-Frau, deren Volk um 1901 schon Genoziden ausgesetzt gewesen war, was als Fluchtgrund freilich nicht mehr galt, hatte ihr schönes dickes hochgedrehtes Haar unter einem bordeauxfarbenen Schal versteckt. Sie seufzte, sie könne sich nicht mehr an die Erstverhandlung erinnern, auch nicht an das Protokoll, das sie gar nicht gelesen habe, weil sie diese Kulturtechnik nicht beherrsche, da sie weder schreiben noch lesen könne.

Das liege an der Familie, an der Kultur, am Krieg, erklärte Gabrielle, um ihr den Stress zu nehmen und die Scham über ihre Defizite. Und die nächste Frage lautete schon: Haben Sie vor, lesen und schreiben zu lernen?

Es sei nicht Krieg in der Provinz, es herrschten aber kriegerische Zustände, Überfälle der Horden. Das würde sich noch lange nicht ändern. Sie arbeitete im Haus. Auch hier in Österreich und ja gewiss, sie wolle lesen und schreiben lernen, auf Deutsch. Sie sei schwanger. Das erste Kind würde in Wien auf die Welt kommen. Der Ehemann habe das Bleiberecht.

Gabrielle musterte aufmerksam die junge Frau und erschrak etwas, als diese wie grundlos zu schluchzen begann. Die junge Frau sei bedroht gewesen, von Paschtunen, plärrte der Ehemann von hinten in den Raum. Gabrielle bat ihn, seiner Frau zu sagen, dass sie alles sagen müsse, was sie wisse, da nur sie es wisse und niemand anderer dabei gewesen sei. Sie sei Zeugin der Fakten und die Wahrheit allein sei glaubhaft für die Beweiswürdigung.

Die Frau hatte aber alles vergessen und erinnerte sich nicht einmal an Versionen ihrer Erfahrung. Sie wirkte gar nicht aufgeregt, auch nicht eingeschüchtert, sondern stumpf und dadurch stur. Sie blieb stumpf. Ihre Augen schimmerten nass. Sie war 19 Jahre jung. Eine schwangere Analphabetin. Was würde geschehen, würde sie mit ihrem Ehemann nach Afghanistan zurückkehren? Die Amerikaner verhandelten schon mit den Taliban. Sie schwieg.

Der Ehemann meldete sich aus dem Hintergrund und wiederholte, dass sie schwanger sei. Das sei schon bekannt, sagte Gabrielle. Wie sei ihre Flucht verlaufen?

Die junge Frau griff sich an die Stirn, legte die Finger schützend über die Augen, als blendete sie das Licht. Sie dachte nach, aber sie schüttelte den Kopf, sie hatte wirklich alles vergessen.

Gabrielle wartete geduldig. Berichtete sie nichts, könnte sie sich an nichts erinnern, dann wäre die Bedrohung, der sie ausgesetzt gewesen sei, nicht zu ermessen und Gabrielle müsste Gutachten von Psychiatern einholen, um den neurologischen Zustand zu prüfen. Die Hazara schaute nur vor sich hin und begann sinnlos zu lächeln.

Sie wurde rot im Gesicht. Schämte sie sich dafür, dass sie alles vergessen hatte?

Kaum hatte Gabrielle diesen Gedanken erwogen, schaute das Fräulein mit großen Augen auf. Gabrielle wartete auf ihre Tränen, musste sich aber die eigenen abwischen. Die Beschwerdeführerin deutete diese Geste als Anteilnahme und richtete sich schon selbstsicherer auf. Sie faltete die Hände über ihrem Schoß. Gabrielle wurde dafür bezahlt, auch dem Schweigen Gehör zu schenken.

Ob sie Durst habe, fragte Gabrielle. Die Beschwerdeführerin nickte. Gabrielle schenkte ihr ein Glas Wasser ein, aus der Karaffe, die für das Gerichtspersonal und für alle anderen gefüllt auf dem Tablett bereitstand. Der Ehemann war als Aufpasser mitgekommen. Er öffnete schon wieder den Mund und bat auch um ein Glas Wasser. Der Kopf neigte sich nach links, nach rechts, die Schultern sanken hinab und die Beschwerdeführerin schien sich nun für seinen Einwurf zu schämen. Sie schob das Becken vor und legte die Hände auf die Rundung ihres Bauches. Gabrielle klärte die interessierte Öffentlichkeit darüber auf, dass in der Wartezone Wasserspender bereitstünden.

Plötzlich regte sich etwas im Gesicht der Beschwerdeführerin und sie öffnete die Lippen. Sie sagte leise: Ich mag den afghanischen Pass nicht.

Die Übersetzerin schien verwundert über die Klarheit der Aussage. Aber sie war bedeutungslos für die Frage, ob sie einen Asylgrund hatte. Die Übersetzerin hielt sich mit Deutungen zurück. Gabrielle quittierte die Aussage mit einem Aha.

Die Beschwerdeführerin sank noch mehr in sich zusammen. Sie war vom Land, auf einem Gehöft in unmittelbarer Nähe zu einer Moschee aufgewachsen.

Wie war sie nach Österreich gekommen? Warum war sie nach Österreich gekommen?

Die Frau sog seufzend die Luft ein. Gabrielle ermahnte sie, endlich zu antworten. Wie eine Katze lauerte sie auf die Worte, die ihren Mund verließen. Mit der Zeit aber verlor sie die Geduld und hätte das Fräulein am liebsten bei den Schultern gepackt und geschüttelt, um sie zu einer Regung zu bewegen. Die Frau spürte den Zorn und verharrte in ihrer Starre. Gabrielle gab ihr Zeit.

Selbst dem öffentlichen Interesse wurde es nun zu viel. Der Ehemann rief: Sie hat Angst!

Gabrielle hob die Hand und beschwichtigte ihn. Der junge Bursche, Vater des werdenden Kindes, solle sich beruhigen.

Er hat nichts im Kopf, ist aber ein Familiengründer, dachte Gabrielle verbotenerweise. Ihr war dieses Glück nicht beschieden gewesen, ein Kind zu kriegen. Sie blickte nun auf den Scheitel des gesenkten und mit einem Tuch halb bedeckten Hauptes. Die Pausbacken des Landmädchens waren rot. Wievielte Schwangerschaftswoche?, fragte Gabrielle.

Sie ist Hazara, rief der Mann.

Der Umstand, zur Volksgruppe der Hazara zu gehören, sei kein Grund, die Verhandlung zu stören, sagte Gabrielle.

Aber sie kriegt ein Kind.

Ich rede hier mit Ihrer Frau.

Diese schwieg, strich über die sanfte Wölbung ihres Bauches.

Haben Sie Kinder?, rief der Mann schon wieder.

Gabrielle war damals in der 10. Schwangerschaftswoche gewesen, als sie das Kind verloren hatte.

Sie gab sich einen Ruck. Also gut, sagte sie und richtete ihre Rede an den Mann in den Reihen der Öffentlichkeit. Will Ihre Frau zu einer anderen Richterin?

Fragen Sie meine Frau, gab er zurück.

Das Landmädchen antwortete auf Dari.

Die Übersetzerin bestätigte, dass sie mit Gabrielle zufrieden sei.

Versteht sie, worum es hier geht?

Gabrielle wartete das Nicken der Beschwerdeführerin ab. Die Frau wäre dumm wie Stroh und es zu dreschen wäre sinnlos, dachte Gabrielle verbotenerweise. Sie wartete, bis das Mädchen sie wieder mit einem Blick streifte, und lächelte dann aufmunternd. Gleich sah sie wieder weg.

Der Saal war aufgeheizt. Die Leuchtstoffröhren summten über dem grasgrünen Laminat. Schweiß trat aus den Poren. Da bewegte die junge Frau wieder das Mündlein. Gabrielle dachte an die Apfelbäume hinter der Kirche ihrer Kindheit, als sie mit der stummen Magd des Nachbarn die Früchte geerntet hatte. Kleine rote Äpfel, die nach Nelken dufteten.

Gingen Sie in die Moschee?, fragte Gabrielle und die Übersetzerin wiederholte auf Dari.

Frauen beten zu Hause, lautete die Antwort.

Die Übersetzerin beugte sich weit vor, trichterte ihre Ohrmuschel, um die Worte einzufangen.

Sie haben doch einen Pass der islamischen afghanischen Republik, wieso wollen Sie einen anderen Pass? Sie sind sogar mit diesem Pass in Österreich eingereist. Sie sind regulär mit dem Flugzeug gekommen. Wieso also wollen Sie Ihren Pass nicht?

Sie will kein Visum beantragen müssen, rief der Ehemann.

Die junge Frau flüsterte, sie sei verheiratet und als Schwangere würde sie ohnehin das Bleiberecht erhalten.

Bei der Erstbefragung waren Sie nicht schwanger, sagte Gabrielle.

Ich wusste es noch nicht, antwortete die Frau. Ich hasse Afghanistan.

Gabrielle fragte, ob sie weitere Verfahrensschritte unternehmen wolle. Sie könne ihr kein Asyl geben, da es den Statuten des Rechtsstaates nicht entspräche. Sie könne ein Erkenntnis erlassen, gegen das sie Einspruch erheben dürfe. Das war der jungen Frau zu hoch. Sie schwieg. Hätte sie erklärt, dass sie nicht an den Mann gebunden sei, dass sie sich scheiden lassen wolle und als Alleinerzieherin hier existieren würde, hätte das Verfahren eine Wendung genommen.

Vielleicht war sie befangen, sagte sich Gabrielle erst jetzt. Der Ehemann rief wieder dazwischen, dass seine Frau nicht wisse, was sie sagen solle. Gabrielle klärte die Frau auf, dass sie auf das Erkenntnis verzichten könne, indem sie zu Protokoll gebe, dass sie keine weiteren Einsprüche mehr erhebe, da sie den Bescheid als rechtskräftig anerkenne. Sie schwieg und wandte den Kopf zur Seite, schluchzte.

Noch ein Wort und ich verweise Sie des Saales, rief Gabrielle nach hinten, hätte dem Ehemann am liebsten Fangzähne in den Hals gejagt. Die Lippen der Frau bebten. Die Übersetzerin konzentrierte sich auf die Lippen.

Ich will nichts mehr sagen, sagte die Frau. Sie strich nun mit der Daumenkuppe über den Daumennagel der anderen Hand. Sie akzeptierte also und hatte damit ihre afghanische Zugehörigkeit protokollarisch bestätigt. Vorläufig dürfe sie in Österreich bleiben.

Der nächste Fall hatte das gleiche Problem vorzubringen. Was bedeute der Beschwerdeführerin die Existenz auf österreichischer Erde und deren Hoheitsgebiet? Gabrielle versuchte eine Erklärung aus den persönlichen Erfahrungen zu basteln, um auf ein Motiv zu kommen, das die Asylwerberin greifbar machen würde. Den Staub, aus dem sie aufgebrochen war und dem sie staatsbürgerlich verbunden blieb, den wollte sie abstreifen, um einen sozialen Aufstieg zu meistern.

Die nächste junge Frau kannte Heidi und den Unterschied der österreichischen zu den Schweizer Alpen. Die einen zogen Beeren aus den Sträuchern der Erde und die anderen Kräuter.

Aha, sagte Gabrielle.

Karl war auf die Welt österreichischer Agrikultur gekommen, die vom Vater, Doktor der Rechtswissenschaften, korrumpiert worden war. Das Gras war saftig und die Felder waren gedüngt, und wer starb, wurde wieder zur Nährstoffabgabe ins Erdreich eingebracht. Großväter ernährten sich vom Besitz der Urgroßväter und diese sich vom Besitz der Ururväter bis zurück zu den Bakterien, alles entwickelt aus dem Urknall.

Gabrielle fragte sich, ob der asiatische Einschlag um ihre Augen, ein Muskel, mit einer Botox-Behandlung bekämpfbar wäre. Für die Alten aus ihrer Verwandtschaft drehte sich das Leben um die Saat und die Ernte, den Verkauf des Gemüses und die Planung der nächsten Pflanzung, der Fortpflanzung der Tiere. Hühner und Schweine waren am Hof vor den ungeschützten Kinderaugen geschlachtet worden. Die Schweine bis aufs letzte Stück Darm verwertet. Das Blut hatte nach Eisen gerochen und die Würste nach Majoran. Die Jahreszeiten waren damals klar voneinander unterschieden und das Wetter war wichtiger als die Religion gewesen. Hauptsache, es hagelte nicht. Die Kirchenglocken gaben der Woche den Plan, die Messen tagsüber wurden nicht besucht, aber die Glocken hatten immer zur gleichen Zeit geschlagen und bei der Einteilung des Arbeitstages geholfen. Karls Geburt war mit einer Taufe unter einer Laube bekrönt worden.

Sie zwang sich, ihre Gedanken auf die Verhandlung zu lenken.

Der Blick richtete sich gegen denselben Himmel wie über Afghanistan. Auch dort zogen immer seltenere, dafür heftigere Gewitter auf. Dieselbe Sonne trocknete das Gras und die Zeit verflog mit dem Vogelschwarm in der Ferne hinter einem Ziegelminarett. Die Leibeigenschaft war in Österreich erst im 18. Jahrhundert abgeschafft worden. Der letzte Bombenhagel war schon über 70 Jahre her. Soldatenfriedhöfe der Gefallenen wurden gepflegt. Jede Familie hatte ihre Kriegstoten oder Ermordeten. Die Namen auf den Ehrenkreuzen bezeugten, dass nicht nur Väter und Söhne, sondern sämtliche männliche Stammhalter ganzer Familien ausgelöscht worden waren und deren Gebeine die Erde düngten. Die Zeit der Einfälle, die massenhaften Verbrechen der marodierenden befreienden Russen waren Thema gewesen, mehr als die antisemitischen Verbrechen der Deutschösterreicher und Österreicher. Das Trauma war noch wirksam. Auf dem Lande standen viele Häuser leer und ganze Dörfer starben aus. Bald würde das Wohnen dort so billig werden, dass sich die Verstoßenen der Leistungsgesellschaft eine Bleibe leisten konnten. Die überlebenden Nazis in der Familie hatten sich als getäuschte Idealisten erklärt und waren umweltbewusst und konservativ mit gesteigertem Heimatbewusstsein grün und latent freiheitlich geworden, hatten sich sogar der Rettung des Weltklimas verschrieben.

Auch diese Beschwerdeführerin war jung. Sie gab an, den Namen ändern zu wollen.

Auf Heidi?, fragte Gabrielle.

Nein, sagte sie. Die junge Frau sah Gabrielle mit einem Funkeln an und gab zum Besten: Greta.

Diese Afghanin konnte lesen. Egal, welche Sprache. Sie lernte alles durch das Fernsehen. Sie kapierte schnell. Aber auch dieser Faktencheck und eine günstige Unterkunft stellten keinen Asylgrund her. Die Übersetzerin stutzte über die Anbiederung an die westlichen Namen. Sie ging nach der Verhandlung einfach auf die blutjunge Greta zu und gab ihr die Visitenkarte, falls sie einmal ärztliche Hilfe brauchte.

Der Laptop zirpte. Das Signal des Anrufes via Skype schwoll an. Hektisch sperrte sie die Bürotür auf. Das ganze Zimmer summte und war rot gefärbt vom pochenden Herz, das Karl aus Kabul schickte.

Gabrielle drückte die Maustaste und das langgezogene Gesicht Karls erschien auf dem Schirm. Er sah frisch und erholt aus. Er wirkte jung und gepflegt. Ginsterhaare krochen aus dem T-Shirt-Ausschnitt. Er beugte sich vor, in die Aufnahme eines Fischauges der Kamera, die an seinem Computer angebracht war. Der rote Mund und die roten Backen ließen auf eine gute Durchblutung schließen. Die Augen waren klar und wegen der Perspektive weiter auseinandergerückt als in Wirklichkeit. Vermutlich brachte er jeden Abend im Zimmer eines angemieteten Wohnhauses, wo das gesamte internationale Personal des IKRK untergebracht war, zu. Wohl lernte er Farsi, das war zwar nicht afghanisch, sondern iranisch, aber bitte, und vielleicht Dari und spezielle afghanische Sprachen. Er besuche wahrscheinlich Kurse, um soziale Kontakte zu erhalten.

Gabrielle befiel ein schales Gefühl. Brauchst du Geld?, fragte sie.

Karl, wie vor 30 Jahren, als er seine Schulden noch in den Griff zu kriegen versucht hatte, verzog empört den Mund. Sie war belogen und um das geborgte Geld betrogen worden.

Schön, dass du dich meldest!, sagte sie. Sie steigerte sich in die Vorwürfe hinein, um nicht an der Überwältigung durch seinen Anblick zu verbrennen. Die Übertragungsbandbreite war zu schwach. Das Bild fror ein. Seine

Zähne waren versorgt und gerichtet und er schüttelte den Kopf noch, konnte nicht glauben, die Schwester zu sehen, mit langen Haaren und keine Strähne grau.

Seit wann bist du in Kabul?, tippte sie, weil nun auch die Tonübertragung versagte.

Was tust du gerade?, fragte er schriftlich zurück.

Gabrielle hatte noch den Talar an. Ich ziehe mich aus, schrieb sie, setzte nach: Den Talar. Bist du noch in Afghanistan?

Das Land ist nicht primitiv, nur die Sitten in kriegerischem Gebiet. Auch nicht so gefährlich, wie alle sagen.

Du unter- oder übertreibst, schrieb Gabrielle.

Der Krieg war überall, schrieb Karl. Schau dir unser Kinderland an. Wer glaubt, der Krieg hinterlasse keine Spuren, braucht nur mal auf die abgesunkenen kreisrunden Flächen am Ufer unseres Flusses zu schauen, an dem wir gespielt haben. Erinnerst du dich an den einen Buben, dem es das Bein weggesprengt hat, als er auf die Mine aus dem Zweiten Weltkrieg stieg?

Werner?, fragte Gabrielle. Der Ton funktionierte wieder. Das Bild wurde schwarz. Karl sprach aus dem Schwarz des elektronischen Alls. Nein, sagte er. Simon. Oder ein Freund von ihm.

Wer?

Der mit dem abgerissenen Bein.

Noch schlimmere Verhältnisse mögen in Afghanistan gelten, sagte Gabrielle.

Ja, man kann es nicht vergleichen.

Die Übertragung flackerte und knisterte, bis das Bild reibungslose Regungen Karls überbrachte. Er sei mit einem Minensuchgerät ausgestattet, wann immer er sich abseits der Straßen bewege.

Gabrielle entdeckte, dass sein rechter Schneidezahn abgebrochen war. Bist du medizinisch gut versorgt?

Wenn ich nicht, wer dann, grinste Karl. Er schwenkte den Laptop durch das Zimmer und gewährte Einblick in seine Unterkunft. Das Chaos entsprach ihm. Eine Schlafkoje. Eine Kochplatte. Kaffee und Reis, abgepackt auf einem Brett über einem Kühlschrank. Bücher und Wäsche ausgestreut. Amerikanisch beschriftete Packungen von Müsli und Crackern. Das Licht war schwach, und wenn die Kameralinse in die Tiefe des Zimmers schaute, verschwammen die Nuancen zwischen Grau, Grün und Blau zu einer undeutlichen Masse.

Gabrielle spürte den Druck in den Augen. Vor dem Bruder wollte sie nicht aussehen, als müsste sie weinen, auch nicht zeigen, dass sie Medizin brauchte und überhaupt eine Schwäche hatte. Sie wandte sich von der Kamera ihres Laptops ab und angelte die Taschentücher außerhalb des Sichtfeldes und versorgte sich, während er nur ihre Schulter zu sehen bekam.

Verbunden mit der Suche nach Aufmerksamkeit und Anerkennung schickte er sogleich die Frage, ob sie einen Tagesbericht von ihm lesen wolle. Er schob nach: Ein Tag ohne besondere Vorfälle, keine Gräuelgeschichten.

Gabrielle zählte für ihn zu den wenig einfühlsamen Menschen für protokollierte Langeweile. An freien Tagen, wenn sie allein in der Familienwohnung war, aß sie mittags und abends immer das gleiche Gericht, Reis und Haferbrei mit Suppenwasser, um den Metabolismus anzukurbeln.

Schreiben ist mühsam, sagte Karl. Die Übertragung des Tones setzte wieder aus. Karls Stimme war ein helles und verkrachtes Echo seiner Wohnhöhle aus dünnen Wänden, durch die die Wärme entwich, sobald das Stromgerät abgedreht wäre, das man im Hintergrund rattern hörte.

Er lebe improvisiert, von Tag zu Tag, wie früher die Tagelöhner in unkomfortabler Behausung, sagte er mit leierndem Unterton, was an der Verbindung lag, nicht an seiner Erschöpfung. Gabrielle musste an die Mägde und Knechte auf dem Lande denken, die sie beide als Kind für ihren christlichen Duldungswillen bewundert hatten. Sie hatten in schlecht isolierten Keuschen gelebt, hatten keine Freizeit genossen, mit der sie auch nichts anderes anfangen hätten können, als still und zurückgezogen zu sterben. Es hatte keine familiäre Sicherheit für sie gegeben, nur die Hoffnung auf den Anstand der Bauern, denen sie gehörten.

Erinnerst du dich an Moizi?, fragte Gabrielle. Die letzte Magd auf dem Bauernhof der Vorfahren auf dem Lande hatte die Kinder einst beeindruckt, weil sie, anstatt gegen die Nachkommen ihrer Unterdrücker zu revoltieren, ihnen einen Teil ihrer Mindestpension geschenkt hatte, um sie mit den Möglichkeiten auszustatten, den Gäulen auf dem Gutshof das Gnadenbrot zu kaufen. Sie hatte wie eine Katze gelebt, eingerollt auf der Bank neben dem Herd, auf jeden Besuch neugierig zuschreitend, schnurrend, wenn man ihr etwas zu essen mitgebracht hatte.

Der alte Gaul hat mich fast das Le Le Le ...

Karls Lippen bewegten sich wie in Zeitlupe, das Bild zerknitterte und die Stimme leierte wie die ungespannte Saite seiner Kinderukulele. Der Ton war wieder weg.

Wie lange bleibst du noch in Kabul?, tippte Gabrielle.

Bis sich die Amis schleichen!

Braucht es nicht eine Bildungsoffensive und dafür eine Stabilitätsphase und dafür verlässliche Strukturen?, schrieb Gabrielle.

Ach, wirklich?, schrieb er zurück.

Wo ich es sage!, antwortete sie.

Karl musste Mitte 40 sein, und als sich sein Bildnis zeigte, funktionierte die Leitung zwischen Kabul und Wien einwandfrei. Nicht einmal sein Blick war verpixelt. Er strotzte vor Selbstsicherheit und wirkte fröhlich.

Gabrielle war durch diese Gedanken abgelenkt, hatte den letzten Satz nicht richtig verstanden. Sie überspielte ihre Unaufmerksamkeit und berichtete von der soeben geführten Verhandlung, rechnete die Konsequenzen ihres Urteils hoch. In sechs Jahren würde das Kind einer Analphabetin schulpflichtig sein.

Kommt in den besten Familien vor, sagte Karl. Er hatte sein kleines Leben an die Drogen verworfen, um im Unglück zu Höherem aufzugehen. Was hatte ihn vor diesem Irrsal bewahrt? Welche Widerstandskräfte steckten in ihrem Bruder? Wer hatte ihn zum Roten Kreuz gebracht?

Hast du eine Frau?, fragte Gabrielle.

Er senkte das Kinn wie zu einem Nicken, hielt aber inne, schaute schief.

Und du?, fragte er.

Gabrielle schüttelte überrascht den Kopf.

Joe ist Joe, sagte sie. Du kennst ihn.

Karl spitzte die Lippen wie zum Kuss. Dann schwieg er, ließ sich Zeit und verzichtete auf jede weitere Provokation.

Ich hab alles, was ich brauche, sagte er.

Zumindest ist Kabul trocken, sagte Gabrielle.

Ach ja, sagte Karl, erzählen sie dir das?

Gabrielle fühlte sich plötzlich gedrängt, ihre Schützlinge vor Allgemeinzuschreibungen ihres Bruders zu verteidigen.

Zweifelsfrei, meinte sie.

Sein Mund verzerrte sich zu einem Dauerlächeln. Gabrielle hörte das Knistern des vereisenden Tons. Der angebrochene Schneidezahn verlieh dem Bruder Spott und eine freche Jugendlichkeit. Die Nebengeräusche nahmen zu, die Übertragung via Skype knackte wie Holz und fauchte wie Feuer. Viele Menschen haben Glück. Natürlich auch zu Unrecht. Miteinander in Wohnzimmern friedlich zu lagern, ohne auf Almosen angewiesen zu sein, mit unternehmerischem Geist ausgestattet und trotzdem solidarisch vereint, ist nicht jedem beschieden.

Ich muss oft an die Magd denken, sagte Karl. Wir wussten nichts von ihr und plötzlich hatte sie eine Geschichte.

Sie war der einzige Mensch, den ich kannte, der nie etwas Schlechtes von den anderen dachte.

Karl lachte auf. Sie hatte aufgegeben, sagte er. Sie war das wandelnde Ressentiment.

Wieso?, fragte Gabrielle.

Ihre drei Söhne waren an einem Sommertag hingerichtet worden. Sie waren Wehrmachtssoldaten auf Fronturlaub gewesen, Partisanen hatten sie erschossen. Hätten sie ihre Uniform schon ausgezogen gehabt, wären sie davongekommen.

Eine Behauptung!, sagte Gabrielle. Woher willst du das wissen?

Du hast dich nie für die Zeitgeschichte interessiert, sagte Karl. Die Magd hatte ihre Söhne sterben und an der Hausmauer abrutschen und in sich zusammensinken gesehen. Sie hat nie eine politische Haltung gezeigt.

Sie hatte keine Meinung, sagte Gabrielle.

Sie hatte den Widerstand der Partisanen gegen die Nazis nicht kritisiert, das war ihre Meinung!

Sie war still gewesen und hatte gedient.

Sie war sprachlos, Gabrielle. Nicht stumpf.

Das Unrecht wütet stets und immer gibt es schreckliche Zeiten.

Sie wusste, dass sie sie nicht hinter sich lassen konnte.

Wieso redest du dauernd über die Magd?

Sie wäre vielleicht stolz auf sich gewesen, weil wir jetzt über sie reden.

Du hast sie gemocht?

Sehr, sagte Karl. Ich habe Vater dafür gehasst, dass er sie nicht schützte vor seinen Geschäftsfreunden. Was für ein feiges Schwein.

Gabrielle schluckte die Empörung über die Beschimpfung hinunter.

Der alte Waffenschieber war ein Faschist von Natur aus gewesen, sagte er. Dank dieser Halunken schaut es hier so aus.

Karl hielt die Kamera des Laptops auf den dürren Baum vor dem Fenster seiner Kemenate, schwenkte über Gerümpelhaufen, Müll und Schutt. So sieht es aus in Kabul: nach Zerstörung.

Mit Kabul hat Vater nichts zu tun. Du kannst ihm nicht alles anlasten. Gabrielles Magen knurrte schon wieder, dabei spürte sie keinen Hunger.

Karls Schnauzbart fiel ihr plötzlich auf, er verlieh ihm einen argentinischen Anstrich. Sonst waren sich die Geschwister, bis auf die Augen, wie aus dem Gesicht geschnitten. Er war ungeübt in den Konventionen des sozialen Austausches. Er schwieg und blickte nach unten auf die Tastatur.

Ich bin wie behindert, dabei kann ich alles, tippte er.

Gabrielle spürte die Hemmung. Er konnte es nicht aussprechen und deshalb schrieb er. Sie hielt ihre eigene Kälte nicht aus. Sie sparte sich ihre Worte und senkte den Blick. Karl nagelte sich Buchstaben für Buchstaben fest.

Karl, sagte Gabrielle.

Gabrielle, sagte Karl.

Ist doch alles egal.

Sehr spät und zart sagte Karl: Jetzt.

Erst nach langen Sekunden begann sie zu lächeln. Der Schrecken war einer Erleichterung gewichen.

Auf bald, sagte sie.

Egal, sagte er.

Vaters Tod war Karls Abstieg gewesen. Mutters Wut auf den unehrenhaften Freitod war in Grausamkeit gegen Karl gegipfelt. Sie hatte ihn desavouiert, wo sie konnte. Selbst im Restaurant.

Er will nichts essen, hatte sie dem Kellner gesagt. Karl hatte schon zu zittern begonnen.

Er will lieber rauchen, hatte die Mutter weitergeplaudert.

Was geht dein Scheiß den Kellner an, hatte Karl gesagt.

Seid nicht so aggressiv, hatte Gabrielle dazwischengerufen.

Er hat kein Rückgrat, hatte Mutter geschimpft. Dabei hatte ihr selbst Entschlusskraft im Handeln gefehlt. Gabrielle hatte damals ihr Gespür für Unerträglichkeit und soziales Versagen geschärft. Die schwangere Asylbewerberin aus Afghanistan profitierte davon. Ihr Kind war ihr Beitrag für ein zukunftsreiches Österreich, hymnisch besungen, anstatt in Kabul auf die Welt zu kommen.

Gabrielle tropfte sich die Augen ein. Sie stellte das Fläschchen neben die Tastatur. Auf dem Schirm erschien der formatierte Entwurf ihres schriftlich ergehenden Erkenntnisses. Die schwangere junge Frau wäre wohl genauso überfordert gewesen, eine Bestellung im Restaurant aufzugeben. Hätte wahrscheinlich vor einem Ober vergessen, wozu sie überhaupt eine Speisekarte las.

Mutter hatte Karl ein Schnitzel bestellt. Vor dem Ober hatte sie Karl gemaßregelt, dass er sich für etwas Besseres halte und daher nicht Schweins-, sondern Kalbsschnitzel wollte. Karl war aufgesprungen, und als Mutter sagte, nicht einmal kleine Kälber täten ihm leid, hatte Karl gesagt: Fick dich ins Knie! Gabrielle hatte nicht einmal einen Stich verspürt, als die Mutter ihn ohrfeigte. Freilich hatte sie den Hut auf die Familie geschmissen, weil sie unverstanden war. Egal.

Das Summen der Leuchtstoffröhren über ihren schönen Händen, die nun eine Packung Zigaretten auswickelten, war beruhigend gleichmäßig. Der Streifen Cellophan, den sie dem Päckchen abzog, legte sich um den Daumen.

Gabrielle hatte Mutter damals steif und sperrig die Hand auf den Unterarm gelegt und vorgeschlagen, Karl seine Speise allein wählen zu lassen. Karl hatte aber keinen Mut mehr gehabt, die Speisekarte zu öffnen, zu lesen und hatte somit vollends jede Mitarbeit verweigert. Gabrielle hatte ihn noch böse angeschaut, aber emotional nicht mehr erreicht.

Sie behandelte ihre Beschwerdeführer immer mit höflicher Distanz, manchmal auch wie ungebetene Gäste, die man ohne böse Nachrede wieder loswerden wollte. Augenhöhe herzustellen war eine Frage der Haltung. Sie war deshalb immer gleich höflich, verweigerte emotionale Aufladung und ließ die Fakten, die die Bewerber schufen, gegen oder für Asyl sprechen. Ihr persönlich war es nicht wichtig. Dennoch hatte sie ein Problem, das sie bis in die Träume verfolgte. Sie wollte geliebt werden, auch von den Typen, die zur Abschiebung freigegeben waren. Sie wollte deren Einsicht in ihre aussichtslose Lage als Freispruch von jeder Schuld für sich selbst.

Gabrielle vermied es, sich von den Familiengeschichten überschwemmen zu lassen. Sie destillierte aus den Reflexionen einen Tropfen Menschlichkeit in Supervisionen auch für aussichtslose Fälle. Gabrielle fand es persönlich, nicht aber juristisch ganz in Ordnung, einer Schwangeren kein Asyl zu geben, da die Schwangere Recht auf ein Bleiberecht hatte. Eine österreichische Lösung, wie vom UNHCR bewertet, die keine Lösung war, da die Bewerberinnen um die Verlängerung des Bleiberechtes Jahr für Jahr aufs Neue ansuchen mussten. Die Unsicherheit für die Betroffenen war eine Qual, aber zumindest keine

Folter, zumindest bei der heute gültigen gesetzlichen Lage, von der Gabrielle ausging.

Gabrielles Worte waren Pfeile, die ins Schwarze trafen. Die Schwangere kapierte nicht, was es bedeutete, das Protokoll zu überprüfen. Verzweifelt sah sie zur Übersetzerin hin. Sie könne ja nicht lesen, hatte sie gefiepst. Ob sie ihre Beschwerde auf die Ablehnung des Asylantrages einfach zurückziehe, hatte Gabrielle schnell weitergefragt, um sich Arbeit zu sparen.

Dass die Regierung an Verschärfungen oder Lockerungen der Gesetzeslage arbeitete, drohte immer und würde immer alles ändern. Die Asylstapel in menschengerechter Zeit abzuarbeiten war bereits von aufgeklärten Experten eingemahnt. Gabrielle verhandelte nach dem Recht und nicht nach der politischen Stimmung. Diese verschlechterte sich extrem bei Neuwahlen und extremer noch bei die Sozietät bedrohenden Seuchen. Egal, Justiz war nicht parteiisch. Die Göttin der Gerechtigkeit trug eine Augenbinde.

Die werdende Mutter hatte in Dari geantwortet, dass sie keine Übersetzung des Protokolls brauche, sie habe verstanden und ziehe die Beschwerde zurück. Sie vertraue der Richterin.

Die Schwangere hatte sich feierlich verbeugt und die Gefolgschaft in den Reihen der interessierten Öffentlichkeit hatte sich wie ein Spalier Kavaliere erhoben. Der Ehemann hatte ein kumpelhaftes Nicken geschickt. Er akzeptierte den Ausgang der Verhandlung, als hätte Gabrielle alles getan, um die Situation seiner Frau zu reparieren.

Die Schwangere hatte es erreicht, bleiben zu dürfen. Die Tür war offen gestanden und auf dem Gang in der Wartezone waren zwei elendslange Gestalten, schwarze Silhouetten, herumgelungert. Ein Kleinkind war auf allen Vieren über den Boden direkt auf den Gerichtssaal, direkt auf die Richterin zugekrabbelt. Die Frauen hatten die Köpfe gehoben. Gesichtsscheiben getrimmter Schönheiten aus Somalia hatten Gabrielle angeglotzt. Die Übersetzerin hatte sie gerügt: Sie wirken erschöpft, Gabrielle.

Die Dämmerung setzte ein. Der Entwurf war korrigiert. Farbflecken und verschwommene Silhouetten erschienen auf Skype. Karl hatte weitere Nachrichten aus dem aktuellen Kabul gesendet.

Drücken Sie nur auf den Button, wenn Sie die Bilder aushalten, stand zur Warnung im Beitext.

Karl hatte ihn mitgeschickt und Gabrielle notierte, dass er seine Schwester siezte.

Das Okay war bestätigt und Menschenteile in heller Blutlache und als fleischiger Brei füllten die Bildfläche.

Kabul, capital from heart, torn into a feeling of loss, spread in the ground, candles in the sky, gods for why?

Gabrielle las die Verse. Ihre Kehle fühlte sich so dünn an wie das ausgewrungene Rehleder, das sie zum Fensterputzen verwendete.

Die Namen der Kaffeesorten und die Länderberichte fielen ihr ein, die die Qualität des Opiums aus Afghanistan als kritisch obskur würdigten. Und dann fragte sie sich, welche Leben, über die sie verhandelte, existentielle Bedeutung für sie persönlich hatten.

Sie aktivierte Facebook, loggte sich ein. Alle paar Monate wieder. Freundschaftsanfragen standen auf der Liste. Die aufgerissenen Augen eines Männergesichtes sprachen sie an. Sie öffnete seinen Account. Sie erkannte das Gesicht ihres Dichters im Zeugenstand.

Gabrielle erschrak zuerst. Wie hatte sie der Typ gefunden, ihren falschen Namen aufgedeckt? Dann griff sie zur Nummer des Mannes vom Verfassungsschutz, gab die Daten durch. Der Polizeischutz sei angefordert.

Sie klickte das Foto an und zoomte in die Details der Aufnahme. Der Dichter hockte an einem Straßenrand und blickte auf das blutige Rinnsal um eine kaputte Puppe. In allen Photos inszenierte er sich als Moralist mit Hinweis auf das Elend der anderen. Die Gliedmaßen der Puppe lagen theatralisch zerhackt und arrangiert in der Gosse.

Es war spät geworden. Gabrielle trat hinaus auf den Gang und verließ den Trakt der Bediensteten nicht. Die Lichtstimmung der Abendsonne hatte sich friedvoll ausgebreitet. Der Boden schimmerte nicht gift-, sondern goldgrün. Weit hinten bei den größeren Büros hockte noch jemand. Sie hörte das Husten. Der Lift kam. Die Tür öffnete sich. Die Kabine war leer. Gabrielle entschied sich für die Treppe, um ein paar Stockwerke zu überwinden, ein bisschen Fitness zu treiben. Ging in den fünften Stock und wieder zurück, weil dort die Türen der Kollegen zum Gang offen standen. Sie traten aus den Büros, einer nach dem anderen, fragend: Gabrielle, weshalb bist du so außer Atem?

Im Erdgeschoß hielt sie gegenüber der Portiersloge endlich an. Sie zögerte nicht lange, sie rief den Verfassungsschutz an, wurde verbunden. Sie wollte in Erfahrung bringen, ob sie nun von der Familie der Jesidin oder einem rechtsradikalen Dichter aus Afghanistan bedroht würde.

Der Polizeischutz sei verstärkt worden. Sie solle das Gebäude erst in einer Stunde verlassen. Wo ihr Auto geparkt sei?

Gabrielle ging zurück. Im Büro öffnete sie das Fenster und legte sich auf das Kanapee, telefonierte.

Die Rechtsberaterin des Dichters berichtete von dessen Verschwinden. Man habe nur einen höflich formulierten Abschiedsbrief in der betreuten Wohnstätte gefunden.

Der Himmel dunkelte ein. Gabrielle döste auf dem Kanapee. Die Stiele der Windräder glänzten noch elfenbeinweiß in der Dämmerung. Der Computer hatte sich ausgeschaltet. Es klopfte an der Tür. Das Telefon war auf stumm gestellt. Gabrielle hatte sich mit dem Talar zugedeckt.

Wieder wurde geklopft. Und die Klinke wurde gedrückt. Die Tür schwenkte in den Raum. Das Ganglicht warf den Kegel bis auf den Bürotisch, rollte sich auf wie ein Teppich, mit einem Schatten darauf, und er streckte sich über den Boden, die Tischkante, legte sich auf die Akten.

Die menschliche Silhouette drehte den Kopf und die Nasenspitze lag auf dem Kodex des Asylrechts. Gabrielle erschrak. Sie versuchte sich so geräuschlos wie möglich aufzurichten. Sie setzte die Füße auf den Boden und war mit einem Satz bei der Tür, stieß sie mit einem Ruck und mit ganzem Gewicht ins Schloss.

Hey!, brüllte Joe. Gabrielle erkannte seine Stimme.

Wieso bist du hier?, fragte Gabrielle. Es ist vollkommen unüblich, dass Familienmitglieder zu unseren Treffen mitkommen.

Zur Sicherheit der Privilegierten, sagte Joe. Und außerdem hast du mich heute herbestellt.

Stimmt, sagte Gabrielle. Wie bist du durch die Sicherheitskontrolle gekommen?

Du hast gesagt, dass ich den Pass mitnehmen soll. Joes Stimme hatte etwas überaus Süffisantes, als er sagte: Du bist durcheinander. Ich hoffe, du hast nur mit Karl telefoniert?

Gabrielle schaltete das Licht ein und warf den Talar auf den Sessel. Es war nett, dass der Ehepartner an der internen Feier teilnahm. Sie lächelte versöhnlich, während Joe eine Flasche Champagner hervorzauberte und eine regenbogenfarbige Seidenmasche öffnete.

Die Geburtstagsfeier fand im Sitzungssaal statt. Ein gewaltiger Blumenstrauß sorgte für gewaltige Aufmerksamkeit.

Wer hatte diesen Blumenstrauß spendiert? Präsident und Vizepräsident, Vorsitzende der Richterkammern, die das Gericht organisatorisch leiteten, nicht nur die Arbeitslast gleich verteilten, sondern auch eine Klimaanlage für den Sommer beschaffen sollten, tauchten nicht auf. Gabrielle nahm ein Glas Schampus Orange und stieß mit den Kollegen auf den Blumenstrauß an.

Die Richter hatten sich schon gegen die Angriffe auf die Justiz zu einer Initiative zusammengeschlossen. Eine Liste kursiere, hieß es. Gabrielle hatte sie noch nicht zu Gesicht bekommen. Unvoreingenommenheit sei die Voraussetzung für das Amt, prügelnde Burschenschafter als Experten des Gesetzes habe man bereits vor Jahren verhindert, aber neue parteipolitische Untergriffe waren schon wieder im Gange. Gabrielle tankte den Unmut. Sie hatte ein heißes Herz und einen kühlen Kopf. Wenn der Gesetzgeber die Justiz auszuhöhlen gedachte, dann war ihre Contenance verloren.

Der Kollege hatte Ruten mitgebracht und rote Nikolausnelken. Jemand beschnitt die Rosenstiele mit einer Gerichtsschere und stellte die Vase mit den Pflanzen ins Fenster.

Wir sind Experten der Unvoreingenommenheit, sagte sie.

Wer sagt, dass Experten keine Haltung haben?

Joe hielt sich mit seinen Scherzen zurück und nippte mit den Referenten den Sekt, warf Gabrielle eine Kusshand zu. Er fügte sich ein und blieb im Hintergrund. Er half nur, die metallische Spitze eines Kerzenhalters aufzurichten und den Dorn ins Wachs zu stoßen. Eine Kerze für 60 Jahre. Es kam eine zweite dazu für die weiteren 60 Jahre. Das Streichholz wollte nicht brennen. Er suchte Gabrielles Feuerzeug. Sie riss ihm die Tasche aus der Hand. Da traten Präsident und Vizepräsident mit ihrer Entourage von juristischen Mitarbeitern und Hilfskräften ein. Eine Frau unter sechs Angelobten.

Was lesen diese Leute eigentlich?, fragte Joe.

Gabrielle tauchte nach dem Feuerzeug. *Die Pest, Der kleine Prinz*, sagte sie.

Joe schnaubte, schüttelte den Kopf. Was macht ihr mit den begabten Asylwerbern?

Meinst du Schriftsteller?, fragte Gabrielle.

Wenn ein afghanischer Schriftsteller sagt: Wo ich bin, ist afghanische Kultur, wäre das eine kolonialistische Unterwanderung?

Würde ich nicht zum Teufel jagen, sagte Gabrielle. Hier geht es um Wichtiges. Wir müssen die Spaltung der Richterschaft aufhalten, um einen Thomas Mann – war er als freiwilliger Exilant je ein Illegaler und Asylwerber gewesen?, fragte sie sich still – zu erkennen und zuzulassen. Die Dadaisten während des Ersten Weltkrieges seien die Illegalen von damals in Zürich gewesen, hatte der Afghane gesagt. Gabrielle stöberte in den Bücherkisten der Stadtwohnung nach besagter Literatur und fand ein paar Lautgedichte in den zerfledderten Broschüren zum Krippenspiel des unterhaltsamen Dadaisten Hugo Ball. Und so weiter.

Die erste Nachricht des Morgenjournals aus dem Radio verlautete, dass Österreich afghanische Lehrlinge nicht mehr abschob, sondern ihnen subsidiären Schutz gewährte, da die Wirtschaft Lehrlinge brauchte, die Deutsch sprachen. Früher waren sie innerhalb weniger Stunden abgeholt und begleitet von speziell ausgebildeten Exekutivbeamten ins Flugzeug gesetzt worden. Erstickungstode durch die Fixierung von randalierenden Flüchtlingen wurden seit der Ermordung des Nigerianers Omofuma, im Flugzeug der Balkan Air von Wien nach Sofia, verhindert. Auf der einstündigen Flugreise war der randalierende Mann mit Klebeband gefesselt und wie ein Paket verschnürt worden. Die Beamten konnten glaubhaft machen, dass diese Praxis gängig gewesen sei. Das Material für die Fesselung hatte man aus privaten Mitteln gekauft und einander weitergegeben. Das Gehirn Marcus Omofumas war neuropathologisch untersucht und irreparable Schäden nach 30-minütiger Erstickung waren festgestellt worden, Folgen der Knebelung und Verklebung des Mundes und des linken Nasenlochs. Exekutivbeamte hatten immer die höchstgerichtlichen Beschlüsse auszuführen, um für die Durchsetzung des Rechtsstaates zu sorgen, und sie taten es unerbitterlich im gesetzlichen Rahmen. Omofuma war als Gruppenmitglied der religiösen Ogboni-Sekte verfolgt worden, weil er sich geweigert hatte, auf deren Befehl seine Mutter zu töten. Weder Österreich noch Deutschland hatten Asyl gewährt. Sein Antrag war in allen Instanzen abgelehnt worden. Nigeria galt bis heute als sicheres Herkunftsland, selbst wenn das auswärtige Amt die Reisewarnung auf die Stufe sechs, die höchste, gehoben hatte. Ein Rückführungsflug kostete 76.000 Euro. Ein Platz im Boot der Schlepper 7000 Euro. Die Abschiebungen aus Österreich wurden in Wellen durchgeführt, um die Flugzeuge vollzukriegen. Vom Schreibtisch zur Tat. Das letzte Glied der Kette des österreichischen Staates war der Fremdenpolizist und der abzuschiebende Flüchtling das letzte Glied der menschlichen Geschwisterkette. Im derzeitigen Rechtsstaat gab es keine Henker, aber vom Menschenrechtsbeirat entwickelte Programme für Abschiebebeamte. Gabrielle wälzte sich unruhig in den Kissen.

Joe stand mit einer Pinzette in der Hand vor dem Bett. Er beugte sich über Gabrielles Stirn und positionierte das Instrument an der Zornesfalte zwischen den Augenbrauen, um die wuchernden Härchen festzuzwicken und mit einem Ruck auszureißen. Joe war penibel genug, sein grafisches Auge konnte Symmetrie in Gabrielles Züge bringen.

Die Sache lief nicht so schlecht zwischen ihnen. Gabrielle presste die Augen zusammen, während Joe den Wildwuchs der Augenbrauen entfernte. Sie dankte ihm mit einer Tasse Kaffee.

Bist du für eine Paartherapie?, fragte Joe, als sie schon in Eile bei der Garderobe war.

Die Füße steckten in hellblauen Stiefeln. Sie hakte die Schnürsenkel im Zickzack ein. Sie zog die Enden an, dass der Schaft sich über der Zunge eng um die Waden schloss. Die Tasche hängte sie sich über die Schulter.

Wozu?, fragte sie widerspenstig gegen die Anspannung im Nacken und in den Schultern. Die Kratzbürstigkeit richtete sich gegen Joe.

Er suchte Augenkontakt und packte ihre Hand, um Gabrielle zum Abschied heranzuziehen. Sie schob ihn weg und hielt nur die Wange hin. Wie der Schauspieler in der Rolle des gehörnten Mannes, der noch artig auf Klärung seiner Verdachtsmomente hoffte, ließ Joe sie mit einem heroisch melancholischen Seufzen gehen. Magst du heute Abend wieder einen Fisch? Dazu würde ich einen Bründlmayer öffnen.

Wir könnten ja auch wieder Masken tragen!

Du bleibst also in der Stadt?, sagte sie auf der Schwelle, sich zu ihm umdrehend. Gabrielle hatte es sich längst abgewöhnt, Meeresfische zu essen. Das Meer war für sie nicht mehr romantisch besetzt, aus ökologischen und menschenrechtlichen Gründen. Sie hatte sogar den Griechenlandurlaub gecancelt, als das Reisen wieder möglich war, obwohl sie mit Joe das Drama *Sappho* für sich entdeckt hatte. Griechenland hatte seine Grenzen längst wieder offen. Sie las Literatur immer an den Orten ihrer Handlung. Lübeck, Berlin, Manhattan, Wien und so weiter. In Paris hatten sie den Friedhof auf dem Montparnasse besucht, um bei den Toten Anregungen für Lebenswerke zu holen, deren Bände noch nicht bei ihnen zu Hause herumstanden. Das Mittelmeer würde sie wieder besuchen, wenn sie Kraft für die Odyssee hätte.

Statt einer Therapie könnten wir auch in die Berge fahren, schlug Joe hastig vor.

Wir sehen uns abends, sagte sie, winkte langsam wie ein Scheibenwischer in Zeitlupe und zog sachte die Tür hinter sich zu, die sie zwölf Stunden später wieder aufsperrte, um die Schwelle zu übertreten, die Tasche abzulegen, den Mantel auszuziehen und die Stiefel aufzuschnüren, von den Füßen abzustreifen. So ging das eine Woche lang hin und her, immer mit der Polizei vom Personenschutz vor dem Haus.

Auch der heutige Tag endete wie gewöhnlich. Gabrielle notierte nur, dass die Polizei immer weniger sichtbar war. Sie meldete den Mangel beim Mann für den Verfassungsschutz, der sie beruhigte, dass alles in Ordnung sei. Sie würde nun *getarnt* beschützt, die nächste Stufe wäre, die Notwendigkeit des Schutzes zu prüfen.

Zu Hause belagerte Joe sie mit dem Thema Therapie.

Sie setzte die Messerspitze an das Wangenfleisch der Forelle und hob sie mit der Spitze aus der Mulde.

Schmeckt dir die Forelle?

Der Mann vom Verfassungsschutz sagt nicht die Wahrheit, klagte Gabrielle.

Und du?, fragte er.

Die Forelle ist sehr leicht.

Wie würdest du reagieren, kämest du dahinter, dass ich vor dir eine Wahrheit verberge?

Gabrielle fürchtete sich vor jedweder Enthüllung, suchte nach Gräten und fuhr das Fischfleisch mit den Gabelspitzen ab. Die Gräten spießten sich und stachen heraus. Sie konnte sie mit dem Messer abschaben.

Also, sagte sie, ich glaube, ich wäre ein Arschloch, würde ich dich einer Lebenslüge verdächtigen.

Nicht Lüge, Gabrielle, sondern eine Lebenswahrheit, sagte Joe.

Gabrielle musterte ihn.

Würdest du sie nicht bestätigt haben wollen?, fragte Joe. Amtlich?

Geht es dir um Wahrhaftigkeit oder Glaubwürdigkeit?, fragte Gabrielle. Sie schob das Messer unter die Schwanzflosse und löste das Skelett des Wirbeltieres vorsichtig vom Fleisch. Sie drückte die Spalte in die Zitronenzwicke, träufelte den Saft über das Filet. Gabrielle hatte genug Grund, Joe in Frage zu stellen und ihr Leben mit ihm auseinanderzudenken. Sie hätte weglaufen mögen. Paradoxerweise spürte sie die Distanz zu ihm schwinden. Nur wegen ihrer Klamotten wollte sie keine grundlegende Veränderung in ihrem Zusammenleben. Sie lenkte ein.

Ich verstehe es nicht, wie man so eifersüchtig werden kann, dass man durchdreht, sagte sie und schob den Bissen auf die Schaufel. Willst du noch kosten? Letzte Chance.

Sie schob ihm das Stück zu.

Nicht das ganze, sagte er.

Gabrielle teilte das Brot. Ich möchte heute allein schlafen, sagte sie.

Du weichst aus, sagte Joe. Hast du eine Lebenswahrheit von Karl erfahren?

Er hat es geschafft. Er ist clean und arbeitet in einem alkoholfreien Land. Nicht weil er hilft, weil es ihm hilft. Er hat's kapiert.

Also gut, sagte Joe, dann wollen wir das so glauben.

Er räumte den Tisch ab.

Als sie aufstand, legte er den Arm um sie. Gabrielle entwand sich sofort seiner Berührung.

Wieso hast du die Liste gegen die systematische Aushöhlung der Justiz noch nicht unterschrieben?

Gabrielle war verwirrt. Sie hatte stets alles richtig gemacht und korrekt gehandelt, die Unabhängigkeit der Rechtssprechung verteidigt. Sie war nicht aus dem Süßholz eines Verlangens nach maximaler Gerechtigkeit geschnitzt, sondern geschult und demokratiebewusst ausgebildet. Und nun hatte sie ihre Schulaufgaben in Zivilcourage nicht gemacht.

Du hast nicht unterschrieben, wiederholte er. Namen und Rang der Kollegen waren in Blockbuchstaben gelistet und daneben auf gepunkteten Zeilen die Unterschriften. Alle Richter innerhalb eines Gerichtes waren gleichrangig bis auf Präsident und Vizepräsident. Auch deren Signatur hatte Joe gesehen.

Die Liste ist erst seit gestern im Umlauf, erwiderte Gabrielle leicht empört. Sie schob die Brille hoch. In jede Beweiswürdigung, auch in diese, floss persönliche Haltung ein. Ich hatte einfach noch keine Gelegenheit, und außerdem, was geht dich das an?, sagte sie.

Die Regierung schwärzte die Justiz an, man wollte Parteimitglieder in den Richterstand heben und du hast die Gelegenheit verpasst, dagegen zu sein!

Ich bin weder im Amt noch zu Hause weisungsgebunden, sagte Gabrielle schroff.

Sie stand auf, holte die Nachbildung der Saliera von Benvenuto Cellini aus dem Schrank. Sie schluckte ihren Ärger hinunter. Wie aus der Pistole geschossen sagte sie und fuhr Joe über den Mund: Niemand braucht meine Unterschrift. Es geht um ganz andere Gesetze.

Du lügst dich doch selber an, Gabrielle. Es war dir nicht wichtig genug. Und ich frage mich, warum?

Sie hatte zeit ihres Lebens an der Auslegungsfähigkeit gefeilt, Chauvinisten und Frauenhassern das Handwerk gelegt, Verbrechen geprüft und Bedrohung von Leib und Leben eingeschätzt, die Detailberichte der Asylwerber auf die Waagschale gelegt, sich Episoden angehört, die ihr Trommelfell blau geschlagen hatten, Schmerzen, die auf keine Kuhhaut gingen, nachgefühlt und war nun in Joes Augen eine Schlappschwänzin. Sie war gegen bestimmte Referenten des Bundesamtes für Asyl und Fremdenwesen auf die Straße gegangen, sie hatte Suspendierung gefordert, weil ein Kollege im Interesse der Wahrheitsfindung Einvernahmen mit Sexualverbrechern durchgeführt und das Opfer damit malträtiert und noch dazu einen negativen Asylbescheid ausgestellt hatte, weil das Opfer sich nicht bis zur Selbstaufgabe gewehrt hatte.

Du hast mir keinen Vorwurf zu machen, sagte Gabrielle.

Investigative Journalisten hatten Gabrielles Kritik veröffentlicht und eine Referentin enthüllt, die sie als inkompetente Langzeitarbeitslose bezeichnet hatte. Diese war vor Scham rot geworden und dann vor Wut angeschwollen wie ein Pickel auf der Haut des Leviathan, das Seeungeheuer, das den Souverän des Gemeinwesens der menschlichen Lebensumstände veranschaulichte. Anstatt froh zu sein, dass sie nicht namentlich erwähnt worden war, verkündete die Referentin ihren Naturzustand und bezeichnete sich als promovierte Juristin, die das Chaos im Asyl- und Fremdenwesen aufräume. Die Welt war für sie verlogen und durch die Gier und die Gewalt desorientiert und manipuliert, das Realitätsbewusstsein des Staatsvolkes deformiert. Sie plädierte, sich auf wahre Werte zu berufen, die man in jeder Kirche gepredigt bekommt. Sie war aufgrund des Artikels suspendiert worden, kämpfte, der Dauerpenetration von Gutmenschengerede ausgesetzt, gegen diesen Völkerselbstmord. Kurz, die Referentin hatte sich als Identitäre enttarnt.

Gabrielle war nach dieser Affäre wie ausgebrannt gewesen und hatte Krummstab und Schwert, die Attribute des Leviathans, bemüht und ihr eine antiquarische Ausgabe von Thomas Hobbes' *Gesellschaftsvertrag* geschickt.

Sie griff nach der Karaffe, nach dem Wasser, am besten das stille.

Joe war verdattert. Ich greife ja nicht dich an, sondern das System.

Jetzt auf einmal!, sagte Gabrielle.

Ich bin kein Schmarotzer, sagte Joe. Du verdienst immer schon mehr als ich.

Das ist sicher auch antisemitisch gemeint, sagte Gabrielle.

Ich wollte ganz etwas anderes sagen, antwortete Joe.

Ich werde erblinden, erwiderte Gabrielle, und ich sage dir noch etwas: Ich werde Karl sehen, und wenn es das letzte Bild ist, das ich noch sehen werde.

Sie unterbrachen ihr Abendmahl. Gabrielle suchte die Befunde heraus und ging zu Bett. Am nächsten Morgen wählte sie wieder die hellblauen Stiefelchen und machte sich fertig für die Klinik.

Im langen Gang zu den Labors klapperten die Absätze laut, als ginge es darum, böse Geister in die Flucht zu schlagen. Die Tauben und Lahmen starrten ihr nach, und als sie in die Augenabteilung kam, sahen sogar die Blinden auf. Kinder mit dicken Brillen und abgeklebten Augen kletterten auf den Stühlen der Sitzreihen herum, hielten inne und staunten Gabrielle an. Sie war ganz in Hellblau gekleidet. Die Kinder reagierten auf die Farbe, fragten sich flüsternd, ob sie wirklich eine Frau oder ein Engel, von den Wolken herabgestiegen, sei. Gabrielle hörte das Getuschel. Sie schmunzelte, füllte am Stehtisch das Formular aus, kreuzte die aufgelisteten Beschwerden auf der Liste an. Nachtblindheit, Lichtempfindlichkeit, häufiges Stolpern bei Dämmerung, übermäßiger Tränenfluss. Augenerkrankungen in der Familie: Erblindung der Mutter, des Vaters, anderer Familienmitglieder? Gabrielle schrieb in Großbuchstaben MÜTTERLICHERSEITS hin. Eine dicke Träne tropfte auf das Papier. Sie strich das Wort mehrmals durch und setzte in Blockbuchstaben das neutral klingende Adjektiv MATRILINEAR hin. Das Fremdwort entzog sie einer zu nahe rückenden Betroffenheit. Dann setzte sie sich in die Wartezone unter die Leidenden.

Die Kinderecke war bunt eingerichtet. Ein blindes Mädchen ertastete die Bauklötze und steckte sie durch die vorgesehenen Ausschnitte im Deckel einer Spieldose. Als der Baustein eines Sterns durch den Ausschnitt des Sterns und der Halbmond durch den Halbmond fielen, erklang die Melodie eines Kinderliedes. You are my sunshine. An der Wand waren in Augenhöhe Taststreifen aufgeklebt, deren Materialien die Geschichte von einem Igel, einem Maulwurf und einem Seestern erzählten, die um einen Schatz stritten und ein wildes Knäuel ergaben, das sich dann mit ihrer Einigung auflöste und zu einem Strang führte, an dem die unterschiedlichen Geschöpfe nun gemeinsam zogen und den Schatz bargen, der aus glatt polierten Metallen und glatten Spiegeln bestand, die gerecht aufzuteilen waren. Gabrielle entnahm den musternden Blicken der Wartenden, dass die meisten, auch die Kinder, sehen konnten. Kinder blätterten in Bilderbüchern und klebten Kleidungsstücke aus Rot und Grün für Kinder, Buben und Mädchen, ein. Ein Test zur Früherkennung von Farbenblindheit mit Hinwegsetzung über die übliche Rosa-Hellblau-Zuordnung für die Geschlechter.

Sie dachte an einen Referenten, der eines Morgens völlig erblindet erwacht war, weil er im Schlaf einen Schlaganfall erlitten hatte. Sie dachte an die Mutter, die die Kränkung ihrer Erblindung mit Fassung getragen hatte und niemals mehr von den Oberflächen der Gesichter die geheimen

Wünsche gelesen, aber die Wörter gehört hatte, die sie hören wollte. Sie war nicht mehr ins Schwimmbad gegangen, obwohl sie beim Kraulen immer mit geschlossenen Augen das Becken durchmessen und ein Gefühl für die Längen entwickelt hatte, ohne aufschauen zu müssen.

Gabrielle würde das Schwimmen nicht aufgeben. Sie kannte Querschnittgelähmte, die sich im Wasser wie die Fische bewegten. Karls Freund, der in Begleitung eines Schiffes von Sardinien nach Korsika geschwommen war, der heute gegen das Ertrinken der Flüchtlinge im Mittelmeer kämpfte und mit seinen Schwimm-Überquerungen zum Protest gegen die Praktiken der libyschen Küstenwache aufrief, machte ihr Mut. Eine Seuche hatte seine Karriere gestoppt, aber eine neue Chance als Maskennäher erbracht. Die Augengeschichte war ihr alleiniges Los. Richterin würde sie auch erblindet bleiben können. Glaubwürdigkeit hatte sie ja auch festgestellt, als die Parteien noch mit Mundschutz in den Zeugenstand getreten und ihre Gesichter vermummt gewesen waren. Die zivilisatorische Leistung der Frauen liege darin, die Aggression der Männer in Autoaggression zu verwandeln, sagte sie, sich rüstend für die Diagnose. Als Blinde wäre sie sogar sehender als die Sehenden, ein weiblicher Teiresias, der die Frauen aufforderte, den Kampf gegen eine notorisch leibfeindliche männliche Dramaturgie anzutreten und alles, wie das Unheil des Ödipus, radikal neu zu denken.

Gabrielle spürte das Kribbeln in den Füßen, die Angst, wie sie aufstieg bis in den Kopf, wo die Vorstellung einer Erbkrankheit an der Schädeldecke kratzte. Sie musste sich die Beine vertreten, auf und ab gehen und beim Anmeldepult der Sprechstundenhilfe nachfragen, ob sie überhaupt auf der Liste der Gereihten verzeichnet wäre, um sich abzulenken. Ja, sie war gereiht, sie musste sich gedulden.

Sie ging auf den Gang, in die Waschräume, wieder in die Sitzreihen, kaufte einen Kaffee beim fahrenden Kiosk und wurde das Gefühl nicht los, dass sehr viel mit ihr nicht stimmte. Sie sah sich fortwährend um, und dann, nach einer Weile, hatte sie den Fehler im Panorama des Wartesaales gefunden. Eine Blinde mit Armschleife und Stock verharrte schon seit Stunden lesend auf ihrem Platz. Gabrielle fiel erst jetzt auf, dass diese Person intensiv in ein Buch starrte, umblätterte und offenbar Seite für Seite las. Was für eine Allegorie der Simulation hatte sie hier entdeckt. Sie sah zu, wie die Frau ihre Blindenbrille hochhob und den Seiten die Buchstaben mit den Augen absaugte. Von Satz zu Satz schmunzelte sie und lachte auch laut auf, las manchmal schneller weiter, setzte sogar Markierungen in den Text. Um den Oberarm war trotzdem die Blindenschleife gewickelt.

Die Blinde musste niesen und schaute dabei auf und sich um, als spürte sie den bohrenden Blick Gabrielles. Ihre Augen waren auf die Richterin gerichtet, aber sie reagierten nicht auf sie. Die Blinde drehte den Kopf zur Seite und legte ihn schief, positionierte sich so, bis sie aus einem bestimmten Winkel den Raum einsehen konnte, und stierte geradeaus. Sie fixierte einen Punkt, von dem aus sie alle Perspektiven sehen mochte, die sie sich vorstellen konnte. Vielleicht schätzte die blinde Leserin die Geschichte des Alephs, eine Erzählung aus Buenos Aires, worin es ja um einen solchen Punkt ging. Da fuhr Gabrielle zusammen. Der Sitznachbar hustete. Sie wollte ihn mahnen, das Taschentuch zu verwenden. Sie hielt inne. Er war ein Asylwerber, dessen negativer Bescheid noch auf ihrem Aktenberg lag. Suchte er einen humanitären Bleibegrund oder war er wirklich krank? Gabrielle wandte sich sofort ab. Von einer Krankheit war während der Verhandlung keine Rede gewesen. Er war einer der jesidischen Brüder.

Wie alle Asylwerber hatte er keine Sozialversicherungsnummer, jedoch einen Ausweis, der ihn berechtigte, das österreichische Gesundheitssystem zu nützen.

Die Sprechstundenhilfe hinter dem Anmeldepult winkte ihm.

Ein Mädchen löste sich von der spielenden Kindergruppe und ging zum Asylbewerber hin, nahm seine Hand. Das Mädchen war vielleicht sechs Jahre alt. Es übersetzte. Die Sprechstundenhilfe wollte eine Sozialversicherungsnummer. War sie seine Tochter? Gabrielle konnte sich nicht erinnern, dass in der Causa Kinder im Spiel gewesen wären. Die anderen unterbrachen ihr Spiel in der Ecke und lauschten der Fremdsprache des Mädchens. Die Kinderstimme wechselte zwischen Deutsch und dem, was der Mann sprach. Dari, sagte sich Gabrielle. Aber das stimmte nicht, denn die Jesiden sprachen Kurmandschi und lebten im Irak, in Nordsyrien und der Türkei. Dennoch könnte es zwischenzeitlich eine jesidische Minderheit aus Afghanistan in Wien geben, wenn die Vermischungen auf der Flucht stattgefunden hatten. Die Sprechstundenhilfe hinter dem Pult fragte die Daten des Patienten ab. Die kleine Begleiterin gestikulierte, mit ihren Händen Zusammenhänge klärend. Sie wollte dem Mann bedeuten, dass er seine Identitätskarte herzeigen und bestätigen müsse, dass er der Inhaber dieser Identitätskarte sei, damit sich die Sozialversicherungsnummer erübrige. Das Mädchen war als Übersetzerin nicht nur ein Container und Verwandler für Worte, es war emotional verwoben mit den Vokabeln Sozialversicherungsnummer, Identitätskarte, Unterkunft und Leben in sozialem Frieden. Sie sprach im Stakkato mit lieblicher Stimme, ängstlichem Herzen und lauerndem Blick, nahm den Worten die Färbung und das Schwarz und das Weiß und verstrich sie mit den Händen zu Nuancen wie Streicheleinheiten, die ein Körper aus Fleisch und Blut zu bilden vermochte, um von

Schmerzen zu berichten, die nicht zu beschreiben waren. Sie war eine menschliche Sprechpuppe, die furchtbar zitterte vor den Fragen und den ungenügenden Antworten.

Gabrielle konnte nicht mehr still sitzen. Wie betäubt kam sie sich vor, als sie mit dem Stift auf dem Notizzettel Stichworte kratzte und dabei das Wort *Krankenkassa* aufmalte und dem Asylwerber den Zettel hinhielt. Der Mann hatte gerötete Lider. Er musste sich die Hand vor den Augen halten, um das Licht zu ertragen. Gabrielle wusste, dass er im laufenden Asylverfahren war und an Würmern erkrankt war, die bis in die Augen krochen und dem Sehnerv entlang ins Gehirn, behandelte man ihn nicht gründlich. Er war ihr entsetzlich auf die Nerven gegangen, weil er nicht begriffen hatte, dass er einfach bestätigen sollte, zu krank zu sein, um die Verhandlung mitzumachen.

Gabrielle hätte ihm nun die Augen auskratzen können, weil er sich so blöd stellte. Er sah sie ratlos an, verstand nichts. Das Mädchen spürte die Aggression der hellblauen Frau und erklärte schnell, dass der Mann eine Retinitis pigmentosa habe und nicht mehr lesen könne. Die Zellen der Netzhaut seien abgestorben. Er stolpere nur mehr.

Gabrielle sagte: Schon gut. Dann strich sie die aufgezeichnete Krankenkassa durch und zeichnete eine Identitätskarte auf. Ob er in ihr seine Richterin erkannte, war unklar. Er rückte jedenfalls mit seiner Karte heraus.

Retinitis pigmentosa, das Wort des Tages. Gabrielle zuckte zurück. Als Mutter die Diagnose bekommen hatte, kaufte Vater gleich einen Hund für die werdende Blinde. Mutter bestand aber auf einer Blindenkatze. So kamen Whity, der Hund, und Blacky, der Kater, ins Haus. Blacky war Lebens- und Liebeszeuge der Mutter und hatte tragischerweise auch Vater bei dessen Ermordung begleitet. Das Tier hatte die Krallen aus den Pfoten gestreckt und an der Filzunterlage geschärft, während Vaters Kopf mit bereits erloschenen Augen darauf gelegen war. Der Kater hatte keinen Begriff von Moral. Wie könnte man ihm einen Vorwurf machen, sich nicht eingemischt zu haben.

Mutter war mit Whity außer Haus gewesen, als das Unglück geschehen war. In früheren Zeiten wäre Blacky als Zeuge und Teufelszeichen auf dem Scheiterhaufen gelandet, man hätte ihm die Retina abgelöst und versucht, darauf das Bild der Mörder des Vaters zu entdecken. Blacky war am Ende bei Karl gelandet und schließlich hatte sie sich um ihn kümmern müssen, da das Tier nicht mit in die Entziehungsanstalt durfte. Gabrielle hatte eine Katzenallergie entwickelt. Sie hatte Blacky untersucht. Nach Indizien abgesucht. Das Tier befragt, in den Zeugenstand gerufen, natürlich ohne Ergebnis.

Sie hatte noch den Rhythmus des eigenen Sprechatems im Ohr, der die Erzählung von den Beweismitteln vergangener Zeiten zerstückelte und im Gehör von Rechtshilfe, Protokollar und Richter zu einem monotonen Kontinuum verfloss. Das Bild des Staatsanwaltes, der die Möglichkeit der Retina-Untersuchung der Katze für einen ausgekochten Unsinn gehalten und den Fall geschlossen hatte, trieb auf den Wellen der Erinnerung.

Das sechsjährige Mädchen sah die hellblau gewandete Richterin mit großen Augen an. Sie war die Retterin der Situation. Sie klärte die Kleine auf, dass die Identitätskarte auch ein gültiger Fahrausweis sei. Der Mann sei noch kein Asylant. Er sei in einem laufenden Asylverfahren, deshalb dürfe er die Identitätskarte hier und in der U-Bahn benützen.

Der Flüchtling schwieg. Na gut, sagte Gabrielle noch und dann ging sie wieder auf ihren Platz. Das Mädchen wurde vom Asylbewerber weiter beschwatzt. Er weigerte sich, seine Identitätskarte an die Dame hinter dem Anmeldepult auszuhändigen. Was gab es noch zu klären?

Gabrielle erhob sich abermals und wandte sich nun an die Sprechstundenhilfe. Ohne ihn anzuschauen, wusste sie, was den Mann fuchste. Er hat Angst, sagte sie. Die Sprechstundenhilfe war ungeduldig, regte sich aber über die Einmischung nicht auf, beharrte nur auf dem Nachweis seiner Identität.

Gabrielle schob das Kind beiseite, beugte sich vor. Entschuldigen Sie, sagte sie eindringlich, der Mann wird verfolgt, er möchte nicht mit seinem Namen aufgerufen werden.

Woher wollen Sie das wissen?

Die Sprechstundenhilfe verstand endlich und verstummte neugierig.

Ich bin seine Richterin, sagte Gabrielle.

Die Sprechstundenhilfe fragte neugierig: Wer verfolgt ihn?

Es gibt so etwas wie Familienrache, diese Bedrohung können wir uns nicht ausmalen.

Okay, sagte die Sprechstundenhilfe. Die Schwester wird ihn mit dem Vornamen aufrufen.

Das Mädchen übersetzte und der Asylwerber nickte Gabrielle dankbar zu. Sie hatte sein Erkenntnis noch nicht geschrieben. Er konnte die Bedeutsamkeit des Zufalls seiner Retinitis pigmentosa nicht ermessen. Diese Krankheit veränderte seinen Status. Gabrielle hatte Aspekte seines Falls persönlich verstanden.

Sie wurde aufgerufen. Aber auch die blinde Leserin klappte ihr Buch zu und stand auf. Gabrielle konnte den Firmennamen auf dem Emblem des Blindenstockes und den Titel des Buches lesen: Gantenbein von Max Frisch. Nur in der Literatur gibt es keinen Zufall, dachte sie folgerichtig. Vor den Behandlungszimmern trennten sich die Wege.

Die Anamnese dauerte über eine halbe Stunde. Tests wurden gemacht und das Gesichtsfeld vermessen. Dann sagte der Arzt, dass sie keine Retinitis pigmentosa von der Mutter vererbt bekommen habe, dass dies auch erbtechnisch gar nicht möglich wäre. Das beschädigte X-Chromosom habe die Natur durch den zweiten Chromosomensatz ausgeglichen. Allerdings, so sagte der Arzt, wäre sie ein Mann, dann könnte sie davon ausgehen, dass sie mit 50-prozentiger Gewissheit die Krankheit der Mutter geerbt hätte. Der Arzt freute sich für sie.

Gabrielle sagte: Ich habe einen Bruder.

Wenn er Beschwerden hat, sollte er sich behandeln lassen, sagte der Arzt. Wenn er Pech hat, verschlechterte sich das Augenlicht sprunghaft und sehr schnell. Der Tränenüberschuss bei Gabrielle hatte andere Ursachen. Was ihn wirklich besorgte, waren die Schwindelanfälle. Er würde sie gern einweisen und ihr Hirnwasser untersuchen. Man würde etwas Liquor aus dem Rückenmark entnehmen.

Gabrielles Gesicht glomm vor Aversion und sie erklärte sich augenblicklich für gesund und gesünder als je zuvor. Sie versprach, in den nächsten Tagen wegen eines Termins anzurufen, sobald sie die Verhandlungen ausgesetzt und etwas mehr Luft hätte. Sehr glaubwürdig, sagte der Arzt und sicherte ihr die Urgenz der Sprechstundenhilfe zu.

Sie gab dem Verfassungsschutz per SMS durch, dass sie das Krankenhaus verließ, und fürchtete sich nicht, mit dem Lift in die Tiefgarage zu fahren.

Das Wetter schlug Kapriolen. Die Treibhausgase bewirkten erwartungsgemäß einen Hitzeschub Anfang Dezember. Sobald die Genfer Flüchtlingskonvention auch Klimaflüchtlinge einschließen würde, wären die Flüchtlingszahlen der Gegenwart unbedeutend. Krieg, Folter und Verfolgung unterlagen noch dem Gestaltungswillen der Akteure, wenn aber die Natur zur Menschenfeindin wurde, dann herrschte totaler Kontrollverlust und man würde höchstens noch ums Überleben beten können. Ein kleiner Virus reichte, um die alte Ordnung außer Kraft zu setzen.

Als sie mit dem Auto anrollte, winkte ihr Joe bereits zu. Das letzte Abendmahl war ihr liebgewordenes Ritual, eine Spielerei, sie wollten sie heute fortsetzen, doch zuerst ein wenig Sport treiben.

Der Schweiß perlte auf der Stirn und sein T-Shirt zeigte Flecken. Die Umhängetasche war schwer, weil er auch ihr Schwimmzeug eingepackt hatte. Als sie neben ihm hielt, riss er die Tür auf und versuchte sich in alter Frische mit Schwung auf den Sitz zu federn, plumpste hin.

Das Wetter macht mich fertig, sagte er.

Im Rückspiegel waren keine verdächtigen Fahrzeuge auszunehmen. Der Schutz war nun wirklich unsichtbar geworden. Nach Kaisermühlen also fuhren sie, um vielleicht im Restaurant am Wasser etwas zu essen. Gabrielle teilte den Plan mit. Wenn jemand käme, der Gabrielle aus der Wirklichkeit riss, dann bedeutete dies, aus dem gewohnten Trott zu flüchten. Aber bitte nicht durch einen Terroristen. Kein Schwimmbad, sondern eine Flucht aus Lust.

Sie gingen zum Wasser hinunter und selbst die Temperatur der Alten Donau war angenehm. Gabrielle tauchte die Finger ins Nass.

Das Wasser war so klar, dass die Schlingpflanzen am Grund zu sehen waren. Sie streckten ihre Spitzen nach dem Licht und schwebten leicht wie das Haar der ertrunkenen Ophelia in der Strömung mit. Stiege die Temperatur weiter, müsste man die Wasserpflanzen auch im Winter mähen und die Haufen in der Fernwärme-Anlage verbrennen. Neuerdings waren zu Fernwärme- auch Fernkühle-Anlagen gefragt. Eine Sektorentätigkeit, die Gabrielle bearbeiten würde, wenn die Asylströme versiegten. Die Anlagen waren zur öffentlichen Ausschreibung freigegeben, die Auftraggeber in monopolartiger Stellung. Die Richterin könnte endlich ihre Kernkompetenz des Vergaberechts am Bundesverwaltungsgericht anzapfen. Mähte man das Gras nicht, würde die Alte Donau im Klimawandel in kürzester Zeit verlanden und versteppen wie das ganze Wiener Becken. Der letzte Ausläufer der ungarischen Puszta war die Perchtoldsdorfer Heide unweit ihres Hauses. In den kommenden Jahren, so sagte Gabrielle, würden die Sommer kaum auszuhalten sein. Vielleicht solltest du Aktien von Klimaanlagenherstellern kaufen, sagte sie.

Glaubst du, dass auch Almen verwüsten?, fragte Joe.

Wir werden einen Hausarzt brauchen, der uns versorgt, damit wir nicht in den Wartesälen der Ambulanzen unseren Lebensabend verbringen. Du wirst schon sehen, sagte sie.

Joe hatte keine Lust, sich eine Zukunft in Wartesälen auszumalen. Er legte die Tragtasche mit dem Schwimmzeug ab.

Gabrielle zog sich aus und stieg nackt zu den Wellen hinunter. Als sie die Zehe eintauchte, zuckte sie zurück, das Wasser war kälter als gedacht. Sie stand mit dem Rücken zu Joe. Die Haut schimmerte elfenbeinfarben, wie bei Schaumgeborenen in der italienischen Renaissancemalerei. Gabrielle drehte sich um und fragte, ob Joe auch ins Wasser gehen wolle.

Nein, nein, geh nur.

Wie du willst, sagte sie.

Dann ließ sie ihn sitzen und zog in wenigen Schwimmstößen hinaus auf den Mond zu. Joe setzte sich in den Lampenschein der Straßenlaterne. Gabrielles Köpfchen leuchtete silbrig im Mondlicht. Der Traum fiel ihr ein, in dem Gabrielle Menschen ins Wasser gestoßen und ersaufen lassen hatte. Joe befand sich an dieser Stelle auf dem geträumten Steg. Er stieg allerdings hinauf zum Weg und saß auf der Böschung und nicht unten am Steg. Er sah ihr zu, wie sie kraulte. Das Wasser spritzte nicht, sie pflügte die Oberfläche und die Wellen streichelten ihre Haut. Seit es Aufzeichnungen zu Klima und Wetter gab, war noch nie von Badewetter Ende November die Rede gewesen.

Joe spazierte ein paar Meter das Ufer entlang, kehrte um. Im Traum war sein Körper wie mit Bleistift gestrichelt gewesen, die Haare hatten einen harten Schatten geworfen und einen Satyr der sieben Todsünden Brueghels aus ihm gemacht. Da fiel ihr ein, dass gar kein Satyr vorkam auf Brueghels Kupferstichen. Sie schwamm. Ihre Wäsche lag auf einem Haufen neben der Bank. Joe hob die Stücke auf und legte sie zusammen. Dann schoben sich Büsche in die Perspektive und hielten seine weiteren Aktionen versteckt.

In Brueghels Bildern waren immer die Verrichtungen und Utensilien für Stoffwechselendprodukte der Dargestellten mitgedacht. Die Töpfe waren lebenswichtig für die Stoffwechsler und deshalb befanden sie sich im Vordergrund, und wären auch für spielende Kinder von Meisterhand gemalt. Ein Hinweis darauf, dass der Mensch ein Schlauch ist.

Die Scheibe des Mondes warf eine elendslange Schleppe auf die Wellen. Wenn Gabrielle im Gerichtssaal ihre Beschwerde führenden Parteien befragte, die jungen Burschen, ob sie Kinder hätten, lachten diese immer peinlich berührt. Sie seien ja nicht verheiratet, sagten sie dann. Im Grunde bedeutete ihre Frage genau das. Sie hatten nicht einmal die Silberlinge dazu. Was ihre zukünftige Frau anbelangte, verlangten sie sich die eigene totale Aufrichtigkeit ab. Wen bescheißt du?, hatte mal einer gefragt. Gabrielle hatte ihn des Saales verwiesen und die Verhandlung ohne seine Anwesenheit beendet. Ihr fiel auf, dass sie keine betrügenden Männer im Zeugenstand gehabt hatte. Für die meisten Männer gab es drei Arten von Frauen: die Mutter, deren Wort zählte, die Hure, an der sie sich übten, und die Jungfrau, die für gemeinsame Kinder geehelicht wurde. Joe stellte für sie eine besondere Kategorie dar. Gabrielle war nämlich alles für ihn, seine ganze Klasse. Er tat ihr leid, wie er so allein am Ufer hockte.

Eigentlich hatte er keine Lust gehabt, schwimmen zu gehen. Es war ihm zu ungewohnt, im Spätherbst ins Wasser zu steigen. Gabrielle schwamm ihm entgegen. Sie schloss die Augen und genoss die kraftvollen Züge. Karl war auch ein guter Schwimmer gewesen, der nun die türkisen Seen des im Tertiär ausgeschwemmten und ausgeschliffenen Beckens im Bamiyan-Tal besuchte. Die afghanische Hochebene war flach bis an den Horizont. Beworben für Trekking-Touristen. Gabrielle hatte einen Packen Frauenzeitschriften aus den Siebzigerjahren auf dem Flohmarkt durchstöbert. Darin gab es Fotostrecken von drogensüchtigen Campern, die aus Deutschland in den Osten aufgebrochen waren. Afghaninnen in den Gärten von Bagh-e Babur in Kabul waren abgebildet. Sie trugen Minirock und so weiter. Komisch, dass der kurze Kittel für Weltoffenheit stand. Mutter war damals schon blind gewesen, sie hatte die Eleganz einer Frau an ihrer Rocklänge bemessen. Ihre weißen Blusen waren gestärkt und steif gewesen. Als junge Dame hatte sie einen Glockenrock getragen, wie die Ladies in Kabul, die sich in den Siebzigern allein auf dem Weg in die Stadt befunden hatten. Männer kamen entgegen, die Häupter in Tücher eingeschlungen, sonst trugen sie Kaftans und Schlabberhosen. Die Geschlechter kreuzten den Gehsteig, ohne einander eine Gefahr zu sein. Schülerinnen war es damals in Kabul sogar verboten gewesen, sich zu verschleiern, wie heute andiskutiert in den Schulen. Sie hatten eine dunkelblaue Uniform getragen. Das Wetter war nicht schön, sondern regelrecht sauber gewesen im Kabul der Siebzigerjahre. Wie blitzblank geschrubbt hatten die Berge in Richtung China gewirkt. Der Pool in den Gärten von Bagh-e Babur war mit Geldern aus der Aga-Khan-Stiftung errichtet worden. Terrassenstufen hatten den Park geteilt. Sie zielten perspektivisch durch die Aggregatzustände der Sphären Kabuls bis zur Kaaba nach Mekka, wo Mohammed die Götzen der Ungläubigen seinerzeit zerstört hatte. Das Grabmal des Begründers der Parkanlage in Kabul stand auf einer der Terrassen. Die Taliban fielen ihr wieder ein, sie hatten die Buddhas im Bamiyan-Tal beseitigt, wofür tagelange Sprengarbeiten nötig gewesen waren. Sie waren keine wirklichen Sprengmeister gewesen.

Die Sommer und Winter fühlten sich in Kabul an wie in Wien. Ob der Klimawandel sich dort genauso verhielt, dachte Gabrielle und zog gleichmäßig im Schlepptau des Mondes ihre Tempi. Seine Schleppe tanzender Lichter war nicht einzuholen, sie zog sich vor ihr in der gleichen Geschwindigkeit, mit der sie ihr folgte, zurück. Am Ufer war niemand sonst auszunehmen. Die Männer vom Verfassungsschutz mussten in den Büschen stecken.

Joe kehrte zum Steg zurück, setzte sich auf die Bretter und legte sich der Länge nach hin.

Gabrielle warf ihm einen Seitenblick zu. Joe tat so, als würde er schlafen. Gabrielle hievte sich hoch und schwang sich auf die Bretter. Sie fühlte sich an den Traum erinnert, in dem sie ihren Mann ins Wasser gerollt hatte. Joes Brustkorb hob und senkte sich regelmäßig. Sie setzte die Sohlen ihrer Füße auf die Grasbüschel, die den Aufstieg zum Weg wie weiche Stufen bahnten. Ihre Schuhe standen oben auf dem Weg. Sie drückte das Wollgras nieder und es kitzelte die Sohlen. Für einen Moment dachte sie an Haarschöpfe abgeschnittener Häupter. Sie trat immer nur mit dem Ballen auf und wippte sich schnell hoch. Die Turbane lösten sich und zerfielen unter ihrem Gewicht zu Steinchen. Sie knirschten wie Knochen, bevor sie hinunterkollerten.

Das Geräusch erschreckte sie. Oben angekommen, fuhr sie gleich mit den sandigen Füßen in die Schuhe, ohne sie abzuwischen. Die Körnchen rieben zwischen den Zehen. Sie machte den ersten Schritt, die Böschung hinab zum Steg. Da knickte sie um und stolperte, als hätte sie den Boden unter den Füßen verloren, rutschte und stürzte auf die Bretter. Sie jaulte vor Schmerz auf. Joe schreckte hoch.

Hast du schon wieder getrunken, fragte er.

Sie krabbelte auf allen Vieren über den Steg und setzte sich laut atmend hin.

Was hast du gegen mich, fragte Gabrielle keuchend. Sie zog die Schuhe aus. Den einen mit einem Ruck und den anderen mit Vorsicht. Sie untersuchte die Schuhe und warf Joe einen vorwurfsvollen Blick zu. Hast du mit meinen Stiefelchen herumgespielt?, fragte sie.

Joe begann zu grinsen, zog den Mundwinkel hoch. Ein Zeichen seiner Geringschätzung dieser Frage.

Schau, sagte Gabrielle und hielt ihm den linken und dann den rechten Schuh hin: Die Absätze fehlen.

Wie kann das sein, dass man an beiden Schuhen die Absätze verliert?

Hast du was dran manipuliert?, fragte Gabrielle.

Was soll ich mit diesen Schuhen, die sind mir zu klein, sagte er.

Vielleicht wolltest du zwei Absätze für etwas?

Joe schaute sie lange an und sagte: Rück heraus mit der Sprache, Gabrielle!

Sie stellte die Schuhe ratlos vor sich hin. Wer konnte so etwas getan haben? Sie blickte auf und nichts Auffälliges war zu sehen.

Joe half ihr die Absätze zu suchen. Im Gebüsch, im Gras, am Ufer. Es war zu dunkel und die Taschenlampen der Smartphones fraßen die Akkus leer.

Joe prüfte noch einmal die Sohlen.

Hast du nie meine Schuhe anprobiert?, fragte sie.

Ich neige zu vielem, aber nicht zu diesen Stiefelchen, sagte Joe. Ich bin ja nicht Flaubert.

Was soll ich jetzt machen?

Gabrielle hatte Lust gehabt, spazieren zu gehen, aber wusste nicht, in welche Richtung mit diesen Schuhen. Vielleicht gleich zum Auto?

Du bist gestürzt. Geht es dir gut?, fragte Joe.

Ich habe kein Alkoholproblem, jemand hat meine Schuhe manipuliert. Aber wieso?

Du stolperst ohnehin dauernd.

Ich finde das wahnsinnig.

Es sind doch nur Stiefel.

Für mich nicht, sagte Gabrielle. Niemand hat sie in die Hände gekriegt. Ich trage sie heute zum ersten Mal.

Und jetzt verdächtigst du mich?

Du hast vielleicht nicht aufgepasst, sagte sie.

Schau, ist da nicht ein Schatten?

Sie hörten ein Knicksen und Knacksen von Astwerk, Knirschen von davonlaufenden Sohlen und Spritzern aufspringenden Kieses. Die Einbildung spitzte den Verdacht zu, dass einer der Jesiden, oder einer der Afghanen, vielleicht der extremistische Dichter, sie verfolgten. Gabrielle gestand sich den Grund ihrer Unruhe ein. Sie rief in die Büsche. Kein Laut drang zurück und das Handy war fast leer. Der Kontakt erstarb, noch bevor die Verbindung zum Verfassungsschutz aufgenommen werden konnte. Sie hätte melden sollen, welche Personen ihr in letzter Zeit öfters begegnet waren. Die Retinitis pigmentosa fiel ihr ein. Sie ging langsam weiter.

Ein alter Mullah nimmt sich ein junges Mädchen zur Frau und rettet ihr damit das Leben. Was hältst du davon?

Ist das ein neuer Fall?

Ein Film, sagte Gabrielle, er ist jetzt in aller Munde.

Willst du ihn sehen?

Bevor ich einen tendenziösen Film aussitze, flieg ich lieber selber nach Afghanistan und mach mir Bilder.

Schätzchen, vielleicht hat ein Afghane deine Schuhe malträtiert.

Für mich stellt das kein Dilemma dar, sagte Gabrielle. Wie können Rechtsgelehrte dem Mullah klarmachen, dass es unrecht ist, Minderjährige zu ehelichen, wenn seine Tat doch Leben rettet und er sich dazu noch traditionsgemäß verhält. Sogar Verbrecherinnen könnte er vor der Steinigung freiheiraten.

Gabrielle trippelte neben Joe her und er bot ihr den Arm an. Das Katzensilber auf dem Weg glitzerte wie ausgestreut.

Ein geiler Mullah, eine aufmüpfige Teenagerin, die als Bub verkleidet ihre Familie zu versorgen trachtet, das entspricht einer Stereotypie ausgekochter Islamophobie, sagte Gabrielle.

Du bist wieder einmal obergescheit, sagte Joe. Verkleidungen haben erotische Macht, ein Mullah in seinen Hüllen, eine Richterin in ihrem Talar, eine burschikose Nymphe, Reize des Anstoßes bei allem Anstand.

Kennst du den Film?, fragte Gabrielle.

Trotzdem, sagte Joe. Es hat was. Sperrt der Mullah die Nymphe ein? Zeigt er ihr zuvor die grobgliedrige Kette, die er vor dem Verschlag ihrer Kemenate anbringen wird? Ihre Augen sind furchtsam, weit aufgerissen und ohnmächtig?

Rassisten identifizieren sich jetzt mit dem weiblichen Wesen, bestätigte Gabrielle.

Hast du das gehört?

Wie im Film, meinte sie: Es knackst im Gebüsch und schon denke ich an Mörder, an meine Beschwerdeführer, die mir mit meinen Absätzen die Augen ausstechen wollen.

Da wünschst du dir auch einen Mullah, der sie in den Bann schlägt.

Für den bin ich zu alt, sagte Gabrielle.

Im Film fummelt er mit einem Vorhängeschloss vor den Augen der Nymphe herum.

Du hast ihn also doch gesehen?

Das Schloss hängt an einer Kette wie die Anhänger bei einem Bettelarmband.

Wie lautet der Titel?

Joe steigerte sich in die Perspektive und hörte ihre Frage nicht, erzitterte vor Ekellust, als er schilderte, wie dem Mädchen die Angst aus den ahnungsvollen Augen stieg, sich die Phantasie der Pflicht einer Mullah-Gemahlin ausmalend.

Nie wird es ein gleichberechtigtes Sexualstreben geben, sagte Joe. Auch der Marxismus ist darin gescheitert.

Aha, sagte Gabrielle. Du wechselst von Afghanistan zur Kolchose.

Mikrokosmische Besitzverhältnisse und Sklavenwirtschaft perpetuieren sich in der Ehe, sagte Joe. Eine Frau braucht, abgesehen von ihrem frei gewählten Lebenswandel, ein günstiges Schicksal, um sexuell unbeschadet durchs Leben zu kommen.

Gabrielle wandte ein, dass Buben auch nicht sicher seien vor dem patriarchalen Gebrauch. Als männliche Nymphen würden sie in Frauenkleidern vor ihren Freiern tanzen, man nenne sie Bacha bazi. Noch nie gehört? Sie lebten sogar mit den verheirateten Männern und deren Frauen unter einem Dach.

Ich kann mich in homophile Päderasten nicht einfühlen, sagte Joe.

Ich kann mich nicht einmal in jemanden einfühlen, der in Frauenkleider schlüpft, die ich getragen habe, sagte Gabrielle. Sie lief barfuß neben ihm her. Joe blieb stumm.

Hörst du das Grunzen?, fragte sie.

Der Mullah grunzt sehr genüsslich im Film, sagte Joe.

Schweinesprache, konstatierte Gabrielle. Das glaube ich nicht.

Es ist tendenziös, sagte Joe, du hast Recht. Der Mullah steckte auch noch die geschmiedete Reite des fetten Schlüssels, ein dickes Gesenk mit Weintraubenborte, ins Schloss. Mit dem Gefuchtel brachte er das Mädchen zum Schluchzen.

Wer könnte ihr helfen, sagte Gabrielle. Hast du das gehört? Es folgt uns doch jemand?

Der Schlüssel quietscht und knarzt, schilderte Joe, als folterte der Mullah das Schloss. Gabrielle diktierte schon stumm die Anklage für den Internationalen Gerichtshof. Sie versuchte sich von dem Gedanken an Verfolgung abzulenken, spielte mit der Idee, nicht den Mullah, sondern Joe wegen Traumatisierung durch die Erzählung und Ästhetisierung eines Inhaltes brutaler Gewalt vor den Kadi zu bringen.

Gabrielle stolperte, bückte sich, hob einen Stein auf. Es gibt nur zwei Arten von Männern, sagte sie, Feministen oder Trottel.

Sie warf den Stein in einem hohen Bogen in die Büsche. Welchen Typs war nun der afghanische Regisseur?

Ein Trottel, sagte Joe.

Sie hörten den Aufprall des Steins. Aus einer anderen Richtung aber drang ein Schrei durch die Hecken.

Gabrielle sah sich ungläubig um und niemand sonst war hier. Die Häuser waren nur am Wochenende bewohnt. Kein Licht.

Zeig dich, brüllte sie plötzlich, mit geballten Fäusten sich auf die Zehenspitzen stellend.

Du bist verrückt.

Das war doch ein Schrei?

Ja, von irgendwo.

Ich ruf den Verfassungsschutz an.

Das können wir vergessen, sagte Joe. Das Wetter macht uns alle meschugge!

Gabrielle suchte sinnloserweise das Handy zwischen den Notizheften. Sie durchwühlte die Seitentaschen. Sie drehte die Tasche regelrecht um und durchklaubte die Utensilien. Sie konnte es nicht fassen, aber das Handy war fort. Wer hatte es gestohlen?

Joe erdreistete sich nun zu fragen, ob Karl schon in Wien wäre.

Gabrielle stellte fest, dass nicht nur das Telefon fehlte, auch die Brieftasche fühlte sich dünn an. Keine Münze mehr darin, geschweige denn ein Geldschein.

Joe, du hast niemanden bemerkt und ich war dauernd mit dir zusammen. Was soll ich daraus schließen?

Er bückte sich und löste einen großen Stein aus der Uferbefestigung. Er stemmte ihn hoch und näherte sich Gabrielle von hinten. Sie blickte sich in die andere Richtung um. Kein Schrei, kein Laut war mehr zu vernehmen. Gabrielle war froh, nicht allein zu sein. Sie fand Dienstausweis und Pass, beides noch in der Seitentasche vorhanden. Sie zog den Taschenspiegel heraus. Sie sah Joe hinter sich auf sie zukommen. Wie er den Stein hochhob, ein Stein, so groß wie ihre Handtasche. Sie drehte sich abrupt um.

Wind zog auf und das Wasser kräuselte sich.

Joe sagte: Jetzt sind wir auf uns allein gestellt. Er ließ den Stein sofort los. Zu schwer, um ihn zu schleudern, meinte er.

Gabrielle musterte skeptisch seinen vertrauenserweckend freundlichen Blick.

Als sie an diesem lauen Abend weitergingen und vom Umweg abwichen, in die Häuserzeile hinein, hakte sich Gabrielle vorsichtig ein. Joe drosselte sein Tempo aus Solidarität mit ihr. Sie stolperten und Joe ergriff gewohnheitsgemäß ihre Hand. So zogen sie wie ein in die Jahre gekommenes Ehepaar, Hand in Hand, aber schief durch das Laternenlicht.

Du hast doch gehört, dass jemand hinter uns her gewesen ist?

Joe legte den Arm um sie und sagte: Sicher! Und wie geht es deinen Augen?

Okay, sagte Gabrielle.

Warst du schon beim Neurologen?

Nein, log Gabrielle.

Er pries die Vorzüge des noch bestehenden Gesundheitssystems, wo Ärzte die Ordinationen leiteten und Manager diese noch noch nicht in Ambulanzen verwandelt hätten, in denen der Leistungskatalog wie eine Menüliste gereicht würde. Bei jeder Abweichung der Symptome, jeder Komplikation, die eine ärztliche Behandlung erforderte, aber dem Betrieb keinen Gewinn brachte, müsste der Patient dafür privat zahlen oder ins Krankenhaus abgeschoben werden.

Gabrielle drückte die Hand und sagte: Du sorgst dich um deine Versorgung?

Du verdienst mehr als ich, das ist so, sagte Joe. Du kannst dir alles auch privat leisten.

Die Schatten der Pflanzen verschlangen mit ihren Silhouetten den Weg und nun begann Gabrielle darauf zu achten, mit Joe wenn möglich immer von Lichtfleck zu Lichtfleck zu wandeln.

Reden wir nicht über die Sozialversicherung.

Wenn ich eine Witwerpension bekäme, würde das gut gehen, sagte Joe.

Bleiben wir bei den Almen und Seen und lass uns auf Nummer sicher gehen, sagte Gabrielle. Wo machen wir den nächsten Urlaub?

Sie hatte das Gefühl, exakt diese Szene schon einmal erlebt zu haben. Ich fühle mich wie niedergeschlagen, sagte sie, buchstäblich niedergestanzt, wie ein Erkenntnis über mich selber, getippt auf Vaters Olympia.

Ich schreib dir das nicht zu, antwortete Joe. Gelächter. Eine einvernehmliche Stimmung.

Da kamen sie auf die hell erleuchtete Straße, hinter ihnen lagen die dunklen Stege der Alten Donau. Karl und ich haben dort schwimmen gelernt, hatte Gabrielle noch gesagt, als Joe sie bat, nach vorne zu schauen. Sie atmete auf, als sie ins Licht des Gemeindebaus trat, dessen Flanken sie in Geborgenheit tauchten.

Vater war hier aufgewachsen. Jahre vor seinem gewaltsamen Tod war er mit der Gegend wieder versöhnt gewesen. Gabrielle hatte den Grund für den Bruch mit seiner Herkunft vergessen. Sie war noch jung und Vater hatte sich wieder mit seinen Freunden verbrüdert. Die Fassaden waren wie damals nüchtern, aber nicht so schmucklos gewesen. Die Simse, Fenster und Balkone hatten abgerundete Ecken. Heute rüstete sich der Bau gegen den Klimawandel, Efeu begrünte die Mauern. Menschliche Silhouetten mit langen silbernen Zwicken standen auf einem der Balkone hinter den klar in fünf Linien gezogenen Geländern, die wie Notenzeilen wirkten, und beförderten glühende Eierbriketts durch die Luft und legten sie in Pfannen. Man hörte sie vor Hitze singen.

Die gegrillten Würstchen dufteten herunter in den Hof. Ein Spitzlachen erklang. Gabrielle hatte in diesem Gebäude ihre erste große Liebe erlebt. Joe suchte einen Weg hinaus aus dem Hof der Siedlung, die Gabrielle aus der Kinderzeit kannte.

Von hier geht es nicht mehr weiter, sagte sie.

Dann gehen wir zum Auto zurück, sagte Joe.

Sie wollte die Namen auf der Klingelleiste prüfen. Aber auf der Klingelleiste wurden keine Namen genannt, denn eine EU-Verordnung hatte vorgesehen, dass nur mehr Nummern auf der Klingelleiste zu stehen hätten, weil die Bewohner, also deren Daten, durch Entfernung der Namen geschützt werden müssten. So suchte sie vergeblich nach einer Spur, wie eine Inschrift bei den Grabsteinen auf dem Friedhof der Namenlosen.

Gabrielle war seit Karls Verschwinden nicht mehr hier gewesen. Mittlerweile wählte man im Gemeindebau nicht mehr Rot, sondern Blau und alle weiteren Wahlergebnisse würde man sehen. Ihr schwante das Unheil, als sich oben neben dem Balkon das Fenster erleuchtete und ein Mann sich weit herausbeugend die Fensterflügel auseinanderspreizte, ins Schwarze hinein, und Gabrielle mit ihrer Stimme die Stille durchdrang.

Entschuldigung, rief sie hinauf. Wissen Sie, ob hier die Familie Proksch wohnt?

Ja, hallo, rief die Stimme zurück, das ist ja die Gabi!

Werner?

Komm rauf!

Klar!, rief Gabrielle.

Joe wirkte enttäuscht und trat sofort in den Schatten neben dem Eingang. Dort, sagte Gabrielle, dort oben haben die Eltern gewohnt, mit einem hübschen Balkon. Willst du nicht mitkommen?

Es ist spät und ich wollte mit dir allein sein, sagte Joe.

Gabrielle hörte den Summer und öffnete schon die Tür, ließ Joe keine Wahl.

Ohne sozialen Aufstieg hätte es auch keinen moralischen Abstieg gegeben, dachte sie im Stiegenhaus. Das Blattwerk der Büsche konnte sie nicht mehr rascheln hören, da die Tür zufiel. Gabrielle drehte sich noch einmal um, als sie den Krach hörte. Werners Stimme hatte sie an seinem süffisanten Unterton erkannt, der sich am Ende seiner Sätze aufschwang und auch Aussagesätze wie eine

Frage klingen ließ. Aus einer einfachen Feststellung: Ich freue mich, dich zu sehen, wurde durch die Intonation ein Problem geschaffen: Ich freue mich, dich zu sehen?

Es war eine stille Provokation, die sie herausforderte, ihm fragend zu antworten: Das musst du selber wissen?

Werner, der Sohn des Patronenkönigs, sagte sie zu Joe, und durch die Titulierung klang es, als läse sie ihm aus einem Comicheft vor. Nicht der Proksch, den wir aus der österreichischen Kriminalgeschichte kennen. Nur der Sohn eines kleinen Waffenhändlers und aufgeflogenen Bordellbesitzers, sagte Gabrielle.

Wieso soll ich den kennenlernen?, fragte Joe.

Schon rief Werner von oben herab und auf dem Podest stand nun auch eine Frau: Gabi, Gabi, Gabi, hopp, hopp, hopp!

Heiß und kalt zugleich lief es Gabrielle den Rücken hinunter vor Freude und Skepsis. Sie stieß ihre Grüße im Rhythmus der Stufen aus.

Diese Seite kenne ich gar nicht von dir, sagte Joe.

Egal, sagte Gabrielle und lief ihm voran, in die Arme zweifelhafter Freunde.

Der weibliche Fleischberg auf dem Podest neben Werner war an der Glücksspalte zwischen den Vorderzähnen zu erkennen. Agnes, seine Frau, lachte und war auf Anhieb sympathisch. Werner war schlanker als je zuvor, sein Haar war lichter geworden und er strich sich mit den Worten über den verbliebenen Schopf: Ich färbe sie mir jetzt hautfarben.

Agnes war noch immer sehr hübsch, walzte mit ausholenden Schenkeln über den Gang und lud alle in die Wohnung ein. Werner hustete. Er entschuldigte sich sogleich, zweigte ins Schlafzimmer ab, und man hörte ihn sich schnäuzen.

Du siehst großartig aus, sagte Agnes und küsste Gabrielle auf die Wangen. Ich sehe, du bist gesund.

Werner hatte sich im Gegensatz zu ihr nicht sehr verändert. Die Brutalität wurde durch das schelmische Grinsen entschärft. Er klopfte sich auf den kaum vorhandenen Bauch und grinste: Du wirst im Gegensatz zu mir immer schlanker.

Gabrielle sagte: Schönes Hemd!

Werner hatte das neusprachliche Gymnasium abgebrochen, hatte ein Waffenfahrrad bekommen, dann das erste Moped des Gemeindebaus. Sie waren nach Zwentendorf gefahren, hatten sich dort zerstritten, weil Werner Kadavergehorsam gegenüber der sozialistischen Partei unerträglich gewesen war. Gabrielle war gegen Atomkraft gewesen. Die sauberste Art der Energiegewinnung für die Bevölkerungsexplosion. Außerdem, wo kämen wir da hin, würden wir Milliarden für ein Atomkraftwerk ausgeben und es dann nicht in Betrieb nehmen!, so hatte es geheißen. Sie hatten im aufstrebenden Sozialwohnbau gelebt und Vater war von hier weggezogen, sobald er die Hand auf das Kutscherhaus im sechsten Bezirk gelegt hatte.

Gabrielle nahm den Balkon ein, fühlte sich wie auf einem Schiff an der Reling. Der Baumbestand und der Park waren in der Nacht so gut beleuchtet, dass man auch zwischen die Büsche sehen konnte.

Ihre Wege waren damals auseinandergelaufen, denn die Väter, ein versierter Herr von Welt, ein versierter Held der Unterwelt, waren mit der Waffenlobby in Konflikt geraten. Werners Vater war verurteilt worden, obwohl er alles legal abgewickelt hatte. Ein Nachbesserungsgesetz für den österreichischen Staat hatte alles geregelt. Gabrielles Vater war nicht verurteilt worden, weil er illegale Machenschaften aufgedeckt hatte. Er war dafür als Verräter niedergestreckt worden. Es gab kein Richtig oder Falsch, wenn sich Gesetze ändern ließen. Der Kontext gestaltete die Bewertung von Fakten. Vater war Prokurist gewesen und hatte für einen restituierten Betrieb, der jede Verbindung zu fragwürdigen Händlern abgebrochen hatte, gearbeitet.

Wie laufen die Geschäfte?

Der Umweltschutz macht alles kaputt. Wir verheizen jetzt die letzte Grillkohle, sagte Werner.

Sein Vater hatte nach der Entlassung aus dem Gefängnis mehr Glück gehabt, ein Vermögen verdient durch den Handel mit Knallkörpern und Platzpatronen.

Werner strich Gabrielle zärtlich über den Rücken. Sie hätte Werner auch an seiner Art, ihr über den Rücken zu streichen, erkannt. Am Druck der Hand, an seiner Körperspannung, an seinem Lippendruck. Sie hatte sich zur seriösen Erscheinung entwickelt und alles passte gut zusammen, hellblau und weiß, die Stiefelchen und die Tasche. Agnes war entzückt über die Stiefelchen. Sie könnte so hohe Absätze nicht mehr tragen. Aber Moment mal! Wo seien denn die Absätze verblieben? Wer hatte diese brutale Attacke auf die Absätze vorgenommen? Na ja, sagte Gabrielle.

Es sei am gesündesten für das Skelett, auf Zehenspitzen zu laufen, um die Hüfte auszutarieren, sagte Agnes. Sie wusste das, weil sie wegen eines Fersensporns in physiotherapeutischer Behandlung war. Agnes war Sportlehrerin an einer Waldorfschule.

Bei diesem Übergewicht?

Gelächter.

Gabrielle legte die Hand auf Werners Unterarm und unterband mit sanftem Druck eine weitere Unverschämtheit.

Auch er, mein Mann, hat einen sozialen Beruf ergriffen, sagte sie und stellte Joe Werner und Agnes vor. Aber schon die Antwort auf die Frage, an welcher Schule Joe beschäftigt gewesen wäre, zog eine Grenze. Joe hielt nichts von alternativer Pädagogik. Die Kunst der Lehre sei eine Frage des Respekts und der Kenntnis der Fachgebiete.

Werner kniff die Lippen zusammen, beäugte Joe.

Agnes wollte kulinarische Operationen in der Küche in Gang setzen, verschwand.

Es gibt keinen anderen Ausweg aus der Bildungsmisere, als das Lesen zu lernen, sagte sie aus der Küche.

Übe dich an den Rezepten, Schatz!

Werner fragte, wo Joe in die Schule gegangen sei. Ich glaube, Sie waren ein paar Jahre unter mir, sagte er.

Tatsächlich hatten die Männer den gleichen Schultypus in derselben Stadt besucht. Sie siezten einander beharrlich.

Ja, ich war bei den Kreativen, sagte Joe.

Die Kreativen, lachte Werner höhnisch auf. Das war doch die Kafka-da-Vinci-Klasse?

Ja, genau, sagte Joe. Viel Literatur und viel Technik.

Ich kann mich an eine Tuschzeichnung erinnern, ein Plan im Maßstab eins zu fünfzig. Eine zig Quadratmeter große technische Zeichnung einer Maschine. Sie war in der Aula ausgestellt. Was habt ihr damals konstruiert?

Eine elektrisch betriebene Egge, die schreiben kann, sagte Joe mit Stolz.

Die Kafka-da-Vinci-Klasse, sagte Werner dann doch anerkennend, wenn auch mit befangener Sympathie. Aber wozu? Ich habe die Schule des Lebens absolviert und geheiratet.

Habt ihr Kinder?, fragte Gabrielle.

Werner winkte ab. Agnes war seine dritte Frau. Mit der ersten hatte er die Kinder. Alle drei Frauen hatte er schon in der Sandkiste kennengelernt.

Du wärest die vierte, sagte er zu Gabrielle.

Wir sind praktisch eine Familie, rief Agnes. Gabrielle nickte.

Zahlen Sie für den sozialen Frieden Alimente oder aus feministischen Gründen?, fragte Joe.

Das ist okay, sagte Werner. Sie reden ein bisschen outriert. Ich glaube allerdings nicht an die Käuflichkeit der Gefühle.

Aha, sagte Joe. Ich liebe auch Gabrielle.

Agnes stakste aus der Küche, bleckte die Zähne, sie lachte und bestätigte: Solange er keine Kinder von mir will, ist mir alles egal.

Sie balancierte die Saucen in bunten Schüsselchen auf einem Tablett zum Esstisch. Die Sportlehrerin war geschickt. Sie hatte aufgespritzte Lippen, ihr Mund war eher ein Schnabel, aber das machte ihr breites Gesicht kokett. Sie pries die Saucen und gab einen genüsslichen Schmatzlaut von sich. Gabrielle legte die Schuhe zur Garderobe. Agnes nahm Joe bei der Hand mit in die Küche und sie holten die Salate.

Kommen Sie, Herr Feminist!

Wir sollten uns alle duzen, sagte Agnes, darauf stoßen wir an!

In der Küche klirrten die Gläser, die sie aus dem Schrank nahm.

Joe fragte Agnes über die Restriktivität liberaler Schulen aus.

Agnes wunderte sich. Redete Joe von Disziplin oder Disziplinierung? Sie sei schon als Jugendliche eine Rechthaberin gewesen und sagte, dass es keine Schule ohne Autorität gäbe.

Joe hatte Lust zu streiten, aber keine Chance.

Gerade ihre Waldorfschule habe Schüler ausgeschlossen, sagte Agnes. Die Mutter eines Schülers habe identitäres Gedankengut verbreitet, womit sich die Schule nicht identifizierte.

Sachlich, wie es seine Art war, fragte Joe, ob es um die Mutter oder um das Wohl der Kinder gegangen wäre in dieser Frage. Agnes bedauerte die Kinder wegen ihrer Mutter.

Eine Ausländerfeindin. Natürlich hatte man die Mutter vor die Wahl gestellt, ihrer Ideologie aus Liebe zu den Kindern abzuschwören, allein sie hatte es nicht getan. Die Kinder waren nicht von der Schule, aber von der Mutter ausgestoßen worden.

Agnes hatte selbst eine ausländische Mutter. Diese habe eine Inländerfeindlichkeit in Agnes entfacht und es trotzdem der Tochter zuliebe ausgehalten, sich als Ausländerin unter InländerInnen heimisch zu fühlen. Sie sei eine unpolitische Frau gewesen.

Welche Partei wählt sie heute?, fragte Gabrielle.

Sie ist tot, sagte Agnes. Als Liberale bin ich froh.

Werner ließ den Korken des Champagners unter einem Geschirrtuch explodieren. Agnes sagte, dass Eltern in der Waldorfschule ein Mitspracherecht haben und diese Mutter, die Ausländerfeindin, geglaubt habe, ein Recht auf ihre politische Unvereinbarkeit mit der Schule zu besitzen. Sie sei laut und trotzig gewesen wie eine Pubertierende. Die Waldorfschule sei eine Schule und kein Elternersatz. Sie hätte sich der Grunddoktrin des Schulgesetzes nicht widersetzen dürfen, wenigstens den Kindern zuliebe, sagte sie wieder. Werner gab ihr Recht.

In meiner Schule hättet ihr alle Kinder der Schule verweisen müssen, wenn ihr die Eltern reden gehört hättet, sagte Joe.

Das wäre doch die Aufgabe der Schule, es den Kindern beizubringen, wie es zum Beispiel zur Gründung Israels gekommen ist, sagte Agnes.

Ach, sagte Joe.

Gegen den Schnabel jener Mutter sei kein Kraut gewachsen gewesen, sagte Agnes. Sie wollte den Schuldkomplex der Geschichte von den Schultern ihrer Kinder nehmen, indem sie Auschwitz für beendet erklärte und ein neues Deutschgefühl in Österreich einzuführen trachtete.

Ach, sagte Joe.

Jetzt sag nicht immer dasselbe, sagte Gabrielle. Sie stupfte ihn mit dem Ellenbogen an.

Also, auf ein Du, Joe. Ich bin der Werner, sagte Werner.

Joe hob das Glas: Freut mich, Werner! Joe!

Agnes gab damit an, dass das Kopftuch an ihrer Schule verboten sei. Ja, es herrsche ein totalitäres Regime, nämlich eines der Klarheit, dass Eltern damit einverstanden sein müssen, Ausschlüsse zu entscheiden, wenn gegen die Regeln der Augenhöhe verstoßen würde.

Was sagten denn die ausgeschlossenen Kinder dazu?, fragte Joe.

Nichts, sagte Agnes. Kinderpech! Niemandem ist es verboten, die Freundschaften der Kinder privat weiterzupflegen. Aber natürlich ist eine identitäre Mutter unangenehm für die Atmosphäre in unserer Blase. Somit waren die Kinder nicht ausgeschlossen, sondern vom Dünkel der Mutter eingeschlossen, meinte sie.

Was sagst du dazu, Gabrielle? Du bist die Fachfrau für Recht.

Ich bin fürs Mülltrennen, sagte Gabrielle.

Setzen wir uns zum Abendmahl, sagte Agnes und Werner scherzte: Es könnte ja das letzte sein.

Hey, das ist ja unser Schmäh!, sagte Gabrielle.

Sie roch das Hefegebäck. Der säuerliche, weiche und süße Duft stieg ihr in die Nase und verband sich in ihrer Erinnerung mit der Textur der Kaschmirstoffe, aus denen Vaters Anzüge genäht waren.

Agnes' Mutter hatte in der Herrenschneiderei gearbeitet, die Vater regelmäßig konsultiert hatte. Die Schneiderkreide strichlierte eine Linie über der Kante des Stoffes. Agnes' Mutter hatte die Ärmel gekürzt und bürstete nun die Spuren aus dem Gewebe. Die Schneiderin konzentrierte sich auf die Stulpe. Sie war eine dunkelhaarige Frau, die vor dem Mann auf dem Sockel kniete. Der Mann auf dem Küchenstuhl war Gabrielles Vater gewesen. Er hatte mehrere Anzüge in Auftrag gegeben. Er lief rot an, als die puffenden Atemstöße ertönten. Mit der Schneiderin sei er gut bedient, hatte Mutter gesagt, als Vater die Kleidung auspackte. Wie ein Konsul stand er da, als Mutter die Stoffbahnen über seine Schulter legte. Sie hätte keine Wäschestücke verfertigen können. Die Anproben bei der Schneiderin hatten Zeit in Anspruch genommen, die sie gerne gewährte.

Agnes' Mutter war zwar Tschechoslowakin gewesen, das bedeutete aber nicht, dass Agnes Tschechisch gelernt hätte. Der Gummibalg war mit Kreide gefüllt gewesen und auf einer Stange fixiert. Die Schneiderin hatte das Gerät stets für die Markierung der Kürzung von Kleider- und Hosenlängen verwendet. Gabrielle hatte den Geruch der ausströmenden Kreidewolke in der Nase, die sich im Gewand des Vaters festgesetzt hatte. Mutter hatte die Anzüge nie berührt. Gabrielle aber hatte sich in sein Gewand eingewickelt und dazu das Hefegebäck aus der Küche erschnuppert.

Der Küchengeruch seiner Anzüge wiederholte sich nun in Agnes' Küche. Das Backrohr klingelte. Sie war eine Sportskanone gewesen, hatte die Landesmeisterschaften in mehreren Sportarten gewonnen, sprang nun auf wie von einer Tarantel gestochen und eilte in die Küche. Wann war sie so fett geworden?

Wir sind alle aus Wien. Ist euch das schon aufgefallen?, sagte Werner.

Joe rümpfte die Nase. Ihr seid alle aus der Vorstadt, sagte er.

Werner stieg auf Gin um und holte das Eis. Die Salate standen auf der Anrichte bereit zur Entnahme.

Agnes ist meine große Liebe, sagte Werner mit den Eiswürfeln im Glas klimpernd. Wieso hast du sie nicht gleich geheiratet?, fragte Gabrielle.

Ich habe auch andere tolle Frauen gehabt!

Man muss auch verlassen können, sagte Agnes.

Und liebst du ihn?, fragte Joe sie.

Agnes zog die Schultern hoch und sagte verblüffend ehrlich: Ich kann das!

Joe griff nach Gabrielles Hand. Er war bisher mit ihr durch Dick und Dünn gegangen. Nicht im wahrsten Sinne des Wortes. Er hatte stetig zugenommen. Der mächtige Stein in der Hand, mit dem er ihr am Ufer gefolgt war und den er schließlich hochgestemmt hatte, als wollte er sie damit erschlagen, zerstieb zum Staub der Angewohnheit, schlecht von anderen zu denken.

Agnes sagte: Werner hat mich geheilt und dafür bin ich dankbar.

Wovon?, fragte Gabrielle.

Na, vom Verlassenwerden!

Aha, sagte Joe.

Werner drehte sich eine Zigarette. Er leckte den gummierten Streifen ab. Seine Zunge war weich. Wann habt ihr euch kennengelernt?, fragte er.

Bei Waldheim, sagte Gabrielle, auf einer Demo.

Werner trank den Gin aus.

Die Zeit vergeht nicht so schnell, wie man glaubt, sagte er. Wart ihr auch schon schwimmen?

Werners Vater hatte Scharfschützengewehre nach Uganda vercheckt. Hatte Kalaschnikows über Salzburg nach Äthiopien verschoben und entsprechende Munition geliefert. Die Regierungsgenehmigungen waren durch Betrug und Korruption und Gesetzeslücken möglich gewesen. Gabrielles Vater hatte von der verstaatlichten Industrie zur teilverstaatlichten Industrie gewechselt. Die beiden Männer waren eine Zeit lang auf dem gleichen dünnen Eis gestanden. Sie hatten sich gebückt und nach den Eisstöcken gegriffen, die sie über die zugefrorene Alte Donau schwangen, und um die Wette gespielt.

Jetzt bist du dran, mag einer dem anderen gesagt haben.

Vater hatte seinen gekürzten Wintermantel aus Kaschmir getragen, Werners Vater einen aus Loden. Beide dunkelfarbig und beide dickbäuchig und beide mit Hut. Beide hatten Rot gewählt. Tu ich es nicht, tut es wer anderer, mögen die Väter einander bestätigt haben. Der eine produzierte die Waffen, der andere sorgte für deren Verkauf. So waren die Arbeitsplätze gesichert, frei nach der Rüstungsindustrie der Naziideologie. Dass die Biedermänner Verbrecher waren, hatte man ihnen nicht angesehen. Erst heute. Vater hatte seinen Eisstock aus der Hüfte geschwungen und seine Figur dem Freund nachgesetzt. 400.000 Schüsse, Scharfschützengewehre, die als Sportartikel durchgegangen waren, Kürassiere, Schützenpanzer und Kanonen, die als Kanalisationsrohre deklariert waren, reisten über die Länder der Mittelsmänner in die Brandherde des Nahen und Mittleren Ostens. Eisstockschützen, die Lateinamerika für ihre Machenschaften noch nicht erschlossen hatten, aber darum spielten. Der eine hatte den anderen informiert und gewarnt. Das Bordell in den Bergen an der Bundesstraße war legal organisiert und lieferte die Gebühren an die Behörden ordnungsgemäß ab.

Werners Vater war trotzdem verhaftet worden und hatte sich bald von seinem ungestraft davongekommenen Freund entfremdet. Die Haft war sein Glück gewesen. Im Gegensatz zu Gabrielles Vater, der mit Privilegien ausgestattet einer strafrechtlichen Verfolgung entgangen war, ob zu Recht oder Unrecht, sei dahingestellt, war er mit seinem angeblich normalen Leben als Prokurist nur vorerst unbescholten in Freiheit.

Mensch, das duftet in der Küche!

Das ist ein Reindling nach Kärntner Rezept.

Werner fixierte Joe wegen seines fragenden Blickes. Er sagte, dass Agnes Kärntner Großeltern habe. Joe reagierte nicht. Werner war natürlich bereit, sein Quartier von Rivalen und Ignoranten und besonders von ignoranten Rivalen freizuhalten. Warst du schon einmal mit einer Kärntnerin zusammen?, fragte er.

Joe widmete ihm einen Seitenblick und antwortete.

Werner lehnte sich zurück und fragte nach einer Weile unvermittelt: Ist Karl in Kärnten gelandet?

Wie kommst du darauf?, fragte Joe.

In Kabul, sagte Gabrielle. Sie katapultierte das Gespräch in eine neue Dimension. Er ist beim Roten Kreuz.

Werner verstummte sofort und erwog nickend die Bedeutung von Karls Wandlung.

Aha.

Die letzte Begegnung mit ihm hatte in der Psychiatrie stattgefunden. Werner hatte selbst eine depressive Episode wegen Drogenkonsums durchlebt. Er war im Sesselkreis mit Karl gesessen und hatte ihm in einem Anfall einseitiger Brüderlichkeit Geld geborgt.

Gabrielle trank ihr Glas aus und war in Gedanken bei den Absätzen ihrer Stiefelchen. Sie rieb sich die wunden Füße. Wer immer sie abmontiert hatte, gehörte zur Rechenschaft gezogen.

Werners Vater war in der Stahlstadt Steyr auf die Welt gekommen, wo die Republik Arbeitsplätze zu Lasten der 20.000 Toten, die die Lieferungen über den Libanon damals gekostet hatten, gewährleistet sah.

Sind heute österreichische Waffen in Afghanistan zugange?, fragte Agnes.

Keine Ahnung, sagte Gabrielle.

Dort kommen Kalaschnikows zum Einsatz, meinte Werner.

Kalaschnikow, auch eine arme Sau, sagte Joe. Wieso Kalaschnikow eine arme Sau sei, wollte keiner wissen, man konnte ohnehin bei Wikipedia nachschauen.

Die vier lagen faul in der Wohnzimmerlandschaft. Das Fleisch brutzelte auf dem Grill.

Darf ich bei euch mein Handy aufladen?, fragte Gabrielle.

Woher hast du das jetzt?, fragte Joe. Es war doch aus deiner Handtasche verschwunden?

Was weiß ich, sagte Gabrielle. Anschlussfehler. Oder du passt nicht auf. Ich muss es jedenfalls aufladen.

Sie fanden keinen passenden Adapter. Wenn du telefonieren willst, kannst du meines benützen, sagte Werner.

Gabrielle wusste die Nummer nicht auswendig. Sie suchte im Internet nach den Kontaktadressen des Verfassungsschutzes. Das Büro wäre besetzt und man würde eine Streife durch das Gebiet schicken, doch die Nummer stand natürlich nicht im Netz.

Werner stattete heute Operationssäle aus. Er war ein Experte dafür und in ganz Österreich unterwegs. Deshalb fuhr er einen gefederten, für den Zivilverkehr umgebauten Pinzgauer, trotz seiner extremen Langsamkeit, um die langen Strecken sicher und bequem zu bewältigen.

Lach nicht, Joe, sagte Gabrielle.

Ich lach ja gar nicht, sagte Joe. Ich versuch nur, eine Fleischfaser zwischen den Zähnen herauszuzuzeln.

Sie schwiegen ein wenig, als man von draußen Gekreische hörte.

Ihr kennt euch alle schon so lange, und noch nie hat Gabrielle von euch erzählt, sagte Joe.

Er warf einen Blick auf die Uhr und erwog, dass Gabrielle angesichts der morgigen Verhandlung bald aufbrechen sollte.

Agnes hielt ihn mit den schönen Augen fest, dann wischte sie das Bild mit einem Zwinkern von der Linse ab.

Gabrielle hatte plötzlich die Schnauze voll. Du willst mich bevormunden auf unsere alten Tage? Sie überschlug die Beine, die gespitzten Knie ragten Joe entgegen. Sie hasste Bevormundung, vielleicht so stark, weil sie schon betrunken war, vermutete Joe.

Agnes verstand und verlangte Revanche für Gabrielle.

Dann bleibt ihr halt noch, sagte sie.

Es klingelte sofort, nachdem das Handy genug Strom geladen hatte. Eine SMS kündigte sich mit einem dezenten Zweiklang an. Codewort „Feierabend“ meldete: Alles in Ordnung, wir wünschen Entspannung.

Gabrielle ließ die Schultern so abrupt fallen, dass das Sakko auf die Knochen hinunterplumpste. Sie war sehr zufrieden, erwünscht und in Sicherheit zu sein.

Werners Miene hellte sich auf. Er klopfte Joe auf den Schenkel.

Endlich weißt du, was deine Frau wünscht, sagte er.

Kurze Zeit nach der Verhaftung von Werners Vater war Gabrielles Vater ermordet worden, sofern es nicht doch Selbstmord gewesen war. Wie seltsam es war, dass auch diese Ungewissheit verblasste, je länger sie darüber nachdachte. Auch im Gefühl entstand eine Leerstelle, ein weißer Fleck, ein Platz für neue Geschehnisse im neuronalen Archiv. Sie saß schon die längste Zeit zurückgelehnt auf dem Sofa.

Werner teilte Eis aus und goss Gin nach. Das kühle Glas und die farblose Flüssigkeit für hochprozentige Klarheit versprühten funkelnde Lichter. Gabrielle fragte wie elektrisiert: Wieso bist du damals nicht zum Begräbnis gekommen?

Die Frage dauerte keinen Blick lang.

Werner antwortete dafür wie aus der Pistole geschossen: Ich habe Angst gehabt, ehrlich gesagt, um mich mehr als um meinen Vater.

Gabrielle hatte ihn damals unter der Trauergemeinschaft gesucht. Er wäre ihr aufgefallen. Er hatte schon als Kind diesen Gang gehabt, das Ausscheren der Schenkel und das Charlie-Chaplin-hafte Gezucke, wenn er über die Straße ging. Er war also zu feige gewesen, sein Beileid zu zollen.

Ich freue mich wirklich, dich hierzuhaben, sagte er jetzt. Auf wahre Freundschaft!

Sie setzten sich auf den Balkon, um den feinen Wein zu trinken, den Werner aus dem Keller geholt hatte. Er hatte viel Geld verdient, sein Leben war nun anders, es galt, sich den wahren Werten zuzuwenden. Er war drauf und dran, ein neues Haus zu bauen und den Gemeindebau zu verlassen. Ein Leben mit Freunden im Garten und eigenem Wein sei immer eine vernünftige Investition.

Agnes nickte. Sie klimperte einen Takt mit den Eiswürfeln, während Werner den Sauvignon Blanc bearbeitete, als wollte er ihm den Kragen umdrehen. Der Korken ging noch immer nicht aus der Flasche. Plötzlich herrschte er Agnes an, dass sie die richtigen Gläser holen solle. Er streckte sich unterdessen nach dem Regal über dem Fernseher und holte einen anderen Öffner herunter.

Joe genoss diesen Moment.

Von welcher Perversion hast du Agnes geheilt?, fragte er.

Wie kommst du auf Perversion?

Ich hab eine Aversion gegen Rotwein.

Agnes suchte währenddessen die richtigen Gläser hinter Schüsseln oder was auch immer im Schrank in der Küche. Werner konnte von seiner Position aus ihren Aktionsradius einsehen.

Nicht hier!, brüllte er. Er sprang auf und ging nun selbst in die Küche und riss den Küchenkasten auf. Werner war zornig, aber warum?

Agnes zog den Kopf ein.

Gabrielle überspielte den cholerischen Anfall mit dem nüchternen Gedanken, dass das Paar eben nichts zu verbergen habe. Agnes bekam einen roten Kopf. Die Gläser waren nicht richtig temperiert.

Gabrielle sagte, dass Joe wissen wolle, um welche Perversion es sich gehandelt habe zwischen ihnen. Handelte es sich um die Perversion eines Putzfimmels?

Werner fand die Idee lustig, über Agnes' Perversionen zu reden. Sie lachte dümmlich und verkostete den Sauvignon Blanc. Agnes trank und neigte sich Gabrielle zu, flüsternd, dass auch sie verheiratet gewesen sei, aber eine keusche Ehe geführt habe, bevor sie Werner getroffen habe.

Gabrielle sagte, das sei doch keine Perversion.

Werner nahm ein paar Äste in die Hand, die auf dem Balkon lagen, und knickste sie mit bloßen Händen um. Ein wenig Reisig und ein paar Blätter Zeitungspapier reichten, um das Feuerchen im Grill in Gang zu halten und die Eierbriketts anzuheizen. Der Gitterrost aus dem alten Backrohr von Agnes' Mutter war über die Glut gelegt.

Wie geht es dir wirklich, Gabrielle?, fragte Werner.

Was weißt du schon von Perversion?, fragte sie.

Ich habe meinen Job verloren, sagte Joe plötzlich.

Ich war regelrecht verfolgt und bin unter die Kontrolle von Aufsichtsbehörden geraten. Das ist erst richtig pervers, sagte Werner.

Ich lache über alle Witze, selbst wenn sie schlecht sind, sagte Agnes wie aus dem Zusammenhang gerissen.

Das ist mir zu weit gegangen, sagte Joe.

Schon gut, sagte Werner. Dich haben wir gar nicht nach den Perversionen gefragt.

Agnes las die Rezepte der Saucen laut vor.

Werner hörte die Fehler, die Agnes entschlüpften. Statt Parmigiano richtig auszusprechen, verschluckte sie das R, und sie stritten, ob sie nun einen Fehler gemacht oder ob Agnes nur einen Druckfehler laut vorgelesen hatte.

Gabrielle blinzelte in das Licht. Sie gab sich je einen Tropfen Medizin in das Unterlid. Die Schlieren zogen helle Streifen zwischen den Laternen. Aus Schleim spannte sich für Momente ein Netz. Sie konnte Silhouetten erkennen, die auf den Fäden liefen. Dann herrschte Dunkelheit. Das Licht flackerte, ging aus und wieder an.

Ihr müsst einmal zu uns kommen, sagte Gabrielle. Wir wohnen draußen am Land, wo sich die Füchse gute Nacht sagen.

Stellt euch vor, sagte Werner, bei uns sind die Bewegungsmelder so empfindlich eingestellt, dass bei einem kleinen Igel das Licht angeht.

Die Natur zaubert eigenartige Geschöpfe. Stacheln als Waffenkleid.

Wie geht es deinem Vater?, fragte Gabrielle.

Werner war überrascht, er hatte nicht mit der Frage gerechnet.

Er ist tot, hast du es nicht mitbekommen?, sagte er.

Wie ist er gestorben?

Natürlich, sagte Werner. Und ich weiß nicht, ob das gut war.

Macht es euch richtig gemütlich, sagte Agnes und teilte Polster aus.

Ihr habt euch über Nacht davongemacht, sagte Werner. Das hat ihn schon sehr getroffen, damals.

Ich durfte dir nichts von unserem Umzug sagen, erwiderte Gabrielle. Und ich wollte dir auch nichts sagen, weil du Roberta geschwängert hast.

Werner hob das Glas.

Auf Roberta, sagte er.

Joe mischte sich ein und prostete ihm auf eine gute Vaterschaft zu.

Agnes klappte die Puderdose auf, blickte ins Spiegelchen, bestäubte die Nase. Sie hielt immer noch das Spiegelchen hoch und sah hinein, als könnte sie der Reflexion nicht trauen.

Was ist das?, fragte sie und drehte sich langsam um. Das Licht im Hof schaltete sich dauernd ein und aus. Alle stellten sich an das Geländer.

Ein Fuchs, sagte Joe.

Wenn, dann ein Igel, sagte Werner.

Gabrielle roch die Schwaden eines Nelkenduftes. Es verschlug ihr die Sprache, ihr Mund blieb offen stehen. Wenn sie jetzt nur nicht den asylwerbenden Dichter im Garten entdeckte. Gabrielle fasste zusammen, nüchtern, um sich nicht in eine Hysterie zu steigern, was der Verfassungsschutz bestätigt hatte.

Werners Vater war einer der umtriebigsten Waffenhändler der österreichischen Republik gewesen. Er hatte den austrofaschistischen Abgrund zum sozialistischen Sumpf überbrückt. Die Rüstungslobby war besetzt mit Sympathisanten der rechtsextremen Liga. Aber die Väter hatten sich zugutehalten können, dass sie nie dem völkischen Abschaum angehört hatten. Zumindest konnten Werner und Gabrielle es als Anstand verbuchen, dass ihre Väter keine Kindernazis und keine Mitglieder der HJ gewesen waren.

Weiße Wolken zogen auf und der Wind wehte kühl herein. Vielleicht kam doch noch der Winter.

Gabrielle probierte nun den Châteauneuf-du-Pape, der an der südlichen Rhone gekauft worden war. Die Rebstöcke hatten dem Boden seit hunderten Jahren die Mineralien ausgelaugt. Die einstigen Kirchenfürsten der heutigen Ruine hatten Wasser gepredigt, aber Wein getrunken. Die Protestanten hatten den Spruch umgekehrt.

Agnes und Joe unterhielten sich über Clubs im Wohnzimmer. Welche Clubs? Das Badezimmerfenster leuchtete, bemalte Blumentöpfe standen auf dem Brett.

Sind das eure Aschenbecher?, fragte Gabrielle, sie wollte doch noch eine rauchen.

Werner ließ ihr den Vortritt, sie blieb aber in der Balkontür stehen. Sie hörte die Stimmen von drinnen brummen.

Sag mal, Gabrielle, hast du als Richterin etwas mit der Finanzmarktaufsichtsbehörde zu tun?, fragte Werner.

Gabrielle sah ihn nur ratlos an.

Hast du die Papiere zum Untersuchungsausschuss gelesen?, fragte er.

Nein, sagte Gabrielle. Du kannst sie aber im Internet finden. Es ist alles öffentlich.

Dein Vater kommt nicht vor, sagte Werner.

Ich bin drüber hinweg. Es interessiert mich nicht mehr.

Gabrielle hatte nach dem Tod des Vaters auch die Bücher ihres Bruders entsorgt. Darunter hatte sich eine nie zu Ende gebrachte Dissertation befunden, in der den Waffengeschäften der Rüstungsindustrie des neutralen Österreich nachgeforscht worden war. Die Interviews mit der Tochter des Botschafters in Athen, den Vater gekannt haben musste, hatte Karl auf penibel beschrifteten und datierten Radiokassetten archiviert. Gabrielle hatte die Bänder aus der Kassette gezogen und zerschnitten. Karl musste die rätselhaften Umstände des Botschaftertodes mit brennendem Interesse verfolgt haben. Wieso? Hatte er so sehr unter Vaters Tod gelitten? Zeitungsartikel waren aus seinen Mappen gequollen, die in Rauch aufgegangen waren wie der Corpus delicti anderer Betroffener. Gabrielles und Karls Vater war in allen Berichten nicht persönlich genannt worden. Vielleicht waren seine Aktivitäten nicht der Rede wert gewesen. Die Herzstillstände und Selbstmorde sowie sein Tod um die Zeit des größten Waffenskandals waren aber mysteriös und unaufgeklärt geblieben und für immer eine offene Wunde in Karls und Gabrielles Leben.

Gebell war zu hören, ein kleiner Hund schlug an.

Mein Vater, sagte Werner, war selbst ein Gejagter.

Ich bitte dich, sagte Gabrielle.

Herzinfarkt, sagte Werner, das war brutal. Er hat nicht einmal geraucht.

Selbstmord, hat die Staatsanwaltschaft in unserem Fall gesagt. Ich habe Vater nie deprimiert gesehen. Nie melancholisch. Nie niedergeschlagen. Er war weder lebensmüde noch sonst wie ramponiert. Ich habe noch das Foto seiner Geliebten vor meiner Mutter verschwinden lassen.

Hast du es noch?

Ich habe die Liebesbriefe vernichtet. Einmal aber, da ist er in Panik geraten, da hat der Vater Angst gehabt, draußen im Ferienhaus, nachdem er erfahren hatte, dass der ägyptische Präsident ermordet worden war. Wir haben alles zusammenpacken und sofort in die Stadt zurückfahren müssen. Er hat sich tagelang im Arbeitszimmer eingesperrt.

Mein Vater ist damals gerade ins Gefängnis gekommen. Eine Katastrophe für einen Buben wie mich, seinen Vater im Gefängnis zu besuchen. Ich fand das aber auch aufregend.

Er starb immerhin eines natürlichen Todes, sagte Gabrielle.

Donner knatterte in der Ferne. Ein Wetterumschwung, eine Korrektur der Natur kündigte sich an. Nach Werners Theorie hatte sein Vater nicht mehr kriminelle Energie wie ein Hendldieb in sich gehabt. Das Bordell war ein Atelier für freischaffende Sexarbeiterinnen gewesen, nicht mit den heutigen Laufhäusern zu vergleichen, wo Menschen als *Frischfleisch* angeboten wurden. Er hatte nach der Haft keine andere Chance gehabt, als Frauen auszubeuten.

Weniger gierig zu sein wäre eine Alternative gewesen, sagte Gabrielle.

Und du? Bist du glücklich mit Joe?, fragte Werner.

Gabrielle nickte.

Und mit Agnes läuft es gut?

Ich bin pragmatisch, sie ist sportlich und eine wahre Künstlerin. Sie kann ein Schwert schlucken.

Im Badezimmer hörte man das Gebläse angehen, den hohen Ton eines durchdrehenden Ventilators, bis er sich stotternd einfing und stoppte.

Die Lüftungsanlage spinnt, sagte Werner.

Dann gab es einen Knall und jedes Geräusch erstarb.

Wind kam auf und die Wolken türmten sich.

Gabrielle wollte zurück in die Stadt, bevor das Gewitter losginge. Joe wollte sich aber wichtig machen und noch die Sicherung im Bad reparieren. Er hatte es Agnes versprochen. Die Männer konkurrierten, wer die größere Kompetenz dafür habe. Agnes war noch vom Knall ganz geschockt. Auf einmal sei es so schwarz im Bad gewesen und sie sei im Dunklen gesessen. Sie ging an den streitenden Männern vorbei zum Elektroschrank neben der Garderobe, öffnete das metallene Türchen, legte zielsicher den Finger unter den Schutzschalter und schob ihn hoch. Sogleich war es wieder hell. Der Streit war geschlichtet.

Gabrielle forderte nun Joe auf, nach Hause zu gehen. Er sah sie an, ließ den Blick von oben bis unten ihre Gestalt hinabwandern, ohne mit der Wimper zu zucken, und schüttete den Restwein in seinen Schlund.

Irgendwie schaust du anders aus als sonst, sagte er.

Gabrielles Zeichen der Zuneigung bestand im ausdrücklichen Wunsch, gemeinsam hinaus in die Vorstadt zu fahren. Joe sonnte sich in diesem Begehren. Er spürte ihre Eifersucht und sie seine Freude darüber. Die Wärme elektrisierte sie bis in die Fingerspitzen. Sie musste an den

Stein in seiner Hand denken. Würde ein Mann mit solchen Gefühlen seine Frau umbringen?

Pass auf, sagte Joe.

Sie hatte die Zigarette noch zwischen den Fingern. Sie war bis auf den Filter abgebrannt und versengte die Haut. Es war schon zu spät. Gabrielle schrie auf und schleuderte die Kippe über den Balkon. Sie leckte über die Wunde und bat um eine Serviette. Sie wischte sich Asche vom Ärmel.

Soll ich euch etwas verraten?, sagte Joe.

Gabrielle räusperte sich, was wie ein Grunzen klang und auf den Schleim in ihrer armen Lunge hinwies.

Ich weiß, was hier pervers ist.

Alle horchten auf. Gabrielle vermeinte, ein Flehen in ihrem Blick zu senden.

Bitte nicht jetzt, ich möchte nach Hause, sagte sie.

Joe schnappte ein.

Familienangelegenheiten behaltet bitte für euch, sagte Agnes.

Werner war bereit, die nächste Flasche Châteauneuf-du-Pape, konsekriertes Blut des Heilands, zu spendieren.

Perversionen sind immer interessant.

Gabrielle sagte: Die wahre Perversion ist die politische Haltung der christlichsozialen Partei gegenüber Menschen in Not.

So brav und korrekt!, sagte Werner, trink lieber noch einen Schluck.

Und ich will jetzt nach Hause!

Joe ließ sich Zeit. Niemand hatte damit ein Problem.

Was sei pervers an einer politischen Partei?

Die Aushöhlung des Rechtsstaates und der Medien. Allein, dass asylwerbende Lehrlinge mit subsidiärem Schutz einmal abgeschoben würden, je nach Willkür der Asylreferenten, dann wieder bis zum Ende der Lehre bleiben dürften, machte einen bei der Entscheidungsfindung verrückt, sagte Gabrielle. OK, Werner, schenk ein!

So ist es, sagte Werner. Und so bleibt es. Der Kapitalismus in seinem neoliberalen Gewand ist schuld.

Jetzt setz dich hin, Joe, und wir trinken noch ein letztes Fluchtachterl.

Agnes schien nun ein anderes Problem zu haben. Sie kam nicht mehr mit, aber sagte zu Joe: Du kannst gerne mit mir in den Club fahren.

Welchen Club sie meinte, wollte Joe nicht mehr wissen.

Das nächste Mal kämen sie nicht nur nicht mehr so jung, sondern auch woanders zusammen.

Nun wollte Joe doch wieder nach Hause.

Gabrielle bestellte ein Taxi. Um selbst zu fahren, hatten sie beide zu viel getrunken. Die Stiefelchen zog sie gar nicht mehr an. Joe kam nach und stieg hinter seiner Frau die Stufen hinab.

Erst als sie im Taxi waren, nahm er das Wort wieder auf. Wie kannst du dich mit dem Sohn des mutmaßlichen Verräters deines mutmaßlich ermordeten Vaters so gut unterhalten?, fragte er.

Sie presste die Lippen aufeinander, dann entspannte sie den Mund. Gabrielle schnallte sich an und sagte trocken: Man merkt an deiner Wortwahl, dass du mit einer Juristin zusammen bist.

Du bist pervers, sagte Joe.

Sie warf sich in den Sitz zurück und lehnte den Kopf an die Stütze.

Sie sagte: Sein Vater interessiert mich nicht. Politiker wurden wegen der Verletzung des Neutralitätsgesetzes eingebuchtet und andere zahlten anders drauf.

Der Taxifahrer drosselte die Geschwindigkeit in der Kurve und fuhr auf die Stadtautobahn.

Oder sollen wir uns zum Auto bringen lassen?

Ja, wieso nicht, antwortete Joe, ist ja alles vorbei.

Ich weiß, wer die Geliebte meines Vaters war.

Das hab ich mir sofort gedacht, als Agnes von ihrer Mutter erzählt hat. Alles einfach pervers. Das Auto können wir auch morgen holen. Ist dir schlecht?

Vielleicht hat unser Vater einfach nur zu wenig gewusst. Und vielleicht hat er sich doch wegen unerträglicher Schuld umgebracht.

Ihr Blick war auf die Straße gerichtet. Der Taxifahrer fuhr auf den Gürtel ab.

Mir ist nicht schlecht.

Die Straße war frei, die Ampeln grün. Das bevorstehende Wochenende hatte der Stadt die Bewohner abgesaugt, man durfte ja ohne Einschränkungen verreisen.

Vorsicht, Radar!

Die Stimmung zwischen Joe und Gabrielle besänftigte sich. Sie rissen erst die Augen auf, als der Motor heulte und der Chauffeur schrie, weil ein Fußgänger sich vor das Auto stürzte und der Hinterkopf in der Kapuze des Anoraks auf die Scheibe krachte. Federn quollen aus dem zerrissenen Stoff wie die Flügel eines verunglückten Engels.

Sie bekamen etwas zu essen. Das Team des psychosozialen Dienstes war gut ausgebildet und leistete erstklassige Hilfe. Weder Joe noch Gabrielle brauchten eine chemische Beruhigung. Das Unfallopfer, vielleicht ein Selbstmörder, war von der Rettung direkt ins Krankenhaus gebracht worden. Der Flüchtling war in sicheren Händen. Gabrielle rechnete sich seine Chancen auf Asyl bei Überleben seiner Verletzungen aus. Es würde hilfreich sein, sich als Selbstmörder auszugeben. Sein derzeitiger Zustand würde seinen Aufenthaltsstatus verändern und ihn als Patienten der Psychiatrie in ein hochkomplexes Rechtssystem aus gesundheitlichen und humanitären Gründen einführen. Er würde nicht abgeschoben, sein Leben kostenintensiv für den Steuerzahler bewahrt werden. Es war pervers. Wieso nicht gleich? Weil es dem Gesetz nach nicht ging. Österreich ist ein nach Afghanistan abschiebendes Land, sagte Gabrielle immer wieder vor sich her. Einen Reiseunfähigen aber konnte man nicht abschieben. Wieso war er nicht nach Frankreich geflohen? Man hätte ihn dort vor Österreich in Schutz genommen.

Der Chauffeur musste den Alkotest machen. Er saß auf dem Stuhl neben ihnen und hatte die Stirn in seine Hände gelegt. Er war nüchtern, er bekam trotzdem eine Anzeige. Warum? Das wollte Gabrielle nicht mehr erklären. Sie hatte zu starkes Kopfweh und rieb sich die Schläfen und dann die brennenden Augen. Joe sprach über Bücher, sein Vorhaben, endlich Bücher zu schreiben, und die Schwierigkeiten beim Beginn des Schreibens.

Gabrielle hielt den Atem an, als er stockte und ihr das Gesicht zuwandte. Ihre Verkündungen waren Zaubersprüche, die aus Joe einen sinnlichen Menschen gemacht hatten. Gabrielle saß neben ihm und kotzte. Sie war unerreichbar und hart gewesen für diese zarten Seiten. Sie bewegte sich in ihrem Haus aus Recht und er suchte Gerechtigkeit.

Ich will nur mehr meine Gedanken aufschreiben, sagte Joe.

Gabrielle schlüpfte in die Turnschuhe, die ihr jemand von der Wachstube borgte. Sie hatte einen belastenden Beruf und einen schwierigen Bruder. Sie fragte Joe: Wieso nimmst du meine Klamotten zum Putzen?

Weil ich dich sonst nicht spüre, antwortete er.

Sie hatten beide die Ellenbogen auf die Schenkel gestützt. Die Schultern sanken und die Haare fielen vor. Morgen würde das Rauchverbot in Kraft treten.

Wie geht's dir jetzt?, fragte Joe.

Egal, antwortete Gabrielle. Ich fahre nach Kabul, wenn alles vorbei ist.

Dank

Ich habe vielen zu danken, die dazu beigetragen haben, dass dieses Buch in der vorliegenden Form erscheinen konnte.

Direkter Dank gilt Hubert Reisner für die Eröffnung der Zugänge zu Recht und Gericht, Andrea Peyrou für die Geduld und Lektüren verschiedener Fassungen, Margit Mischkulnig für die Begleitung unserer Zeitläufte in jeglicher Hinsicht, Fahim Amir für seine Expertise und Gespräche über Kabul, Zargonah Amir für ihre Expertise und ihre Kritik, die mir diese Stadt näherbrachte, Carla Degenhardt für ihre Inspiration. Besonderen Dank auch an: Georg Hasibeder für die konzentrierte Zusammenarbeit im Lektorat, Klaus Zeyringer für seine Ermutigung und Diskussion, Martina Schmidt für ihre Freundschaft und Kundigkeit. Andrea Jelinek, Anny Knapp, Herbert Langthaler, Evelyn Balcarek, Elisabeth Tichy-Fisslberger, Alex Mundt, Roland Schönbauer bin ich zu weiterem Dank verpflichtet für ihre profunde Kompetenz und Aufklärung in Flüchtlingsfragen, -arbeit und -politik.

LM

Lydia Mischkulnig
Die Paradiesmaschine
Erzählungen
200 Seiten, fest gebunden mit Schutzumschlag
ISBN 978-3-7099-7258-8

Ein Besuch bei der Kosmetikerin, der zum mythischen Ereignis wird; eine Heuschrecke, die erstaunlich der Kreatur Mensch ähnelt; ein Ausflug ins Wiener Umland, der einen unheilvollen Verlauf nimmt; ein Kuss auf dem mondänen Kärntner Landgut, der empört – in ihren Erzählungen fächert Lydia Mischkulnig alle Facetten des Mensch-Seins auf. Sie ist witzig und abseitig, tiefschürfend und klug, feinnervig und aufrüttelnd, und immer: sprachgewaltig.

Lydia Mischkulnig gilt als eine der spannendsten und unkonventionellsten Stimmen in der österreichischen Literatur. Unbestechlich in der Beobachtung von Machtverhältnissen zwischen Mann und Frau, zwischen Stadt und Land, zwischen Vertrautem und Fremdem, geht sie mit ihren Erzählungen tief unter die Haut.

„Lydia Mischkulnig hat in allen ihren Büchern bewiesen, dass sie eine Sprachkünstlerin ist, deren Poesie und ihr Talent zu irritieren sich nie auf Kosten der Spannung entfalten. Dieser Erzählband bestätigt das.“
Die Presse, Beatrix Kramlovsky

Lydia Mischkulnig
Schwestern der Angst
Roman
240 Seiten, Taschenbuch
ISBN 978-3-7099-7899-3

Als Kinder sind Marie und Renate unzertrennlich. In einer Familie, die geprägt ist von Verlust und Misstrauen, schafft Renate für ihre Schwester eine eigene Welt aus der Sehnsucht nach Unversehrtheit und Glück. Doch dann, Jahre später, tritt Paul in das Leben der Mädchen und spaltet ihre vermeintliche Einheit. Von beiden umworben, entscheidet er sich für Marie – und plötzlich kippt die liebende Fürsorge Renates in Hass und subtil tobenden Zorn. Je tiefer der Graben zwischen den Frauen wird, umso gefährlicher verzerrt sich Renates Blick auf die Welt. Sie heftet sich dem Paar an die Fersen, verfolgt ihre Schwester, überwacht sie zuerst aus der Distanz, rückt dann aber unaufhaltsam näher – bis zur letzten Konsequenz.

„Seit Elfriede Jelineks ‚Die Klavierspielerin' (1983) hat man Derartiges nicht mehr gelesen."
APA, Wolfgang Huber-Lang

„... ein Thriller, der alle, die in ihrer Lektüre nach anspruchsvoller Spannung suchen, nicht enttäuschen wird."
Wiener Zeitung, Uwe Schütte

Lydia Mischkulnig
Hollywood im Winter
Roman
224 Seiten, Taschenbuch
ISBN 978-3-85218-904-8

Eine bitterböse Satire auf die Salzburger Festspielgesellschaft: Das Leben ist Theater. Für Tauschitz, den reichen Salzburger Industriellen, bedeutet die Kunst Unsterblichkeit. Um sie für seine Familie zu erreichen, stattet er seinen Sohn Caesar mit „Künstler-Genen“ aus und lässt ihn als Schauspieler in „Oedipus Rex“ auftreten, dem Glanzpunkt der Salzburger Festspiele. Doch die Grenzen zwischen Bühne und Wirklichkeit beginnen zu verschwimmen, das Drama um Schuld und Unschuld findet hier wie dort statt.

Lydia Mischkulnig entführt in ihrem witzigbösen Roman auf die Hinterbühne der Salzburger Festspiele, wo sie die Oberflächlichkeit und Verlogenheit des Kulturbetriebs genussvoll demaskiert.

Lydia Mischkulnig
Vom Gebrauch der Wünsche
Roman
352 Seiten, fest gebunden mit Schutzumschlag
ISBN 978-3-7099-7028-7

Als Leon jener Frau begegnet, die er sein Leben lang lieben wird, ist er noch ein Kind. Aufgewachsen in einem Altenheim, in dem seine Mutter arbeitet, lernt er früh den Schmerz großer Gefühle kennen – früh gerät er zwischen die Fronten von Liebe und Verlust. Gleichzeitig ist sein Hunger geweckt, seine Leidenschaft. Als er Jahrzehnte später seine Liebe beim Tangotanzen wiedertrifft, zögert er keine Sekunde und nimmt sich, wonach er seit jeher trachtet ...

Mit ihrer präzisen Sprache fühlt Lydia Mischkulnig direkt an den Puls einer großen Leidenschaft und leuchtet zwischenmenschliche Abgründe aus. Einmal mehr inszeniert die „grandiose Entertainerin des Unheils" (Anton Thuswaldner) in ihrem neuen Roman einen mitreißenden Tanz der Gefühle und erschüttert mit großer Sensibilität die Nerven der Leser.

„Sprachmächtige Literatur ist das ..."
FALTER, Sebastian Fasthuber

Lydia Mischkulnig ist eine der spannendsten und unkonventionellsten literarischen Stimmen Österreichs. Sie lebt und arbeitet meist in Wien und wurde mehrfach ausgezeichnet, u. a. mit dem Bertelsmann-Literaturpreis im Rahmen des Ingeborg-Bachmann-Wettbewerbs (1996), dem Veza-Canetti-Preis und dem Johann-Beer-Literaturpreis (beide 2017). Bei Haymon erschienen u. a. die Romane „Schwestern der Angst" (2010, HAYMONtb 2018) und „Vom Gebrauch der Wünsche" (2014) sowie der Erzählband „Die Paradiesmaschine" (2016).